True Confessions
by Rachel Gibson

あの夏の湖で

レイチェル・ギブソン
岡本千晶［訳］

ライムブックス

あの夏の湖で

主要登場人物

ホープ・スペンサー……………………………タブロイド紙のライター
ディラン・テイバー……………………………アイダホ州パール郡ゴスペルの保安官
アダム・テイバー………………………………ディランの息子
ジュリエット（ジュリー）・バンクロフト……女優。アダムの母親
シェリー・アバディーン………………………ホープの隣人
ポール・アバディーン…………………………シェリーの夫
ウォリー…………………………………………アバディーン夫妻の息子
パリス・ファーンウッド………………………食堂のウェイトレス
マイロン・ランバード…………………………小人症のプロレスラー
ディクシー・ハウ………………………………美容室を経営する女性

1　雲に浮かんだ神の顔

アイダホ州ゴスペルには誰もが知っている普遍の真理が二つある。一九九五年の不幸な事件を除けば、ゴスペルは昔からずっと地上の天国だった。一つ目は、ソートゥース自然保護区が神の造り給うた最高傑作であるということ。

二つ目は——一つ目と同様、固く信じられているのだが——天と地で犯される罪はすべてカリフォルニアの責任であるということ。オゾン層に穴が開いたのもカリフォルニアのせいなら、フェアフィールド未亡人のトマト園でマリファナが育っているのが見つかったのもカリフォルニアのせいというわけだ。なにしろ去年の秋、夫人の一〇代の孫息子は、ロサンゼルスに住む親戚のところに遊びにいっていたのだから。

それから、三つ目の真理も存在した。ただし、これは真理というより絶対的事実とみなされている。つまり、毎年、夏になると平地からやってくる愚か者は、ソートゥース山脈の花崗岩に覆われた頂《いただき》の真ん中で、必ず道に迷う運命にあったのだ。

今年の夏、行方不明になって救助されたハイカーはすでに三人。このまま行方不明者の数が変わらず、さらに骨折者が一人、高山病が二人出れば、「行方不明になった平地人《ミッシング・フラットランダー》トトカルチョ」に勝利するのはスタンリー・コールドウェルとなる。しかし、スタンリーは見通しの甘いばかな男だ。町の人々は誰一人スタンリーが賭け金を総取りできるなどと思っていない。彼の妻でさえ夫が勝つとは思っておらず、行方不明者八名、骨折者七名、ウルシかぶれ数名との予想で金を賭け、結果をわくわくしながら待っているほどだ。

町の人たちはほぼ全員この賭けに加わっており、皆それぞれ、自分が勝って、がっぽり賭け金をせしめてやろうと思っていた。ゴスペルの人々は、この賭けがあるおかげで、牛や羊の世話、木材の伐採以外のことを考え、過激な森林保護運動家以外の話題で盛り上がり、リタ・マッコールが産んだばかりの男の子の父親は誰かということ以外の推測を働かせることができた。リタとロイは離婚して三年経っていたものの、結局、それだけでロイが父親である可能性がなくなったわけではなかったのだ。だが、ほとんどの場合、この賭けは観光収入を稼ぎながら暑い夏の数カ月をやり過ごすための当たり障りのない手段の一つであり、彼らはこうして比較的穏やかな冬を待つのである。

M&Sマーケットのビール売り場周辺で交わされる会話はもっぱら、フライフィッシングがいいか、生き餌釣りがいいか、弓矢を使うボウハンティングがいいか、銃を使う「本当の」ハンティングがいいかといったこと。そしてもちろん、店主のスタンリーが七九年に仕留めた、枝角が一二本ある雄ジカのことだった。この巨大な枝角にはニスが塗られ、おんぼろのレジの奥に、もう二〇年以上も飾られている。

レイクヴュー・ストリートのモーテル「サンドマン」では、オーナー兼支配人のエイダ・

ドーヴァーが相変わらず、クリント・イーストウッドが滞在したときの話をしていた。イーストウッドは本当に感じのいい男で、彼女にも実際に話しかけてくれたのだとか。「いいところだね」と言ったときの声は、まさにダーティ・ハリーそのもの。それから彼は製氷機の場所を尋ね、タオルを何枚か余分にもらえないかと言ったそうだ。エイダはもう、チェックイン・カウンターの後ろで死にそうだった。イーストウッドとフランシス・フィッシャーとの娘は「サンドマン」九号室で授かったのではないか、との憶測も飛び交っている。

ゴスペルの住民は最新のゴシップが大好きだった。カール・アップ&ダイ・ヘア・スタジオで話題に上る人物といえば、パール郡の保安官、ディラン・テイバーと決まっている。というのも、オーナーのディクシー・ハウは、シャンプーやセットをしながら客とおしゃべりをするあいだ、自らディランの名をいつも口にしていたからだ。彼女はディラン目がけて釣り糸を投げ、見事なマスのように彼を釣り上げようとしていた。

もちろん、パリス・ファーンウッドもディランを狙って餌を仕掛けていたが、ディクシーは気にしていなかった。パリスは父親が営むダイナー、コージー・コーナー・カフェで働いている。私のようなビジネス・ウーマンにとって、コーヒーや卵を給仕しているだけの女などたいしたライバルではない、とディクシーは思っていた。

ディランの注意を引こうと張り合っている女性はもう一人いる。隣の郡に住む、三人の子供を持つバツイチの女だ。ほかにも、ディクシーの知らないライバルがいるのかもしれない。でも、彼女はそういう女たちのことも気にしていなかった。ゴスペルにディクシー・ハウよりあか抜けた女は一人もいない。ディランはしばらくロサンゼルスで暮らしていたことがあるから、当然、さっそうとした都会的な女、洗練された女のよさがわかるだろう。

ディクシーはバージニア・スリムを二本の指にしっかり挟み、血のように赤いネイルを日の光できらきらさせながら、二つある黒いビニール製サロン・チェアの一つにゆったりともたれ、二時にカットとカラーリングの予約を入れている客を待っていた。

お気に入りの話題を頭に浮かべるディクシーの唇から、細い煙がらせんを描きながら立ち昇っている。結婚相手としてふさわしい二五歳以上五〇歳以下の男性が一〇〇キロメートル以内にディランしかいないというわけではない。だが、女性を見つめるときのディランの様子がたまらないのだ。頭を少し後ろに傾け、あの深い緑色の瞳で見つめられると、体中のしかるべき場所がぞくぞくしてしまう。それに、彼の唇にゆっくりと笑みが浮かぶのを見ると、ぞくぞくしたところが潤い、とろけてしまうのだ。

ディランは一度もカール・アップ&ダイで髪を切ったことがなく、散髪は、わざわざ車でサンヴァレーまで行っているが、悪気があってそうしているのではない、とディクシーは解釈している。こういう高級サロンでヘアスタイルをあれこれ注文するのはちょっと……と敬遠してしまう男性もいるのだ。だが、ディクシーは彼のたっぷりした髪に指を滑らせてみたかった。彼の全身に手と唇を滑らせてみたい。一度ベッドに誘い込んでしまえば、保安官は私から離れられなくなるはず、と彼女は思っていた。セックスの相手として、ディクシーはロッキー山脈の西側では最高の女と言われてきたのだ。自分でもそう信じていたし、そろそろディランにもそれを教えてあげようと考えていた。ディランだって、バックホーン・バーで喧嘩の仲裁ばかりしていないで、もういい加減、その大きな、たくましい体をほかのことに使うべきだ。

ディクシーの将来の計画には、影を落としそうな小さな嵐雲が一つだけあった。ディランの七歳の息子だ。その子はディクシーを嫌っていた。子供はたいがい彼女を嫌う。彼女が日ごろ、子供なんて人をいらいらさせるだけの存在だと思っているせいかもしれない。それでも、彼女は本当にアダム・テイバーと仲良くなろうと努力していた。ガムを一包み買ってあげたこともある。アダムはありがとうと言って、一〇枚ほどのガムを口に放り込み、あとは彼女を無視していた。あの子がソファでディランとディクシーのあいだに痩せこけたお尻を下ろしていたのでなければ、それもダンディな態度と言えただろう。

ディクシーはアダムのことも気にしてはいなかった。新しい計画があったのだ。今朝、ディランの秘書へイゼルから、彼が息子に子犬を買ってやったという話を聞き、こんなことを考えていた。今日、店を閉めてうちに帰ったら、ぴったりしたホルターネックの服に私の最大の武器を押し込んで、ディランの家に立ち寄ろう。その新しい犬に、大きくてジューシーな骨を持っていってやるのよ。そうすれば、ついにアダムの気を引けるはず。私のEカップの胸がディランの気を引くのと同じようにね。もしも差し出したものをディランが無視して受け取ろうとしなかったら、彼はホモに違いない。

もちろん、ホモでないことはわかっている。ハイスクール時代のディランはワイルドな若者だった。片手をハンドルに、もう片方の手をラッキーな女の子の太ももに載せ、黒のダッジ・ラムでゴスペルの町を走り回っていた。いつもというわけではなかったが、そのラッキー・ガールはディクシーの姉、キムであることが多かった。ディクシーの言い方を借りれば、ディランとキムは、まさに火と氷の関係だった。つまり、燃え上がっているか、冷めているかのどちらかなのだ。中間はない。そして、二人が燃え上がっているとき、キムのベッドは灼熱地獄のごとくヒートアップする。あのころ、ディクシーの母親はほとんどの時間を地元のどこかのバーで過ごしていたため、キムは母親の留守を大いに利用していた。しかし、母親が家にいればばれていたかというと、そうでもない。心を入れ替える前、母親は、飲んでいるか、酔っ払っているか、つぶれているかのいずれかだったのだ。

　当時、ディクシーは一一歳だったが、寝室の壁の向こう側から聞こえてくる音が何を意味するのか知っていた。荒れた息遣い、低くかすれたうなり声、喜びのため息。一一歳にして、今、姉が何をしているのかがわかるほどセックスを熟知していた。もっとも、二人がいかに長い時間ベッドのスプリングをきしらせていたか理解できるようになったのは、数年後のことだったが。

　現在、ディランは三七歳。パール郡の保安官を務め、息子が一人いる。ブロンドの毛染め剤の最後の一本を賭けてもいい、彼はお堅い仕事をしているけれど、制服を脱げば相変わらずワイルドに違いない。ディクシーはそう思っていた。今やディラン・テイバーはこの地域の重要人物《ビッグ・マン》だが、噂では、大事なところもビッグなのだとか。彼女はそろそろ自分でそれを確かめてやろうと思っていた。

　ディクシーがそんなことをたくらんでいるころ、彼女の空想の対象は、黒いカウボーイ《ステット》ハット《ソン》を目深にかぶり直し、保安官事務所のポーチのゆがんだ階段を下りていた。黒いアスファルトや大通り沿いに止めてある車のボンネットから立ち昇る熱気が波のように押し寄せ、そのにおいがディランの鼻孔を満たした。

「例のハイカーたちが最後に目撃されたのは、リーガン山の中腹だ」ディランは保安官助手のルイス・プラマーにそう伝え、二人は保安官車両である茶色と白のシボレー・ブレイザーのほうに歩いていった。「ドクター・レスリーがもうあっちに向かってるし、パーカーにもベースキャンプまで馬を連れてきてくれと無線で伝えておいた」

「山に入って一日過ごすなんてことは、したくなかったんですけどね」ルイスがぶつぶつ文句を言う。「暑すぎます」

　ディランは日ごろ、行方不明になったバックパッカーの捜索に協力するのをいとわなかった。オフィスを出て、大嫌いな事務仕事から逃れることができるからだ。しかし、ゆうべはアダムの子犬のおかげでほとんど眠れなかったため、二七四三メートルの山を登るのが楽しみだとはとても言えなかった。彼はブレイザーの運転席側に回り、ベージュ色のズボンのポケットに片手を突っ込んだ。取り出したのは、今朝アダムがくれた「かっこいい」石。それをシャツの胸ポケットに入れる。まだ昼前だというのに、綿の制服が汗で背中に張りついている。

「何だ、あれ？」

ディランはブレイザーの屋根越しにルイスを見て、それから、こちらに向かってくる銀色のスポーツカーに注意を向けた。

「サンヴァレーに行こうと思って、道を間違えて曲がったんだな」ルイスはそう推測した。

「きっと、道に迷ったんでしょう」

ゴスペルでは、車といえば日焼けした男の首の色である赤が好まれ、ピックアップ・トラックや大型トレーラーが道を支配している。ポルシェが一台やってきたって、ゲイが同性愛者の権利を求めて天国の門までパレードしていくのかと思われるほど目立ってしまう。

「道に迷ってるなら、誰かが教えてくれるさ」ディランはそう言って、もう一度ズボンのポケットに手を入れて鍵の束を取り出し、「いずれはね」と付け足した。サンヴァレーのリゾート地なら、ポルシェが走っているのもそれほど珍しい光景ではないが、この辺りの自然保護区ではとんでもなく珍しいことだった。ゴスペルの多くの道は舗装もされていないうえ、バスケットボール大の陥没ができている道も少なくない。ポルシェのような小さな車が道を間違えて曲がろうものなら、きっとオイルパンか車軸がだめになるはずだ。

その車はゆっくりと通り過ぎていったが、窓にはスモーク・フィルムが貼られていて、中に誰が乗っているのかはわからなかった。ディランが視線を落とすと、玉虫色の派手なナンバープレートに「MZBHAVN」と青い文字が七つ並んでいた。そして、プレートの上部には、これでもかとばかりに、ネオンサインのような赤い筆記体で「カリフォルニア」と書かれていた。ディランは、車が違法なUターンをしてもいいから、さっさと町から出ていってくれることを切に願った。

ところが、ポルシェはブレイザーの前のスペースに入ってきてエンジンを止めた。運転席のドアが勢いよく開き、まず舗道に現れたのは、爪先の部分だけが銀色で、全体がターコイズ色のブーツだった。トニー・ラマのウエスタン・ブーツだ。それから、ほっそりした腕が伸びてきてドアフレームの上をつかみ、細い手首にはめたゴールドの時計が太陽の光を受けてちらちら輝いた。そして、いよいよ「MZBHAVN」が姿を現した。まるで豪華なファッション誌から抜け出てきたかのように。

「こりゃ驚いた」ルイスが言った。

ブロンドのストレートヘアに日光が当たり、腕時計と同じく金色に輝いていた。肩に垂れる艶やかなその髪には、一本たりともカールやウェーブはかかっていない。毛先は大工がカットしたのではないかと思えるほど、すぱっと切りそろえられている。黒いキャッツアイ・サングラスで目は隠れていたが、ブロンドの眉毛のアーチや、クリーム色の肌まで隠すことはできなかった。

ポルシェのドアが閉まり、ディランはこちらに歩いてくるMZBHAVNをじっと見つめた。まず目が行ったのはふっくらした唇だ。濡れたように輝く赤い唇は、庭でいちばん鮮やかな花がミツバチを引きつけるように、ディランの心を引きつけた。この唇は脂肪注入をしているのだろうか？

アダムの母親、ジュリーに最後に会ったとき、彼女は唇に脂肪注入をしていた。しゃべると、唇がただそこに置いてあるという感じがして、本当に気味が悪かった。カリフォルニアのナンバープレートを見なかったとしても、この女性がジャガイモを入れる麻袋を着ていたとしても、ディランは彼女が都会の人間であることがわかっただろう。その身のこなしがすべてを物語っていたからだ。彼女は決然とした様子で、急ぎ足でまっすぐこちらに向かってきた。都会の女はいつもこんなふうに急いでいる。彼女はアイダホの荒野ではなく、ビバリーヒルズのロデオ・ドライブをぶらつくのがお似合いだ。ストレッチ素材の白いタンクトップが乳房の曲線をぴったりと覆い、同じくタイトなジーンズが、真空パックのように彼女の脚に密着している。

「すみません」彼女はブレイザーのボンネットの脇で立ち止まった。「お二人なら力になってくださるんじゃないかと思って」彼女の声は、ほかの部分と同じく滑らかだったが、ひどく苛立っていた。

「道に迷われたんですか？」ルイスが尋ねた。

真っ赤な唇のあいだからため息が漏れた。そばでよく見ると、まったく自然な唇だ。「ティンバーライン・ロードを探してるんです」

ディランはステットソンに手をやり、人差し指で押し上げた。「シェリー・アバディーンさんのご友人？」

「いいえ」

「そうですか。となると、ティンバーライン夫妻の家以外、何もないんですけどね」ディランは胸ポケットからミラー・サングラスを取り出してかけた。そして胸の前で腕を組み、片足に体重を乗せ、彼女の細い喉から、丸みのある豊かな胸へと視線を下ろし、にこりと微笑んだ。なかなかいい。

「本当に？」

本当にだって？　ポール・アバディーンとシェリーは、一九年前に結婚した当初からずっとあの家で暮らしているのだ。ディランはクックッと笑い、目を上げて彼女をもう一度見た。

「ええ、本当ですよ。今朝、そこへ行ってきたばかりですから」

「ティンバーライン二番地はティンバーライン・ロードにあるって言われたんです」

「本当にそう言われたんですか？」ルイスが尋ね、ブレイザーの屋根についたライト・バー越しにディランを見た。

「ええ。サンヴァレーの不動産屋から鍵をもらったし、この住所を教えられたんです」

その家の話が出るだけで、町の人々の頭にはある記憶が呼び起こされる。ディランもあの家がようやく不動産屋に売れたという話は聞いていたが、どうやらその会社はカモを見つけたらしい。

「本当にティンバーライン二番地の家に住みたいんですか？」ルイスは目の前の女性に向き直り、はっきりと尋ねた。「つまり、元ドネリーの家ってことですけど」

「もちろん。六カ月、借りることにしたんです」

ディランは再び帽子を目深に引き下ろした。「あそこにはしばらく、誰も住んでなかったんですよ」

「本当に？　不動産屋は何も言ってなかったわ。どれくらい空き家だったんですか？」

ルイス・プラマーは真のジェントルマンであり、この町では、平地人《フラットランダー》に嘘をつかない、ごくわずかな住人だった。と同時に、彼もゴスペルで生まれ育った人間だ。この町では、言葉を濁すのは一種の会話術とみなされる。ルイスは肩をすくめた。「一、二年ですかね」

「あら、一、二年ならたいした問題じゃないわ。家がちゃんと手入れされてるならね」

手入れだって？　冗談じゃない。ディランが最後にドネリー・ハウスに出向いたとき、家はどこもかしこもぶ厚い埃に覆われ、居間の床にあった血痕も隠れていたほどだった。ＭＺＢＨＡＶＮはひどくショックを受けることになるだろう。

「この道をずっと行けばいいんですか？」彼女は向きを変え、ゴスペル湖の湖岸に沿ってカーブを描く大通りの先を指差した。彼女の爪には二色使いのフレンチネイルが施されている。ディランは常々、フレンチネイルというものはなかなかセクシーだと思っていた。

「そうです」彼は質問に答え、ミラー・サングラスの奥から、彼女のスリムなヒップと太ももの自然な丸み、さらにその下の長い脚、銀色の爪先へと目線を走らせた。ブーツに描かれたクジャクを目にすると、口の端をぴくっと動かし噴き出してしまわないように必死でこらえた。この辺りのロデオ・クイーンだって、こんなウエスタン・ブーツを履いている女性にはお目にかかったことがない。「六キロほど行くと、窓辺にペチュニアのプランターが飾ってあって、庭にブランコが置いてある白い大きな家があります」

「ペチュニア、大好きなんです」

「そうですか。で、ペチュニアの家の角を左折してください。通りを挟んで真正面がドネリー・ハウスです。見逃すことはありませんよ」

「グレーと茶色の家だと聞いてるんですけど、それで合ってます？」

「ええ、僕ならそう表現しますね。ルイス、どう思う？」

「ですね。茶色とグレーといいますか」

「よかった。どうもご親切に」彼女はくるりと向きを変えて立ち去ろうとした。が、ディランの質問が彼女の足を止めた。

「どういたしまして、ミズ……、何とお呼びすればいいですか？」

彼女はしばらくディランを見つめてから、ようやく答えた。「スペンサーです」

「ゴスペルへようこそ、ミズ・スペンサー。保安官のテイバーです。こちらは助手のプラマー」彼女が何も言わないので、ディランは訊いてみた。「ティンバーライン・ロードの家で何をされるご予定なんですか？」人には皆、プライバシーを守る権利があるとわかっていたが、保安官である自分には聞く権利もあると考えたのだ。

「別に何も」

「家を半年借りて、何も予定がない？」

「そうです。休暇を過ごすのに、ゴスペルはいいところだと思えたものですから」

ディランは彼女の言葉にやや疑問を感じた。派手なスポーツカーを乗り回し、デザイナーズ・ジーンズをはきこなす女性が休暇を過ごす「いいところ」は、ルーム・サービスがあってプール・ボーイのいるようなところであって、アイダホの自然保護区ではないだろう。ゴスペルでスパにいちばん近いものといえば、ピーターマン家のホット・タブぐらいだ。

「不動産屋から前の保安官だったドネリーの話は聞いてますか？」ルイスが尋ねた。

「誰ですって？」彼女の眉間にしわが寄り、眉がサングラスのブリッジの下に沈み込んだ。

彼女はいらいらしたように太ももを三回叩いてから言った。「まあいいわ。じゃあ、本当にお世話になりました」そして、ブーツのきびすを返してポルシェのほうにつかつかと戻っていった。

「信じられます？」ルイスが尋ねた。

「休暇で来たって話か？」ディランは肩をすくめた。揉め事さえ起こしてくれなければ、彼女が何をしようと構わない。

「バックパッカーには見えませんしね」

ディランの視線は、タイトなジーンズに包まれた彼女のヒップに釘づけになった。「そうだな」揉め事というものは、いずれ何らかの形で必ず表に出てくる。ほかにやるべきことがあるのに、今、わざわざ揉め事を探しにいく理由はない。

「彼女みたいな人が、どうしてあんな古い家を借りたのか不思議ですよね」ミズ・スペンサーが車のドアを開けて中に乗り込むと、ルイスが言った。「ああいう女性を目にするのは久しぶりだなあ。いや、ひょっとすると一度もお目にかかったことがないかもしれない」

「君はあまりパール郡の外に出ないからな」ディランはブレイザーの運転席に滑り込み、ドアを閉めた。それからイグニッションにキーを入れ、ポルシェが走り去るのを見守った。

「あのトニー・ラマ、見ました？」ルイスが助手席に乗り込みながら尋ねた。

「あんな派手なブーツ、見逃すはずないだろう」ルイスがドアを閉めると、ディランは車を出し、縁石から離れた。「彼女、六カ月どころか、六分ももたないだろう」

「賭けますか？」

「ルイス、君がそこまで美味しいカモじゃなくても賭けるよ」ディランはハンドルを切り、町の外に向かって車を走らせた。「おんぼろのドネリー・ハウスを一目見て、そのまま走り去ってしまうさ」

「でしょうね。でも、ちょうど財布に一〇ドル札が一枚入ってるんで、僕はあの人が一週間持ちこたえるほうに賭けます」

ディランは自分に向かって歩いてくるMZBHAVNを思い出した。頭のてっぺんから足の先まで、まぶしいほど洗練されていて、金のかかりそうな女性だった。「よし、乗った」

2　血に飢えたコウモリ、無防備な女を襲う

ホープ・スペンサーは車を降りてドアを閉めると、胸の下で腕を組み、銀色のポルシェに寄りかかった。無限に広がる青空から強烈な太陽が照りつけ、むき出しの肩と髪の毛の一部はたちまち焼けついてしまった。風はそよとも吹いておらず、頬に当たることもなければ、肌に張りついたストレッチ素材のタンクトップを突き抜けていくこともない。砂利道の向こうにぽつんと建つ家から「男にひどい仕打ちをされたのよ」と哀れっぽい声で歌うカントリー・ソングが流れてきて、絶え間なく聞こえる虫の羽音と重なった。

ホープは目を細め、レイバンのサングラスを下にずらした。ティンバーライン二番地の家が茶色とグレーであることは間違いない。グレーのペンキが剝げているところが茶色なのだ。それは映画『サイコ』に出てくるような家で、彼女が期待していた「夏の別荘」とは似ても似つかぬ代物だった。確かに「敷地」は最近、手入れがされたようだ。家の周囲六メートルと、湖岸へ通じる小道に関しては、腰の高さまである雑草や野花が取り除かれている。彼女が立っているところからだと、湖は光と濃い緑が混ざり合ったもののように見え、木漏れ日に照らされた湖面では、さざ波が光を受けて無数の銀紙のようにきらめいていた。砂浜に

はアルミの釣り船がつなぎ留めてあり、穏やかに上下する波に合わせて揺れている。

ホープはサングラスを押し上げ、ほとんど裏庭も同然の、ごつごつしたソートゥース山脈に目を向けた。その光景は、彼女の雇い主がくれた絵ハガキの写真とそっくりだった。美しきアメリカ。こんもりと茂った背の高いマツの木と花崗岩の頂が、果てしない青空を突いてそびえ立っている。芳しいそよ風とこの堂々たる山の風格は、大多数の人々の胸に畏怖の念を抱かせるのだろう。神の恩恵を賜ったかのような、宗教的な体験をしたかのような気分になるに違いない。

ホープにとっては、宗教的体験もビッグフットの目撃談も信頼度は同レベルだった。職業柄、あまりにも多くのことを知りすぎてしまい、毛むくじゃらの野生の男の話も、涙を流す彫像の話も、猛毒ストリキニーネを飲む狂信者の話も信じることができなかったのだ。森林を駆け抜けるビッグフットを見た、トルティーヤにイエス・キリストの顔が現れたなどと言っている人たちの話を彼女は信じていなかった。

いまいましい話だが、ホープが書いた中でいちばん評判がよかった記事「失われた聖櫃《せいひつ》、バミューダ・トライアングルで発見」は信心深い人々から絶大なる支持を集め、さらに二つの続編記事を生み出すことになった。そして「エデンの園、バミューダ・トライアングルで発見」と「エルヴィス・プレスリーはバミューダ・トライアングルのエデンの園で生きていた」も前の記事と同様、大いに評判を呼んだ。

エルヴィスとバミューダ・トライアングルにまつわる記事は、いつも読者に大受けだった。

だが、大きな山や広く開けた空間を目の前にするとたいてい、ホープは自分がちっぽけな存在に思えるのだった。取るに足らない、独りぼっちの自分。それは、乗り越えたと思っていた類《たぐい》の孤独だった。山の乾いた空気から手を伸ばしてくるのは、うっかり受け入れると、絞め殺されそうになる類の孤独。この地球上にたった一人残された人間であるかのような気持ちから救ってくれるのは、隣家のラジオから流れてくる、苛立たしいスチール・ギターの音だけだった。

ホープは、ひったくるようにバリーのバッグを車から出し、汚らしいでこぼこの小道を横切り、玄関へと向かった。トニー・ラマのブーツで一歩進むごとに警戒心が研ぎ澄まされていく。来る前にリサーチは済ませてきたのだ。アメリカのこの地域にはヘビが生息している。それもガラガラヘビが。

例の不動産屋は、ガラガラヘビは山から下りてこないから大丈夫ですと言っていたが、ホープは、ティンバーライン二番地こそガラガラヘビの巣窟に違いないと考えた。ウォルターは、私が最近、彼や新聞社に迷惑をかけたから、その仕返しに、わざとこんなことをしたのかしら？

玄関のポーチには埃がびっしり層になっていた。古びた階段が足の下で少しキーキー音を立てたが、木材はしっかりしている。ああ、よかった。ポーチに穴が開いて私が落ちたところで、三日間は誰も困らないだろう。原稿の締め切りが過ぎて、ようやく誰かが探そうと思ってくれるかもしれないが、ひょっとすると、そのときになっても誰も探してくれないかもしれない。

　ＣＥＯも新聞社も、編集長のウォルター・バウチャーも、今のホープにあまり満足していなかった。この「ワーキング・ヴァケーション」は彼らのアイディアだった。ここ数カ月、彼女はいい記事がまったく書けておらず、新しい環境に身を置いてみたらどうだ、どこかビッグフットの話やエイリアンの記事を生み出すきっかけになるような場所へ行ってみろと強く勧められたのだ。もちろん、大きな原因は「不思議な小妖精《レプラコーン》、ミッキー」という記事がすっかりコケてしまったこと。彼らはこの大失敗について、いまだに腹を立てている。

　ホープはドアノブにキーを差し込み、扉を押し開けた。自分が何を予想していたのかわからない。でも何も起こらなかった。母親に変装してナイフを振り回す精神異常者《サイコ》も、幽霊も、野生動物も、彼女をパニックに陥れるようなものは何も現れなかった。いっさい何も。ただ、よどんだ空気と埃のにおいが漂い、背後から室内に差し込む太陽の光が、彼女の右側を照らしているだけだった。ホープはドアを入ってすぐのところにスイッチを見つけた。それをパチンと押すと、頭上のシャンデリアが低い振動音を立て、暗がりにちらちらと光を放った。

　彼女はサングラスをバッグに押し込み、万が一のことを考えてドアは開けたままにして、家の中に入っていった。左手の食堂には、どっしりしたサイドボードがいくつかと、豪華な食器棚が所狭しと並んでいる。どちらもレモン・オイルとガラス・クリーナーのお世話になれば、使えるようになるだろう。長テーブルが居間をほとんどふさいでおり、脚の下には一カ所『ハンターズ・ダイジェスト』誌と木レンガが押し込んであった。どこもかしこも、薄く積もった埃に覆われている。

食堂は放置されたエレガンスといった印象を放っていたが、右手の居間はまるで狩猟小屋だった。革張りや木製の調度品が並び、テレビの上にはV字型の小型アンテナ《ラビット・アンテナ》が載っている。石造りの暖炉の上にはクマの毛皮が飾ってあり、その前には、歯と鉤爪をむき出しにしたボブキャットの剝製が立っていた。コーヒーテーブルやサイドテーブルはシカの角を組み立て、その上にガラスを載せたもの。壁には、シカの角が並び、腰板の上にも大きな枝角のついた堂々たる動物の頭がいくつも飾られている。ヘミングウェイなら大いに気に入ってくれただろう。しかし、ホープには、犠牲者を待ち構えている災いのように思えた。夜、この部屋を歩いていて壁に串刺しにされる自分が想像できそうだったのだ。

ホープがキッチンに向かうと、人気《ひとけ》のない家にブーツの音が響いた。この三年を別にすれば、ホープはいつも誰かと暮らしていた。両親、大学時代のルームメイト、それに前の夫。今は独りで暮らしている。そのほうがずっといいと思っていた。だが、このとき久々に、がっしりした男性が前を歩いてくれて、未知なるものから私を守ってくれたらいいのに、と思った。体を丸めれば背後に隠れられるような大柄な男性。そう、さっきの保安官のような。ホープは身長が一七三センチあるが、あの保安官はそれを一五センチは超えていた。肩幅も広かったし、あのたくましい筋肉。体脂肪はゼロに違いない。

キッチンに足を踏み入れ、明かりをつけた。金色の光が広がる。目に入ってきたのはリノリウムの床とカウンターとありとあらゆる電化製品。ガスレンジの上には、調理用具がぶら下がった錬鉄製ラック。オーブンの扉を引っ張って開けると、天板の上にネズミの死骸がうつぶせに横たわっていた。ホープはオーブンの扉をばたんと閉めた。またしても保安官のことを思い出し、男性も役に立つことがあるのだとつくづく実感した。

さっきテイバー保安官は、サングラスに手を伸ばす前に、深い緑色の目で私をしげしげと眺めていた。あの顔はアイダホの荒野よりも銀幕にふさわしい。

彼は美少年タイプのハンサムではなかった。美少年は中年になるとルックスが衰えるし、あの保安官を少年と呼ぶ人などいるわけがない。彼は男っぽくて、セクシーでたくましく、笑顔の素敵な人だった。あの笑顔はいとも簡単にノーをイエスに変えてしまう。あの笑顔を見ると、弱い女も少し姿勢を正し、少し胸を前に突き出し、髪をかき上げたくなるのだろう。ホープは自分が弱い女だとは思っていなかったが、保安官と短い会話を交わしているあいだ、自分が何度も姿勢を確認してしまったことは認めるしかなかった。

この地域の法執行官にどんなルックスを期待していたのかわからない。おそらく、あのがりがりの保安官助手、あるいはアンディ・グリフィス（アメリカのコメディ番組に保安官役で主演していた俳優）のような人を予想していたのかもしれない。つまり、〝野暮〟で無骨な田舎者だ。ところが、あの緑色の目と穏やかな微笑みの奥には明らかに知性が感じられた。彼が田舎者であるわけがない。

ホープは再び居間を通って、二階へ通じる階段まで戻った。階段の下にあるスイッチを入れたものの、反応がない。照明器具が壊れているか、電球が切れているのだろう。彼女はしばらくそこに立って、二階の暗がりを見上げていたが、やがて勇気を奮い起こし、自分の心臓の鼓動を聞きながら、暗い階段を上っていった。

開いている五つのドアのうち四つから廊下に日光が差し込み、むっとする暑い空気の中、子供時代の思い出の片隅で長いあいだ忘れ去られていた、どこか懐かしいにおいがかすかに漂っていた。ホープはいちばん手前の部屋へ歩いていき、中をのぞき込んだ。厚いカーテンが外部の日光をさえぎっていたが、ベッドや、布が掛けられたドレッサー類の形は見分けることができた。古い洋服ダンスの扉が開いたままになっていることも輪郭でわかった。例のにおいがきつくなり、これはアンモニアだと気づくと同時に、一九七五年の夏の思い出がかすかによみがえってきた。あれはガールスカウトのキャンプに参加した唯一の年だった。

ホープはドアの脇にある照明のスイッチに手を伸ばした。床にはシミがあり、乾いた泥のような掛け布が落ちている。その正体がわかった一瞬あと、洋服ダンスの中から、キーキーという甲高い鳴き声と、爪でひっかくような鋭い音と、翼がはためく音が聞こえてきた。

二つの影が勢いよく迫ってくる。ホープはパイニー山キャンプ場のロッジの入り口で立ちすくんでしまった一〇歳の夏に戻ったかのように、口を開けて金切り声を上げた。ただし、二五年前と違って、今度はブーツのきびすをくるりと返し、死に物狂いで駆けだした。昔のようにコウモリの羽で頬を叩かれたり、鉤爪が髪に絡まったりする前に逃げだしたのだ。

ホープは階段を飛ぶように駆け下り、シカの角が飾られた壁の前を通って玄関から外に出た。ポーチを飛び下りたあとも叫び声は止まらず、足は地面に着地する前にもう次の動きに入ろうとしていた。心臓の鼓動はブーツの動きよりも速く、彼女は無事ポルシェの陰に隠れてようやく動きを止めた。膝をついてうずくまり、熱い空気を肺に吸い込むと、胸が痛くなった。

「ああ、どうしよう、どうしよう、どうしよう」ホープはぜいぜい息をし、手で喉を押さえた。目の前に黒い点がちらつき、首の血管がものすごい速さで脈打っているのがわかる。激しい鼓動が収まらなければ、気を失うか、心臓発作を起こすか、頭の中で生死にかかわる何かが破裂するかもしれない。死にたくない。こんな汚いところで、こんなアイダホの荒野で死にたくない。

ホープは深呼吸をし、両膝のあいだに頭を突っ込んだ。あの不動産屋、殺してやる。呼吸を整えたら、すぐ車に飛び乗ってサンヴァレーに向かい、あの男を殴り倒してやる。不動産屋の顔を思い浮かべたそのとき、笑い声が――本当の笑い声が――初めて耳に入ってきた。

ホープは目を上げた。ちらっと左を見ると、二人の少年が体を折って笑っていた。二人とも上半身裸で、青いナイロンのショートパンツと茶色のカウボーイ・ブーツを履いている。一人は彼女を指差し、もう一人は、おしっこを我慢するような格好をしていた。少年たちはホープを笑いものにして大いに楽しんでいる。だが、そんなことはどうでもよかった。頭の中で本当に動脈瘤が破裂しそうな気がして、恥ずかしいという気持ちはこれっぽっちもなかったのだ。

「さ、さ、さっきの格好……」少年の一人は言葉を詰まらせながら彼女を指差したかと思うと、道に倒れこんだ。げらげら笑いすぎて、痩せて骨ばった両肩が震えている。

ホープは車の後部から顔をのぞかせ、家のほうをじっと見つめた。「コウモリが私を追いかけて飛び出してくるのを見たでしょう？」彼女は少年たちの甲高い笑い声のさらに上をいく高い声で言った。

少年は笑いをこらえ、首を横に振った。

「本当に？」ホープは立ち上がり、ジーンズの膝の埃を払った。

「うん」少年はくすくす笑っていたが、ようやく両手を脇にだらんと垂らして言った。「おねえさんが飛び出してくるのしか見なかったよ」

ホープはハンドバッグに入っているサングラスを取り出そうとしたが、バッグは肩に掛かってはいなかった。それから、眉の上に手をかざして目を隠し、汚い庭の向こうに目をやった。バリーのバッグがない。サングラスもない。車のキーもない。バッグを落としてきたのは明らかだった。おそらく二階だろう。コウモリの部屋のそばで落としたのだ。

「ねえ、あなたたち、ちょっとお小遣い稼ぎしたくない？」

お金の話と聞いて、地面に寝転がっていた少年は飛び起きたが、まだ笑いをこらえきれずにいる。「いくらもらえるの？」彼はなんとか口を利くことができた。

「五ドル」

「五ドル！」ずっと笑いをこらえていたほうの少年はびっくりして息が止まりそうになった。

「二人で五ドル？　それとも一人ずつ？」

「一人ずつ」

「ウォリー、これで、ピストル用のダーツがもっと買えるよ」

ホープはそのとき初めて、少年たちのズボンのベルトに、派手なオレンジ色のピストルと、おそろいのゴム製のダーツが差し込まれていることに気づいた。

「うん、それにキャンディも買える」ウォリーが言い添えた。

「何をすればいい？」

「あの家に私のバッグがあるから、行って取ってきてちょうだい」

二人の笑顔が消えた。「ドネリー・ハウスに？」

「あそこは幽霊が出るんだ」

ホープは目の前の二つの顔をしげしげと眺めた。ウォリーと呼ばれていた少年は、髪が赤味を帯びた銅色《カッパー・レッド》で、そばかす顔。もう一人の少年は、大きな緑色の目と、黒味がかった茶色の短い巻き毛に囲まれた顔で彼女を見つめていた。前歯が一本欠けていて、新しい歯が少し曲がって生えかかっている。「幽霊が棲んでるんだよ」

「そんなもの、まったく見なかったけど」ホープは二人にそう断言し、開けっ放しになっている玄関のドアに目を向けた。「いるのはコウモリだけ。コウモリが怖いの？　もしそうなら、しょうがないわね。気持ちはよくわかるもの」

「怖くないよ。アダム、おまえは怖いのか？」

「ぜんぜん。去年、おばあちゃんちの納屋にコウモリがいたんだ。あいつら、何もしやしないよ」一瞬、間があって、アダムが友人に尋ねた。「幽霊は怖い？」

「アダムは？」

「ウォリーが怖くないなら、僕も怖くない」

「うん、僕もアダムが怖くないなら、怖くない。それに、僕らにはこれがあるからね」

ホープは再び少年たちのほうに注意を向け、彼らがプラスチックのピストルにゴムのダーツをセットする様子をじっと見ていた。ホープとしては、コウモリ一匹より、幽霊の大群のほうを選びたいところだ。

彼女は二人の顔を交互に見た。「あなたたち、いくつ？」

「七歳」

「八歳」

「違うだろ」

「もうすぐだもん。二カ月したら八歳だよ」

「そのおもちゃのピストルでどうするつもり？」ホープは尋ねた。

「身を守るんだ」アダムが答え、ダーツの吸い込み口をなめた。

「待って。それはあまりいいアイディアじゃないと思うんだけど」だが少年たちは耳を貸さず、庭を横切って行ってしまった。ホープは二人のあとを追ってポーチの足元までやってきた。子供の扱いに不慣れな彼女は、ふと、この子たちをコウモリ屋敷に送り出す前に、親の許可をもらうべきかもしれないと思ったのだ。「中に入る前に、あなたたちのお母さんにお話ししとかなきゃいけないんじゃないかしら」

「うちのママは気にしないよ」ポーチの階段を上りながら、ウォリーが肩越しに振り向いて答えた。「それに、今、ジュヌヴィエーヴおばさんと電話でおしゃべりしてるし。たぶん、二時間は切らないと思う」

「パパには電話できないんだ。今日は山で働いてるから」アダムも続けて答えた。

コウモリはとっくにいなくなっているかもしれないし、バッグはドアのすぐ内側にあるかもしれない、とホープは自分を納得させた。この子たちがコウモリに襲われたり、狂犬病で死んだりすることもないだろう。「怖くなったら、すぐ逃げるのよ。バッグのことは気にしなくていいから」

少年たちは開いた戸口で立ち止まり、ホープを振り返った。ウォリーが幽霊のことを何やらつぶやき、二人はしばらく突き合ったりしていたが、やがてウォリーが尋ねた。「バッグって、どんなやつ?」

「オフホワイトの革に、アクセントでバーガンディのワニ革が入ってるの」

「え?」

「白と赤茶色のバッグよ」

ホープは腕組みをして二人を見守った。少年たちはピストルを掲げ、ゆっくりと家の中に入っていった。彼女は再び片手をかざし、刺すような日差しから目を守りつつ、彼らがまず左へ向かい、次に廊下を横切って居間に入っていく様子を見ていた。姿を消してから三〇秒ほど経っただろうか、二人は走って戻ってきた。ホープのバッグがアダムの空いているほうの手に握られている。

「どこにあった？」

「シカの角がある大きな部屋」アダムがホープにバッグを渡す。彼女はその中に手を突っ込み、まずサングラスを取り出してかけ、次に財布から五ドル札を二枚引き出した。

「どうもありがとう」職業柄、ホープはドアマンや医者や小人症の人たちに金をそっと手渡すことはあった。でもこんなのは初めてだ。小さな子供に頼み事をして金を払ったことなど一度もない。「私が知ってる男の人たちの中で、あなたたちがいちばん勇敢」ホープが金を渡すと少年たちは目を輝かせ、小遣い目当ての笑顔を見せた。

「ほかにもしてほしいことがあったら、僕らがやってあげるからね」ウォリーはショートパンツのベルトにピストルを差し込みながら、ホープを安心させるように言った。

夕食どきの忙しさも一段落したころ、ディラン・テイバー保安官がコージー・コーナー・カフェに入ってきた。内側から見ると窓には薄く色がついていて、店内から外を見ることはできるが、外からだとアルミ箔を貼ってあるように見える。まともに日光が差し込めば、目が焼けて角膜に穴が開いてしまうこともあり得るからだ。

入り口脇のジュークボックスでは、ロレッタ・リンが心の故郷《ふるさと》ケンタッキーにまつわる歌をうたっており、鉄板の向こうで、店主のジェローム・ファーンウッドが出来上がった料理の名前を叫んでいる。

フライドチキンの肉汁とコーヒーのにおいがディランの感覚を激しく刺激し、腹が鳴った。ファースト・フードの夕食は最小限に留めようと努力はしていた。だが、その晩は疲れていたし、全身埃だらけだったし、家に帰って食事の支度をするのは願い下げだった。たとえ、アダムの好きなホットドッグやマカロニ・チーズであっても作る気にはなれなかったのだ。

ようやく非番となったディランは、食事を取ってゆっくりシャワーを浴び、ベッドに倒れ込みたかった。シャワーはどうということはない。だが、ベッドに倒れ込むまでには、あともう数時間待たなくてはならないだろう。アダムはTボール（五～七歳向けの野球に似たスポーツ。ピッチャーはおらず、ポールに載せたボールをバッターが打って走る）の試合を四五分やってきたはず。試合があると、アダムは気持ちが高ぶってしまうのが常だった。試合やら、新しい子犬やら、その日の午後、自分の石のコレクションを入れるために買った「かっこいい箱」とやらですっかり興奮した息子が、一一時前にうとうとするとは思えない。

さっき家に電話を入れたとき、息子は妙な話をしていた。コウモリと幽霊がどうしたとか、「鳥のブーツ」を履いた女の人のハンドバッグを探してあげて、五ドルもらったとか……。例の女性と出会っていなかったら、ディランは息子の話を信じなかったかもしれない。アダムは作り話をする癖があるが、さすがにあのブーツの話をでっち上げることはできないだろう。

「いらっしゃい、ディラン」パリス・ファーンウッドがカウンターの向こうから勢いよく出てきて声をかけた。両腕に料理の皿をめいっぱい載せている。

「やあ、パリス」ディランも黒いステットソンに手をやって挨拶をし、それから帽子を脱いで髪に指を通した。空いているスツールに向かいながら、店に来ている地元の客何人かと挨拶を交わす。

「保安官さん、ご注文は？」カウンターの向こうからアイオナ・オズボーンが尋ねた。

「いつものやつ」ディランは赤いビニールのスツールに腰掛け、帽子を膝に置いた。

白髪交じりの細い髪をテンガロン・ハットのように結い上げたアイオナは、髪に挿してある鉛筆をつかんでディランの注文を書き留めた。それからステンレスの回転式クリップに伝票を挟み、「フライドポテト二つ、チーズバーガー二つ、お持ち帰りで」と大きな声で叫んだ。低い壁のすぐ向こうにコックがいるというのにだ。それから、彼女はこう付け加えた。

「一つはすべてトッピング、一つはマヨネーズのみ」

ジェロームはスパチュラを動かす手を休めることもなく、注文した客を確認しようと顔を上げることもなく言った。「すぐできるよ、保安官」

「ありがたい」

アイオナは大きなグレーの洗い桶に手を伸ばし、カウンターの汚れた皿やグラスを片づけだした。「それで、例のフラットランダーは見つかったの？」

ディランは、どうしてウェイトレスの君が警察の仕事を把握しているのかなどと訊きはしなかった。ゴスペルではそんなことは当然なのだ。アイオナは町でいちばん膨らんだ髪型の持ち主との栄誉にあずかっているだけでなく、町いちばんの情報通だった。ここゴスペルでは、ゴシップに通じていることは大事なたしなみの一つとされている。

「リーガン山の東斜面の下のほうで見つかった。あそこで雪を見て、ちょっとスキーをしようと思ったらしい」ディランは片方のブーツのかかとをスツールの金属の横棒に引っかけた。「ショートパンツとテニスシューズでね」

アイオナは最後のグラスを洗い桶に放り込むと、ふきんに手を伸ばした。「フラットランダーときたら」彼女はばかにしたように笑い、カウンターをきれいにふいた。「たいてい、救急箱も持たずに自然保護区をほっつき歩くのよ」彼女はケチャップがこぼれた場所をふき、肝心な質問をした。「ところでその男、どこか骨折してた？ メルバがね、今年は骨折者が大勢出るってほうに賭けてるのよ」

もちろんディランもフラットランダー・トトカルチョについては知っていたし、自分はやらないものの、この程度の賭けなら害はないと思っていた。「右の足首が折れて、膝の靭帯も少し裂けてたよ。それに、ひどい日焼けになってたな」

「右の足首？ 私、右足首の捻挫に賭けちゃったのよ。骨折も捻挫も同じだって言うわけにはいかないわよねえ」

「うん、いかないと思う」ディランはきれいになったカウンターの上に帽子をぽんと置いた。

店の入り口が開き、ドアノブに結びつけてあるカウベルが鳴った。ジュークボックスのロレッタは最後の歌詞をうたい、店の奥のほうで皿が割れる音がした。アイオナがカウンターから身を乗り出し、声高にささやいた。「また来た！」

ディランが肩越しにちらっと目をやると、ジュークボックスの脇に立っていたのは、桃のようにみずみずしい「MZBHAVN」その人だった。彼女はタイトなジーンズから、華奢な肩ストライプのついた、細身のサマードレスに着替えていた。髪を後ろでアップにし、例のブーツではなく、甲でストラップを交差させるタイプのフラットなサンダルを履いている。

「あの人、昼ごろここに来たの」アイオナはため息混じりに言った。「シェフ・サラダを注文して、ドレッシングはかけずに別に持ってきてくれ、なんて言ってね。それから、ありとあらゆることを訊いてきたのよ」

「どんなこと?」ディランは向きを変え、すぐそばを通り過ぎていくミズ・スペンサーをじっと見つめた。彼女は前だけを見つめ、自分が人目を引いていることなど気づいていないという感じだった。脂や「本日の定食」のにおいが充満する中、ディランは彼女の肌から漂う桃の香りをかいだような気がした。彼女は太ももの後ろでドレスの裾をひらつかせながら、奥のボックス席のほうへと歩いていく。それから擦り切れた赤いビニールのシートに体を滑り込ませて奥まで入り、メニューに手を伸ばした。ブロンドの髪が一房、頬の脇に落ちてきたが、彼女はそれを片手で耳の後ろになでつけた。

「サラダの材料はすべて新鮮なのかとか、手が空いてる男はいないかとか」

「手が空いてる男?」空腹感がみぞおちの奥のほうで渦巻いたが、今回は、それが食べ物と関係しているかどうか確信が持てなかった。

「そうなのよ。ドネリー・ハウスを片づけてくれる若い男はいないか、ですって。少なくとも彼女はそう言ってるんだけど」

ディランは再びアイオナのほうに顔を向けた。「そんなの信じられないって？」

ウェイトレスは不満げに唇を突き出した。「私、モーテルに寄って、エイダに訊いてみたの。案の定、あの人、あそこにチェックインしてたわ。ロビーで市外電話をかけてたようね。エイダが言うには、大騒ぎだったんですって。わめいたり、悪態をついたりしながら、雑草や埃のことで文句を言い続けていたそうよ。あと、あそこはほら、コウモリだらけだって騒いでたみたいなの。あ、〝ほら〟は彼女が言ったんじゃないわよ。エイダが言うには、あの人、口が悪くて短気なんですって。あと、モーテルにやってきてすぐ、手の空いてる男はいないかって訊いてきたそうよ。宿泊カードのインクも乾かないうちにね。結婚指輪はしてないわ。たぶんバツイチなのよ。だから、しばらくサンドマン・モーテルに泊まるつもりだけど、私を助けてくれそうな男を知らないかってことなんでしょう。あの人、あそこで人生をやり直そうとしているように思えるのよねえ」

しばらく話を聞いていたディランは、それはいちばんばかげた推測だろうと思ったが、驚きはしなかった。あれから五年も経ったというのに、町の人々は相変わらず、ドネリー保安官や、彼があの家でしていたことにまつわる噂話をするのが大好きだった。あの保安官の腐りきった私生活は、町の人々にとって、一九八三年の地震以来最大のショックだったのだ。

「コウモリのフンを片づける手伝いをしてくれる人を探しているだけに思えるけどね。別に何の問題もない」

アイオナは洗い桶をカウンターの下に突っ込んでから、豊満な胸の前で腕を組んだ。「あの人、カリフォルニアから来たのよ」それ以上の説明はいらないでしょうと言いたげな口ぶりだ。だが、アイオナは続けた。「エイダが言ってたわ。モーテルにやってきたとき、あの人、ものすごくタイトなジーンズをはいてたんですって。下着のラインが全然わからなかったらしいの。だから、Tバックをはいてるに違いないって話になったのよ。女がそんなつけ心地の悪いものをはく理由はただ一つ。男の気を引くためよ。皆知ってることだけど、カリフォルニアの女はやることが無責任なの」

ディランは肩越しに振り返り、パリスがブロンドの女性のオーダーを取る様子を見つめた。ミズ・スペンサーは、メニューのいろいろな箇所を指差している。パリスの苦々しい表情から して、スペンサーが「ドレッシングは別にして」と面倒なことを言うタイプの女性であることは明らかだった。確かに彼女は面倒な人のようだ。だが、アイオナが意味する類の面倒な人ではない。ディランは、スツールに引っかけていたかかとを外して立ち上がった。「そういう下着については本人に訊いてみたほうがよさそうだな。女性にTバックなんかで町を歩かれては困るし、保安官がそれを把握していないわけにはいかないんでね」

「あなたも悪い人ねえ」アイオナは一〇代の女の子のようにくすくす笑った。ディランはカウンターを離れ、赤と白のリノリウムの床を横切って奥のボックス席へと歩いていった。

ミズ・スペンサーが顔を上げなかったので、ディランは声をかけた。「どうも。大変な一日だったみたいですね」

すると、彼女が目を上げてディランを見た。これまで見たこともないほど澄んだ青い目で。ソートゥース湖の色を映したような青だ。澄みきっていて、目の底が見えそうな気がする。

「私がどんな目に遭ったか聞いたんですか？」

「コウモリの話は聞きましたよ」

「いい噂はすぐ伝わるようね」

彼女は「座りませんか？」とは言わなかった。ディランは誘われるのを待つことなく、彼女の向かいの席に滑り込んだ。

「あなたがハンドバッグを取り戻すのに雇った少年の片方はうちの息子なんです」

彼女は視線をディランの顔に移した。「じゃあ、きっとアダムのほうね」

「ええ」ディランはベンチ・シートの背にもたれ、胸の前で腕を組んだ。彼女の表情は何も語っていない。この女性は自分を抑えて、わざと落ち着いた振りをしている。

「息子さんを雇ったこと、気にしないでいただけるといいんだけど」

「気にしてませんよ。でも、バッグを取り戻すだけで、子供にあの額は払いすぎだと思いますね」ディランの言葉は彼女を不安にさせたようだが、だからといって彼女が何を考えているのかわかったわけではなかった。彼のバッジを見るとたいがいの人は不安になる。彼女も、駐車違反の罰金をまだ払っていなかったことを思い出しただけなのかもしれない。何か隠している可能性もあるが、問題を起こさない限り、それも秘密にしておけるだろう。秘密を守りたい気持ちはよく理解できた。彼にも大きな秘密があったから。「あと、あの家を片づけるのに、若い男を雇いたがってるって話も聞きましたよ」

「年齢は特定してませんけど。はっきり言って、あのいまいましいコウモリを退治してくれるなら、あなたのひいおじいさんだって大歓迎だわ」

ディランが脚を伸ばすと、爪先が彼女の足にぶつかった。彼はミズ・スペンサーの個人《パーソナル》・空間《スペース》の境界線を超えており、相手もそうするのではないかと思ったが、彼女はすぐに足を引っ込め、姿勢を少し正した。ディランは笑顔を隠そうともしなかった。「コウモリはあなたを傷つけたりしませんよ、スペンサーさん」

「その言葉を信じるわ、保安官」彼女はそう言うと、ちらっと目を上げた。ちょうどパリスがやってきたところで、アイスティと、レモンのスライスが入った小さな皿がテーブルに置かれた。

「店にはこれ以上、新鮮なレモンはありません」パリスは茶色の目の上で、眉をひそめた。

「それを切ってきました」

ミズ・スペンサーは唇の端をきゅっと上げ、心にもない作り笑顔で言った。「ありがとう」

ディランはパリスと幼なじみだった。小学生のころは、一緒にレッドローヴァー（子供の遊びの一種。手をつないで二チームに分かれ、互いのメンバーの奪い合いをする）やキックボールをして遊んだし、中学時代はほぼずっと同じクラスで過ごし、卒業式の夜には彼女が総代としてスピーチするのを聞いた。ディランは彼女のことをよく知っていると言うべきだろう。いつもとてもおっとりしているパリスだが、なぜかMZBHAVNは、そんな彼女を見事に怒らせてしまったようだ。

「こちらのスペンサーさんは、この町のいちばん新しい住人なんだ。しばらくドネリー・ハウスに滞在するらしい」

「そう聞いてるわ」

大人になってから、ディランはいつもパリスが少し気の毒に思え、彼女に優しくしてあげようと心を砕いていた。パリスは美しい長い髪の持ち主で、いつもそれをお下げにしている。内気で、無口で、ときには女性のそういうところをいいと言ってくれる男性もいるだろうが、パリスの場合、不幸にも体格が父親のジェロームに似てしまった。長身で、がっしりしていて、手が男性並みに大きかったのだ。男は、女性の肉体的な欠点にはたいてい目をつぶることができる。たとえば、大きな鼻とか、アメフトのラインバッカーのような肩とか。しかし、ばかでかい手と、ごつごつした指は、男としてはどうしても目をつぶることができないポイントだ。それは、見過ごせない欠点として、口の周りのうぶ毛と同等の地位にランクされる。男は、顔に毛がある女性とキスをすることを考えても興奮しないし、男のような手が自分の下半身に伸びてくるのを見下ろすのは絶対にごめんなのだ。

「ディラン、待ってるあいだに何か持ってきてあげましょうか?」パリスが尋ねた。

「いや、いいんだ、ハニー。ありがとう。頼んどいたハンバーガーがもうできるころだろう」パリスの母親は父親よりほんの少しだけ女らしかったと言ってみても、おそらく何の役にも立たないだろう。

パリスは微笑み、腹の前で指を絡ませた。「この前、持ってったラズベリー・パイはどうだった？」

ディランは、何であれ、歯に挟まる小さな種のあるフルーツは嫌いだった。アダムは一日見て「すっごくまずそう」と言い、二人はそのフルーツ・パイを捨ててしまったのだ。「アダムと二人で、アイスクリームと一緒に食べたよ」ディランはパリスを悲しませないよう、嘘をついた。

「明日は仕事が休みだから、アーミッシュ風のケーキを焼くつもりなの。一つ持ってくわ」

「君は本当に親切だね、パリス」

彼女の目が輝いた。「来月のカウンティ・フェアの準備をしてるのよ」

「今年も、ブルー・リボンをいくつか狙ってるんだろう？」

「もちろん」

「こちらのパリスは――」ディランはミズ・スペンサーをじっと見つめた。「パール郡の女性の中で、誰よりもたくさんブルー・リボンをもらってるんですよ」

ミズ・スペンサーはグラスを口元へ持っていき、「あら、それじゃあ、わくわくするでしょうね」と小声でつぶやいてから、アイスティを飲んだ。

パリスがまた眉をしかめる。「次のオーダーが上がるから」彼女はきびすを返して行ってしまった。

ディランは首をかしげ、クックッと笑った。「ここへ来てまだ一日と経たないのに、もう友達を作ってるみたいですね」

「この町は新人歓迎車《ウェルカム・ワゴン》（新しく引っ越してきた人に、その土地の情報・産物・贈り物を届ける歓迎の車）を派遣してくれるわけじゃないみたいだし」彼女はグラスをテーブルに置き、唇の端をなめた。「もちろん、ワゴンがやってきた可能性はありますけど、あいにく留守にしてたんです。サンドマン・モーテルのロビーで、スポンジのカーラーを巻いた女の人にいびられてましたから」

「エイダ・ドーヴァーのことですか？　彼女が何をしたんです？」

　ミズ・スペンサーは体をそらし、少しリラックスした。「部屋を貸すだけなのに、私の家系をほぼすべて知っとかなきゃいけなかったみたいですよ。私に犯罪歴があるかどうか知りたがるから、尿のサンプルが必要ですかって尋ねたら、あの人、こう言ったんです。そんなきついジーンズをはいてるから、怒りっぽくなるんだろうって」

　ディランは例のジーンズを思い出した。確かにタイトなジーンズだったが、この町には見るに堪えないラングラーをはいている女性が何人もいるではないか。「たぶん、悪気はなかったんでしょう。エイダは自分の仕事を重大に考えすぎてしまうことがあるんです。まるでホワイトハウスで部屋を貸しているような気になるんですよ」

「あんなところ、できれば明日の午後までに出られるといいんですけど」

　ディランは彼女のふっくらした唇に視線を下ろし、ほんのつかの間、彼女は見た目と同様、美味しい女なのだろうかと考えてしまった。彼女の唇のリップグロスをなめつくし、その髪に顔をうずめたら、どんな感じがするのだろう？　「やっぱり、丸半年、滞在するおつもりですか？」

「もちろん」

ディランは相変わらず、彼女は何日ももたないのではないかと思っていたが、この町に留まるつもりなら、これから直面するはずのことを知らせておかなくてはと考えた。「じゃあ、少し忠告させてもらいますよ。きっと、あなたにはそんなもの、いらないでしょうし、受け入れられないことでもあると思いますが」ディランは目を上げ、ばつが悪くなる前に、おかしな妄想に終止符を打った。「ここはカリフォルニアじゃありません。あなたの出身がウエストウッドだろうが、サウス・セントラルだろうが、この町の人間にはどうでもいいことです。あなたがメルセデスに乗っていようが、おんぼろのビュイックに乗っていようが気にしません。あなたがどこで買い物するかなんて気にしちゃいないんです。映画が観たければ、車でサンヴァレーまで行く必要があります。それと、衛星放送用のパラボラアンテナがない場合、見られるテレビのチャンネルは四つです。食料品店は二つ、ガソリンスタンドは三つあります。レストランは二軒。そのうちの一軒が、今あなたが座っているところ。もう一軒は、この通りをずっと行ったところにあるスパッズ・アンド・サッズですけど、そこはお勧めしません。去年は食中毒を出して、二度、業務停止を食らってますからね。教会は宗派の違うものが二つあります。あと、大きな4Hクラブ（農業技術の振興、生活全般にわたる教育を目的とした青少年教育団体）がありますよ。それと、ゴスペルにはバーが五軒と、銃器店が五軒あります。さあ、これでもう、どういうことかおわかりでしょう」

彼女はアイスティに手を伸ばし、グラスを口元に持っていった。「つまり私が引っ越してきたのは、アルコール依存症と、銃の愛好家と、羊を愛する4Hの町ってこと?」

「やれやれ」ディランは首を横に振った。「そう来ると思った。あなたはトラブルメーカーになるつもりなんでしょう?」

「私が?」彼女は再びグラスを置き、無邪気に片手を胸に当てた。「神に誓っておとなしくしてますとも。私が町にいることさえ、そのうちわからなくなるわ」

「さあ、どうでしょうね」ディランは立ち上がり、彼女を見下ろした。「ドネリー・ハウスで手伝いが必要なら、アバディーン家の兄弟に頼んでごらんなさい。二人ともうすぐ一八歳になるんですが、この夏は何もしてませんから。彼らもティンバーラインに住んでます。ドネリー・ハウスの真向かいです。でも、仕事は昼前に頼まないとだめですよ。二人とも湖に出かけてしまいますからね」

ホープは目の前に立つ男性を眺め、深い緑色の目と、弧を描いて額にかかる茶色の髪を見つめた。窓から差し込む光が、髪に筋状に混じる金色の部分を照らし出している。それは、銀色のポルシェが日の光を受ければ輝くのと一緒で、美容師にブラッシングしてもらったおかげではないはずだ、とホープは思った。彼にユーモアのセンスがないのはとても残念だが、この保安官のようなルックスの男性に、ユーモアのセンスはどうしても必要というわけではない。「ありがとう」

彼が微笑み、ホープはそのとき初めて気がついた。確かに彼なら大がかりな西部劇に出ようと思えば出られただろうが、映画スターとしては歯並びがあまりよろしくない。白さは申し分ないものの、下の歯の隙間が少し詰まっている。「じゃあ、幸運をお祈りします、スペンサーさん」彼はゆっくりとした口調で言った。

つまり、コウモリの問題を片づけてくれる人を見つけるには運が必要だということ？　こんな事態にならなければ、運なんか必要なかったのに。ホープは、店の入り口のほうへ歩いていく保安官を目で追った。

ベージュのシャツが背中に張りつき、両脇に茶色の線が入ったベージュのズボンにたくし込まれている。センスのかけらも感じられない悪夢のようなズボンのはずなのに、彼が身に着けると、引き締まった尻の筋肉と長い脚を引き立たせているように思えてしまう。彼はストラップでリボルバーを腰に固定し、手錠を始め、様々な革のポーチやケースを制服のベルトに下げていた。

こういった革製品や武器を身に着けているにもかかわらず、彼は今いる場所からどこへでも、まったく慌てることなく、ゆったりとした身のこなしで移動できるのだ。彼は自分や妻を大切にできる男の自信と威厳にあふれている。こういうフェロモンを発する男性に参ってしまう女性もいるだろう。だが、ホープは違う。

彼女は、保安官がカウンターに置いてあるカウボーイ・ハットに手を伸ばす様子を見つめた。その仕草は、彼が髪をかき上げたときと同じように滑らかだった。彼は帽子を頭に押しつけ、レジのそばにいる、若くないほうのウェイトレスに話しかけた。髪を大きく膨らませたその女性は少女のようにくすくす笑っている。ホープは目をそらした。この女性も、ちょっと不完全な彼の笑顔に、かつてほんの少し心がとろけてしまったことがあったのかもしれない。だが、今はもう違うのだろう。

ホープは最後にもう一度、保安官を振り返り、長い髪をお下げにしたあの失礼なウェイトレスが彼に紙袋を渡す様子を見つめた。すると、頭の中のジャーナリストとしての側面に疑問が渦巻いた。彼が結婚指輪をしていないことに気づいたのだ。だからどうというわけではなかったが、ホープは保安官とあのウェイトレスとの会話から、彼は結婚していないと推測していた。また、あのウェイトレスは親切な保安官に特別な感情を持っていると、かなり露骨な推測もしていた。あの二人は深い仲なのだろうか？　いや、それはないだろう。ほんの短い時間だったが、二人が交わしたやり取りから察するに、どうやら友情を超えた感情は完全に一方に偏っているらしく、それはむしろ痛々しいほどだった。あのウェイトレスがもっと感じよく接してくれたら、ホープも彼女を気の毒に思ったかもしれない。しかし、ウェイトレスは感じが悪かったし、ホープ自身、いろいろと問題を抱えていたのだ。

3　悪魔のカー・アラーム、町に催眠術をかける

モーテルの部屋にある硬い椅子のおかげで、背中がしびれてきた。ホープは立ち上がり、伸びをしながらあくびをした。ノートパソコンの空白の画面を凝視していた目がかすみ、手のひらの付け根でその目をこする。何も書けない。この三時間、彼女はあの硬い椅子に座って、ごろごろする目を酷使し、疲れた頭をさらに絞り、画面を埋める文章をひねり出そうとしていた。何でもいいから書かなくちゃ。だが、画面は相変わらず空白のままだ。アイディア一つ浮かんでこない。彼女は一行も書いていなかった。下手な一文でも、書けばいい方向に膨らませていくことができるのに、その一文さえ書けていない。

ホープは両手を下ろし、パソコンに背を向けた。ベッドに仰向けに横たわり、天井をじっと見つめる。自宅にいれば、きっと清潔なバスルームをごしごし磨いたり、Tシャツにアイロンをかけたり、マットレスをひっくり返したりしていただろう。ネイル・キットがあれば、マニキュアを塗っていただろう。ホープはマニキュアがとてもうまくなり、時々、ライターを辞めてネイルの仕事で食べていったほうがいいかしらと思うことがあった。

マニキュアを塗るのは、空白の画面という現実から逃れるべく、彼女が多々編み出した手

段の一つにすぎなかった。

人生の現実から逃れるための、多々ある時間つぶしの一つだ。私は独りぼっち。それが辛い現実。夜が寂しくても話し相手がいない。手を握り、大丈夫だよと言ってくれる人もいない。

ホープの母親は秋に亡くなり、次の春、父親は再婚した。そして、新しい妻の子供たちの近くで暮らすため、アリゾナ州のサンシティに引っ越してしまった。父親は電話をくれるし、ホープも電話をかける。しかし、以前と同じではなかった。たった一人の兄エヴァンは仕事でドイツに駐在している。ホープは手紙を書くし、兄も手紙をくれる。しかし、やはり以前と同じではなかった。

かつてホープには夫がいた。彼女は七年間、ロサンゼルスの高級住宅街ブレントウッドの瀟洒《しょうしゃ》な家で優雅な生活を送り、豪華なパーティに出かけたり、テニスで見事なプレーを披露したりしていた。夫のブレインは腕のいい形成外科医だった。ハンサムでユーモアがあって、ホープは死ぬほど夫を愛していた。彼女はなんの心配もなく、幸せだった。二人で一緒に過ごした最後の夜、夫は妻を心から愛しているかのように彼女を抱いた。

その翌日、夫はホープに離婚届を差し出した。君には本当にすまないと思っている。夫はそう言った。彼はホープの親友、ジル・エリスと恋に落ちていたのだ。二人ともホープを傷つけたくなかったが、どうしようもなかったのだろう。二人は愛し合い、当然の成り行きとして、ジルは妊娠五カ月を迎えていた。ホープが与えたくても与えられないものを彼にプレゼントすることになったのだ。

もう夫はいない。友人もいない。子供もいない。

でも、ホープには仕事があった。必ずしもこんな人生を想像していたわけではないが、悪くはなかった。少なくとも、壁にぶち当たるまでは。

この三年間、ホープは過去に背を向け、心の痛みがどれほど深いものか認めようともしなかった。人生の残骸は見て見ぬ振りをし、仕事に没頭した。まずは、フリーランスのライターとして『ウーマンズ・ワールド』、『コスモポリタン』といった雑誌に記事を書き、『スター』や『ナショナル・エンクワイアラー』にも寄稿した。その仕事は一年続けたが、セレブたちの生活をこそこそ詮索して回るのはあまり楽しくなかった。それに、どのみち彼女は間違った理由で仕事をしていたのだ。

その後、ホープはゴシップ記事からすっぱり足を洗い、エルヴィスは火星で元気に生きているといった類の記事を載せる白黒タブロイド紙の一つ、『ウイークリー・ニューズ・オヴ・ザ・ユニヴァース』に専属ライターとして雇われた。もう噂やスキャンダルを追わなくていい。ホープは今、マディリン・ライトというペンネームでフィクションを書いている。同紙でいちばん人気のあるライターであり、この仕事を大いに気に入っていた。

つまり、二カ月前までは。そのころホープは見えない壁にぶつかっているような気がしていた。その壁を無視することも、通り抜けることも、壁を見て迂回することもできなかった。行き詰まってしまったのだ。壁から身を隠すことも、頭の中で作り上げた奇想天外なストーリーに没頭することもできそうになかった。もう長いあいだまともな文章が書けていない。何がいけないのか精神科医ならわかるかもしれないと思ったが、同時に、答えはもうわかっているとも思った。

編集長のウォルターはホープのことをひどく心配し、休暇を取ってはどうかと勧めた。それは彼がものすごくいい人だったからではなく、日ごろホープが編集長に花を持たせていたからだ。それに、彼女のおかげで新聞の売れ行きは大変好調だったため、会社としては、いちばん人気の記者に復活してもらい、一風変わった奇妙なストーリーを量産してほしかったのだ。

ウォルターは、わざわざ休暇を過ごす場所まで選んでくれたうえ、会社が半年分の家賃を持つように手配してくれた。ウォルターは、空気のいいところだからアイダホのゴスペルにしたと言っていた。確かに彼はそう言ったが、誰をだましたわけでもない。編集長がゴスペルを選んだのは、ビッグフットが住んでいそうな場所に思えたからだ。人が年中エイリアンに誘拐されていそうな場所、満月の下で不気味なカルト集団が裸で踊っていそうな場所に思えたからだ。

ホープはベッドの端で体を起こし、ため息をついた。編集長の申し出に応じたのは、人生が滞ってマンネリ化し、もはや楽しめなくなっていると認めたからだ。彼女には新しい日常が必要であり、そのためにはしばらくロサンゼルスを離れなくてはだめだった。一休みして、「不思議なレプラコーン、ミッキー」の大失敗を忘れる必要があったことは言うまでもない。

あのときの苦悩をすべて、きれいさっぱり頭から取り除いてしまわないといけなかったのだ。

あまりやる気も出ないまま、ホープは立ち上がり、フランネルのショートパンツとプラネット・ハリウッドのTシャツに着替えてから、もう一度ノートパソコンに向かった。キーボードの上に指を浮かせたまま、ちかちかするカーソルをじっと見つめる。重苦しい、完全なる静寂に包囲され、ホープはいつの間にか、醜く汚れた足元のカーペットに視線を落としていた。間違いなく、これは今まで目にした中でいちばんぞっとするカーペットだ。元々こういう模様だったのか、それとも前の客がピザを落としてこうなったのか確認しようとして、彼女は一五分もそのカーペットを見つめていた。

濃い赤いシミがあることにしておこう、と思ったそのとき、ホープは自分が仕事をぐずぐず先延ばしにしていると気づき、パソコンの画面に意識を戻した。

催眠術にかかったコブラのように画面を見つめ、カーソルの明滅を数えるホープ。二四七まで数えたとき、甲高い悲鳴が静まり返った夜を引き裂き、彼女は思わず立ち上がった。

「何なの！」息が止まりそうだった。心臓が喉に飛び出してきたかのようだ。次の瞬間、それがポルシェの盗難防止装置のアラームだと気づき、ホープはハンドバッグの底に手を突っ込んで、キーホルダーにつけてある発信機を引っ張り出した。それからサンダルを突っかけて外に飛び出し、狭い駐車場にぎっしり並んだピックアップ・トラックやミニバン、屋根にカヤックが縛りつけてある埃だらけのSUVのあいだを縫って進んでいった。

ホープのポルシェのボンネットの脇にサンドマン・モーテルの支配人が立っていた。髪にスポンジのカーラーを巻いたまま、ホープが近づいてくるのに気づくと、仏頂面で目を細めた。ほかの宿泊客も窓から外を眺めたり、部屋の戸口に出てきたりしている。ゴスペルに夕闇が垂れ込め、濃い影が起伏の多い風景を染めていた。静けさをつんざくアラームの六段階の音を別にすれば、町はくつろぎ、リラックスしているかに見える。ホープは発信機を車に向け、アラームを解除した。

「私の車を開けようとしている人を見ました？」ホープはエイダ・ドーヴァーの前までやってきて尋ねた。

「誰も見なかったわ」エイダは両手を腰に当て、頭を後ろに傾けてホープを見上げた。「でもね、それが鳴りだしたとき、チキンの骨が喉に詰まりそうになったわよ」

「たぶん、誰かがドアの取っ手か窓に触ったんだわ」

「あっちのM&Sマーケットで警報機が鳴ってるんだと思ったのよ。だからスタンリーに電話して、誰かがおたくの店に侵入してるから、とっとと《ハックテイバック》行きなさいって言ってやったの」

「ああ、なんてことを」ホープはうめいた。

「でも、スタンリーが警報機なんかつけてないって言うじゃない。標示が出てるから、皆、てっきりついてるもんだと思ってるわよ」

ホープはスタンリーとは面識がなかったが、彼は防犯対策を取っていないことを町に広めたいのかしらと疑問に思った。

「保安官に通報するところだったわ」エイダは続けた。「でも、まずはこの騒音のもとを確認しようと思ったの」

ホープはあの保安官をサンドマン・モーテルに引っ張り出すことだけはしたくなかった。町にいるのかいないのかわからないほどおとなしくしていると言い切ってしまったあとではなおさらだ。「でも、電話はしてないんですよね？」ロサンゼルスでは、車のアラームが鳴ったぐらいで警察に通報する人間はいない。だいたい犯人がいつまでも駐車場の近くをうろついているはずがないし、パトカーが通りかかったとしても、警官がわざわざ車を止めて見にくる可能性はほとんどないだろう。この町の人たちはそういうことを何も知らないのだろうか？

「ええ。しなくてよかったわ。してたら、ばかみたいじゃない。でも、そんなことより、あたしはチキンの骨で死ぬところだったんだから」

ホープは目の前にいる背の低い女性をじっと見つめた。辺りがどんどん暗くなり、エイダの顔もカーラーをつけた頭の輪郭しかわからない。ひんやりした風がホープの腕の毛を逆立てた。アラームのせいでエイダ・ドーヴァーが喉を詰まらせたのだから、少しは申しわけなく思うべきだろう。それはわかっているが、チキンの骨をかじっていたとは、なんて間抜けなんだろう。「死にそうな目に遭わせてごめんなさい」エイダが死にそうだったとはとても思えなかったが、ホープは謝っておいた。肩越しにちらっと見ると、ほかの客も室内に戻ったようで、カーテンが閉まっている。彼女はほっとした。

「それ、また鳴ったりしないでしょうね？」

「ええ」ホープはそう答え、支配人のほうに注意を戻した。

「よかった。だって、そんなものにけたたましい音を立てられて、ほかのお客さんを一晩中起こしておくわけにいかないもの。皆、夜はゆっくり休むために高いお金を払ってるんだし、こういう騒ぎを起こすわけにはいかないのよ」

「二度と鳴らしません」ホープは約束したが、親指はアラームのスイッチを入れたくてむずむずしていた。向きを変えて立ち去ろうとすると、エイダ・ドーヴァーの捨てぜりふがあとからついてきた。

「今度、鳴ったら、とっとと出てって《ハックティイバック》もらいますからね」

エイダはホープを窮地に陥れた。ホープもそれはわかっている。「ハックティバック」がどんな意味なのかは知らないが、そっくり拝借して悪態をついてやりたいところだった。でも、この町にはホテルがあと一軒しかなく、そこもサンドマン・モーテルと同様、満室に決まっている。というわけで、彼女は黙って自分の部屋に帰り、後ろ手にドアを閉めた。そしてキーホルダーをバッグに放り込むと、再びパソコンの前の席に戻った。

ホープは椅子にどさっと腰を下ろし、頭の上で両手を組んだ。前の晩、彼女はソルトレイクシティのホテル「ダブルツリー」に宿泊した。今朝、快適な普通のホテルで目覚めたことははっきりと覚えている。だが、車を走らせているうちに、どこかでトワイライト・ゾーンに迷い込んでしまったに違いない。チキンの骨をむさぼる女のいるトワイライト・ゾーンに……。

ホープの口元にゆっくりと笑みが浮かんだ。彼女はキーボードに手を置き、こう記した。

狂気の女
チキンの骨で窒息死寸前

儀式的なセレモニーのあいだ、奇怪なチキン崇拝者、ドディ・アダムズは……。

翌朝、ホープは早起きをして手早くシャワーを浴び、ジーンズと黒のタンクトップに着替えた。そして、髪が乾くのを待つあいだにブーツを履き、ノートパソコンの脇に電話線を差し込んで、鶏の骨物語《チキン・ボーン・ストーリー》を送信した。ビッグフットは出てこないものの、これなら来週号に載せる記事として合格点をもらえるだろう。何よりも肝心なのは、自分がまた書いているという事実だった。その点ではエイダ・ドーヴァーに感謝しないわけにはいかず、彼女は皮肉な結果に笑ってしまった。

ホープは髪を後ろで束ねてポニーテールにしてから、車で三ブロック先のM&Sマーケットまで出かけた。四時間しか寝ていないが、久しぶりに気持ちが晴々している。また仕事をしていると思うといい気分だ。あれはまぐれだったのかも、今夜はまた空白の画面と何時間も向き合うのかも、などとあれこれ考えてみる気にもなれなかった。

M&Sの店内に入ってまず目に留まったのは、レジ・カウンターの後ろに並ぶシカの角。

巨大なそれらの角は、ラッカーを塗った飾り板にはめ込まれていた。次に気づいたのは、生肉とダンボールの混じったにおいだ。店の奥のどこからか、カントリー専門局に合わせたラジオと、肉切り包丁がまな板を叩くような音が聞こえてくる。奥にいる見えない誰かと自分を除けば、店内に人気はないように思われた。

ホープはレジの脇にプラスチックのカゴがあるのを見つけて腕に掛け、新聞・雑誌のラックに素早く目を走らせた。『ナショナル・エンクワイアラー』、『グローブ』、それにホープの最大のライバル紙『ウイークリー・ワールド・ニューズ』はすべて、『ウイークリー・ニューズ・オヴ・ザ・ユニヴァース』の隣に置いてあった。今週号に自分の署名記事は載っていないだろうが、来週号にはチキン・ボーン・ストーリーが載るはずだ。ホテルを出る前、彼女は編集長からメールを受け取っていた。今ごろ彼は記事を急いで編集しているところだろう。

シリアルやクラッカーが陳列された通路を通って冷凍食品売り場のほうに歩いていくと、硬い木の床が足の下でキーキー音を立てた。

ホープはガラスケースの扉を開け、一パイント入りのローファットミルクを一本カゴに入れた。続いて、オレンジジュースのビンの裏を見て糖分を確認する。果汁よりもコーンシロップのほうが多い。彼女はビンを棚に戻した。それから、グレープキウイジュースに手を伸ばしたが、やっぱりそういう気分ではないなと思い、クランアップルジュースのビンをつかんだ。

「僕ならグレープキウイにしたな」ゆっくりした話し方。背後で聞き覚えのある声がする。ホープはびくっとして振り向いた。ガラスケースの扉がバタンと閉まり、腕に掛けたカゴが揺れて腰に当たる。

「もちろん、こんな朝っぱらからグレープキウイを飲むのは、ちょっときついかもしれませんけどね」声の主はあの保安官だった。今朝かぶっているのは黒のステットソンではない。使い古した感じの、ヘビ革のベルトが巻かれた麦わらのカウボーイ・ハットだ。帽子のつばが顔に影を落としている。「ずいぶん早いお目覚めですね」

「今日はやらなきゃいけないことが山ほどあるんです、テイバー保安官」

彼がガラスケースの扉を開けたので、ホープは後ろに下がるしかなかった。「ディランです」彼は一パイント入りのチョコレートミルクのパックを二本つかんで、片方の腕に抱え込んだ。昨日、出会った保安官とは別人のように見える。着古した感じの青いTシャツは、少ししわが寄っており、裾はリーバイスのジーンズに押し込まれていた。ジーンズもひどく色あせていて、元の色を留めているのは縫い目の部分だけだ。

彼の広い肩と背中が押し当てられている部分を除いて、ガラスケースの扉が曇った。ジーンズの尻のポケットが破れていて、財布の端がのぞいている。彼は身をかがめ、アイスクリームと思われる小さな発泡スチロールの容器を二つ手に取った。「手伝ってくれる人は見つかったんですか?」彼は体を起こしながら尋ねた。

「まだです。昨日のご忠告どおり、近所の方を訪ねてみようと思ったんですけど、まだ休んでいるといけないので。あとで行くつもりです」

「もう起きてますよ」彼が脇にどき、ガラスケースの扉がその後ろで閉まった。「ほら」彼は空いているほうの手でパッションフルーツジュースのビンを差し出した。「僕のお気に入りはこれ」

ホープがそれを受け取ろうと手を伸ばしたが、彼はビンを放さず、その代わり彼女に近づいて、わずか数センチのところで立ち止まった。「パッションフルーツはお好きですか、スペンサーさん？」

ホープの指が彼の親指をかすめた。触れ合った指先から顔を上げると、深い緑色の瞳が、使い古した麦わら帽のつばの下から彼女をじっと見つめていた。ホープは愚かな田舎の小娘ではない。ものすごくセクシーなカウボーイが、興味深い場所が擦り切れて薄くなったジーンズをはいて自分を見下ろしているからといって、舞い上がったり、口ごもってしまったりはしないのだ。「パッションフルーツをいただくには、ちょっと時間が早すぎるわね、保安官」

「ディランです」彼はホープの言葉を訂正した。唇がゆっくりと曲線を描き、穏やかな笑みが浮かぶ。「それから、ハニー、パッションフルーツをいただくのに早すぎるということはありませんよ」

「ハニー」という言葉がぐっときた。そのひと言が体の内側にするりと入り込み、ホープはみぞおちが熱くなるのをどうすることもできなかった。彼女はディランがあのウェイトレスにも同じように呼びかけていたのを耳にしており、自分はそういう言葉には動じないと思っていた。だが、そうではなかった。何か気の利いたことを言い返してやろうと思うものの、言葉が浮かんでこない。彼はホープのパーソナル・スペースを侵害していたが、どうすればいいのかわからなかった。そこへ彼の息子が近づいてきて、ホープは救われた。

「パパ、ミミズはあった？」アダムが尋ねた。

ディランはビンから手を離し、一歩後ろに下がった。もうしばらくホープを見つめていたが、やがて意識を息子のほうに向けた。「ほら、ここにあるよ」ディランは発泡スチロールの容器を二つ掲げた。

「それ、ミミズなの？」ホープは、てっきりアイスクリームの容器だと思っていたものをちらっと見てから、視線をディランに移した。

「ええ」

「でも、それって――」彼女はガラスケースを指差した。「ミルクの隣に置いてあったでしょう」

「すぐ隣ってわけじゃない」ディランはホープを安心させるように言った。そして、腕の下からチョコレートミルクを取り出し、身振りでホープのほうを示した。「アダム、スペンサーさんにご挨拶しなさい」

「おはよう。またコウモリをおどして追っ払ってあげようか？」

ホープは首を横に振り、父と子の顔を交互に見つめた。

「朝食用のドーナツ、何にしたんだ？」ディランが息子に尋ねた。「パウダーシュガー？」

「ううん。チョコレート」

「またか。まあ、なんとかのみ込むことにするよ」

「僕たち、ドリー・ヴァーデンを釣りにいくんだ」アダムがホープに言った。

どう見ても、彼らはミミズがミルクやジュースと同じケースに並んでいるのをごく当たり前のことだと思っている。「ドリーって誰？」

ディランは、おかしくてたまらないといった様子で、太い声を胸に響かせて笑った。「カラフトイワナですよ」彼はそう答えてから息子に声をかけた。「おいで。ドリーなんとかを捕まえにいこう」

アダムが笑った。ディランの声を子供っぽくしたような、父親そっくりな笑い方だ。

「シティ・ガールってやつは」ディランは冷やかすように笑い、行ってしまった。

「ほんとだね」アダムもスニーカーのゴム底をキュッキュッと鳴らし、父親の擦り切れたブーツの重々しい足音と同じテンポで歩いていく。

私を笑うなんて。まったく、何者なの、この人たちは？ ホープはレジに向かって歩いていく二人を見ながら思った。私はおかしくない。おかしいのは、ミミズはミルクの隣に並べるものと思っているこの人たちよ。私は正常だわ。ホープはジュースのビンをカゴに入れ、家庭雑貨売り場に移動した。店の奥から、血の染みついたエプロンを太鼓腹に掛けたカイゼルひげの大男が現れ、ホープはクレンザーの列やドッグフードの箱越しに、彼がレジに向かう様子を眺めた。カイゼルひげの男がディランの買った物の値段をレジに打ち込んでいるあいだ、ホープは通路を行ったり来たりしながら、ピンクのゴム手袋を二組、二リットル入りの床用パインクリーナー、殺虫剤を一缶、カゴに放り込んだ。それから、青果売り場で桃のにおいをかぎ、新鮮さを確かめた。

「じゃあまた、スペンサーさん」

桃から目を上げてディランのほうを見ると、彼は戸口に立って、アダムのためにドアを開けているところだった。彼は片方の口角を上げ、ホープにちらっと目をやってから去っていった。

「そちらさんはどうする？」レジ・カウンターの向こうにいる大男が尋ねた。「いや、もうちょっとかかるなら、奥で肉の包装をしてこようと思ってね」

「お会計、お願いします」ホープは桃をいくつかポリ袋に入れ、カウンターに向かった。

「車にアラームつけてる女性ってのは、おたくのこと？」

ホープはタバコとライターの陳列台の脇にカゴを置き、警戒しながら「ええ」と答えた。

「ゆうべ、アラームが鳴ったと言ってエイダが電話をよこしてさ」男は太い指でレジのキーを叩きながら言った。

「お騒がせしてごめんなさい」

「エイダは、チキンの骨が喉に詰まって死にそうだったんだってな」

どうやら、その話を異様だと思ったのはホープだけらしい。

男は殺虫剤に貼られた値札を確認し、レジを打った。「ここには長くいるつもりなのかい？」

「六カ月ほど」

「へえ、そうなのか？」男が顔を上げた。「あんた、森林保護運動やってる人？」

「いいえ」

「俺もそう思ったけどさ」男はカウンターの下に手を伸ばし、紙袋を引っ張り出した。「森林保護をやってる人間には見えないよなあ」

ホープは褒められているのか、そうでないのかわからなかったので黙っていた。

「ドネリー・ハウスにいるそうだね」

「ええ」

「あそこで何をするつもりなんだ？」

この二日間で、それを訊かれるのは二度目だった。「のんびり夏を過ごそうと思って」

「女房のメルバがディクシーのところで髪をねじってもらってたら、サンドマンのエイダが電話をよこして言ってたそうだよ。あんた、手の空いてる男を探してるんだってな」

「借りた家からコウモリを追い出すためにね」ホープははっきりと言った。男が金額の合計を出し、ホープは財布から二〇ドル札を一枚取り出した。

男はホープをしげしげと見つめていたが、やがて首を横に振り、微笑んだ。この女に悪意はないと判断したに違いない。「ああ、エイダがそう言ってたよ」彼は金を受け取り、釣りを渡した。「チャリスの近くの採掘場で働いてる甥っ子がいてね。きっとあいつは手の空いてる女が欲しかろうと思ったんだが、いや実に残念だ。だって、あんたはアルヴィンに興味を持つような女には見えないからさ」

ホープはその言葉に好奇心をかき立てられた。「それって、どういう女?」

「正気とは思えない女だ」男の頬の上で、ひげの両端がくるっとカーブした。

「ありがとう」

「どういたしまして。スタンリー・コールドウェルだ。女房のメルバとこの店をやってる。特別に注文したいものがあったら知らせてくれ」

「そうするわ」ホープは紙袋を受け取った。「カプチーノはどこへ行けば買えるかご存じ?」

「ああ。サンヴァレーだ」

カプチーノ欲しさに一時間も車を走らせたことなど一度もない。とにかくスタンリーに礼を言い、ホープは店を出た。ポルシェは入り口の脇に止めてあり、彼女は紙袋を助手席に置いた。駐車場から車を出しながら、プレーヤーにCDを入れ、ヴォリュームを上げてシェリル・クロウの曲を一緒に口ずさむ。「走れ《ラン》、ベイビー、走れ《ラン》、ベイビー、走る《ラン》んだ……」ホープは歌いながらゴスペルの大通りを走り、湖沿いの道を走っているあいだも歌い続け、ティンバーライン・ロードへ出た。そして、ちょうど八時を回ったころ、自分が借りた家の私道へと入っていった。家のひどい有様は前日と変わらない。

コウモリがいなくなるまで、中に足を踏み入れるつもりはなく、ホープは通りを渡って向かいの家のドアをノックした。出てきたのは、赤いカーリー・ヘアとそばかす顔の女性だった。青い木綿更紗の部屋着を着ている。ホープはドアの網戸越しに自己紹介をした。

「ディランから聞いてるわ。あなたが寄るかもしれないって」彼女はドアを開け、ホープを中に招き入れた。居間はたくさんのトールペイントであふれていた。流木、古いノコギリの刃、金属製のミルクポット。ありとあらゆる物にトールペイントが施されている。「シェリー・アバディーンです」シェリーは大きなウサギの形のスリッパを履いていた。身長は一五〇センチそこそこだろう。

「テイバー保安官は、私がコウモリで困っているという話はされましたか？」

「ええ、息子たちを起こそうと思ってたところなの。どうぞ、座ってて。あの子たちに話してくるわ」

シェリーは廊下の向こうに姿を消し、ホープは石造りの暖炉の脇に置いてある回転椅子に腰を下ろした。家の奥からドアを開ける音が聞こえる。

「ねえ、あなた、ポルシェに乗ってるの？」シェリーが大声で尋ねた。

「ええ」

沈黙があり、また声がした。「パメラ・アンダーソンか、カルメン・エレクトラ（両者ともアメリカのセクシー派女優）とお知り合い？」

「い、いいえ」

また沈黙があり、再びシェリーが現れた。「息子たち、知り合いじゃないのかってがっかりしてるけど、とにかくお手伝いはするそうよ」

ホープは椅子から立ち上がった。「息子さんたちは、普段、時給はいくらもらってるのかしら？　最低賃金がどれくらいなのかも、もうわからなくて」

「あなたが、これなら悪くないと思う額を払えばいいわよ。それから、昼ごろには戻ってきてね。ランチを用意するから」

この申し出をどうとらえればいいのだろう？　落ち着かない気分になったということしかわからない。

「カニ入りのピタサンドを作るわ。お互い、知り合いましょう」

ホープを落ち着かない気分にさせるのはそこだった。シェリーは当然、どんな仕事をしているのかと尋ねてくるだろうが、ホープは知らない人に仕事の話はしない。私生活についても話したくなかった。それでも心の奥底の秘められた部分には話したくてたまらないとの思いがあり、それは自由になろうともがいている小さな泡のようだった。ホープはそういう自分の気持ちが怖かったのだ。「ご迷惑をおかけしたくないの」

「迷惑なもんですか。あなたに断られて、私が傷ついたりしない限りはね」

ホープはシェリーの大きな茶色の目をじっと見つめ、こう言うしかなかった。「じゃあ、また戻ってくるわ」

アバディーン家の双子、アンドルーとトマスはともにブロンドで背が高く、目の色と額の形が少し違うのを除けば、まさにうり二つだった。下唇のまったく同じ場所が嚙みタバコで膨らんでいて、二人とも右肩より左肩を上げて立っている。無口で、行儀が良く、何か質問をすると、お互いに顔を見合わせてから答えるのだ。

ホープは家の中にいるコウモリを二人に探してもらい、自分は玄関に座っていた。二階から何かを叩くような音と叫び声が聞こえ、およそ四〇分後、トマスが出てきて、全部で五匹見つけたと報告してくれた。二匹は寝室の一つに、あとの三匹は屋根裏にいたそうだ。彼は手に持っていたコーラの空き缶に嚙みタバコを吐き出し、もうコウモリは片づいたから大丈夫ですと言った。ホープはどうやって退治したのかとは尋ねなかったし、知りたいとも思わなかった。

コウモリの問題が解決すると、今度は双子たちに二階の片づけと掃除機かけをやってもらい、自分はキッチンを片づけにかかった。ホープはガスレンジを磨き、ネズミの死骸を外に放り出してから、オーブンと冷蔵庫の汚れを落とした。食糧貯蔵室《パントリー》は空っぽで、あるものといえば、埃の山だけ。彼女はシンクの下にあった石けんで皿や鍋やフライパンをきれいに洗った。窓ふきはまた明日やればいい。

一一時半までに、一階はあらかた片づいた。だが、炉床の前の板張りの床にこげ茶色のシミがあり、それだけはいくらこすってもきれいに落とせなかった。一二時になり、双子たちに、壁に飾ってあるシカの角を下ろして裏の物置に入れておいてと頼んでから、ホープは通りを渡っていった。

シェリー・アバディーンはホープがやってくるのがわかると、ノックする間も与えず、玄関のドアを開けた。「先に食べちゃいましょう。あの子たちは食べたくなったら戻ってくるわ。二人ともいっつも、これが人生最後の食事みたいな食べ方をするのよ」

シェリーはその日、ガース・ブルックス（アメリカの大物男性カントリー・シンガー）のTシャツとタイトなラングラーのジーンズを身につけ、カップの受け皿ぐらいある大きなバックルのついたベルトを締め、ヘビ革のブーツを履いていた。ホープは昨日一日この町にいるあいだに、ゴスペルではヘビ革がファッションの必須アイテムになっているとすでに気づいていた。

「あの子たちの働きぶりはどう？」シェリーが肩越しに尋ね、ホープは彼女の後ろから、キッチンの脇にある小さな食堂に入っていった。

「よくやってくれてるわ。とても礼儀正しいし、コウモリのフンを片づけておいてと頼んでも、文句一つ言わなかったのよ」

「あらやだ、そんなことで文句を言うわけないじゃない。二人とも、歩くようになってからずっと牛のフンを投げ合って過ごしてきたんだから。去年の夏は、ウィルソン精肉工場で牛の解体の仕事をしてたのよ」シェリーはホープのグラスにアイスティを注いでくれた。「よかった。あの子たち、一生懸命やってるのね。あと一週間で一八になるの。そしたら、何でもわかったような顔をするようになるんでしょうね」シェリーはホープにグラスを渡した。

「家の中はどんな感じ？」

ホープは冷たいアイスティを飲み、喉についた埃を洗い流した。「外側よりはましかしら。

クモの巣だらけで、オーブンの中にネズミの死骸があったけど。でも、電気と水道はちゃんと使えるみたいでよかったわ」

「でしょうね」シェリーは青と白のチェックのテーブルクロスを掛けたテーブルに、ピタサンドの載った皿を二つ置いた。「去年の秋、あそこを買った不動産屋が家中の配管工事と電気工事をやらせたんだから。ただ、血痕はきれいに消せなかったのよね」

「血痕？」

「ハイラム・ドネリーは暖炉の前で猟銃自殺をしたの。それで、血があちこちに飛び散ったのよ。床にシミがあったでしょう」

そうだ。確かにシミがあった。でも、不運な動物が居間で皮を剥がれた跡だろうと勝手に思い込んでいた。実は人間の血痕だったなんて、ぞっとする話ではないか。「どうして自殺なんかしたの？」

シェリーは肩をすくめ、ホープの向かいに腰掛けた。「倒錯したセックスにふけるために郡のお金を使い込んじゃって、それがばれたのよ」

「その人、判事だったの？」

「いいえ、この町の保安官」

ホープは膝にナプキンを置き、ピタサンドに手を伸ばした。相当好奇心をそそられたが、隣人に悟られたくなかったので、天気の話でもしているかのように尋ねた。「どう倒錯してたの？」

「たいがいSMプレイだったけど、ほかにも変なことをたくさんしてたのよ。奥さんを亡くして一年経ったころから、インターネットで知り合った女の人たちとつきあうようになってね。最初は罪のないつきあいだったと思うのよ。孤独な男が、話し相手になってくれる女性を探してただけ。でも、しまいには本当に異常な行為に走るようになって、相手が独身だろうが結婚してようが、年がいくつだろうが、お金がいくらかかろうがお構いなし。自分を抑えられなくなって、仕事もいい加減になってしまったの」

ホープはピタサンドにかじりつきながら考えた。セックスに溺れて公金を着服した保安官の記事なんて読んだことがあったかしら？　いや、そういう記事はなかったような。だって、読んでいれば覚えているはずだもの。「それはいつの話？」

「保安官が自殺したのは五年ほど前だけど、さっきも言ったとおり、事はその一年前から始まってたの。町の人間も誰一人気づいてなくて、FBIがやってきてようやくわかったのよ。そして、いよいよ逮捕というときに、彼は自殺してしまったの」

「どんなふうに自分を抑えられなくなったのかしら？」

シェリーは目をそらした。詳しいことについては話しづらかったに違いない。「ご想像にお任せするわ」彼女はそう言って話題を変えた。「あなたは、どうしてゴスペルに来たの？」

ホープは突っ込み時と引き時はわきまえている。なので、とりあえず教えてもらった情報を頭にしまい込み、それ以上深入りするのはやめておいた。「いいところに思えたからよ」

そう答えると、先ほどのシェリーと同様、さりげなく自分の話題を避けた。「ここにはどれくらい住んでらっしゃるの?」

「六歳のときに家族でこの町に越してきてからずっと。夫のポールはこの家で生まれたのよ。私はゴスペル・ハイスクールを卒業したの。この辺りの人たちはほとんど同窓生」シェリーは、自分が誰の話をしているのか当然ホープもわかっているとおもっているかのように、町の人たちの名前を挙げていった。「ポールと私、ロン・ウィルソンとアンジー・ブライト、バート・ターナーと奥さんのアニー、パリス・ファーンウッド、ジェニー・リチャーズ、キム・ハウ。それにディラン。でも、そのころディランは、まだ実家のダブルT牧場に家族と住んでたの。彼のお母さんとお姉さんと義理のお兄さんは今も牧場を切り盛りしてるわ。それと、言わずと知れたキムだけど、卒業してすぐにトラックの運転手と町を出てしまって、中西部のどこかで暮らしてるみたい。ジェニーがどうなったかは覚えてないわねえ」シェリーはピタサンドを一口かじってから尋ねた。「結婚してるの?」

「いいえ」隣人は、もっと詳しく話してくれるんでしょう、と言いたげな顔でホープを見たが、彼女は話さなかった。「離婚」という言葉を口にすれば、さらに質問が続くだろう。自分の人生のくだらない醜い部分を人に話すなんて、まっぴらごめんだ。ましてや赤の他人になんて。ホープはグラスに手を伸ばし、アイスティを一気に飲みながら、最後に仕事以外で誰かとランチをしたのはいつだったか思い出そうとした。記憶は定かではないが、あれは離婚の直後だったような気がする。多くの夫婦がそうであるように、彼女の友人は夫婦共通の友人だった。だから、連絡を取らなくなったのが友人たちのほうであろうが、ホープのほうであろうが、それはどうでもいいことだった。結果は同じなのだから。それぞれの生活が変わり、疎遠になってしまったのだ。「ゴスペルに来る前は、どこにいらしたの？」

「ワイオミングのロック・スプリングス郊外。だから、私の場合、ここに越してきてもさほどショックではなかったわ。あなたはそうはいかなかったんじゃないかって気がするけど」

図星だったので、ホープはくすくす笑ってしまった。「そうね、私はサンドマンではあまり受けがよろしくないみたい」

「エイダ・ドーヴァーなら気にすることないわよ。あの人、超高級ホテルでも経営してるつもりになってるんだから」さほど間を置かず、シェリーが尋ねた。「仕事は何をしているの？」

「フリーランスのライター」それもある程度は正しい。確かにかつてはたくさんのペンネームを使ってフリーで仕事をしていたし、自分がそうしたければ、またフリーでやることもできるのだから。でも、今のところ、奇想天外な架空の記事を書く仕事が気に入っている。とはいえ、ティンバーライン二番地の奇怪な過去と、そこに住んでいた保安官に興味をそそられていることは認めざるを得ない。

「何を書いてるの？」

ホープはよくその質問をされたが、いつも曖昧に答えていた。自分の仕事を恥ずかしく思っていたわけではなく、経験上、それを聞いた人の反応は次の三つのうちいずれかだとわかっていたからだ。一つ目。こちらを見下すような態度を取る。歓迎はしないものの、これには対処することができた。二つ目。自分がエイリアンに誘拐され、温度計のようなものを尻の穴に突き立てられたときの話をしたがる。三つ目。自分の頭はおかしくないが、頭のいかれた人を知っていると言う。そういう人たちは決まって、死んだ愛犬の霊に取りつかれた大叔母さんの誰それの話を書いてくれと言ってくるのだ。

いつなんどき、そういういかれた人々に遭遇するかまったくわからなかったし、外見では判断できなかった。彼らはエム・アンド・エムズのピーナッツチョコレートのようだ。見た目は普通だが、中に奇人《ナッツ》が隠れている。ホープは架空の話を書いているのであって、本物の奇人《ナッツ》には興味がなかった。

「興味を持ったことは何でも」それから、ホープはいちばんの得意技を使った。本当のこと、半分だけ本当のことをごちゃまぜにした話に嘘を一つ加えるのだ。「今は、北西部の動植物相に興味があって、北西部のある雑誌に記事を書いてるの」

「すごい、ライターですって！　本当に面白い仕事なんでしょうね」

面白い？　ホープはピタサンドをもう一口かじり、シェリーのコメントについてしばらく考えた。そして食べた物をのみ込んでから「面白いときもあるわ」と答えた。「ものすごく楽しくて、自分のやっていることが信じられないときもあるし」

「二年前の夏、バックパッカー向けのガイドブックを書いてる男の人がこの町に来たわ。その前は、北西部のサイクリング・コースについて書いてる女性が来たし。去年の夏も、何だったか忘れたけど、この辺りで何かについて書いてる人がいたわね」シェリーはアイスティを飲んだ。「あなたが書いた記事で、私が読んでいそうなものはあるかしら?」

「そうねえ……二年ぐらい前に、子宮摘出に関する記事を『コスモポリタン』に書いたけど」

「『コスモポリタン』は読まないのよねえ」

「『レッドブック』は?」

「読まないわ。『ピープル』に書いたことはないの?」

「一度、概略を提出したことはあるわ」ホープはピタサンドを置き、ナプキンで口をぬぐった。「でも不採用通知をもらっちゃって」

「『エンクワイアラー』は?」

最近の話ではないが、そのタブロイド紙に記事を書いていた時期はある。書くだけでなく、誰が美容整形をしている、豊胸手術をしているといったことに関する「消息筋」でもあった。

「いいえ。実在の人物について書くのは好きじゃないの」少なくとも、もう書きたくない。体重二〇〇キロのバッタの話をでっち上げているほうがずっといい。

「ふーん。ポールは『銃と弾薬』を定期購読してるんだけど、ヘラジカ狩り関連の記事は書いたことないんでしょう?」

ホープは、テーブルの向こうにいる隣人シェリーと、彼女の目尻に浮かぶ笑いじわを見て、少し緊張がほぐれた。

「ないわね。暴力的なことはあまり書きたくないので。でも、駆け出しのころ、『トゥルー・クライム』誌にいくつか記事を書いたわ。実績が欲しかったのよ。だから、連続殺人を犯したある売春婦に関する記事を何本か書いたわ。その女は、ピンヒールに血がついているのがわかって捕まったの」

「へえ、そうなの？　義理の母はそういう話を聖書のように読んでるわ。で、これは実話だって言い張るの」シェリーはテーブルに身をかがめ、小声でささやいた。「頭がおかしいのよ。去年、私の誕生日にロンコ（キッチン用品のテレビショッピングで成功を収めたアメリカの発明家）の食品乾燥機をローンで買ってくれて、一回目の支払いはしたんだけど、残りは私に払わせたんだから」

「まさか！」

「本当よ。私、そんなものに一〇〇ドル払うはめになったのよ。一度も使ってないけどね」シェリーは片方の肩をすくめてみせた。「でも、お義母さんがポールの妹にあげたブタのクッキー入れよりはましかもね。だって、蓋を開けると、『脱出』のネッド・ビーティみたいにキーキー鳴くんだもの」

ホープは椅子に座ったままそっくり返り、クックッと笑った。

「恋人はいないの？」

へえ、シェリーもやるじゃない。話の持っていき方がなかなかうまいわ。立ち入った質問をする前に、私の緊張をほぐし、機嫌を取ろうとしていたのね。でも、私のほうが一枚上よ。

「今はいないわ」ホープは答えた。

「この町には、あなたのお役に立ちそうな男もいくらかいるわよ。まだ自分の歯が残ってるのもいるし、大半は仕事をしてるわ。でも、グロップと名のつく男には、誰であれ手を出しちゃだめ。見た目は普通だけど、まともなのが一人もいないんだから」

「大丈夫よ」ホープは自信を持って言った。「男を探してるわけじゃないから」

4　トカゲの味はチキン味！

ホープは自分が使った皿を水ですすぎ、食器洗い用の洗剤で手を洗った。水を止めると、シェリーのブーツのかかとが床を打つ音と、湖の遠くから聞こえてくるモーターボートの低いエンジン音が静寂を満たした。

「ポールと息子たちが戻ってきたみたい」シェリーはそう言って、キッチンを通り抜けていった。

ホープはタオルに手を伸ばし、両手をふいた。裏口の網戸から日陰になった裏庭に目をやったが、何も見えない。「もう失礼したほうがよさそうね」

「もうちょっといて。夫を紹介するわ」シェリーは冷蔵庫に顔を突っ込み、何か探している。シェリーは詮索好きだが、なかなかうまいやり方をする、とホープは思った。シェリーはホープを昼食に誘い、かまをかけて知りたいことを聞き出そうとしたのだろう。面白い話をしたり、ゴシップを披露したり、ピタサンドをかじったりしながら、合間にさりげなく立ち入った質問をしてくるのだ。「今夜はドネリー・ハウスに泊まるの？」

ホープはいつもの癖で、タオルを肩に掛けた。「そのつもり。今日の遅くに荷物が届くことになってるの」後ろ向きにカウンターに寄りかかり、胸の下で腕を組む。「でも、今の私の運からすると、荷物は輸送中に行方不明になってるかも。たぶん、ラスベガスでトラックから落っこちてるわ」

網戸が開き、バタンと閉まった。「トイレ行きたい、もれちゃうよ……」アダム・テイバーがキッチンを駆け抜けていく。「ウォリーは?」シェリーが後ろから声をかけた。

「ボートのとこ」アダムはそう答え、消えていった。

「おい、アダム」ドアの外から、もっと張りのある太い声がした。「よそのうちにノックもしないで入っていくやつがあるか」

ホープは今朝、同じ声を聞いたばかりだった。パッションフルーツは好きかと尋ねたあの声だ。彼女は姿勢を正し、両腕を脇に下ろした。

「父親がノックなんかしたことないのに、息子がするわけないでしょ?」シェリーが言った。

ディランは片手を頭の上に挙げ、ドアの木枠を叩いた。「トントン」彼はゆっくりと言った。「入ってもいいですか?」

「だめよ」シェリーは返事をし、冷蔵庫の扉を閉めた。「魚のはらわたのにおいがするんだもの」

どっちみち入ってきたディランがシェリーのほうに歩いていく。キッチンの向こうで、彼の広い背中と肩がホープの視界をふさいだ。今朝、目にした形の崩れた麦わら帽子はかぶっておらず、短い髪が首の後ろに張りついている。彼はシェリーに近づき、触ろうとするかのように両手を前に差し出した。

「触らないで、ディラン・テイバー。本気で言ってるのよ！」

ディランはクックッと笑った。「あ、そう。触ったら、どうする？」

「叩きのめすわ。五年生のときみたいにね」

「おいおい、シェリー、違うだろう。叩きのめしたんじゃなくて、急所を蹴っ飛ばしたんだ。男の急所を蹴飛ばすのはひきょうだぜ」

「そっちが触るからよ」シェリーは警告した。「ゆうべ、Tボールの試合にスパンコールつきのチューブトップで現れたディクシー・ハウのこと、じろじろ見てたでしょ。ディクシーに言っちゃうわよ。あの格好、あなたがものすごく気に入ってるって」

ディランは両手を下ろした。「ほらまた、汚い手を使う」

「ポール、こっちに来て」シェリーが叫んだ。「お客様よ」

「ディランは客じゃないだろ」

「ディランじゃなくて。お向かいのホープ・スペンサーさんが見えてるの」

ディランが肩越しにちらっと振り返り、ゆっくり向きを変えてホープを見た。彼の眉がすっと上がり、茶色い髪にいく筋か混じった金髪が、頭上のキッチンの明かりに照らされて光っている。

「それじゃあ――」そう言いながらポール・アバディーンがウォリーと一緒に家に入ってきた。「あなたが新しいお隣さんか。ゴスペルへようこそ。握手をしたいところだが、魚のはらわたを出してきたところなんだ」

ホープはポールに笑顔を向けた。「ありがとう」

ポールは大柄で、髪はブロンド、色白の顔が赤くなり、髪の生え際だけが線を引いたように白くなっている。彼はホープの全身に素早く目を走らせてから、ディランのほうを向き、首を横に振った。「俺はおまえに上乗せして五プラス一〇にするよ」それから、彼は冷蔵庫を開けて顔を突っ込んだ。「ビールでもどうだい、ホープ?」

「私は結構よ。ありがとう」この二人は私のことで何か賭けをしている。なぜだかわからなかったが、ホープはそう感じた。

「ディランは?」

「もらうよ」そう言うか言わないかのうちに、バドワイザーが弧を描いて飛んできた。ディランはそれを空中で受け取り、音を立てて栓を開けた。

「僕のこと、覚えてる?」ウォリーがホープの前にやってきて尋ねた。父親と同様、彼も日に焼けていたが、似ているのはそれだけだった。ウォリーは明らかに母親似だ。

「もちろん。私のバッグを救出してくれたのよね」

「うん」ウォリーはこくんとうなずき、母親のほうを見た。「アダムは?」

シェリーがバスルームのほうを指差すと、ウォリーはキッチンを出ていった。「ホープは、北西部のある雑誌に記事を書いてるんですって」シェリーが男たちに伝えた。

「どんな記事なんだい?」ポールは冷蔵庫を閉め、片方の腕を妻の首に回した。

「ホープは動植物相に興味があるのよ」

ディランはバドワイザーを口に持っていき、缶越しに彼女を見つめた。

「自然に関する記事を書いてるところなの。その土地特有の野生動物や植物の写真を撮りたいのよね」

ディランはビールを下ろし、片方の眉を少し上げた。「ちょっと見る限り、とても自然愛好家とは思えないけどな」

「あなたは私のこと、知らないでしょう」

「確かに」ディランはシンクのほうに移動し、カウンターに載っているホープの肘の脇にビールの缶を置いた。

「自然を見たいなら、滝のそばでキャンプをするといいよ。せっかく、きれいなところに来たんだからさ」ポールが言った。

ディランはホープのすぐそばで水道の蛇口をひねり、はずみで腕が彼女の腕に当たった。ホープは脈が少し速まったが、微動だにせず、彼のせいで自分がそわそわしていることを相手に悟られまいとした。「それもいいわね」

ディランは横目でちらっとホープを見た。「どこかでキャンプをしたことがあるのかい？」

そうねえ、あの夏のガールスカウトのキャンプぐらいかしら。「もちろん。キャンプはしょっちゅう行ってるわ。自然に親しむのが大好きなの」

ディランが含み笑いをする。彼は食器用の洗剤に手を伸ばし、Tシャツがホープのむき出しの肩をかすめた。「気をつけたほうがいい」彼はホープの耳元でささやいた。「ピノキオみたいに鼻が伸びてるよ」

ディランの大きな体が発散する熱を感じ、ホープはカウンターに沿って後ろに下がり、場所を移した。確かに、彼は私を少し落ち着かなくさせる。彼はあまりにも大きくて、あまりにも男らしくて、あまりにもハンサムだ。おそらく自分でもよくわかっているのだろう。彼はわざと私にこんなことをしているんじゃないかしら？

「去年の夏、この町にやって来たライター、覚えてる？」シェリーが尋ねた。「あの人は何を書いてたかしら？　私、よく覚えてないのよね」

「自分は生き残り主義者《サバイバリスト》だって言ってたよ」ディランが答えた。

ポールがあざけるように笑った。「そうそう。でもあいつの荷物は、軍隊用のインスタント食品でいっぱいだったんだ」

「ホープ、そういうのを書いたらいいわよ」シェリーが提案した。「サバイバル本はいろいろ出てるけど、たいがいグリズリー・アダムズ（生け捕りにしたグリズリーを飼育し、全米を巡った男）みたいな、ものすごくたくましい男が書いてるでしょう。あなたもそういうサバイバルの旅に出たらいいのに。あなたみたいな女性の視点で書かれたサバイバル本も面白いかもしれないわよ」

ものすごくたくましい男？　サバイバルの旅？「私みたいって？」

シェリーは両手のひらを上に向けた。別に説明する必要もないでしょうと言わんばかりに。だが、どっちにしろポールが説明した。「インドア志向の女性ってことだよ。サバイバルの旅に出れば、野生のタマネギやヘビが食えるし、それについて書けるのになあ」

ホープは露骨に気持ち悪そうな顔をしたに違いない。というのも、ポールが慌ててこう付け加えたからだ。「いや、ヘビはチキンそっくりの味がするんだ」

「そうよ」シェリーも言葉を挟んだ。

「太ったトカゲなら自分で捕まえられるかもしれない」シンクのところにいるディランがさらに続けた。

皆、頭がおかしいのよ。三人とも、どうかしてる。ホープはもう白状してしまおうかと思い、言葉が口先まで出かかった。**皆、聞いて。今のは全部嘘。本当のことを言うわ。私はビッグフットとか、エイリアンの赤ん坊とか、そういう話を書いているの。トカゲなんか食べないわ！**

蛇口から出ていた水が止まり、ディランがホープの背後にやってきた。彼女のむき出しの肩にかかった分厚いタオルを、ディランがすっと取っていくのがわかった。「この辺りで目にするものを書くことだけに専念するつもり」ホープは振り向いてディランを見上げた。

「とにかく、野生の植物や、無力でかわいそうな動物を食べるなんて考えられないわ」

ディランは手と腕時計の革バンドをタオルでふいた。「それは残念だな」彼は時計から目を上げ言い添えた。「そういう無力な動物を撃ち殺して、野生の植物と一緒に料理して食うと最高なんだけどな」

シェリーとポールは、ディランはすごく愉快な男だと思っているが、ホープは何がそんなに面白いのか本当にわからなかった。またしてもトワイライト・ゾーンに迷い込んだような感覚に襲われた。まるでエイリアンの惑星にぽんと落とされてしまったような、自分がでっち上げた物語の中で生きているような気がする。

太陽が麦わらのカウボーイ・ハットに容赦なく照りつける中、ディランは古い芝刈り機のコードを引っ張った。エンジンはパタパタパタと音を立て、やがてうんともすんとも言わなくなった。わきの下や背筋を汗が伝い、彼は帽子を取って玄関の階段目がけて放り投げた。六月の日曜日にふさわしいのは、釣りにいったり、目の上に帽子を引き下ろしてハンモックで昼寝をしたりすることであって、芝刈り機を押して庭をぐるぐる回ることではない。だが、残念ながら、庭の草は彼の足首より高く伸びてしまった。玄関脇の低木の植え込みも伸び放題で収拾がつかなくなり、呼び鈴がすっかり隠れて、一生懸命探さないと見つからない有様だ。もっとも、それでディランが困ることはなかった。どっちみち、皆、裏口から入ってくるのだから。しかし、先週訪ねてきた母親と姉に散々文句を言われてしまい、自分がダメ人間になったような気がしてきたのだ。これでは、町の向こう側に住んでいるマーティ・ウィギンズみたいじゃないか。マーティは家の前庭におんぼろのトラックを置きっぱなしにし、子供が顔をべとべとにしたまま走り回っていても何も言わないのだ。

ディランはTシャツを引っ張って頭から脱ぎ、裸の胸と腹を伝っていく汗をふいた。芝刈り機を思いっ切り蹴飛ばしてみようかと思ったものの、そんなことをしても足の骨を折るだけだと考え直した。彼は芝刈り機から目をそらし、ポーチにいる息子を見た。アダムは両手で小さな剪定バサミを持って、いちばん大きな低木の脇に立っており、足元には子犬のマンディが横たわっている。

「やって見せただろ。それ以上、切っちゃだめだぞ」ディランは汗で濡れた髪を指ですき、額から押し上げた。

「うん」

ディランはアダムが体を清潔にして、髪をとかし、歯も磨き、服装もきちんとしてからでなければ絶対に外に出さないことにしていた。枝の伸びた低木が数本あるだけでダメ人間扱いされては、たまったもんじゃない。「それから、指を切るなよ。パパは裁縫が得意じゃないからな」

「うん」

ディランはTシャツを帽子の脇に放り投げ、もう一度、芝刈り機のコードを引っ張った。エンジンはブルブル言いながら、今度こそ動きだした。その音がけだるい静けさを切り裂き、驚いたマンディがポーチから跳び下りて家の脇を走り回った。

芝は所々ぎっしり生えており、ディランはエンジンが止まってしまわないように芝刈り機のハンドルを下げて前輪を浮かせなければならなかった。機械の脇から刈り取られた芝をまき散らしながら舗装されていない私道に近づくと、辺り一面に土埃が立ちこめ、小さな石粒が散弾のように降ってきた。

三往復目に入ったとき、ディランは何か大きな棒のようなものをひいた気がした。左のほうをちらっと見ると、プラスチックの塊が濃い緑色の芝の上を横切って飛んでいった。ディランはエンジンを切り、視線を落として、手足をもぎ取られたX‐MENのアクション・フィギュアをじっと見つめた。近づいて見れば見るほど、そのフィギュアは一〇年前の出来事を思い出させた。あれはロサンゼルス警察殺人課の刑事になったばかりのころだ。ある日の午前中、彼は出動要請を受けてスラム街に向かった。きっと臨時雇いの労働者が殺された現場を目にすることになるのだろうと思いながら。だが、彼が目にしたのは、管轄の警官たちが頭をかきながら突っ立っている姿だった。そして彼らの視線の先にあったのは、バス停のベンチに座っている手足のない死体だった。死体には頭もなく、腕も脚もなく、ただ胴体だけが青いシャツとネクタイを身につけ、ブルックス・ブラザーズのジャケットを着て座っていた。しかし、この殺人事件のいちばん奇妙な点は、スラム街で高級ジャケットを着た頭も手足もない胴体が見つかったことではない。犯人が誰であれ、その男を殺した人間は、性器も切り取っていたのだ。身元が割れるような部分を取り除くのはわかる。だが、なぜ男の急所を？　まさに冷酷としか言いようがない。その後、ディランはロスに三年留まったが、その間に事件は解決しなかった。しかし、彼は今でも加害者は女性に違いないと思っている。

「あれ、何？」アダムは芝生の上にあるフィギュアの残骸を指差した。

「おまえのウルヴァリンだと思う」

「頭がちょん切れてる」

「ああ。おもちゃを出しっぱなしにするなと何度も言っただろう？」

「僕じゃないよ。ウォリーがやったんだ」

アダムの言うことが本当である見込みは半々だった。「そんなことはどうでもいい。おまえの持ち物なんだから、おまえに責任がある。拾って捨てておいで」

「くそーっ！」アダムは文句を言いながらプラスチックのかけらをかき集めた。「お気に入りだったのに」

ディランは、腹立ち紛れに地面を踏みつけて歩き去っていく息子を見守り、再び芝刈り機のエンジンをかけた。彼の頭の中には忘れてしまいたいイメージがたくさん残っていた。今もそういったイメージに悩まされることは時々ある。だが、少なくとも今は実際に体験しているわけではない。ディランがゴスペルの保安官に就任して以来、この町に衝撃を与えた最大の犯罪は、ジーン・ボンドが夫のハンクに殺された事件だった。それは痛ましい出来事ではあったが、この五年間で唯一の殺人事件だった。五時間ではなく五年間だ。

ディランは芝刈り機を裏庭に押していき、アダムのブランコ周辺の草を刈った。ゴスペルに戻ろうと思ったとき、彼の決断はあっさりしたものだったが、それはかつて故郷を離れたときも同じだった。ディランは一九でこの町を出てＵＣＬＡに一年半通い、その後、大学を中退して警察学校に入った。二一歳の彼は、俺が悪いやつを捕まえてやる、世の中をもっと安全にしてやる、と息巻いていたのだ。一〇年後、競うように悪党を捕まえることにうんざりし、ディランは警察バッジを返した。ゴスペルを出ていったときの彼は、ブーツに牛のフいぶ賢くなっていた。小さな町と、小さな町で暮らす人々のよさが前よりもわかるようになっていた。確かに、ゴスペルの住人は皆銃を持っている。でも、ロサンゼルスのギャングのようにバンダナの色を巡って互いに撃ち合うようなことはしない。

妙な話だが、二歳のトレヴァー・ピアソンが自宅の前庭で誘拐され、大型ごみ収集箱《ダンプスター》の中で遺体で発見されるという事件に遭遇して初めて、ディランは殺人マニアを相手にするのがつくづくいやになったのだった。ほかの虐待事件とは常に距離を置くことができたが、トレヴァーの事件はそうはいかなかった。あの赤ん坊を発見したことが彼を変えたのだ。

あの晩、ディランはチャッツワースにある自宅に戻り、アダムが幼児用の食事椅子に座って片手に小さなカップ、もう片方の手にチェリオスのシリアルをつかんでいる姿を一目見て心を決めた。こんなところはもうたくさんだ。アダムを連れてここを出よう、息子が遊べるようなところへ移ろう。アダムが外へ出て子供らしく遊べるところ、家に警報装置をつけずに済むところへ行こうと決心したのだった。

当然、アダムの母親はディランの決断をあまり喜ばなかった。ジュリーはきっぱり、私は行かないと言った。ディランは彼女を責めはしなかったが、同じくきっぱりと、自分はここに残るつもりはないと伝えた。ディランがアダムを連れていくことについてはまったく疑問の余地がなかったものの、二人は息子を巡って言い争った。ジュリーは素晴らしい母親とは言えなかったが、ディランはその点でも彼女を責めたりはしなかった。母親を知らないジュリーは、女性には備わっているものと誰もが思い込んでいる本能を持ち合わせていなかったようだ。彼女はアダムを愛していた。ただ、息子とどう接すればいいのかわからなかったのだ。

それに、アダムは手のかからない赤ん坊とは言えなかった。未熟児として生まれ、ミルクを飲むとすぐに腹を壊し、最初の数カ月は皆、散々な目に遭った。泣いていないときは噴水のように吐いており、赤ん坊らしい、甘い、パウダーの香りではなく、古くなったフライドポテトのようなにおいを漂わせていることがほとんどだった。

午前三時にアダムを抱いて家の中を歩き回り、背中をさすってやったり、古いホンキー・トンクを歌ってやったりするのはディランだった。その結果、アダムは手を伸ばせるようになると、父親を求めてつかもうとした。

結局、ジュリーと別れるのはとても簡単だった。ひょっとすると簡単すぎたのかもしれない。ディランはひそかにそうなるんじゃないかとずっと思っていたが、それを立証することになった。彼はアダムのためにジュリーと一緒に暮らしていたのだ。ジュリーにしてみれば、ディランの決断はそれほど簡単に受け入れられるものではなかったが、彼女は三人にとってベストな選択をした。養育権を正式にディランに譲り、自分の権利として一つだけ、七月の最初の二週間はアダムと一緒に過ごすという要求を出した。

こうしてディランは一歳の息子とともに故郷に帰ってきたわけだが、自分の決断を後悔したことは一度もなかった。彼の知る限り、ジュリーもまったく後悔していない。彼女は今、必死に目指してきた人生、ずっと夢に描いてきた人生を送っている。先週、アダムと過ごす二週間についてディランがジュリーの予定を確認したとき、彼女の声はこれまでになく嬉しそうに聞こえた。ジュリーは自分が求めていたものを手に入れたのだ。それはディランも同じだった。自分には、この地球上で何よりも愛する息子がいる。小さな少年は、ディランを困らせるようなことをしでかすときでさえ、彼を笑わせてくれる。アダムは心身ともに健康で、幸せに暮らしていた。飼い犬を愛し、石集めにとりつかれていて、どこへ行っても石を拾ってくる。まるでそれが金《きん》であるかのように。ベッドの下には、石がいっぱい詰まった靴箱がいくつも置いてある。アダムが石を分けてあげるのは、自分が気に入っている大人か、かっこいいところを見せたいと思っている学校の女の子たちだけだった。

むき出しの背中と肩に太陽が照りつける中、ディランはテラスの下の芝を刈り、庭を横切って、柵で囲われた放牧場に向かった。何本か並ぶマツの木陰にディランとアダムの愛馬、アトミックとティンカーベルが立っており、芝刈り機のエンジン音にも無関心な様子でうとうと居眠りをしていた。芝を刈り終えると、ディランは放牧場の左手にある雨風にさらされた納屋に芝刈り機を入れ、トラクターの脇にしまった。

それから飼い葉桶を水で満たし、次にホースを自分に向けた。腰を折り曲げ、頭、首の後ろ、顔の両脇に冷たい水をかけ続け、ようやく脳みそが冷えてきた気がした。ディランは体を起こして犬のように頭を振り、そこらじゅうにしぶきを飛び散らせた。水滴が背筋と胸を伝い、腰の低い位置にある、湿って柔らかくなったリーバイスのウエストベルトに吸い込まれていく。彼はブーツにくっついた芝を洗い流してから蛇口に手を伸ばし、水を止めた。そして、先ほどポールとシェリーの家のキッチンで手を洗い、ミズ・ホープ・スペンサーの話を聞いていたときのことを思い出した。

「動植物相だって？」ディランはあざけるように鼻で笑った。「動植物相」なんて言葉を使うやつがいるか？　それに、賭けてもいい。彼女の言う「自然に親しむ」とは、車のサンルーフを開けてサンタモニカ大通りをぶっ飛ばすことに違いない。

彼女は笑ったことがあったかな、とディランは思った。あの青い目を輝かせ、ふっくらした唇の端を上に向けて心から微笑んだことがあっただろうか？　彼女をそんなふうに笑わせるには、どうすればいいのだろう？　いつか機会があればチャレンジしてみよう。

彼女はあまりにも完璧だった。服装もメイクも何もかも。この手でめちゃくちゃにしたいと、ディランがうずうずするような類の女性だった。しかし数々の理由により、そのような欲望は彼をトラブルに巻き込む可能性があった。相手が彼女のような女性となればなおさらだ。ライターはディランとアダムにとって大変迷惑なことを、派手に、事細かく書き立てる可能性がある。

ライターがしばらく自然保護区に滞在し、旅行ガイドやバックパッカー向けの記事を書くのは珍しいことではなかった。ただ、あのMZBHAVNに限っては、大自然の中で多くの時間を過ごしていたとは思えない。ゴスペルに越してきた本当の理由はわからないが、彼女の話にはいくつか疑わしい点がある。とにかく距離を置き、彼女のことは考えないのがいちばんだ。なぜなら、考えてしまうと、自分以外の誰かとセックスするのはどれぐらいごぶさたなのかを思い知ることになるからだ。

ディランは家の脇を回って玄関のポーチに戻り、シャツを手に取った。アダムはまた植え込みを台無しにしていたが、ディランには手を入れ直す気力が湧いてこなかった。彼は濡れた頭からシャツをかぶり、袖に両腕をねじ込んだ。植え込みはまた別の日にしよう。

「だいたい終わったのか？」ディランは着古したコットンのシャツの裾をジーンズに押し込みながら尋ねた。「そろそろ、今日釣ってきたイワナを料理しないとな」

アダムは剪定バサミを置き、ポケットに手を突っ込んだ。「きれいな石を見つけたんだ。見たい？」

「もちろん」

アダムがポーチから飛び下りたそのとき、ダッジのトラックが私道に入ってきた。

「失礼なことを言うんじゃないぞ」パリス・ファーンウッドがトラックを停車させる様子をじっと見つめながら、ディランは息子に言って聞かせた。パリスが車を降り、両手でケーキを持って二人のほうに歩いてきた。

「あの人、好きじゃない」アダムは小声でそう言い、再び石をポケットに隠した。

「とにかく、いい子にしてるんだ」ディランは顔を上げ、パリスに笑顔を向けた。「やあ、何か用？」

「アーミッシュのケーキを持ってきてあげるって言ったでしょう？」

「ああ、そうだったね。甘さ控えめってやつだっけ?」ディランは息子をひじで突いた。

「なっ、アダム、これは甘くないのかな?」

アダムの考える「いい子にしている」とは、唇を尖らせ、ひと言も口を利かないことだった。彼は父親の気を引こうとする女の人たちが嫌いだった。誰一人、これっぽっちも好きではなかった。ディランにはその理由がよくわからなかったが、アダムはいつかママが戻ってきて一緒に暮らしてくれるという幻想を持ち続けており、おそらく、そのことと関係があるのだろう。

ディランはカウボーイ・ハットを拾い上げ、髪をかき上げた。「中へどうぞと言いたいところなんだけど、ちょっとタイミングが悪かったなあ」彼は帽子を目深にかぶった。「アダムも俺も、この植え込みを刈り込むのに忙しくてね」そう言って、彼は剪定バサミに手を伸ばし、葉を少し切り落とした。「アダム、せっかくだからケーキをいただこう。中にしまってきてくれないか?」ディランにもう何度も突かれていたアダムは、ようやく言われたとおりにした。

「どっちにしろ、本当にゆっくりできないのよ」パリスはアダムのほうに顔を向け、彼が歩き去っていく様子を見つめた。彼女のお下げは肩にかかり、その美しい茶色の髪にヒナギクが編み込まれていた。

「パリス、髪に花を挿したんだね。髪に花を飾ってる女《ひと》って、いいと思うな」

パリスはお下げをなで、顔を赤らめた。「少しだけだけど」

「いや、本当にきれいだよ」パリスはそのセリフを誘いの言葉だと思い込み、三〇分もおしゃべりをしていった。彼女が帰るころにはもう、ディランはある低木の枝をすっかり切り落とし、別の木に取りかかっていた。

その晩の夕食時、アダムが皿から顔を上げて言った。「パパがあの女の人たちに親切にしなければ、皆、うちにやってきたりしないのに」

「あの女の人たちって？　誰のことを言ってるんだ？」

「パリスとか、ミス・シーヴァスとか、あと――」アダムは両手を前に出し、大きな胸を持ち上げるような仕草をした。「誰のことかわかってるくせに」

「ああ、そうだな」ディランはコーン・ブレッドにかぶりつき、アダムが魚の骨をほじくり出す様子を見つめた。「ミス・シーヴァスって？　おまえの幼稚園の先生？」

「うん。先生はパパのことが好きだったんだ」

「そんなばかな」

「ほんとだってば！」

「いや、違うと思うよ」ディランは皿を脇にどけ、息子の大きな緑色の瞳をじっと見つめた。アダムの言ったことが本当だとしても、妻を見つける気はなかった。とどのつまり、それこそ半径一六〇キロにいる独身女性全員が望んでいることだったのだ。「おまえは、そういう女の人たちにものすごく突っかかるだろう。もっと優しく接しなきゃだめだ」

「どうして？」

「それがルールだからさ。それだけだ」

「きれいじゃない人にも？」

「きれいじゃない人なら、なおさらだよ。女の子をぶっちゃいけない、相手がおまえのすねを蹴飛ばしてもぶってはだめだと言ったのを覚えてるだろう？　それと似たようなものさ。男は女性に対して礼儀正しく接しなくちゃいけない。たとえ気に入らない相手だったとしてもな。これは、パパが前に話したふぶんりつってやつの一つだ」

アダムは目をぱちくりさせた。「今、何時？」

ディランはちらっと腕時計を見た。「もうすぐ八時。シンクに皿を片づけたら、テレビをつけてもいいよ」ディランはテーブルの上のほかの皿を集め、シンクで軽く洗い流した。それから、どっしりしたオーク材のテーブルをきれいにふき、四脚そろった椅子を中に押し込み、パリスにもらったケーキをテーブルの真ん中に置いた。

パリスと同じ町で暮らしていると、なんだか「今週のデザート宅配クラブ」の会員になっているような気がしてくる。ディランは食べ物を持ってくるのはやめてもらいたいと本気で思っていたが、パリスにそれをどう伝えればいいのかわからなかった。もちろん、彼女の結婚に対する勇ましい意志はわかっている。困ったことに、ディランはパール郡の男の中では最も有望な花婿候補となっていたのだが、ほかの競争相手と比べると、それもまったくのお世辞とは言えなかった。さらに、ディクシー・ハウの存在もあった。ディランは、彼女の関心が結婚にあるのか、ただセックスがしたいだけなのかわからなかった。どっちにしろ問題外だ。考えただけで縮んでしまう。

家に連れ込んで一夜をともにしたい女性がいたとしても、そんなことはできそうになかった。彼には小さな息子がおり、子供に見られてしまう危険があるところで、そのような行為におよぶのは絶対によくないと思っていた。それに、女性の家の外にしばらく車を止めておけば、必ず町中にそれが知れ渡り、陰でこそこそ噂をされたり、あの二人はいつ結婚するらしい、などと言われるはめになるだろう。噂の対象になりたくないのはアダムのためだけではなかった。彼は保安官であり、選ばれた役人だ。その手のゴシップを流されるわけにはいかない。前のドネリー保安官がよからぬことをしてばれたあとだけに、なおさらゴシップは困るのだ。

ディランはシンクにふきんを放り込むと、居間の入り口に移動し、一方の肩を壁にもたせかけた。ちょうど、アダムのお気に入りのドラマ『地上の天国』の主題歌が部屋じゅうに流れだしたところだった。ふわふわした雲と青い空とアダムの母親の美しい顔が画面いっぱいに映っている。金色の巻き毛が顔の周りで軽やかに揺れ動き、彼女はまさに役柄の天使そのものだった。アメリカの恋人、ジュリエット・バンクロフトが目をくるっと天国に向けると、彼女の頭上に一筋の光が現れた。

ディランの知っているジュリーは、彼女が演じている天使のような人ではない。一緒に暮らしていたころのジュリーはこんな穏やかな話し方はしなかったし、彼が覚えている限り、教会で過ごすことなど一時間だってなかった。髪の色も本当は息子と同じ茶色なのだ。

「パパもここに座りなよ」

ディランは入り口を離れ、アダムの隣に腰を下ろした。いつものように、アダムは素早くディランの膝によじ登り、父親の肩に頭を載せた。そして、いつものようにディランは考えた。はたしてアダムは、テレビの中の出来事は事実ではないと本当にわかっているのだろうか？　自分の母親は、善良な心を広め、人々の魂を救う天使ではないとわかっているのだろうか？　そのことについて、ディランとアダムはこれまで何度も話をしてきたが、アダムはいつも肩をすくめて「わかってるよ」と言う。だが、ディランはあまり確信を持てずにいた。

「先週、二人で話したことを覚えてるかい？」

「うん。ママは本物の天使じゃないんでしょ。天使の役をやってるだけ」

「ママは女優なんだ」

「わかってるよ」アダムは答えたが、オープニングのシーンに気を取られている。

ディランはアダムを抱き寄せ、頭のてっぺんにキスをした。「おまえは俺の相棒だ。大好きだよ」

「僕も大好きだよ、パパ」

ホープは、ティンバーライン二番地の窓から、ソートゥース山脈の頂にかかる三日月をじっと見つめた。まるでクリスマス・ツリーのてっぺんに飾られた月のオーナメントのようだ。ゴスペル湖の水面に青白い月の光が流れ出している。真っ黒な夜空は星でぎっしり埋めつくされ、一つの星が別の星とほとんど重なり合っていた。生まれてこの方、こんなにたくさんの星は見たことがない、とホープは思った。前の晩と同様、彼女はまたしても自分を取り巻く深い静寂に圧倒されていた。車の音も、サイレンも、ヘリコプターがブンブン飛び回る音も聞こえない。隣の家の犬の鳴き声で頭がおかしくなりそうになることさえなかった。

ホープの目は、窓ガラスに波打つように映る自分の影から、ポーチをちらちらと照らして土の庭へ差し込む光へと焦点を移していく。アイダホ州ゴスペルはこの世でいちばん寂しいところに違いない。

彼女は重たい緑のカーテンを元に戻した。初日からたくさんのことをやり遂げた。ティンバーライン二番地の一階はきれいになったし、壁に掛かっていたクマの毛皮を外して床に置き、例の血痕は隠してしまった。身の回りの物が入った荷物も届いたので、そのうちの何箱かを荷解きし、コウモリがいた部屋の向かいにある寝室も掃除した。ついで部屋に自分らしさを加え、クローゼットに衣類も掛けた。ほかにもやるべきことはたくさんあるけれど、今日はもう遅すぎる。

ホープは食堂に行き、いつものノートパソコンと、その日の午後に届いたもう一台のコンピューターとを立ち上げた。それから硬い椅子に小さなクッションを置き、長テーブルに向かって腰を下ろした。ゆうべ、チキン・ボーン・ストーリーを書き終えたあと、彼女は創造の女神《ミューズ》が戻ってきてくれたと思った。キーボードに軽く手を置き、目を閉じて頭の中の雑念を取り払う。

三〇分後、ホープは急に立ち上がった。「まったく」彼女は毒づき、住宅用洗剤《ウインデックス》と柔らかい布をひっつかんだ。さらに一時間が経過し、家の掃除をしてもミューズは姿を見せてくれないとわかると、今度はネイル・キットを引っ張り出した。今の気分にぴったりな色は？濃い、血のような赤。彼女はそれを爪に塗った。

血のような赤……。ホープは肩越しに、もう一つの部屋の暖炉をちらっと見た。私が書いているのは犯罪実話ではない。実在の人物や秘密、その人たちを駆り立てる悪魔について書くつもりはない。

だがホープは立ち上がり、爪に息を吹きかけながら居間に入っていった。そして、つま先でクマの毛皮を脇に押しのけ、板張りの床に残る黒ずんだ茶色のシミをじっと見下ろした。前の保安官は何がそんなに怖かったのだろう？　ここから逃げ出すには頭を撃ち抜くしかないと思ってしまうほど恐ろしかったこととはいったい何だろう？

シェリーは倒錯したセックスがどうのこうのと言っていた。尻を叩かれるのが好きだからといって、自殺をする人はいない。いったいこの家で、どれほど倒錯した行為がなされていたのだろう？　町の人はそれをどの程度知っているのだろう？

5　徹夜でパーティをする女

バックホーン・バーは、ゴスペルに昔からある施設や商店の中で最も古い店だ。一九三二年に火事に遭い、その後建て直されたが、創業は救世主イエス・キリスト教会より何年も早いうえ、荒削りの木の壁に囲まれたこの店は熱烈な信奉者を抱えていた。毎週水曜の夜は、一〇時までなら一杯分の料金で二杯飲めるタイム・サービスがあり、バックホーン・バーに集う人々の中で「二ドルでビール二杯」のチャンスを見逃す者はほとんどいない。

バックホーン・バーが地元の人々にこれほど人気があるのは、おそらく住民と同様、気取ったところがまったくないからだろう。バックホーン・バーは、酒を何杯か飲み干し、奥の部屋でビリヤードをやったり、ヴィンス・ギルの曲に合わせてツーステップを踊ったりする場所なのだ。夏のあいだの数カ月、常連客はできるだけ旅行者の振る舞いに目をつぶるようにはしていたが、お気に入りのスツールからフラットランダーを力ずくで追い払ったとしても、とがめられることはなかった。

新しいジュークボックスから流れる音楽はカントリー。絶対にカントリーと決まっていた。しかも、冷風扇機の振動音をかき消すほどの音量でかかっている。去年、閉店後にこっそり入ってきた生意気な客が、ジョージ・ジョーンズの曲をバリー・マニロウの曲に入れ替えてしまったことがあった。バリーが「歌の贈りもの」を半分も歌いきらないうちに、ヘイデン・ディーンがスツールを持ち上げて思い切り振り下ろし、古いジュークボックスを惨めな境遇から解放してやったのだ。そんなわけで、スツールは今では床に固定されている。

バックホーン・バーの店主バーリー・モートンは、インテリアに関するセンスはまったく持ち合わせていなかったが、スチール・ギターの音に合わせて新しいジュークボックスがチカチカ光り、カウンターの後ろに飾ってある大きなクアーズのネオンライトとうまく調和している様はなかなか気に入っていた。奥のビリヤード室は別だが、バックホーン・バーの中に入ると薄暗い洞穴にやってきたような感じがする。店を第二の我が家と呼ぶ常連客は、その雰囲気が好きだったのだ。

ホープは店の入り口に立ち、目が暗さに慣れるのを待った。暗がりと、カウンターの鮮やかなネオンサインの向こうはほとんど見えなかったが、そこはラスベガスのあるバーを思わせた。ホープが「不思議なレプラコーン、ミッキー」、つまりマイロン・ランバードのことを書こうと最初にひらめいたあのバーだ。そこには、ビールのにおいと数十年分のタバコのにおい、それに荒削りの木のにおいが充満していた。おそらく、そのにおいは回れ右をして帰れという警告だったのだろう。しかし、この数日、ホープは少々自暴自棄になっていた。

彼女はウエストポーチにヘッドフォンを突っ込み、大柄なカウボーイが来てもすり抜けられるよう、右に数歩移動した。肩が大きな掲示板に触れたので目を上げると、コルクのボードにビラが一枚、ピンで留められていた。イベントの参加者を募るビラだ。

独立記念日恒例
ロッキー・マウンテン・オイスター早食い&トイレ投げコンテスト

もちろん、オイスターの早食いについてはホープも話に聞いたことがあった。子供のころは、うちでもよくシーフード・バーベキューを主催していたもの。でも、便器投げって？ これは初めて耳にするイベントだけど、ゴスペルに来てから知ったことをいろいろ考えてみれば、それほど驚くこともない。ゴスペルに来て五日、彼女は実に奇妙な事実をいくつか発見していた。たとえば、堂々と陳列された銃の数。どうやらこの町には、トラックの所有者はライフルを最低二丁、リア・ウィンドウに掛けておくべしとのルールがあるらしい。ベルトをするなら、頭と同じ大きさのバックルがついていなくてはいけないし、シカの枝角を持っている者は、それを家や納屋、もしくはトラックに飾っておかなくてはならない。はやりのバンパー・ステッカーに書かれたフレーズをひと言で表現するならこうだ。「カウボーイでないやつはクソくらえ」

ホープは腕時計にちらっと目をやった。外が暗くなるまでにあと一時間ある。バックホーン・バーに入るつもりはまったくなかったのだが、ジョギングをしていて通りかかり、ちょっと中を見てみようと思ったのだ。チキン・ボーン・ストーリー以来、ホープはまともな記事が書けていなかった。今朝、ウォルターがメールをよこし、何かインパクトのある記事が欲しいと言ってきた。ビッグフットやエイリアンやエルヴィスに関係のある話のほうがいいそうだ。編集長はホープにしびれを切らしかけており、彼女はバックホーン・バーの店内でエルヴィスの格好をしたビッグフットが見つかれば幸いと思ったのだ。

　目が慣れると、ホープは店の奥に並んだ空いているボックス席のほうに歩いていった。自分がじろじろ見られていることはいやというほどわかった。皆、こんなストレッチ素材《スパンデックス》の黒いジョギング・パンツや、みぞおち《ミドリフ》丈のスポーツ・ブラには一度もお目にかかったことがないらしい。ホープは髪をポニーテールにし、化粧はほとんどしていなかった。

　彼女はコロナ・ビールを注文したが、結局バドワイザー・ライトで我慢しながら、奥の部屋から聞こえるビリヤードの音に耳を傾けた。ジュークボックスから流れてくるスチール・ギターのむせび泣くような音越しに、後ろのボックス席にいるカップルが、フラットランダーについて何やら話しているのが聞こえてくる。盗み聞きをしているうちに、ある種の賭けが行われているということがだんだんわかってきた。どうやら、最近発生した遭難事故により、ウルシかぶれ三件、足首の靭帯断裂二件、手の親指骨折一件、肋骨亀裂骨折一件となり、今のところオーティス・ウィンクラーが有利な立場にあるらしい。

　ホープは用心深く耳を傾けていたが、やがてウェイトレスに頼んでペンを借りた。そして赤いプラスチックのカップにビールを注ぐと、紙ナプキンをひっつかみ、文章を書き始めた。

アイダホの山中に潜むエイリアンの破壊工作員

テレビ・ドラマの名作『メイベリー一一〇番』（六〇年代にアメリカで大ヒットしたホーム・コメディ。南部の平和な田舎町を舞台に、主人公の保安官とその息子、彼らを取り巻く人々の心温まる物語）を彷彿させる静かな町で、エイリアンたちは疑うことを知らない旅行者をペテンにかけており……。

ディランがバックホーン・バーに入ってきた。手のひらの付け根で叩くように押されたドアは、大きな音を立てて壁にぶつかった。彼はこれっぽっちも、こんなくだらないことにかかわる気分ではなかった。保安官助手のうち二人は、バーナー・サミットの南で発生した車二台によるひどい事故の処理に出かけてしまい、もう一人は休暇中、ルイスは事務所から三〇分の場所に出かけてまだ戻ってきていなかった。そんなわけで、ディランはリーバイスにデューティ・ベルト（手錠、無線、鍵、懐中電灯などを装着できる法執行官用のベルト）を締め、格子縞のシャツに保安官バッジをつけ、大ばか者の相手をするためにバックホーン・バーにやってきたのだ。

こぶしが肉を叩く音、賭けをする声、コンウェイ・トゥイッティの「ハロー・ダーリン」が店いっぱいに響き渡っていた。

ディランは野次馬をかき分けて進み、エメット・バーンズに向けられた大振りのパンチをかろうじてよけた。

誰かがコンウェイがかかっていたジュークボックスのプラグを引き抜き、照明のスイッチを入れた。と同時に、喧嘩の相手へイデン・ディーンがエメットの顎に一撃を加え、エメットは人だかりのほうへよろめいた。ディランはエメットがかかわっているとわかっても驚きはしなかった。機嫌がいい日でも、エメットは背が低いことをコンプレックスに思っている、しみったれた、ろくでもない男であり、今日は機嫌がいい日ではなかったらしい。エメットは特注のブーツを履いても身長一七〇センチ、ピットブルのような体つきをしていた。かなりアルコールが入り、単なるビール漬けの大きな筋肉の塊と化したエメットが身構えている。ディランがバーの店主に合図を送り、店主はへイデンをぐっと羽交い絞めにした。バーリー・モートンは生まれつき背が低いからといって、あだ名をつけられるようなことはなかった男だ。

ディランはエメットの前に進み出ると、相手の胸に手を当てて制止した。「喧嘩は終わりだ」

「どけよ、保安官!」エメットがわめいた。怒りで目がギラギラしている。「俺はまだ、へイデンの骨ばったケツを蹴飛ばしてねえんだ」

「いいから、落ち着け」

エメットは落ち着くどころか、ディランの左目の下にこぶしを打ち込んだ。衝撃でディランはのけぞり、帽子が落ちた。頭に刺すような痛みが走る。彼は次の攻撃を前腕でブロックし、エメットの腹にパンチを食らわせた。相手の肺からシューと空気が抜けて、体が二つ折りになると、ディランはその体勢を最大限に活用した。男の顔に強烈なアッパーカットをお見舞いしたのだ。エメットは床に崩れ落ちた。ディランはエメットに立ち上がるチャンスも与えず、彼を転がしてうつ伏せにさせ、後ろ手に手錠をはめた。「さあ、そこに寝転がって黙秘権を行使してろ」ディランはそう言ってエメットのポケットを軽く叩き、中に何も入っていないことを確認した。

それから、立ち上がってブーツを履いた足をエメットの背中の真ん中に置き、二つ目の手錠をバーリーに投げた。バーリーは、エメットよりずっと痩せているヘイデンに難なく手錠を掛けた。

「よし」ディランは急にしんとなった野次馬たちに向かって言った。「いったい何があったんだ?」彼は片方の手を頬骨に当て、痛みに顔をしかめた。

複数の客がいっぺんに話し始める。

「エメットが彼女に一杯ごちそうしたんだ」

「彼女がやつに何か言ってさ、そしたらやつが彼女に絡み始めて……」

「そこへヘイデンが割って入ったんだよ」

エメットはもがいたが、ディランがブーツのかかとを背骨に押しつけると動かなくなった。

「彼女って?」ディランは自分の指先を見た。出血はしていない。でも朝になったら、見事なあざができているだろう。

バーにいた全員が、一メートルほど離れたところにあるボックス席を指差した。「彼女」そこには、テーブルの上に立って壁にへばりつき、ヘッドライトを浴びたシカのように動けなくなっているミズ・ホープ・スペンサーがいた。目を大きく見開き、上半身を縮こまらせている。辺り一面ビール浸し。彼女はその中で紙ナプキンを何枚も握り締めて胸に当てていた。

「立つんだ。あとでおまえを縛り上げてやるからな」ディランはエメットにそう告げると、彼をまたいでいった。今までの経験からして、一度倒されたエメットは、手足を拘束するぞと脅すとたいていおとなしくなるとわかっていたからだ。

ディランはホープのほうに歩いていき、片手を差し伸べた。「そこから下りたらどうですか?」ホープはテーブルの端に向かってためらいがちに三歩進み、腰に巻いたウエストポーチに紙ナプキンを押し込んだ。ホープがディランの肩に手を置くと、彼の両手が伸びてきて、むき出しになった彼女のウエストの曲線に添えられた。ディランは恐怖でどんよりしたホープの青い目を見つめた。親指が彼女の柔らかい肌をごく自然にかすめ、平らな腹部に押し当てられる。彼はホープをテーブルから下ろし、自分の前にゆっくりと着地させた。

「大丈夫?」ディランの目線は、ホープの顔から彼女の腰を支えている自分の手へと移動した。手のひらから素肌の温もりが伝わってくる。彼はホープの柔らかい肌にずっと手を当てていた。彼女はビールとバックホーン・バー、それに花のにおいがする。欲望が腹部を駆け抜け、指先に力がこもったが、彼はようやく両手を脇に下ろした。

「あの人に殴られると思ったのよ」ホープはディランの肩に置いた手にぐっと力を入れた。「去年、護身術の教室に通ってたの。だから自分でどうにかできると思ったんだけど、動けなくなっちゃって。私、ターミネーターなんかじゃないわ」ホープの呼吸は浅く、少し苦しそうに息をするたびに、短いタンクトップに包まれた胸が盛り上がった。

ディランはホープの顔をのぞき込んだ。化粧はしておらず、いつものクールな表情が消えている。「ターミネーターには見えませんよ」

ホープは首を横に振ったが、パニックがすぐに収まりそうには見えなかった。「護身教室でつけられたあだ名よ。私、ものすごく強くて怖がられたから」

「気が遠くなったりしてませんか?」

「ええ」

「本当に?」

「ええ」

「とりあえず深呼吸をしてみたら?」

ホープは言われたとおりにし、ディランは彼女が規則正しく息を吸い込む様子を見守った。

おそらく、彼女はディランから手を放さずにいることに気づいていないのだろう。だが、ディランのほうは、自分に触れている彼女の手の重みを強く意識している。その感触が全身に広がり、二人は他人以上の存在であるかのように体が熱くなるのがわかった。まるで彼にとっていちばん自然なのは、ホープの口元に自分の唇を下ろしていくこと、彼女の目がもう少しとろんとして、息遣いがもっと荒くなるまでキスをすることであるような気がしたのだ。

ディランは彼女の手をつかみ、肩から外した。

「気分はよくなりましたか?」彼は、女性に肩を触られて熱くなるなんて、ずいぶん久しぶりだ、と思いながら尋ねた。

ホープがうなずく。

「じゃあ、何があったか話してもらいましょうか」

「私はただそこに座って、おとなしく自分のことをしてたのよ。そうしたら、背が低いほうの男がやってきて、私のテーブルにまたビールを置いたの。結構ですと言ったのに、とにかく彼は座っちゃったのよ」ホープは眉間にしわを寄せたが、それ以上説明はしなかった。

「それで?」ディランが話の続きを促す。

「それで、私は気を遣ってしゃべってたんだけど、彼はそれを察してくれなかった。だから、こっちは人と話したい気分じゃないんだってことをはっきり言ってやらなきゃと思ったの。つまり、変な誤解はなかったのよ」

重要なことではなかったが、ディランは好奇心から尋ねた。「何て言ったんです?」

ホープのしかめっ面は口の端まで広がった。「確か、〝私の席から、さっさとその体をどけてちょうだい〟と言った気がする」

「やつはその言葉をあまりいい意味に取らなかった……」

「ええ。そのあと私が、あなたの飲み方には問題がある、リハビリ施設に入ったほうがいいと言ったら、本当に怒っちゃって」

「それで?」

「確か、そのとき彼にこう言われたの。余計なお世話だ、てめえは自分でオナってりゃいいんだって」

「それで？」

「短小男にやられるぐらいなら、自分でしたほうがましだと言ってやったわ」

突然、ディランの頭がずきずきうずき、目はさらに激しく痛みだした。「なるほど……」

「その途端、あいつがテーブルの向こうから迫ってきて、私をつかもうとしたの。私が悲鳴を上げたら、あの痩せてるほうの人が、小さいほうの男をつかんで、席から引き離してくれたの。あの人がいなかったら、どうなってたかわからないわ」

ディランにはわかっていた。おそらくエメットは、誰かに止められるまで彼女をひっぱたいていただろう。ディランはエメットを縛り上げてお仕置きしてやるか、と思った。

「じゃあ、触られてはいないんですね？」

「ええ」

「ナイフや割れたビンで脅されましたか？」

「いいえ」

ルイス・プラマーがようやくバーに入ってきて、野次馬をかき分けてディランのほうに近づいてきた。「誰かに殴られたんですか？」

「ああ。ミランダ権利（黙秘権など被逮捕者の権利）を読み上げてから、女性に対する暴行と警官への殴打の罪でエメット・バーンズを逮捕しといてくれ。武器は何も見つからなかったが、念のため、もう一度身体検査しといたほうがいいな」

「ヘイデンはどうします？」

ディランはホープのほうに視線を戻した。「どっちが先に手を出したか見てましたか？」

「小さいほうの人」

「ヘイデンは帰していい」

「これから事務所に戻りますか？」ルイスが尋ねた。

「いや、家でアダムを人に見てもらってるんだ。だから事務手続きは明日の朝にするよ」

「じゃあ、また明日」ルイスが手を短く振った。

ディランは保安官助手がエメットを立たせるのを確認すると、向きを変えてホープの顔をのぞき込んだ。まだ少し青ざめていて、目も少しぼんやりしていたが、バックホーン・バーでこんな目に遭って過度に動揺しているようには見えなかった。「今から保安官事務所に行って供述しますか？　それとも明日の朝、来ていただくほうがいいのかな？」

「もう、帰りたい」

誰かが再びジュークボックスの電源を入れ、室内がまた薄暗くなり、ルイスがエメット・バーンズを連れて店から出ていった。時刻は一〇時。閉店まであと二時間ある。店に残っている客がもう何杯かビールを流し込むには、それだけあれば十分だ。

「運転できそうですか？」ディランがホープにそう尋ねたとき、ジュークボックスから再びコンウェイ・トゥイッティが流れてきた。

ホープは自分の格好にちらっと目を走らせ、ディランも彼女のぴったりしたスパンデックスのショートパンツとスポーツ・ブラを素早く眺めた。カウンターの向こうでクアーズのネオンライトが光を放ち、彼女の平らな腹部を照らし出した。「私、ジョギングしてたの」

ディランは彼女のへそを照らしている青い光から無理やり目をそらした。「バーリーに手錠を返してもらわないと。そのあと、うちまで送りますよ」

「ありがとう、保安官」

「ディランです」彼は念を押すように言った。

「ディラン」そのときだった。小さなスポーツカーを運転してこの町にやって来て以来初めて、ホープがディランににっこり微笑んだ。ふっくらした唇が上向きにカーブを描き、ちらりとのぞいた歯を目にしたディランは、ロサンゼルスを離れてから、こんなまっすぐな歯並びは見たことがないと思った。窮地から脱したことで、彼女は好意的な気持ちになったに違いない。たいがいの女性は、ピンチから救われるとやけに涙もろくなったり、やたらと感謝したがったりするものだ。

背後から誰かの手がディランの腕をなでるようにつかんだ。肩越しに振り返ると、暗がりの奥にディクシー・ハウの目が隠れていた。

「はい、あなたの帽子」

「ありがとう、ディクシー」ディランは髪を後ろになでつけ、再び帽子をかぶった。

「まだ帰らないでしょう？」

「いや、もう帰るんだ」

「残って、玉突きをしてかない？　アダムは人に見てもらってるって、さっきルイスに言ってたじゃない」

「今夜はやめとくよ」ディランはつかまれている腕を引っ込めようとしたが、ディクシーは握った手にぐっと力を入れた。ディランの腕に彼女の大きな乳房が触れた。彼女をよく知るディランは、胸がぶつかっているのは偶然ではないとわかっていた。ディクシーのことはずっと前から知っている。かつてディランは彼女の姉とつきあっていて、彼の記憶の中のディクシーは貧相な少女だった。ハウ姉妹のどちらにとっても、人生とはなかなかままならないものであり、ディランは二人が大人になっていく様子を見て気の毒に思ったものの、それ以上の感情は抱いていなかった。「スペンサーさんを家まで送ってかなきゃいけないんだ」

ディクシーはホープのほうに素早く目を走らせてから、再びディランに意識を集中させた。

「この前の夜、私が提案したこと、覚えてるでしょう?」

もちろん覚えているとも。Tボールの試合中に近づいてきた女性から、露骨にオーラル・セックスの提案を受けるなんて、人生においてそう何度もあることではない。

「いつでもいいのよ」ディクシーはようやく握っていた手を放し、ディランは腕を引っ込めた。

「おやすみ、ディクシー」彼はそう言って、また腕をつかまれる前にカウンターのほうに移動した。ホープも並んでついてくる。そしてヘイデンから急いで手錠を外しているあいだ、ディランはヘイデンの「勇気ある仲裁」に感謝するホープの言葉を聞かされるはめになった。

ディランに言わせれば、ホープは感謝のしすぎだし、表現も大げさすぎる。おかげで、哀れな愚か者は顔を赤くし、あんたのためにあいつの鼻をへし折れてどんなに嬉しかったかと、しどろもどろで言う始末だ。ホープがこの町に来て五日が経ち、ディランはその間に三度彼女と遭遇したが、つい五分前にようやく彼女に微笑んでもらうことができた。これで彼女を笑わせるにはどうすればいいのかわかったぞ。顔を殴られればいいんだ。

二人が店を出ると、涼しいそよ風に吹かれてホープのポニーテールからブロンドの巻き毛がこぼれ、彼女の滑らかな頬に当たった。ディランの視線は、彼女の顔から腕へ、上半身のとても目立つ部分へと下りていく。胸が締めつけられ、左目がずきずきと痛み、彼は目をそらした。

ディランは保安官車両のブレイザーに乗り込むホープに手を貸し、ティンバーライン・ロードまでの道のりを走りながら考えた。スパンデックスのスポーツウエアで、飲んだくれの田舎者が集まるバーに入っていき、エメットのような男を挑発するなんて、いったいどんな女性なんだ。

彼女をものすごく強い女性だと思っている人もいるらしい。ターミネーターか。

「バーにいた女の人は誰？」沈黙を破ってホープが尋ねた。

「女性は何人かいたけど、どの人のことかな？」

「ブロンドの人。髪が膨らんでて、胸が大きい人よ」

ディランは眉を吊り上げ、顔をしかめた。「ディクシー・ハウだ」と答え、恐る恐る目の下の頬骨を触ってみる。

「恋人なの？」

「まさか」ちくしょう、顔が腫れてきた。「どうして、そんなことが知りたい？」

「ちょっと興味をそそられたのよ」

ディランはホープのほうに目をやった。スイッチパネルの光が彼女の顔半分を照らし、ポニーテールが少し乱れていた。ビールのにおいをぷんぷんさせている。「恋人がいるかどうか？」

「いいえ。彼女はあなたにどんな提案をしたのかなって」

ブレイザーは角を回り、ティンバーライン・ロードに入っていった。「それは秘密だ」

「だいたい見当はつくけど」

ディランは笑ってブレイザーを暗い私道に入れた。「たぶん、彼女は話がしたかっただけさ」

「そうね。たぶん、ボ、ー、ン・フ、ォ、ンで話がしたいのよ」

ディランはブレーキを強く踏んだ。車はすでに減速していたが、もしそうでなければ、ホープはフロントガラスを突き抜けていただろう。「何だって？」

ホープはダッシュボードに両手を突いて体を支えた。「たぶん、彼女はボーン・フォンで――」

「まったく。一度言えばわかるよ」ディランはホープを見つめ、突然、何もかも納得がいった。そうか。彼女のとろんとした目も、穏やかな笑顔も、てっきり彼女にかかったものと思い込んでいたビールのにおいも、そういうことだったのか……。ホープはほっとしたからディランに好意的な気持ちを抱いたわけではなかったのだ。「ビールは何杯、飲んだんだ？」

「え？　そうねえ、普段はそんなに飲まないんだけど、今夜はタイム・サービスがあったから……」

「何杯、飲んだんだ？」

「確か四杯」

「何時間で？」

「二時間」ホープはドアの取っ手に手を伸ばし、ディランがエンジンを切る前にもう車から出ていた。「何を飲むにしても、夕飯を食べてからにすべきだったかも」彼女はそう言って庭を横切っていく。

ディランは助手席に帽子をぽんと置き、あとからついていった。家は真っ暗で、庭にはポーチからも窓からもまったく明かりが漏れていない。満月が唯一の照明となってホープの髪を照らし、金色に染めていた。彼女はポーチのいちばん上で立ち止まり、玄関のドアをじっと見つめた。

「鍵は？」ディランは彼女の背後にやってきて尋ねた。

「そんなに長く留守にするつもりじゃなかったから、明かりを一つもつけていかなかったの」ホープはウエストポーチの中をあさっている。「こんな真っ暗だと、ちょっと気味が悪いわね」

ディランはデューティ・ベルトから懐中電灯《マグライト》を外し、玄関を照らした。ドアがほんの少し開いている。「ドアを開けっ放しにしてったのか?」

ホープは顔を上げ、鍵の束をつかんで答えた。「いいえ。出かけるときは必ず鍵を閉めてくわ」

「一応、鍵は掛かってるな。たぶん、最後までちゃんとドアを引っ張って閉めなかったんだろう」ディランは後ろに下がり、ライトを窓や家の正面に向けた。どこも壊されていない。「ここにいるんだ。すぐ戻るよ」ディランは家をぐるっと回り、ライトで窓を照らした。裏口を調べたが、そこも鍵は閉まっており、見たところ、変わった様子は何もない。「やっぱり、君はドアをしっかり閉めてなかったんだと思う」再び戻ってきたディランは、ホープのそばに立って言った。

「ええ、そうかもしれない」ホープは素早くディランの後ろに回った。「先に入って」

ディランはその前から、ホープのために家の中を確認してあげるつもりではいたが、まさかベルトの後ろに手を掛けられて人間の盾にされ、早く先に行けと彼女に促されるとは思っていなかった。これまでも、女性に自分の体を利用されるのは構わないと思ったことは何度かある。でも、その場合、女性は必ず裸だった。そして今、この家で何者かに遭遇したらホープが一目散に逃げられるよう、真っ先に標的にされる存在として利用されている。そのことについて自分がどう思っているのかはわからなかった。

ホープはベルトの後ろをつかんでいる指の関節でディランの腰を突き、彼をせかした。彼が家の中に入り、照明のスイッチを入れる。「何か変わったところは?」

ホープは爪先立ちになってディランの背中に胸を押しつけ、彼の肩越しに中を見た。「ないと思う」彼女はディランの左耳の真横で言った。

温かい息が首の脇にかかり、ディランの血を熱くさせる。「参ったな……」

ホープがかかとを下ろし、再び指の関節でディランを押す。彼は促されるまま食堂に向かい、明かりをつけた。食堂はぴかぴかに磨かれていた。長テーブルの上には、蓋を閉じたノートパソコン、プリンター、スキャナー、ファックスが置かれ、パソコンの脇には本や雑誌や新聞が山と積まれている。ディランは、こういった物はライターの必需品なのだろうと思ったが、何を書くために必要なのかは相変わらず疑問だった。

「ここもすべて異状なし?」

ホープは、今度は右に体を傾け、ディランの肩から食堂をのぞき込んだ。「ええ」彼女の関節がディランの背骨を再び突き、二人はキッチンに向かった。食堂と同様、そこもシミ一つなかった。ラックに掛かっている鍋やフライパンはぴかぴかで、床も窓もきれいに磨かれている。家の中の家具はすべて、つい最近、置かれたものだ。

ディランが最後にこのキッチンに立ったのはFBIが来ているときだった。ハイラム・ドネリーが自殺して間もなく、FBIの連中がどっとやってきて、釘づけにされていないものはほとんど持っていってしまったのだ。ハイラムが死体で発見されたとき、あのラックから赤いクロッチレス・パンティや生皮の鞭《むち》がぶら下がっていたのだと教えてやったら、ホープはどう思うだろう？　ハイラム自身が映っている写真やビデオを検証してようやく、パンティや鞭といった品々の意味が明らかになったのだ。

裏口に向かうあいだ、ディランのブーツのかかとが床を叩く音と、すぐ後ろにいるホープのランニング・シューズがキュッキュッと鳴る音しか聞こえなかった。彼女を安心させるため、ディランは裏口をもう一度チェックし、それから二人は居間に入っていった。ディランが照明のスイッチを入れると、ホープは例によって爪先立ちになり、背中に胸を押しつけてきた。純然たる興奮が股間を直撃し、彼は一秒と経たないうちに完全に勃起した。もしホープの腰に手を回し、無理やり唇を割って舌を深く差し込んだら、彼女はどうするだろう？　そう考えると、ディランの血管の中で血が脈打った。彼女がこの腕の中で溶けてしまったら？　胸や下半身に手を触れさせてくれたら？　彼女の手を取って、この硬くなったものに押しつけたら？

「ここから見る限り、問題なさそう」ホープはそう言ってかかとを下ろした。「二階に行きましょう」

ディランは彼女から離れ、両手を挙げ、この場を去るべきだとわかっていたが、無理やりそうすることはできそうになかった。まだ帰るわけにはいかない。「君は下で待っててもいいよ」

「私も一緒に行ったほうがいいんじゃない？」

ディランは肩越しに振り向き、わずか数センチ先にある彼女の上向きの顔に見入った。彼の視線は、彼女の滑らかな額、完璧な形をしたブロンドの眉、やや焦点の定まらない大きな青い目へと移動していく。彼はホープの上唇のカーブをしげしげと眺め、彼女の口の真上で言った。「ベッドも確認しておこうか？」

「ええ」とホープが答えると、彼の血管は破裂しそうになった。「それから、バスルームのシャワー・カーテンの裏も見ておいて。シャワーを浴びてる最中に、ノーマン・ベイツ（映画『サイコ』に登場する二重人格の連続殺人鬼）に刺されるなんてごめんだもの」

「何言ってるんだ。じゃあ、ここで待ってて」ディランは頭をくるっと回転させ、ベルトの後ろをつかんでいる彼女の手を外し、その場を離れた。「そこでじっとしてるんだぞ」

ディランは二階に行き、侵入者がいないかどうか急いで確認した。ホープが主寝室を使っていないとわかり、彼はなぜかほっとした。老いたハイラムが縛られ、尻を叩かれていたその同じ部屋で彼女が寝ていないことが嬉しかったのだ。ひょっとすると、あのビデオを見ていなければ、あそこに映っていた一〇代の少女たちの顔を見ていなければ、もう、この部屋の汚《けが》れを思い浮かべることはなかったのかもしれない。

ディランはホープが寝室にしている部屋にやってくると、その場で立ち止まった。彼女の部屋の飾り方は、明らかに独り暮らしの女性のやり方だった。何もかも白いレースと紫の花に覆われ、まるで花が咲き乱れる庭で寝ているかのようだ。この家を貸した不動産屋がこんなものを置いていったとはとても思えない。

ディランは寝室のドアを閉めた。裸のホープを想像してしまう前に。白いふかふかした掛け布団の上で髪をすっかり乱し、開いた唇を彼のキスで濡らし、彼の脚に両脚を絡ませている彼女を想像してしまう前に。ディランは廊下を歩いてバスルームに行き、彼女に頼まれたとおり、シャワー・カーテンの裏を確認した。それから洗面台の上の鏡に顔を向け、左目の下にできたあざをじっと見つめた。大きなあざの中央はすでに青くなりかけている。彼はそれに触り、下まぶたを慎重に引っ張って眼球を見てみた。

裸のホープを想像している分にはまったく問題はない。でも、彼女と何らかの関係を持つなんて問題外だ。ホープは美人だし、スパンデックスの膨らみ具合は罪と言うべきだが、この世に美しい女性はたくさんいる。彼が築いてきた生活と息子の安全を脅かさない女性が。

ホープは人をいらいらさせることにかけて、まれに見る才能を発揮し、ゴスペルに越してきた理由について十中八九嘘をついている。それ以外にディランは彼女のことをほとんど知らなかった。ミズ・ホープ・スペンサーは謎めいた人物だが、その謎を解く気はない。トラブルを起こさずにいてくれれば、ホープはディランや町の人たちに知られたくないことを秘密にしておけるだろう。まさに彼自身、自分の秘密を隠そうとしているのだ。特にホープに知られることだけは避けたかった。

その晩、ディランはホープの別の一面を見た。彼女は以前よりもずっとリラックスしていて、ピリピリしたところがなく、とっつきやすかった。前よりも穏やかで、酔っていた。正直なところ、酔っている彼女のほうがいいと言わざるを得ない。ホープに惹かれるのは完全に肉体面でのことであり、おかげで、彼女と汗にまみれて熱いひとときを過ごせたらと考えてしまうものの、それは絶対にあり得ない。彼女に対する自分の体の反応については心配ないだろう。確かに厄介な反応ではあるが、だからといって、それをどうにかしようとは思っていない。

ディランは廊下に出た。明日の朝にはもう、町の人間は一人残らず、彼がホープを車で送っていったことを知っているはずだ。彼がどれくらい彼女の家に留まったのか賭けを始める可能性もある。自分の車を止める場所にはとても気を遣わなければならないのだ。彼が車を長時間駐車しないのは、おそらくそれが理由だったのだろう。

青春時代のディランには、常にワイルドな噂がつきまとっていた。それだけのことをしてきたのだが、今の彼は保安官であり、選ばれた役人だ。幼い息子の父親であり、もう自分のセックス・ライフに関する不愉快なゴシップや評判を受け入れるわけにはいかない。前任の保安官がそうであったように、彼にも忘れたい過去があったのだ。ゴスペルの住人は皆して俺を監視し、俺がへまをやらかすのを待ち構えているのだろうか？　ディランは時々そう思うのだった。

一階に戻ると、ホープはキッチンにいた。背中を向けてアイス・バッグにタオルを巻いている。

ディランは彼女の背骨から、スパンデックスに覆われた魅力的なヒップのカーブへと視線を走らせた。おそらくアイオナの言うとおりだ。MZBHAVNが着けているのはTバックかもしれない。

ホープが振り返って再び微笑み、ディランは胸が締めつけられる気がした。「目の具合はどう？」

「どう見ても帰宅すべき時間をとっくに過ぎている。「ひどく痛むよ」

ホープからタオルに包んだアイス・バッグを手渡され、ディランは考えた。彼女がわざわざ自分のためにこれを用意してくれたのだから、もう一、二分いてもいいだろう。「それで少しは楽になるんじゃないかと思って」

ディランはカウンターに寄りかかり、脚を交差させた。「二階はすっかりきれいになっていたね。素敵な部屋だ」

ホープはむき出しの肩をすくめた。「埃と汚れをすっかり落とすのに数日かかっちゃったけど」

ディランはタオルを目の端に当てた。「それとコウモリ駆除」

「そう、コウモリ駆除」ホープはうなずいた。

「シェリーが血痕のことを話してくれたわ。あなたは亡くなったドネリー保安官とは知り合いだったの？」

「もちろん。俺は保安官助手の一人だった」

「じゃあ、彼が自殺した理由を知ってるのね？」

「ああ」

ディランはそれ以上話そうとせず、ホープは先を促した。「それで……理由は何だったの？」

ちょっと話してやれば、おそらく彼女は自分が首を突っ込みすぎていたことを悟るだろう。「ドネリーは倒錯したセックスが好きだった。真の支配と服従ってやつさ。彼は赤いレースとスパイク・ヒールで女を着飾らせるのがお気に入りで、垂れ下がった自分の尻を鞭でひっぱたかせて、それをビデオに撮ってたんだ」

「異様だけど、自殺するほどの理由にはならないでしょう」

「君はドネリーのことを知らないじゃないか」あの年老いた保安官は本当に堅物の法執行官だったのだ。「彼に関する記事を書こうと思ってるのか？」

「考えてるところ」ホープは眉根を寄せた。「普段は実在の人物について書くのは好きじゃないんだけど。そうね、書いてもいいかも。捜査資料を入手する手助けをしてもらえないかしら？」

「君の力にはなれないよ。この事件はＦＢＩが担当してたんだ。我々がその情報を聞きつけたのとほぼ同時に、ドネリーもそれを知ってしまった。で、この家に踏み込んだときにはもう、彼は死んでたんだ」

ホープはため息をついた。「じゃあ、政府に情報公開を請求するわ。数週間、あるいは数カ月かかるかもしれないけど」

ホープが情報公開というシステムを知っていることは明らかだ。「電話して、しつこく頼むんだ」ディランはそうアドバイスした。普段は実在の人物について書かないと言っているが、それでも彼女の注意が昔の話にそらされるのなら書いたって構わない。そうすれば、新しいネタを探してこそこそかぎ回ることもないだろう。亡くなった保安官の話題は今もパール郡の人々のお気に入りだ。もしホープがハイラムの話を書いているとわかれば、ゴスペルの人々は行列を作り、彼女が昏睡状態に陥るまでしゃべりまくるはず。「皆に訊いて回ればいい。ハイラムのことを知ってる人たちから情報をもらうんだな」

「私に話してくれるとは思えないわ。これまで皆、友好的とは言えなかったし」

「もう一度、試してごらん。たぶん手伝ってくれるよ」

「あなたはどうなの？」

「できることだったら力を貸すさ」ディランはそう言ってから、そろそろ完全に話題を変えたほうがよさそうだと判断した。「ところで、ご主人はいるのかい？」

ホープは首をかしげ、自分の家のキッチンに立っている長身のカウボーイをしげしげと眺めた。左目が少し腫れ始め、顎にうっすらと黒いひげが生えている。彼が少し酔っているように見えるのは、照明のせい？　それともバドワイザーのせいかしら？　彼女はいい気分だったし、解放的な気持ちになっていた。飲みすぎてしまったことはよくわかっている。確かに酔ってはいるけれど、部屋がぐるぐる回っているとか、胸がむかむかするとか、そういう酔い方ではない。何もかもうまくいっていると思ってしまうような酔い方だ。まるで夢の中にいるみたい。なにしろ、ありとあらゆる問題が鳴りを潜め、大きな、たくましい男性がピンチを救ってくれて、喧嘩を止めてくれて、私のために気味の悪い家の中を確認してくれたのだから。自分の家のキッチンにハンサムなカウボーイが立っていて、私がちょうど書いてみようと思っていた話について力になってくれると言ってくれたのだから。何一つ、現実のこととは思えない。「いるわよ」ホープはようやく答えた。「でも、彼は最近ほかの人のご主人をしているの」

「結婚はどれくらい続いたんだ?」

この質問に答えるのは簡単だった。「七年」

「そんなに」ディランは目の端からタオルを外した。「何があったんだ?」

ホープは冷蔵庫に一方の肩をもたせかけて答えを考えたが、今度はそう簡単にはいかなかった。「彼に私よりもっと好きな人ができたのよ」

「もっと若い女性ってこと?」

ホープは酔ってはいたが、ひどく酔っ払っているわけではなかった。「ううん。そうじゃないの。たいして面白くもないんだけど、医者が自分のところで働いてる看護師とできちゃったっていう、ありふれた話よ」彼女は嘘をついた。そのほうが本当のことを言うよりずっと楽だったから。

ディランが口元の片側だけをゆがめて微笑み、ホープはその魅力に少しやられた、と思った。「君より美人なわけないよな」

白状する。少しなんてもんじゃない。かなりやられたわ。「実は彼女、出っ歯なの」

ディランの口元のもう片方がすっと上がり、顔全体が微笑んだ。「女の出っ歯は苦手だ」

ディランが話せば話すほど、ホープは彼が好きになった。「それに、すごくお尻が大きいの」

「それも苦手だな」

「最後に会ったとき、彼女の胸も、お尻に合わせてばかでかくなってたのよ」

ディランは何も言わず、ただ微笑んでいるだけだった。

「あ、そっか。忘れてたわ、バックホーン・バーで会ったあなたの彼女のこと」

「言っただろう。ディクシーは彼女じゃない。でも、彼女が胸に生理食塩水バッグを入れてないことは保証するよ」

「どうしてわかるの？」

「ハイスクール時代、彼女の姉さんのキムとつきあってたんだ。二人とも同じような体つきをしてる」

「キムって、卒業したあと、トラックの運転手と駆け落ちしちゃったっていう人？」

ディランは眉間にしわを寄せ、タオルを両目に押しつけた。「どうしてそれを知ってるんだ？」

「シェリーが教えてくれたの」

「ああ、なるほどね」

「あなたとつきあってたのなら、どうして彼女はトラックの運転手と駆け落ちなんかしたの？」

「それは——」ディランはカウンターにタオルを載せ、体をまっすぐに起こした。「キムは結婚に憧れてる子だったんだけど、俺の計画には、農民共済組合会館で薄っぺらい紙を掲げて〝誓います〟なんて言うことは含まれてなかったからさ」

「計画って？」

「この町を出て、できるだけ遠くまで行くこと」彼は肩をすくめた。「ほかの世界を見ること」

「でも、戻ってきたのね」

「ああ。自分が目にしたものが気に入らなかったんだと思う」

「ここに来たときから不思議に思ってたことがあるの」ホープは濃いまつ毛に囲まれた深緑の目をのぞき込んだ。彼の左目はさらに腫れてきている。「この町の何人もの女性があなたに恋してるけど、それってどんな気分？」

ディランは首を横に振り、数歩前に進んだ。「ハニー、君は何もかも誤解してるよ」彼はそう言って、ホープの目の前で止まった。「俺はたまたま独身で、仕事を持ってる。だから、結婚したい女性の第一の標的になってるんだ。それだけのことさ」

まさか。それだけじゃないでしょう。彼はがっしりした筋肉を持つ、身長一九〇センチのカウボーイ。少々不完全な笑顔も、かえって彼をより完璧な男性に見せている。指でかき上げる癖があるから、髪はいつも少し乱れているし、さっき彼のあとをついて歩き回ったときに気づいたけど、背中もとても素敵だった。でも、体が完璧であること以上に、女性を見つめ、女性に語りかけるときの彼の様子、男性としての関心のすべてを、まっすぐ相手に集中させる様子が魅力的だった。また、この町のすべての女性にさりげなく、それでいてとても親しげに「ハニー」と呼びかける様子が魅力的だったのだ。

「目の痛みはどう？　氷は役に立ったかしら？」

「いや。ほかにいい方法はある？」

「冷凍のステーキがあるかも」

「効くとは思えないな」

ホープは自分の唇を指で押さえ、その指でディランの傷に軽く触れた。「これはどう？」

彼は首を横に振り、視線を彼女の唇に走らせた。「それじゃまだまだ足りないよ」

ホープはディランの胸に両手を置くと、爪先で立ち、目の端にそっとキスをした。「これならいい？」

「だめだ」というささやきがホープの頬をよぎると、彼女の五感はばらばらに飛び散り、ディランに触れている部分だけに集中した。頬と両手がぞくぞくし、その感覚は炎のように体のほかの場所へと広がっていく。ホープは立ちすくんだ。ディランを押しのけるべきだとわかっているのに、彼の大きな、がっしりした体の温もりから離れることができなかった。立ったまま、彼をこんな近くに感じていると、寒い外から暖かいところへ帰ってきたかのような、凍えた両手を火に近づけているかのような気がした。

「ディラン」ホープの言葉に、彼は頭を傾け、彼女の唇を自分の唇で覆うことで応えた。ゆっくりとした甘いキスが始まるチャンスは訪れず、唇が触れ合った途端、二人は飢えたように互いの舌を差し入れた。ディランはホープの顔を両手で挟み、冷蔵庫に寄りかかっている彼女を自分のほうに抱き寄せた。そして滑らかな舌で彼女の舌を愛撫し、口の中を軽く吸った。ディランのキスはとても甘美で、ホープはなかなかとらえられないものを味わっているような気がした。長いことごぶさたしていたのに、味わうその瞬間まで、自分がどれほどこの感触を恋しく思っていたか気づいてもいなかったのだ。

ホープはディランの胸に両手を滑らせ、シャツの下で盛り上がっているがっしりした筋肉の動きを感じ取った。そして喉の奥で苦しげにあえぎ、シャツの胸ポケットに留めてある星型のバッジをつかんだ。何をするにも注意を怠らないディランは、こうしてキスをしているときも彼女の口の隅々にまで注意を払っている。ホープは彼の肺から空気を吸い、彼のにおいを鼻から吸い込んだ。それは純粋な酸素のように、まっすぐ脳へと運ばれていく。ディランのキスでホープは頭がもうろうとし、めまいを覚え、あえぎながらさらに彼を求めた。

ホープは空いているほうの手を彼の胸から平らな腹部へと滑らせていった。ディランが息を吸い込み、彼女は指先で彼の格子縞のシャツをつかんだ。そして、ジーンズのウエストバンドからシャツを引き出そうとしたが、ディランは彼女の両手首をつかんで冷蔵庫に押しつけ、彼女の口を愛撫した。熱く、滑らかに、彼女の口に舌を出し入れしながら。ホープの唇は彼に絡みついて離れない。もっと欲しい。すべてが欲しい。長いあいだ自分の人生に欠けていた熱い触れ合いと、むさぼるような抱擁をすべて手に入れたい。ホープの手は彼に触れたくてたまらず、自由になろうともがいた。だが、ようやく解放してくれたディランはキスをやめ、後ろに退き、彼女の手の届かないところへ行ってしまった。

ディランの息は荒く、目はホープをなめるように見つめていた。彼は私を求めている。私と同じように、彼も私を求めている。彼女の目を見つめる強い欲望と渇望に応えて見つめ返すと、ホープのまぶたは重くなり、体がうずいた。それなのに、ディランはくるりと背中を向け、歩いていってしまった。

彼はキッチンの戸口で立ち止まった。「ホープ?」

彼女はディランの広い肩と、金髪が混じった茶色の髪を見つめた。口を開いたが言葉が出てこない。

「バックホーン・バーには近づくな」そう言い残し、ディランは出ていった。

6　サタン、荒野の町で写真に撮られる

翌朝九時、ホープはエイリアン・ストーリーの草稿を書き上げた。導入部は少し漠然としていてもいいかと思い、話を転換するのは三段落目まで延ばしたのだが、記事はうまく書けているだろう。

ホープは荒野の架空の町を創りだした。そこには地球に不時着したエイリアンが、どこにでもいるような田舎の変わり者に姿を変えて暮らしている。実は、彼らは母船が迎えにくるのを待っているのだが、それまでの暇つぶしに旅行者をペテンにかけ、賭けをして金稼ぎをしているのだ。

ホープは夜明けからこの記事に取りかかり、ずきずきする頭で、すでに書いてあったアウトラインをまとめた。タイレノールを何錠かコーヒーで流し込み、風呂にも入らずじまい。髪の毛はくるっとひねって頭の上に載せ、ビックのボールペン二本で押さえている。牛柄模様のパジャマを着たまま、だぶだぶの靴下をはいていた。さぞかしひどいにおいがしているのだろう。でも運よく筆が乗っているときに途中でやめるようなばかなまねはしない。彼女は仕事中は絶対電話に出なかった。やむを得ず玄関のドアを開けることがあったとすれば、家

が火事になり、燃え盛る炎が迫ってきたときだけだったかもしれない。

ホープは新しい記事のアイディアをウォルターにメールで伝えてあった。彼はアイディアを大いに気に入ってくれたが、記事と一緒に写真も載せたいと言ってきた。もっともらしい写真か……。ということは、ミノルタのカメラを引っ張り出し、自然保護区の写真を何枚か撮らなければいけない。あとでその写真をパソコンに取り込み、町の人間の格好をしているエイリアンの画像に重ねるのだ。時間はかかりそうだが、できないことはない。それに、「不思議なレプラコーン、ミッキー」を画像変換《モーフィング》してチャールズ皇太子にそこそこ似た写真を作ったときほど大変ではないはずだ。

九時半ごろ、ホープはようやく一息ついた。電話が鳴り、受話器を取ると、保安官事務所のヘイゼル・エイヴリーからだった。被害届をいつ出しにくる予定なのか教えてくれと言う。ホープは自分の格好を見下ろし、あと一時間待ってほしいと伝えた。

保安官事務所に出向かねばならないことを忘れていたわけではない。忘れてしまいたかったと言ったほうが近いだろう。ゆうべの出来事をすっかり忘れてしまえたらどんなにいいか。バックホーン・バーに足を踏み入れた瞬間から、ディラン・テイバーがこのドアを出ていった瞬間まで、何もかも。

ホープはキーボードの保存キーを叩き、エイリアン・ストーリーのバックアップを取った。まあ、ゆうべのことをすべて忘れる必要はないのかもしれない。でも、フラットランダーに関する賭けの話を聞いたあと、つまり、エメット・バーンズが私の席に図々しく座り込む前に店を出るべきだったことは確かだ。走り書きをしていた紙ナプキンから目を上げ、あの男の〝俺が欲しいんだろう〟と言いたげな、にやけた顔を見た途端、私のトラブルは始まったのだから。

いえ、そうじゃないわ。トラブルは、タイム・サービスを利用して飲みだしたあの瞬間から始まったのよ。エイリアン・ストーリーに興奮していなければ、アルコールの回り具合にもっと注意を払っていただろう。ビールでほろ酔いになっていなければ、エメットなど相手にしていなかっただろう。汚い言葉は決して口にしなかっただろう。

ホープは着ていたものを脱ぎ、シャワー・ルームに入った。酔っていい気分になっていなければ、あの保安官に手や唇を近づけたりはしなかっただろう。

彼女は熱いシャワーを浴びながら、エメットに遭遇したことと、ディランに遭遇したことと、どちらのほうが悪かったのかわからなくなった。一方では恐ろしい思いをしたし、もう一方では屈辱的な思いをした。ディランのことは思い違いをしていた。彼は、私が求めているのと同じようには私を求めてはいなかった。私の体の上ではい回りたいわけではなかったのだ。彼は立ち去りたいと思い、そのとおりにした。そして、私はドアを出ていく彼をじっと見ていた。唇に残る彼の感触を味わいながら。

バックホーン・バーには近づくな、と彼は言った。未練がましいことは何一つ言わず、「ああ、帰りたくない」とも言わず、苦しげな言い訳もしなかった。あのひと言以外、何も言わなかったのだ。

ホープは髪を洗い、シャワーから出た。男性が彼女の肌をぞくぞくさせるのは久しぶりのことだった。張り詰めた筋肉の温かさをみぞおちの下で感じられるほど、男性を近づけたのも久しぶりだった。大きな温かい体をすぐそばで感じていたいと思ったのも久しぶりだった。ホープは愛のないセックスはよくないと思っていた。カレッジ時代はそれでもいいと思っていたし、そういうセックスをしていた。三五歳になった今、意味のないセックスなどないとわかっている。セックスに意味がなければ、朝になって心が痛んだり、空しい気持ちになったりはしないだろう。それに、一夜限りの情事のあとに訪れる後悔ほど悲しくて寂しいものはない。別に構わないわと独り言を言う女性ほど思い違いをしているのだ。

しかし、愛のあるセックスは人間関係を必要とする。人間関係を築くには努力と信頼が不可欠だ。そろそろまたチャレンジしてみてもいいころかもしれない。それはわかっていたが、誰かと親密な関係になるような立場に身を置くことが今ひとつできずにいる。たいていの男は妻の親友と子供を作ったりはしないと頭ではわかっていたが、頭で理解していることと、心の底で理解していることはまったく別だった。

自分の心の中にいる陰険なコメンテーターを黙らせるのは不可能に近かった。その評論家はホープの目を通して、彼女の体の奥深くに隠された傷を見ていた。

思春期が始まってからというもの、ホープは子宮内膜症に苦しんできた。そして大学三年の春、症状はいよいよ深刻になり、手術をするよりほかに選択肢はほとんどなくなってしまった。二一歳にしてホープは子宮をすべて摘出し、体が衰弱するほどの痛みから解放された。

自由に人生を楽しみ、自由に男性と関係を持つことができるようになった。それと同時に自分の子供を持つことはできなくなったが、子供を産む能力が失われても、ホープはくじけなかった。時期が来たら、自分を必要としてくれる子供を養子にしようとずっと考えていた。子宮がないからといって、自分が女としてほかの女性に劣るとは思っていなかったのだ。

夫から離婚届を渡され、彼がほかの女性と子供を作ったと知ったあの日までは。ホープはこの事実に打ちのめされ、自信を根こそぎ失った。今の彼女は何一つ確信が持てず、とりわけ、自分がいる世界にうまく溶け込めている確信が持てずにいた。

ホープは体をふき、もつれた髪をブラシでとかした。三年前、自分はとても上手に人生を操っている、すっかり立ち直ったと思っていた。仕事を再開し、ブレインの財産を半分取り上げ、愛車のポルシェも頂戴した。しかし、何もコントロールしてはいなかった。事実から目をそらしていただけだったのだ。彼女は立ち直ってはいなかった。また誰かに尻を蹴飛ばされないように、しゃがんだ姿勢でなんとか人生を操っているにすぎなかった。

昨晩、ホープは再び情熱に身をゆだねた。情熱が血を騒がせ、肌をじらせるのに身を任せた。

ホープは寝室に行き、クローゼットの扉を開けた。おそらく「身を任せた」という言い方は間違っているだろう。それではあまりにも受身すぎる。ディランにキスをされた途端、「身を任せる」どころではなくなってしまった。されるがままだったとは思っていない。自分の意志でそうしただけ。彼の唇が押しつけられ、両手で彼のたくましい胸の感触を味わったらもう、欲望が支配権を握ってしまったのだ。この数年で初めて、ホープは欲望から逃げなかった。その温もりの中に留まり、トーチランプのような繊細な炎が体を熱くするのを感じていた。ある時点でやめることもできただろう。できたはずだ。もちろんできたのに、ディランのほうが彼女を止めたのだ。ことをなげに。そして、振り返りもせず、この家から出ていってしまった。だから今のところ、ディランはこの世でいちばん会いたくない人だった。明日なら心の準備ができているかもしれない。あるいは来週なら……。

こんな小さな町で彼を避けようと思ったら、家にこもっているしかない。だが、ホープにはそんなつもりはなく、それには二つの立派な理由があった。一つ目は、古い警察のファイルを手に入れるためにはディランの力が必要だったから。二つ目は、彼女がゆうべの出来事をくよくよ考えているなどと思われたくなかったから。

ホープはクローゼットをあさりながら自分に言い聞かせた。あの保安官を悔しがらせるための完璧な服を探しているわけじゃないのよ、と。そして決まったのは、シティ・ガールとカントリー・ガールが出会い頭に衝突したとでも表現できそうな服装だった。彼女はターコイズ色の短い巻きスカートと、ターコイズ色のシルクのホルターに着替え、クジャクが描かれたトニー・ラマのブルーのブーツを履いた。

家を出るまでに、ナチュラルメイクも完璧に決まり、髪もカーラーやスプレーで無理やり形をつけましたというのではなく、自然にボリュームを出し、毛先を少し遊ばせたスタイルに仕上がった。

パール郡の保安官事務所はマーシー・ストリートと大通りの角にあり、「クリック・アンド・シュート――一時間でスピード現像」と書かれた看板が出ている店を除けば、事務所の建物がブロック全体を占めていた。砂岩の建物の外側は古くなってぽつぽつ穴が開き、裏側の窓には金属の格子がはまっている。東側には新しい駐車場が作られ、建物の中は現代的な造りに改装されていた。新しいペンキと絨毯のにおいが漂い、広い窓から日光が差し込んでいる。

ホープが受付カウンターに近づいていくと、ベージュのブラウスを着た女性保安官助手がコンピューターの端末から顔を上げた。ブラウスの左胸には金色の星型のワッペンが縫いつけられている。保安官助手は、両開きのガラス扉を示し、奥の部屋に行くようにと言った。ドアの中央には金色の星が描かれ、その下には「保安官　ディラン・テイバー」と書かれている。オフィスに入ると、受付の女性と同じような格好をした女性がもう一人いた。白髪交じりの髪にはパーマがきつくかかりすぎており、彼女がヘイゼル・エイヴリーであることを示すネーム・プレートがプラスチックのキリスト像の脇に置かれている。ヘイゼルのデスクは部屋の中央にあり、通路に面していた。天国の鍵を預かった聖ペテロのごとく、彼女は異教徒の侵入を防いでいるのかしら、とホープは思った。

「ホープ・スペンサーさんね」ホープが近づいていくと、ヘイゼルは事務的に言った。「エイダからあなたのブーツの話を聞いてたので」

ホープは自分の足元を見下ろした。「マリブのウエスタン・ウエア・ショップで買ったんです」

「あ、そう」ヘイゼルはボールペンをマニラ・フォルダーに挟んで立ち上がった。「こちらへどうぞ」

ホープはヘイゼルのあとについて通路を進み、左側にある最初の部屋にやってきた。真向かいは保安官のオフィスだ。どっしりした木の扉が半開きになっており、ディランの名前が金色のプレートに黒字で刻まれている。思いがけず、みぞおちがきゅっと締めつけられ、ホープはヘイゼルの糊の利いたシャツの背中に走る二本のひだをじっと見据えていた。

部屋の中に入ると、ヘイゼルは被害届の書き方をホープに教え、事件について、できるだけ詳しく書くようにと言った。ホープは何も置いていない机に向かい、目の前にある書類をじっと見つめた。前の晩に起きた「事件」は記憶が少々曖昧だったし、もう一つの事件については、できることなら忘れてしまいたかった。

「質問があれば、お答えしますから」ヘイゼルはそう言い、部屋を出る直前にこう付け加えた。「もう、思わせぶりなスカートで保安官を煩わせないことね」

思わせぶりなスカート？　あの「ハックテイバック」を連発する女がそんなことを言ったのかしら？　それとも、私のファッションがけなされたわけ？　ホープは首を横に振り、腰を下ろした。いずれにせよ、いったいヘイゼルは私が何をしにきたと思っているのだろう？

ホープは氏名、住所、日付を記入し、自分の前にあるマニラ・フォルダーの上に頭をかがめたまま、目を上げて通路の反対側にある半開きのドアを見た。クロムメッキと黒のデスクが半分、電話が半分、コンピューターの端末が半分、目に入ってきた。彼女はキーボードをゆっくりと叩く長い指と大きな手に注目した。彼女の左右の手首をつかみ、冷蔵庫に押しつけた、あの大きな手。そして、ベージュの袖口と、黒革の腕時計のシルバーの部分もちらっと目に入った。彼はペンに手を伸ばし、前腕を机に載せ、窮屈そうな、ぎこちない格好で何かを書き留めている。

ディランは左利きだった。受話器を取り、机をコツコツとペンで叩いている。ホープの耳に、彼のくぐもった声と、クックッと楽しげに笑う太くて低い声が聞こえてきた。

ホープは目の前にある書類に注意を戻し、バックホーン・バーで起きたあらゆる出来事に意識を集中させた。まず思い出したのは、店に入っていって、ビールを注文し、人の話を盗み聞きしたこと。新しい記事のアイディアに興奮していたので、時間はあっという間に過ぎてしまった。それからエメット・バーンズが酒をおごるとしつこく迫ってきて、こちらが遠慮をしても聞く耳を持たなかった。そして、エメットが不愉快極まりない言葉を吐き、彼女も負けじと言い返した。それから喧嘩が始まり、彼女は逃げ場を求めてテーブルの上に飛び乗ったのだ。次に思い出したのは、ディランが神の怒りのごとく、ものすごい勢いでバーに入ってきて、顔を殴られたこと、彼が素早くワン・ツー・パンチを食らわし、エメットが床に崩れ落ちたこと、それから、ディランが彼女のほうにやってきて、テーブルから降りるのを手伝ってくれたことだった。

ホープは通路の向こうの部屋に再び目を走らせ、机を叩くペンを見た。ディランはあの手で、むき出しの私の腹部に触れたのだ。彼は私に触れ、大丈夫かと尋ねた。そして、あのとき久しぶりに、男性に守ってもらう感覚とはこういうものだったかと思い出した。でも、あれは現実ではなかったのよ。私は酔っていたし、ディランは自分の仕事をしていただけ。

ホープは供述書のいちばん下に仰々しく署名をし、部屋を出た。それから、ヘイゼルにマニラ・フォルダーを渡し、彼女が書類に目を通すのを見守った。

「なんとまあ」ヘイゼルはそう言ってファイルを閉じた。「ほかにお尋ねすることが出てきたら、検事から連絡がいきますので」

ホープは最後にもう一度、人気のない通路に目をやり、部屋をあとにした。そして、振り返ることなく、受付を通り越して玄関から外に出た。しかし、歩道を進んで駐車場に回ると、がっかりした気持ちになった。私は期待していた。……いったい何を？　親しげに話しをすること？　ゆうべの出来事の再現？　とにかく何かを期待していた。

建物の脇にある扉が開き、ホープは肩越しに振り返った。階段のいちばん上にディランが立っている。彼の目は腰に締めたデューティ・ベルトに向けられていた。ホープはディランから目を離すことなく自分の車にキーを差し込み、コンクリートの階段を下りてくる彼をじっと見つめた。長い脚が二人の距離を徐々に縮めていく。彼は右の肩章にマイクロフォンのようなものを挟むと、再びベルトの調節に注意を向けてしまい、ホープがいることには気づいていなかった。顔は黒いステットソンの陰になっていてわからなかったが、ディランは初めて会ったときとほぼ同じように見えた。ベージュのワイシャツには、胸から平らな腹部にかけて、ひだ加工が施してあり、片方のポケットには星型のバッジ、もう片方には名前の入った記章がついている。それに、脇に茶色の線が入ったあのベージュのズボン。ホープは決して制服姿の男性に弱いわけではなかったが、ディランが着ると保安官の制服も格好よく見えてしまうと認めざるを得なかった。それに、リーバイスも。

またしてもみぞおちが妙に締めつけられ、ホープは食事をするのを忘れていたことに気づいた。ずっと原稿を書いていて朝食を食べていなかったうえ、コーヒーをほぼポット一杯飲んでしまったのだ。ホープは車のドアを開けた。ディランはその音を耳にしたに違いない。というのも、彼がやっと目を上げたからだ。

ディランは運転席側のフロント・フェンダーのそばで立ち止まり、帽子のつばの下からホープを見た。片方の目の縁が腫れて青黒いあざができている。「やあ、気分はどう？」

「私は大丈夫よ。でも、あなたはそうでもなさそうね」

「エメットのざまを見せてやりたいよ」

「そんなにひどいの？」

「自業自得さ」ディランがホープに近づき、二人を隔てるものは車のドア一枚だけになった。この男《ひと》はパーソナル・スペースのルールをわきまえていないらしい。「昼前に君の姿を見るとは、驚きだな」

ホープは自分に向けられた緑色の瞳に見入った。彼に一心に見つめられると、ちょっとどぎまぎしてしまう。彼女は両手でドア・フレームの上を握り締めた。「どうして？　私が仕事してるから？」

「いや、君は二日酔いだろうと思ったからさ」

「そんなに飲まなかったわ」ディランはただ見つめるばかり。ホープは肩をすくめて白状した。「まあ、ちょっと飲みすぎたかもしれないけど、吐くほど飲まなければ二日酔いにはならないわ」

「それはよかった」彼は人差し指でステットソンを押し上げた。「今日は何の仕事で忙しいんだい？　例の北西部向けの雑誌に書いてるっていう、動植物相の記事？」

「実は、今日の午後、写真を撮りにいこうと思ってたの」

ディランは、車の窓枠に囲まれたホープのシャツに視線を下ろしていく。「そんな格好で？」

「着替えようと思ってたのよ」

ディランは、ドア・フレームの上にあるホープの手の両脇に自分の手を置き、再び目を上げて彼女の顔を見た。「どこで撮るつもりなんだ？」

「ちゃんと決めてないけど。どうして？」

「ゆうべのような通報は受けたくないんでね」

「昨日のことは私のせいだって言うの？」

「そうじゃない。君にはトラブルを引き起こす才能があると言ってるんだ。行動範囲は、しばらく家の近くに留めておいたほうがいいな」ディランの両手がホープの手の甲をかすめると、その感触が肘まではっきり伝わってきた。

ホープは少し姿勢を正し、この感覚を無視しようと努めた。「私のやることに指図できるなんて思わないほうがいいわ」

「あと、その口の利き方をどうにかしたほうがいい」ディランは前かがみになり、彼女にさらに近づいた。「今まで女性にこんな忠告はしたことがないし、これは一つの意見にすぎない」ディランがそこで言葉を切り、ホープはキスされるかもしれないと思った。が、そうはならなかった。「君はアルコールに依存することを考えてみたほうがいい。酔っ払ってるときのほうがずっと魅力的だ」

「それはどうも、保安官さん。でもこれからは、あなたの意見をうかがいたいときは、私のほうからお願いしますから」

「本当に？」彼の唇にゆっくりと意地悪そうな笑みが浮かんだ。「ハニー、そのときはボーン・フォンでお願いしてくれるのかい？　それともほかの方法を考えるべきかな？」

ホープは自分の眉間にしわが寄るのがわかった。彼が口にした表現は不愉快なばかりか、とても子供じみている。こんな言い方を耳にするのは大学を出て以来のことだ。当時、彼女を含め、友人たちはオーラル・セックスを意味するスラングとしてこの表現を使っていた。ホープは口を開き、子供みたいなまねはよして、まともな男性は女性にそんな言葉は使わないわ、と言ってやろうとした。だがそのとき、バックホーン・バーにいた巨乳のブロンド女性について、ゆうべ二人が交わした会話の一つ一つが完全によみがえってきた。

ホープは心の中で「うっ」とうめき、急いで車に乗り込んだ。「ほかの方法を考えといて」彼女はそう言ってドアを閉めようとした。

だがディランは難なくそれを阻止した。「念のため、電話番号を教えておこうか？」

ホープがもう一度ドアをぐいと引っ張り、彼はようやく手を放した。彼女は何も言わずにエンジンをかけ、ポルシェをバックさせた。電話番号ならもうわかってる。悪魔の数字六六六よ。


ホープは、ゴスペル公立図書館の裏にある駐車場にポルシェを入れた。しばらくノンフィクションはまったく書いていなかったが、まずは古い新聞記事を調べることから始めるのが彼女のいつものやり方だった。亡くなったドネリー保安官に関し、図書館にどんな資料があるのか問い合わせるぐらいなら構わないだろう。シェリーはハイラム・ドネリーの話をするのは気が進まないようだったし、この町にはほかに知り合いもいない――ディランを除いて。でも、彼に頼み事なんかできっこない。とりあえず今はだめ。話ができる距離はもちろん、一キロ以内だって彼とは近づきたくない。アルコールに依存したほうがいいなんて言われたあとだもの。ゆうべ、あんなふうに恥をかいたあとではなおさらだ。自分が口にしたことを思い出すと今でも顔から火が出そうになる。アルコールが入るとああなってしまうのは常々最大の悩みだったし、私がめったに酔っ払うことがないのはそのせいなのだ。自分はおかしくもないときに、おかしなことを言っているような気がする。

情報が欲しければ、おおむねFBIのファイルを頼りにせざるを得ないだろう。先方がこちらの請求に応じてくれるまでに時間がかかるかもしれない。それに、頼まれてもいない記事を書きたいと思っているのかどうかさえ自信がない。記事になる保証もないのにやたらと手間がかかるし、書くと決めたところで、どういう視点で書けばいいのか――もっと『タイム』や『ピープル』のような雑誌向けの記事にしたいのかどうか――わからない。でも、前の保安官のことを知れば知るほど、ますます興味をそそられる。彼はどういう状態で見つかったのだろう？　横領した金額は正確にはいくらだったのだろう？　ゆうべディランはビデオがどうのこうのと言っていた。それはこの町に出回っていたのだろうか？　いったい何が映っていて、誰がそれを観たのだろう？

ゴスペル公立図書館の建物は、ダブルワイド・タイプのトレーラー・ハウスを二つつなげたぐらいの大きさで、小さな窓からわずかに自然光が差し込んでいた。室内には書架や机がぎっしりと並び、受付に本が山積みになっている。カウンターの向こうに司書のレジーナ・クラディスが立っており、丸い頭の上に結い上げた白髪は、まん丸のドームのようだ。レジーナは、グースバンプス・シリーズ（R・L・スタイン作の子供向けホラー小説シリーズ）を数冊、手に取っては顔に近づけて念入りに眺め、ビン底めがねをずり下ろし、顔の向きを変えて横目で本の表紙をチェックした。

「ちゃんと手を洗ってから本を開くんですよ」レジーナは三人の男の子に注意をしながら、めがねを元の位置に押し戻した。「もうこれ以上、黒い指紋がつくのはごめんですからね」

ホープは男の子たちが本を持って出ていくのを待った。それからカウンターに近づき、レジーナのやや焦点の定まらない大きな茶色の目を見つめて気づいた。虹彩が非常に大きくて曇っている。この人は失明しているに違いない。少なくとも法律上の定義では。「こんにちは」まずは挨拶。「ちょっと資料を探してるんですが、力になっていただけるんじゃないかと思いまして」

「それは何とも言えませんね。パール郡に居住して六カ月以下のかたですと、図書館の資料はお貸しできないんですよ」

そう来るだろうと思った。「貸し出していただきたいわけじゃありません。地元紙の報道記事を五年前のものから読んでみたいんです」

「具体的に何をお読みになりたいの？」

よそ者が詮索することに対し、町の人がどんな反応を示すのか定かではなかった。そこで、ホープは深呼吸をし、単刀直入に言った。「亡くなったドネリー保安官に関するものなら何でも」

レジーナは目をぱちくりさせ、めがねをずり下ろし、顔の向きを変えて横目でホープを見た。「ミニーの昔の家に住んでるカリフォルニアの女性って、あなたのこと？」

ここまで容赦なくじろじろ見られて、ホープは少し怖じ気づき、後ずさりしないように踏ん張っていなければならなかった。

「ミニーって？」

「ミニー・ドネリーですよ。彼女は、あの役立たずのハイラムと結婚して二五年間をともに過ごし、神の家に召されていったの」

「ドネリー夫人はどうして亡くなったんですか?」

「がんよ。子宮がん。ハイラムは奥さんを亡くしたせいでおかしくなったと言う人もいるけど、私に言わせれば、彼は昔から変態だったのよ。三年生のとき、私のお尻を触ったんですからね」

町の人たちから話が聞けるかどうかなんて、もう心配しなくてもよさそうだ。

レジーナが再びめがねを押し上げた。「そんな記事を読んで、何が知りたいの?」

「前の保安官に関する記事を書こうかと思っているんです」

「あなた、何か出版されてるの?」

「雑誌に掲載された記事はかなりたくさんあります」とホープは答えた。嘘ではないが、もうずいぶんと長いこと、よく知られた出版物に自分の記事は載っていない。

レジーナはにこっと笑い、目がさらに大きくなった。「私も書いてるのよ。ほとんど詩ですけど。よければ読んでみてもらえないかしら?」

ホープは心の中でうめいた。「詩のほうは全然わからなくて」

「あら、いいのよ、そんなこと。あと、うちの猫のジンクスが登場する短編も書いてるの。あの子ったら、トム・ジョーンズの『何かいいことないか子猫チャン』に合わせて歌えるのよ」

ホープは声に出せないうめきをのみ込み、喉が痛くなった。「まさか」「嘘じゃないわ。本当に歌えるのよ」レジーナは背後にあるファイル・キャビネットのほうを向いた。そして、一方の手首に巻いた太いゴムバンドから鍵を一つ取り、錠前を手探りし、ファイル用の引き出しを開けた。「ええっと」頭の上にめがねを押し上げる。「あれは九五年の八月だったはず」彼女は引き出しの中に頭を突っ込み、かなり目を近づけて、いくつもの小さな白い箱を調べている。それから、体をまっすぐに起こし、マイクロフィルムを二巻、ホープに手渡した。「プロジェクターはあそこにありますからね」レジーナは奥の壁を指差した。「コピーは一枚一〇セント。プロジェクターのセット、手伝ったほうがいいかしら？」

ホープは首を横に振ったが、レジーナはおそらく見えていないとすぐに悟った。「大丈夫です。ああいう機械の扱いには慣れてますから」

ホープは一時間弱かけて新聞記事のコピーを取った。プロジェクターの画面が粗かったため、それを読むために時間を取るのはやめたのだ。おおかたの記事にざっと目を通し、わかった限りの情報から判断するに、亡くなった保安官は、インターネットで見つけたいくつものフェチ系クラブにのめり込んでいた。そこに所属する会員たちと会うために、数年間で七〇〇〇〇ドルを横領したのだ。彼はサンフランシスコやポートランドやシアトルで会員と会っていたが、時が経つにつれ、好みの女性がどんどん若くなり、支払う額も高くなっていった。人生最後の年には、もうなりふり構わなくなり、出会った女性の何人かに金を払って自宅まで来させていたらしい。ホープがいちばん驚いたのは、これだけ無謀な行為に走っていながら、町の人たちが誰一人、ドネリーが死ぬまでそれに気づかなかったこと。それとも気づいていたのかしら？

ある名前が不鮮明な画面に現れるたびに、ホープは注意を引かれた。ディランだ。彼は次のように発言したとして、必ず記事に名前が出ていた。「この件はFBIが捜査をしています。今の時点で私は何も知りません」記者たちにとって幸運だったのは、ほかの保安官助手はそれほど口が堅くなかったことだ。

ホープは資料を見終わると、コピーをかき集め、マイクロフィルムを返した。ティンバーライン・ロードに向かって車を走らせるころにはもう、正午を少し過ぎていたが、家に着いて二分と経たないうちに玄関の呼び鈴が鳴った。やってきたのは隣人のシェリー。何か気がかりなことがあるようだ。

「あの……」とシェリーは切り出した。「お隣がいるのって久しぶりだし、私たち、友達になれるんじゃないかと思ってね」

ホープはポーチに立っているシェリーを見た。隣人は首をかしげ、時々差し込む太陽の光が髪を赤銅色に染めている。なぜシェリーがこんなに動揺しているのかちっともわからない。

「もうなってるじゃない」とホープは言ったものの、一度昼食をともにしたぐらいで自然に友達になれるものでもないとわかっていた。

「じゃあ、どうして話してくれなかったの？　バックホーンでの一件、ディランから聞いたのよ」

「話す暇がなくて」ホープはそう答えると同時に考えた。シェリーは本当に友情を求めているのかしら？　それとも、ゆうべ何が起きたのか知りたいだけ？　「ディランとはいつ話したの？」

「今朝よ。彼がアダムを預けにきたときに。目の周りに立派なあざができてたわ。エメット・バーンズは恐ろしい男なの。あなた、本当に傷つけられていたかもしれないのよ」

「わかってる。でも、ヘイデン・ディーンという人が止めに入ってくれたの。彼がいなかったら、エメットは私を殴ってたわ」

「おそらくね。でも、だからといってディーンと名のつく連中がエメットよりずっとましってことじゃないの。本当よ」

「そうなの？　ヘイデンの具合はどうかと思って、今日、住んでるところを探してみるつもりだったのに」

シェリーは首を横に振った。「あの連中には近寄らないことね。ヘイデンだって同じ穴のむじなよ」赤毛の眉の一方がすっと上がった。「と言えばわかってもらえるかしら」

ホープはにこっと笑った。シェリーが友情を求めていようが、情報を求めていようが、もうどうでもいい。こんなふうに、突っ立ったまま女同士で噂話をするなんて本当に久しぶり。どれほどそういうことがしたかったか、自分でも忘れてしまっていた。「中に入らない？　ダイエットペプシでも飲もうかと思ってたの」

「ダイエット？　私、ダイエットしなきゃいけないように見える？」と隣人は尋ねたが、彼女は横にならないとラングラーのファスナーが上がらなそうに見えた。「ダイエットはしてないの」

「お茶でもいいのよ」

「遠慮しとくわ。ウォリーとアダムと一緒に遅いランチ・ピクニックをしようと思って、湖に行くところだったの。あなたもいらっしゃいよ」

ホープにはやらなければいけないことが山ほどあった。エイリアン・ストーリーを仕上げて、この界隈の写真を撮って、町のDPEショップで一時間で現像してもらったら、それをパソコンに取り込んで、さらにエイリアンの画像を合成しなければいけないし、図書館でコピーした記事も読み返して、どこかにネタが隠れていないか、まだ耳にしたことのない話があるかどうか判断しなければいけないし。

でも目がチクチク痛む。頭も煮詰まっている。何時間か湖のほとりに寝転んで頭を空っぽにし、仕事以外のことでおしゃべりをしたら、きっと極楽だろう。「いいわ」ホープは答えた。「五分で行くから」シェリーが去るとすぐ、ホープは大急ぎで二階に上がって服を脱ぎ、顔を洗って、脚のむだ毛を剃り、青と緑の絞り染めの水着に着替えた。それはかなり切り込みの深いハイレグのワンピースで、脚が長く見えるので気に入っていた。それから、パントリーにあった古いピクニック・バスケットをつかみ、中に化石化したネズミがいないかどうか確認した。大丈夫、何も入っていない。ホープはバスケットにダイエットペプシを数本、ブドウ、クラッカー、ブルーチーズ、それにミノルタのカメラとケースを放り込んだ。そして、一方の肩にビーチタオルを引っかけ、ビーチサンダルを履き、サングラスをかけて湖に向かった。

アダムとウォリーはもう水に入っていた。シェリーはポンデローサマツの木陰でくつろいでいる。岸辺で寝椅子に腰掛け、バーベキューフレーバーのポテトチップスをかじりながらシャスタコーラを飲んでいた。彼女が着ているのはハワイアンプリントのホルターネックの水着。それにおそろいのスカートを巻いている。

「もし、お腹が空いてるなら、サンドイッチは多めに持ってきてあるから」とシェリーが言い、ホープは彼女の横に腰掛けた。

「何のサンドイッチ？」

「ピーナツバターとジャム。あるいはハムとチーズ」

「ハムとチーズがよさそうね」ホープは寝椅子にまたいで座り、金属のフレームで太ももの内側を暖められながら、膝のあいだにピクニック・バスケットを置いた。「私も果物とチーズとクラッカーを少し持ってきたの」彼女はそう言って、バスケットを開けた。

「スプレーチーズ？（スプレー缶状の容器に入ったスプレッドタイプのチーズ）」

「ううん、ブルーチーズ」ホープはクラッカーにチーズを伸ばし、その上にブドウを載せてかじりついた。

「ああ……遠慮しとく」

シェリーのほうにちらっと目をやると、彼女はまるで内臓を食べている人間でも見るかのようにホープを観察していた。「本当に美味しいのよ」ホープはそう言って、クラッカーの残りを口に放り込んだ。

「そのうち、だまされたと思って食べてみるわ」

「だめだめ。あなたのお料理をごちそうになったんだから、今度は私のを食べてもらわなくちゃ」ホープはクラッカーにチーズを載せ、シェリーに渡した。

「あなたはこういうのを料理と言うの？」シェリーは疑わしそうな顔をしていたが、とにかくクラッカーを受け取った。

「最近はね」

シェリーはクラッカーをかじり、慎重に口を動かした。そして、きっぱりと「あら、思ったよりいけるわ」と言った。

「スプレーチーズより美味しいでしょ？」

「ええ。ただし、ベーコン・フレーバーは別格」シェリーは手招きするようにホープのバスケットを示し、二人は互いのバスケットを交換した。

「何でも食べていいわよ。でもピーナツバターとブドウジャムのサンドイッチは取っといてね」シェリーは、バスケットの中を物色しているホープに言った。「それはアダムのだから。あの子、本当にジャムの好みがうるさくてねえ。ものすごく滑らかで、種や何かが入ってないのじゃないとだめなのよ。だからディランは、アダムの分のサンドイッチを特別に作らなきゃいけないの」

ホープは子供のとき以来、口にしていなかった柔らかめの白パンで作ったハム・チーズサンド、それに脂っこいポテトチップスを選んだ。「アダムのお母さんはどこに住んでるの？」彼女は、知りたくて仕方がないといった感じにならないように尋ねた。

「ほとんどロサンゼルス」シェリーはブルーチーズの上にブドウをぽんと置いた。「でも、アダムと会うときは、二人でモンタナのどこかに泊まってるわ」

「珍しいわね」ホープはオレンジ・シャスタの缶の栓を開け、口元に持っていった。「普通、父親のほうが子供に会いにくるというパターンが多いのに」

シェリーは肩をすくめた。「ディランはいい父親よ。それにアダムが女性の力を必要とするときは、牧場にいるおばあちゃんやおばさんたちと一緒に過ごしてるし。もちろん、ディランが仕事のときは、ここで私やウォリーと一緒にいることが多いんだけどね」シェリーはクラッカーにかじりついてから尋ねた。「子供はいるの？」

「ううん。いないわよ」ホープは、シェリーが怪訝そうに眉をひそめるか、彼女の顔に「ああ、お気の毒に」という表情がよぎるかするのを待った。だが、どちらを目にすることもなかった。

「これ、癖になるわね」シェリーはそう言って、またクラッカーにチーズを載せている。

ホープは寝椅子でくつろぎ、ランチを食べ、ウォリーとアダムの様子を眺めた。少年たちは水の上で両手を広げてバランスを取りながら、一心に水中を見つめている。食事は脂っぽく、太るような物ばかり。彼女はその締めくくりとして、オレオクッキー三枚、リコリスキヤンディ一個を平らげた。シェリーと再びバスケットを交換したとき、ホープのバスケットに残っていたのは、実がほとんどなくなり、哀れな姿となったブドウと、ダイエットペプシ二本、それにミノルタのカメラだけだった。彼女はケースからカメラを出し、水に潜って両手で小さな魚を捕まえようとしている二人の少年に向けた。優秀なカメラマンとは言えないが、必要な写真を撮れるだけのノウハウは持っている。彼女はレンズの焦点を合わせ、スナップを撮った。

「例の動植物相の記事用に写真を撮ってるの？」

突然、ホープはシェリーに嘘をついていることが少し心苦しく思えた。「ええ」と答えたが、これはまったくの嘘というわけではなかった。エイリアンの記事用にこの界隈の写真を撮っているのだから。彼女はさらに何枚か写真を撮った。すると、少年たちが水から上がり、シェリーとホープのほうに走ってきて、タオルをひっつかんだ。

アダムは海水パンツのポケットに手を突っ込んだ。そして小さな石をいくつか取り出してシェリーに渡し、いちばん気に入ったやつを取っていいよ、と言った。

「ホープ、僕の写真を撮ってよ」ウォリーが力こぶを見せるようにがりがりの両腕を曲げた。

「だめ、僕を撮ってよ」アダムがウォリーを押しのけ、ボディビルダーのポーズを取る。

「一人ずつ撮ってあげる。写真は現像したら、あげるからね」ホープに写真を何枚か撮ってもらうと、少年たちは急いでピーナツバターのサンドイッチを食べ、ソーダを飲み、また「かっこいい石」を探しに岸辺に行ってしまった。

「記事はいつごろ書き終わるの？」シェリーが尋ねた。

ホープは口を開き、架空の締切をでっち上げようとしたが、やめた。私たち、ピクニック・バスケットを分け合った仲じゃないの。私はシェリーのオレンジソーダを飲み、オレオを食べたのよ。もうこれ以上、彼女に嘘はつきたくない。子供がいないとわかっても、シェリーはそのことで私を判断したりはしなかった。おそらく、シェリーなら私の職業を知っても、とやかく判断したり、エルヴィスを見たと話したがったりはしないだろう。「あの……言いふらさないでいてくれるなら、私が本当はどの雑誌に書いてるのか話すわ」

シェリーは少し姿勢を正し、ホープのほうに体を傾けた。「秘密は守るわよ」

「本当は、『ウイークリー・ニューズ・オヴ・ザ・ユニヴァース』の記事を書いてるの。北西部の雑誌向けに書いてると嘘をついちゃったんだけど」

「そうなの？　どうして？」

「だって、タブロイド紙のライターについて、皆が思い込んでいることがいろいろあるでしょう。あいつらはくだらないとか、ゴシップを書いてるとか」

「あなたは違うのね？」

「ええ。私が書いてるのは、ビッグフットとかエイリアンとか、バミューダ・トライアングルの海面下で暮らしている人たちにまつわる記事」

「ふーん。いつも『エンクワイアラー』の隣に置いてある白黒のタブロイドのこと？」

一隻のボートが勢いよくやってきたので、ホープはそれが通り過ぎるのを待ってから澄んだ緑の湖面の写真を撮った。「そう」

「表紙にコウモリ少年が載ってるやつ？」

「コウモリ少年……」ホープは冷ややかに笑い、少し離れた湖岸にカメラを向けた。そして背後の木々に焦点を合わせ、岸辺の焦点をぼかした写真を撮った。不鮮明なエイリアンがピクニックをしている場所としては申し分ない。「それは『ウイークリー・ワールド・ニューズ』。あそこのライターは軟弱なのよ。皆、これっぽっちも想像力がないんだから」ホープに言わせれば、これまで読んだライバル紙の記事の中で、コウモリ少年はひどく退屈な部類に入る。

「ああ！　〝巨大アリ、ニューヨークを襲う〟のほうね？」

「当たり」

「すごい！　あなたがあれを書いたの？」

ホープはカメラを下ろして隣人を見た。「いいえ。でも、特集記事は書いてるわ。あと、レイシー・ハートとフランク・ローズのペンネームで、対論形式の人生相談みたいな記事を時々書いてるけど」

「レイシー・ハートって、あなたなの？」

「レイシーもフランクも私よ」

「嘘でしょ！　あの二人、ずっと別人だと思ってたのに。だって、すごく失礼なことをお互い言い合ってるんだもの」

「最初はちょっと、人格が分裂したような気がしたけど、今は気に入ってるわ。それと、マディリン・ライトの名前で連載記事も書いてるの」

「私が読んでそうなものだと、何を書いてる？」

ホープはカメラをケースに戻すと、椅子の上で伸びをし、顔を太陽に向けた。「去年は、バミューダ・トライアングルの記事がすごく好評で、そのあと、〝不思議なレプラコーン、ミッキー〟も書いたのよ」

「すごい！　〝不思議なレプラコーン、ミッキー〟なら、少し読んだことあるわ。あれを書いたの、あなただったのね？」

「そう」

「義理の母があういう新聞を買っててね、読み終わると私にくれるのよ」

ホープの知る限り、タブロイド紙を買っているのは〝義理の母〟だけだった。皆、タブロイド紙を読んでいるくせに、実際に買っていると白状した人にはお目にかかったことがない。言ってみればニクソンに投票したと認める人を見つけようとするのと一緒だ。

にもかかわらず、『ウイークリー・ニューズ・オヴ・ザ・ユニヴァース』は、予約購読数だけでも全世界でおよそ一〇〇〇万部に達している。隠れ読者はたくさんいて、そのすべてが「義理の母」というわけではない。

「ミッキーがドラッグ・クイーンのル・ポールに変身したときの話がすごくよかったわ」

それはレプラコーンの連載の最終回のエピソードであり、ホープのトラブルはそこから始まった。「ミッキーは特にあの話が嫌いだったの」それを読んだとき、彼はホープや編集長、新聞社の社長やCEOを訴えてやると脅したのだ。

「レプラコーンのミッキーって、実在の人物なの？」

「レプラコーンじゃなくて、小人症なのよ。本当の名前はマイロン・ランバードっていうんだけど、つぶし屋《マイロン・ザ・マッシャー》マイロンとしても知られていたわ。私はエルヴィスのものまね芸人に関する記事のリサーチをしていたときに、ラスヴェガスで初めてマイロンと会ったの。そのころ彼は、あるいかがわしいバーで働いていて、泥を入れた子供用のビニール・プールで女を相手にレスリングをしていたわ」ホープはマイロンに金を払って写真を撮らせてもらい、念のため、著作権の譲渡証書にサインをもらっていた。「最初は、彼も連載を本当に気に入ってくれてたのよ。つかの間の名声を最大限に利用し、ミッキーとして、レスリングで多少顔が売れるようになったの。よく私のオフィスに電話してきて、メッセージを残してたわ。連載がものすごく気に入ったってね。その後、私がル・ポールをフィーチャーした話を書いたら、マイロンは、これじゃゲイと勘違いされると思ったのね。俺を食いものにしやがって、恥をかかせやがってと言ってきたわ。それが、泥の中で彼をフォールする女のほうが私よりよっぽど品位があるみたいな言い方なのよ」

　ホープはさらに続けた。「いろんな譲渡証書にサインをしたことで、自分の権利をすっかり放棄してしまったんだと気づいたマイロンは、電話で私を脅すようになったの。アーノルド・シュワルツェネッガーみたいなマッチョに変身させろと要求してきたわ。私が脅しに応じないと、今度は私の住所を突き止めて、玄関に現れたの。嫌がらせをするし、しつこくつきまとうのをやめようとしないから、やむを得ず彼を訴えて、接近禁止命令を出してもらったというわけ」

シェリーは椅子の縁で両脚をぶらぶらさせている。「レプラコーンのミッキーにストーカーされてるってこと？」

「マイロン・ランバードによ」

「彼、あなたを傷つけたの？」

「いいえ。私に〝墓石《ツームストーン》（相手を逆さにして頭から落とすプロレス技）をお見舞いしてやる〟と脅してるだけ」

「でも、あなたのほうが彼より大きいじゃない」

「そうね。でも、マイロンは小さいけど筋骨たくましい男なのよ。レスリングで食べてるんだから」

シェリーは目を大きく見開き、口に手を当てた。ホープは、こんな話をしたせいで、隣人はショックで口が利けなくなったのかもしれないと思ったが、シェリーは狂ったように笑いだした。

ウォリーとアダムが振り返り、シェリーを見た。頭がおかしくなってしまったんじゃないかと言いたげな顔をしている。「ママ、何がそんなにおかしいの？」ウォリーが叫んだ。

シェリーは首を横に振り、少年たちは、じゃあこっちに答えてもらおうとばかりに、ホープのほうに目を移した。

ホープは肩をすくめた。私にわかるわけないでしょう？　中には根っから頭がおかしい人もいるのだ。ホープは時々、自分はいかれた世の中に生きる唯一のまともな人間ではないだろうかと思うことがあった。

7　耳あかでジャガイモを育てる少年

ディランのグレーのTシャツに水しぶきが散り、黒いシミになった。「ほら」彼はアダムの頭にシャンプーをかけながら言った。「蛇口から指をどけるんだ」

「一人でできるよ、パパ」アダムは空っぽのバスタブに座って文句を言った。栓を抜いた排水口から水がどんどん流れていく。

「そんなこと、わかってる」アダムは時々、頭全体をこするのを忘れてしまうことがある。だからディランは、せめて週に一度、アダムの髪をちゃんと洗っておきたかったのだ。「何なんだ、これは？　ここは砂利採掘場か？」

「違うよ。ウォリーのとこで砂の投げ合いをしたんだ」

ディランは息子が誕生して初めて風呂に入れたとき以来ずっとそうしているように、アダムの短い髪を頭のてっぺんでぴんと尖らせてから体を後ろに倒し、シャンプーを洗い流した。

「シェリーがおまえのお尻を叩かなかったとは驚きだな」

「ホープがいたから」アダムは目を閉じて体をリラックスさせた。「シェリーはお客さんがいるところでは、絶対に叩かないんだ」

「ホープも一緒にビーチに行ったのか？」

「うん」アダムは両手を顔に持っていき、目にかかった水をぬぐった。

「水着で？」

「うん。青と緑のやつだった」

「ワンピース？　それともビキニ？」

「ワンピース」

ディランは、彼女がどんなふうだったかと危うく尋ねそうになったが、訊くまでもないと思い直した。ホープ・スペンサーならゴミ袋をかぶってたって素敵に見えるだろう。「皆、何をしてたんだ？」

「ホープは少し写真を撮ってたよ。そのあと、しばらくして、僕とウォリーが砂のお城を作るのを手伝ってくれた。でも、カブトムシが飛んできてホープの腕に止まったら、全部壊れちゃったんだけどさ」

ディランはアダムを起こして座らせ、両手で髪をぎゅっと絞った。「ホープは悲鳴を上げた？」

アダムが笑った。「うん。それに、飛び回ってた」

ディランは水着で飛び回るホープを見てみたかったと思った。彼は排水口にゴム栓をはめ、蛇口から勢いよく流れる湯にバナナの香りのバブルバスを注ぎ込んだ。「石けんとタオルはそこ」ディランはソープディッシュを指差した。「体をよーくこするんだぞ」水中マスクとシュノーケル、いろいろなアクション・フィギュアの入ったプラスチックのバスケットをバスタブの縁に置き、さらに続ける。「出たら、ちゃんとパンツをはくこと。それと――」ディランは立ち上がって浴室のドアに向かって歩きながら、肩越しに言い添えた。「耳もきれいにするんだぞ。耳あかがたまってジャガイモが育ちそうだ」

短い廊下を歩いてキッチンに行くと、夕食後の洗い物が待っていた。ディランは冷蔵庫を開け、中からバドワイザーのビンを取り出すと、尻で扉を閉めた。キャップをひねって外し、親指と中指でパチンとはじく。キャップはテーブルの下を滑っていき、ゴミ箱には入らず、アダムの愛犬にぶつかった。子犬は頭を上げたが、また寝てしまった。

ディランはビンを口に運び、シンクに山積みになっている皿に目を留めた。結婚してしまえば、今よりずっと楽になるのだろう。彼は時々そう思った。こんな自分に我慢してくれて、アダムのよき母になってくれる人が見つかれば。いやがらず交代で皿洗いをしてくれる人。彼が緊急で出かけなければいけないとき、うちにいてくれる人。夜遅くに話し相手になってくれる人。彼の腹部に指先を走らせてくれる人。そんな人がいてくれれば。

しかし、自分の経験から、間違った理由で女性と暮らすのは最悪だとわかっていた。愛情を抱けない女性と一つ屋根の下で長期間一緒に暮らすことほど辛いものはない。ベッドでその女性と並んで横になり、セックスをする。それは、できるからしているだけであって、もはや愛を交わしているとは言えないのだ。

彼はジュリーとそんなふうに暮らしていた。コンドームが破れていなかったら、二人の関係はおそらく一年ともたなかっただろう。お互い牧場で育ち、それがいやでたまらなかったことを除けば、二人に共通点はまったくなかった。アダムがいなかったら、二人の関係はあれほど長くは続かなかっただろう。ディランはアダムを愛し、息子を授かったことに心から感謝している。ディランとアダムはお互い、よき相棒だったが、男手一つの子育てはなかなか大変だった。彼にとっても、アダムにとっても。できればこんな選択はしたくなかった。息子をいい子に育て、立派な男にする責任を一人で背負い込む選択はしたくなかった。それに、アダムの母親が二人と一緒に暮らさない理由、二人が彼女と暮らさない理由について話をするとき、息子の目に悲しみと混乱の表情が浮かぶのも見たくはなかった。

毎年七月、ジュリーに会いにいくアダムを空港に送りにいくと、ディランは必ず同じ質問に答えなければならなかった。「どうしてパパは、ママと僕と一緒に行かれないの？」そして毎年毎年、ディランは真実をごまかさなければならなかった。ジュリーと一緒に過ごしたくなかったのもあるが、それ以上に、三人が家族として暮らすという幻想をアダムに抱いてほしくなかったのだ。アダムはすでに妙なことを考えている。母親がテレビに出なくなったら、そのときはゴスペルに引っ越してきて、自分たちと一緒に暮らしてくれるだろうと思っているのだ。だが、たとえジュリーの番組が明日打ち切りになっても、アダムの夢が実現することは決してないだろう。

それでも、アダムは毎年ジュリーに会いにいき、ディランは毎年七月、息子のいない二週間を実家のダブルT牧場で過ごす。独りぼっちのがらんとした家にいたくないというのが大きな理由だった。そして実家では帳簿に目を通し、種《たね》や飼料の価格を調べ、山のようにある牧場の仕事のうち、自分にできることを手伝い、義理の兄ライルをひどく苛立たせることになる。ライルは優秀な牧場主で、ビジネスの才能にも長けていた。だが、たとえディランが牧場の経営にまったく興味がなくても、牧場の半分は彼のものであり、いずれはアダムのものになってしまうのだ。

浴室で水が止まり、ディランはビールをカウンターに置いた。シンクで皿をゆすぎ、食器洗い機に入れながら、彼の思考はアダムからホープ・スペンサーへと移っていった。

ホープ・スペンサーは美人だし、服の上からでもわかる彼女の体の膨らみが確かに気に入っている。おそらくホープに伝えることはないだろうが、彼女のちょっと生意気な口の利き方も好きだ。彼女と話しているとつい口元がほころんでしまう。でも、なぜ微笑んでしまうのか自分でもよくわからない。

ホープにキスをしたのは大きな間違いだった。彼女に唇を近づけた時点でそれはわかっていたのだ。彼女とのキスはとにかく滑らかで、その感触に酔ってしまいそうだった。まるで高価なウイスキーを飲み込んだときのように、みぞおちまで熱くなり、彼女の手で触れられると腹部が締めつけられ、ほとんど息ができなかった。それに、あの青い目の表情。きらきらと輝く情熱的な目で見返され、もう少しで屈服してしまいそうだった。彼女の素肌に触れさせてほしい、太もものあいだの熱く滑らかな部分にキスさせてほしいと懇願してしまいそうだった。財布にコンドームが入っていたら、自分を抑えていたかどうかわからない。あの場で、あのキッチンで、冷蔵庫にもたれて、彼女とセックスをしないでいられたかどうか自信がない。

ディランは目を閉じ、手のひらをリーバイスの前に押し当てた。あのスパンデックスのショートパンツを脱がせ、彼女の中に自分をうずめずにいられたかどうか自信がない。ホープの口に舌を差し入れ、彼女の乳房に両手を当て、熱くなった彼女の内側に押し入っていたかもしれない。そして、彼女と動きを合わせ、彼女の濡れた壁が彼を包んで締めつけていたかもしれない。

ジーンズに当てた手の下で、彼は硬くなり、うずいていた。だが、それをどうすればいいのかわからない。いや、わかっている。何もできないまま過ごすか、自分で片づけてしまうかだ。ディランは冷たいビールに手を伸ばした。

ホープとのキスは、稲妻に貫かれるような体験だった。毛が逆立ち、体の中がかっと熱くなったが、ゆうべの一件でディランを本当に不安にさせたのは、彼女の職業について自分が深く考えなかったことだった。ホープはライターであり、彼はあいにく、ジム・ベイカーとタミー・フェイ・ベイカー（アメリカのテレビ伝道師夫妻。夫は詐欺罪で有罪判決を受ける）が落ちぶれて以来最大のゴシップを隠しているのだった。「アメリカの天使」であり、ＰＴＬ（ベイカー夫妻が設立した伝道専用テレビ局）の恋人であるジュリエット・バンクロフトには隠し子がいるというゴシップを。

舌でホープの口の中をなめまわした瞬間、ディランはとても大事なことを忘れてしまった。残念ながら、あのとき自分を押し留めたのは、予定外の子供がもう一人生まれてしまうかもしれないとの思いだけだったようだ。ああいう状況でまた子供ができるなんて、まっぴらごめんだった。

ディランはシンクの上の窓から外を見た。舗装されていない土の私道で、沈みかけた太陽が保安官用ブレイザーの隣に止めてあるフォードのトラックに長い影を投げかけている。テインバーラインのホープは今、何をしているのだろう？　テレビを見ているだろうか？　それとも寝支度をしているだろうか？　アダムはホープが写真を撮っていたとか何とか言っていた。彼女は本当にアウトドア雑誌向けの記事を書いているのかもしれない。ひょっとすると、嘘ではないのかも。たぶん、そうなのだろう。でも、彼女がライターであることに変わりはない。

やろうと思えば、ホープの素性はいつでも調べることができる。全米犯罪情報センターのデータを検索し、犯罪歴があるかどうか調べればいいのだ。それに、コンピューターで車のナンバーを検索すれば、MZBHAVNに関して知りたい情報は何でも見つかるだろう。だが、そんなことをするつもりはなかった。それは警察の倫理に反するばかりか、ディランの倫理にも反していた。法を犯さない限り、ホープにはプライバシーを守る権利がある。人にいらぬお節介をさせない権利があるのだ。

ディランはプライバシーというものを理解していた。だが、残念ながらゴスペルではたった一人の理解者だったようだ。

ホープは月曜日の午後まで待ち、『ウイークリー・ニューズ・オヴ・ザ・ユニヴァース』を買いに車でM&Sマーケットに出かけた。青いプラスチックの買い物カゴをつかみ、そのタブロイド紙に手を伸ばす。紙面の左下に、食いちぎられたような鶏肉の写真があり、その下にチキン・ボーン・ストーリーの見出しが載っていた。ホープは目次でページを確認し、一四ページを開いた。なんだ。彼女の記事は「ハリウッド・ゴシップ」の後ろに突っ込まれていた。だが、少なくともページの全面が使われている。そして、一見まったく普通の女たちがチキンの周りで踊っている写真の下に、こんなキャプションがついていた。「チキンの骨を食べる奇怪なカルト集団」。青果売り場のほうに移動しながら、ホープはタブロイド紙の真ん中のページを開いた。牛を惨殺《キャトル・ミューティレーション》するエイリアンに関するクライヴ・フリーマンの記事が見開きで載っている。

よかった。エイリアン関連の連載は相変わらず盛況だ。ホープも前の日にエイリアン関連の原稿を送っていた。少し不鮮明なゴスペル湖の岸辺の写真にCD-ROMライブラリーからピックアップしたエイリアンのぼやけた画像を合成したものも一緒に。彼女は丸太のようなテーブルの後ろにそれらの画像を配置し、写真の下に「北西部の自然保護地区にて。何も知らない旅行者をダシに賭けをするエイリアンたち」とキャプションをつけた。記事の出来ばえには大いに満足しており、すでに次の記事に取りかかっている。

ホープは図書館でコピーした新聞記事も読み終え、これは面白い話になりそうだと思っていた。読者の興味をそそるわいせつな要素もたくさんあるが、そういう話ではなく、私生活と公人としての生活が極端に対照的であった男の話として書いてみよう。彼が自分の性癖に徐々にのめり込み、結局、道徳的に破綻してしまう様子を描くのだ。

ホープは新聞を買い物カゴに入れ、これまで目にしたことがないほど情けないアボカドの山を丹念にあさった。その日はアバディーン家の双子の一八歳の誕生日で、夜のバーベキュー・パーティに呼ばれていた彼女は、そのあと、ハイラム・ドネリーについてシェリーにいくつか質問をしてみようと思っていた。

マスクメロンもアボカドとたいして変わらなかったが、レタスはまともだった。シェリーによれば、アバディーン家ではホットドッグとハンバーガー、それに双子の好物のロッキー・マウンテン・オイスターを用意するのだとか。ホープは、シーフードとてもよく合うスイート・ドレッシングのサラダを持っていくつもりだった。かつて評判のよかったこのサラダを最後に作ったのはいつだったか思い出せない。いや、実は一生懸命思い出そうとすれば思い出せるのだ。しかし、思い出したところで、それはずいぶん前のことであり、彼女の社交生活の悲しむべき実態を証明するだけだった。おかしなものね。ホープは家庭用品を選びながら思った。こんな小さな町に越してきて、自分の人生にぽっかり開いた数々の穴をこれほど強く思い知らされることになるなんて。ろくに知らない女性と何度か昼食をともにし、隣人とのバーベキューに一度招かれたぐらいで、もっと外に出ていきたいと思ってしまうなんて。おかしなものね。

ホープはシェリーの口が軽くなるようにワインを一本持っていこうかと思ったが、バーベキューにはディランとアダムも呼ばれており、あの保安官に大酒飲みだと思われるのはいやだった。なぜそんなことを気にするのか自分でもわからなかったし、帽子のつばの下からちらっと視線を走らせ、彼女の心臓を止めてしまう男性のことをどう考えればいいのかわからなかった。おそらく、何も考えないのがいちばんなのだろう。

レイのアウトドア・ウエアでめかし込み、ミネラルウォーターを持っているカップルの後ろにホープは並んだ。カウンターの向こうでスタンリー・コールドウェルが商品の値段をレジに打ち込み、妻のメルバがそれを袋に入れている。

自分の番になり、ホープはカゴをカウンターに置いた。

「ドネリー・ハウスのほうはどうだい？」スタンリーが尋ねた。

「うまくいってるわ。コールドウェルさんのほうはどう？　お元気？」

「ちょっと腰が痛くてね。でも、なんとかやってるよ」彼はカゴからアボカドを取り出し、値段をレジに打ち込んだ。「おたく、ライターなんだって？」

ホープはカゴからちらっと目を上げ、スタンリーの顔を見た。「そんなこと、どこで聞いたの？」

「レジーナ・クラディスがね」彼は妻にアボカドを渡しながら答えた。「あんたがハイラム・ドネリーの話を書いてるって言っててさ」

ホープはメルバに目を走らせ、それから再びスタンリーを見た。「そのとおりよ。彼とはお知り合いだったの？」

「もちろん。あの人は保安官だったんだから」メルバが答えた。「奥さんは敬虔なクリスチャンで、道徳に反することとは無縁な人だったの」

「少なくとも、ご本人は皆にそう言ってたよ」スタンリーはあざけるように笑い、マスクメロンの値段を打ち込んだ。「怪しいところだけどね」

「怪しいって、コールドウェルさん、何が怪しいの？」ホープが尋ねる。スタンリーの横で、メルバがメロンを受け取って紙袋に入れた。

「それはだな……女房が死んだからって、大の男がやけくそになってさ、ある朝、目覚めたら、突然、革の下着をつけて、毛深い尻をひっぱたいてもらいたくなるなんて思えないんだよ」

メルバが片手をぐっと腰に当てた。「ミニーがハイラムみたいなことをしてたって言うの？　あきれた。彼女のお父さんは説教師だったのよ」

「そのとおり。で、おまえも説教師がどんな連中かわかってるだろう」スタンリーはホープの『ウイークリー・ニューズ・オヴ・ザ・ユニヴァース』をメルバに渡した。

メルバの眉が下がり、目がきらっと光ったように思えた。「そりゃそうだけど」彼女は肩をすくめ、手に持ったタブロイド紙をちらっと見た。「これにすごく面白い話が載ってるのよね。体重三六キロの女性が九キロの赤ん坊を産む話」

タブロイド紙を読んでいると認めた人がようやく見つかった。

「面白いのがもう一つある」スタンリーが続けた。「ニューメキシコで牛を惨殺してるエイリアンの話さ。エイリアンがこの辺りで悪さをしてくれなくて、本当にありがたいよ」

あら、悪さをしようとしているところなのよ、とホープは思った。はたしてこの人たちは、私のエイリアン・ストーリーに登場するのが自分たちだと気づくのかしら？　「チキンの骨を食べる女カルト集団の話は読んだ？　あるメンバーの一人が窒息死するんだけど、チキンを称える儀式をやって、生き返らせちゃうの」

「それはまだ読んでないよ」スタンリーは笑い、首を横に振った。「誰がそんな話をでっち上げるんだろうな？」

ホープも笑った。「創造的イマジネーションの持ち主ね」

「じゃなければ」とメルバが言い、スタンリーがレジの「合計」のキーを叩いた。「頭のいかれた人ね」


大型のラジカセから流れてくる音楽がカントリーだということはわかったが、それ以外は何の曲だかさっぱりわからない。ホープはカーキ色のスカート、白いタンクトップ、フラットなサンダルというカジュアルな格好に着替え、ポニーテールにした髪をGAPのベースボール・キャップの後ろから出している。

夕暮れ時の太陽が湖面にまばゆい光の尾を描く中、ホープはアバディーン家の裏口から外へ出た。手に持った紙皿の半分には自分が持ってきたサラダ、もう半分にはシェリーが作ったデヴィルド・エッグが載っている。

一〇代の少年少女が十数人、裏庭の陰になった部分に置かれた二つのピクニックテーブルの一つに座って食べている。ウェーバーの大きなバーベキュー・グリルから煙がもくもくと上がり、そこを受け持つ二人の男性を覆い隠していた。後ろからだと下半身しか見えない。一人は平べったい尻にラングラーをはき、もう一人はローライズのリーバイスをはいている。そよ風が辺りに漂う煙を吹き払うと、男たちは、真っ黒焦げのハンバーガーとソーセージとロッキー・マウンテン・オイスターをじっと見下ろした。ウォリーとアダムが空っぽの皿を持って二人の後ろに立っている。

ポールが腰をひねり、少年たちの皿の上にパンを置き、それぞれに黒くなったソーセージをぽんと載せてやった。

「パパ、これ焦げてるよ」ウォリーが文句を言った。

「ケチャップをたっぷりかければいい」ポールがアドバイスをする。「どうせ違いなんかわかりゃしないよ」

「あまり炭を入れすぎないでって言っといたんだけどねえ」シェリーはホープと一緒にグリルのほうに近づきながら、口の片側だけ動かすようにしてささやいた。風が弱まり、男たちは再び煙に覆われた。

後ろから見えるのは二人の腰の部分だけで、緑のTシャツと白いTシャツがちらっとのぞいている。ホープには彼らの顔を見る必要はなかった。バックホーン・バーから送ってもらった晩にディランのあとをついて家を歩き回ってからというもの、彼の白いTシャツに覆われた背中の幅とリーバイスのポケット、がっしりした尻を包む擦り切れたデニムは簡単に見分けがつくようになったのだ。

ディランが肩越しに振り向き、近づいてくるシェリーとホープを眺めた。くたびれた麦わら帽子のつばの下で煙が渦を巻いている。「お嬢さんがたは何にする?」

「いちばん焦げてるのはどれ?」シェリーの関心はそこだった。

「ソーセージはかなりカリカリ。バーガーはエクストラ・ウェルダン。でもオイスターはそんなにひどくないよ」

「オイスターは私に近づけないで」シェリーが顔をしかめる。「バーガーにしとこうかな」

ディランはパテをひっくり返してパンに載せ、シェリーに手渡した。

「ポールは私たち全員をがんにするつもりなのよ」シェリーはぶつぶつ言いながら歩いていった。

ディランがホープに注意を向けた。緑色の瞳が煙の向こうから彼女の目を見つめている。

「そっちの不良娘はどうする?」

「がんを覚悟でホットドッグにするわ」

「黒焦げのソーセージを一つ」ディランはジュージューいっているソーセージをパンに挟み、ホープの皿に置いた。「ポールがケチャップをたっぷりかけろってさ」

「ああ、すまないね」ポールが付け加えた。

「実は、私はこれでちょうどいいの」ホープはそう言ってシェフを安心させた。「焦げたぐらいのソーセージが好きなのよ。生の肉は食べないから」

ディランはクックッと笑ったが、それ以上、何も言わなかった。

「オイスター、食べてみる？」ポールがホープに尋ねた。

「中までちゃんと焼けてる？」

「焼けてるよ。いくつ欲しい？」

「一つでいいわ」

「それはやめといたほうがいいんじゃないか」とディランはホープに忠告したが、ポールは彼女のソーセージの脇にパン粉をまぶした小ぶりのオイスターを置いた。「これ、前にも食べたことあるのかい？」とポールが尋ねた。

「もちろん」シーフードならあらゆる調理法で食べたことがある。「何度もあるわ」ホープはそう言い添えると、皿を持って庭を横切り、シェリーとウォリーとアダムがいるテーブルに腰を下ろした。もう一つのテーブルでは、ティーンエージャーたちが「最悪のワル」はフレディ・クルーガーかチャッキーかという哲学的議論に熱中している。食事を終えた双子の下唇は噛みタバコでまったく同じようにぷくっと膨らんでいた。隣に座っている女の子たちは気にしていないようだ。というより、その子たちの下唇も同じように膨らんでいる。

「見てよ、あの子たち」シェリーはそう言って首を横に振った。「赤ちゃんのころは本当にかわいかったんだけど。いつも二人に同じ格好をさせてたの。ちっちゃいセーラー服があってね、それがすごくかわいらしかったのよ。でも二人とも、もうすっかり大きくなって、いやらしい男の癖がついちゃって」まるでその言葉が合図になったかのように、アンドルーがプラスチックのパーティ・カップに嚙みタバコを吐き出した。

ホープはとっさにシェリーを見た。「今日はノスタルジックな気分？」

「年を取っちゃった気分」シェリーが寂しそうな目をした。「あの子たちの昔のにおいが懐かしいわ。もう、小さい男の子のにおいはしないもの」

「僕はするよ、ママ」シェリーの傍らでウォリーが言った。

「そうね」彼女は息子の肩に腕を回し、ぎゅっと抱き締めた。「私のくっちゃい坊やくん」

ウォリーの正面に座っていたアダムが、皿の上の焦げたホットドッグから目を上げた。

「シェリー、かぎたかったら、僕のにおい、かいでもいいよ」

「おいおい、誰がおまえのにおいなんかかぎたいもんか」ディランがテーブルにコーラの缶を置き、片脚ずつベンチシートをまたいで息子の隣に座った。「おまえはいっつも、あの汚い子犬と同じにおいがするからな」むき出しになったホープの爪先にディランのブーツの先が触れ、彼女は足をすっと引っ込めた。

「だって、あいつが僕の顔にキスしたがるんだもん」アダムはディランの肩に頭を載せた。

ディランが息子を見下ろし、鼻と頰の片側に帽子のつばが網目模様の影を落とした。「たぶん、おまえがポークチョップみたいな味がするからさ」

「違うよ、パパ」

ホープはカリカリのホットドッグにかじりつき、ディランの横顔をしげしげと眺めながら、息子と父親の似ているところを探した。アダムの髪は父親よりも色が濃いし、口と鼻の形も違う。でも目は……。アダムの目は父親とそっくりだ。

シェリーがディランのコーラを指差した。「何も食べないの？」

ディランが顔を上げると帽子の影が動いて顔の上半分が隠れ、ホープの目が彼の口元に引き寄せられる。彼女は話をする彼の唇を観察した。「焼却処分される前のソーセージを何本か無理やりのみ込んできたんでね」

ポールが食べ物のどっさり載った皿をテーブルに置き、夫婦で息子をあいだに挟む形で腰を下ろした。「俺の料理を認めてくれる女性はホープだけみたいだな」

本当はホープの好みからしても、そのホットドッグはちょっと焦げすぎだった。カリカリではなく、こんがり焼けているのが好きだったのだが、それは口に出さず、彼女はホットドッグにかじりついた。ディランが口の片側をすっと上げ、疑わしそうに笑みを浮かべる。ホープは食べたものをのみ込んだが、カリカリのホットドッグが胸に突き刺さったような感覚を覚えた。

シェリーは夫の皿を指差した。「ホープのサラダをいただいたら？　今年、トイレ投げコンテストで優勝するつもりなら、体にいいものを食べなくちゃ」

「またあれに出るつもりなのか？」ディランが尋ねた。

「ああ。優勝したら、大型テレビがもらえるんだ」

「そうなの。私、あのテレビが欲しいのよ」シェリーが言った。「だから明日の朝から、牛の餌に入れるステロイドをポールに飲ませるわ。雄牛みたいに強くなってもらわないとね」

「興奮して、雄牛並みの巨根になったらどうするんだ？」とポールが迫る。

「実は、ステロイドのせいで性欲が減退したり、あれが縮んでしまうこともあるんだ」ディランは皆に教えてやった。

「パパ、あれって何？」

「あとでな」

ホープはカリカリのホットドッグをもう一口かじり、皿に視線を落とした。絶対に、確信を持って、間違いなく断言できる。私はタバコを噛んだり、体を切り刻むホラー映画について議論したり、睾丸が縮むなんて話をしたりする人たちに囲まれて食事をしたことは一度もない。

ホープは自分が持ってきたサラダを食べながら、シェリーとポールのトイレ投げ必勝戦略に耳を傾けた。それによれば、直前にウエイト・トレーニングをしたり、ビタミンを大量に摂取したりすることが必要らしい。ディランのブーツの先がまたホープの爪先に当たり、彼女はまた足を引っ込めた。ちらっと目を上げたが、彼の注意は、湖面で水きり遊びをするためにテーブルを離れたアダムとウォリーに向けられている。

「目の届くところにいてよ」シェリーが二人の後ろから声をかけた。

ホープはオイスターに少し塩を振り、プラスチックのナイフに手を伸ばした。もう食べたいのかどうかもよくわからない。

「本当に食べるのかい？」ディランがテーブルの向こうから尋ねた。

「え？」ホープはちらっと目を上げ、コーラの缶をつかんでいる彼の手を見た。水滴が一粒、赤いアルミ缶と手のあいだに吸い込まれるように滑り落ちていく。

ディランは缶から指を一本放し、ホープの皿を示した。「それ、本物のオイスターじゃないんだけどね」

「じゃあ何なの？　にせもの？」

「そうとも言う」

ホープがまた目を上げる。今度は彼の幅のある胸に広がる白いTシャツが見えるまで。

「パック入りのカニが実は白身の魚だった、みたいなこと？」

「違うよ、ハニー。ロッキー・マウンテン・オイスターは、実はたまなんだってことさ」

またハニーと言われてしまった。それに、彼にそう呼ばれると、蜂蜜《ハニー》を注がれているような気分になる。「何のたま？」

「ああ、やっぱりそうか。ちっともわかってないと思ってたんだ。たま、つまり睾丸のことだよ」

ホープはとうとう顔を上げ、ディランの顔を、帽子で陰になった顔の奥にある、あの目を見つめた。「ええ、きっとそうなんでしょ。で、今度は、私が食べてるソーセージは実はあれなんだって言うつもりなのよ」

ディランの眉がすっと上がり、目尻に笑いじわが現れた。「嘘だと思ってるね？」

「当たり前でしょう。気分が悪いわ」ホープはオイスターにフォークを突き刺し、口に運んだ。

「そう思うなら、そいつは口に入れないほうがいい」

ホープはフンフンとにおいをかぎ、大型テレビをどこに置くかでポールと白熱の議論を交わしているシェリーのほうに顔を向けた。「シェリー、これは何？」

「どれ？」

「これ？」ホープはフォークを振った。

「ロッキー・マウンテン・オイスター」

「貝なの？」

「ううん。睾丸」

「うそー！」ホープは、まるでフォークが突然襲いかかってきたかのように、それをつかんでいた手を離した。「誰の？」

ディランが噴き出した。「俺のじゃないよ」

「ロッキングC牧場のよ。去勢のシーズンに買ったの」シェリーが教えてくれた。

「そんなものを買ったの？　信じられない！」

「だって……」シェリーは、ホープがどうかしてしまったんじゃないかと言いたげに答えた。

「ただで譲ってくれるわけないでしょう」

「そんなこと、知らないわよ。私はカリフォルニアから来たの。カリフォルニアでは本物の食べ物を食べるのよ。牛の睾丸なんか食べないわ」

「子牛よ」

「何だっていいわ！」

「チキンそっくりな味がするんだ」とディランが言った。

「トカゲのこともそう言ったじゃない！」ホープは飛び蹴りをされて『じゃじゃ馬億万長者』（石油成金になった田舎の一家がビバリーヒルズの高級住宅地に越してきて繰り広げるドタバタ・コメディ）の世界に押し込まれたような気がした。おそらく次はリスの丸焼きが出てくるのだろう。

「あれは冗談さ」

「ディランの言うとおりだよ」テーブルの向こうからポールが加勢した。「ロッキー・マウンテン・オイスターはチキンみたいな味がするんだ。もっとコリコリしてるけどね。砂肝に似てるかな」

「だそうよ」とシェリーが言った。「もちろん、私は一度も食べたことないわ」

やっと、まともな言葉が返ってきた。ホープは両手を頬に当てた。急に胃がむかむかしてきたが、双子のおかげでそれ以上料理の話を聞かずに済んだ。

「母さん、皆でダウンタウンに行ってくる」トマスが母親にそう告げた。

「ダウンタウンで何かやってるの？」

「たぶん何もやってない。結局、ザックスでビリヤードをすることになるかもしれないけど」

「酒を飲んで運転したら、車を取り上げるからな」ポールが警告した。

「それと、一二時までに帰ってくること」シェリーが言い添え、それをきっかけに、双子はもう大人だから門限を廃止すべきかどうかという議論が始まった。

アバディーン夫妻が話し合っているあいだ、ホープは皿を持って家の中に入り、キッチンのシンクの下にあるゴミ箱に捨てた。それからカウンターに帽子を置き、差し入れしたサラダにラップをかけた。窓から裏庭に目をやると、ティーンエージャーたちが自分の車のほうにぞろぞろ歩いていくのが見える。まだ歯列矯正器をつけている子もいれば、一〇代特有のニキビに悩まされている子もいるようだ。皆いたって普通に見えるが、ちっとも普通じゃない。彼らはタバコを嚙み、睾丸を食べるのだ。これ以上ないほどとっぴな想像力を働かせても、ホープにはそんな話を思いつくことはできなかっただろう。でも、たとえ思いついたとして、誰も信じてくれなかったはず。ウォルターは、いくら現実離れした話が専門のタブロイド紙だからって、これは無理がありすぎると言うに違いない。

裏口の網戸が開き、ホープが肩越しに振り向くと、紙皿を何枚も持ってディランが入ってきた。ホープがすっとカウンターの隅に寄り、ディランが紙皿をゴミ箱に捨てる。

「ポールはいいやつでね。でも料理はからきしだめなんだ。あんなホットドッグ、食べなくてもよかったのに」

「ホットドッグのことは気にしてないわ」ホープはマヨネーズの蓋を手に取り、ねじってビンにはめ込んだ。「どうして皆、睾丸なんか食べられるの？」ディランはすぐに答えず、ホープは顔の向きを変えて彼を見た。ディランは彼女の脇で腕組みをしてカウンターに寄りかかっており、目は彼女のヒップに釘づけになっていた。

ディランはホープの顔のほうにゆっくりと視線を上げ、口元を通り越し、彼女の目を見つめた。ヒップをじっと見ていたことがばれたとわかり、彼は肩をすくめて少し微笑んだ。

「本当は、ロッキー・マウンテン・オイスターに食欲をそそられたことなんか一度もないんだ」

ホープは彼のくつろいだ姿勢をまねて胸の下で腕を組み、カウンターに寄りかかった。外からきれぎれの会話や、エンジンをふかす音、タイヤの下で砂利がザクザクいう音が聞こえてくる。だが、それは彼女の頭の中のどこか遠い場所で聞こえているだけだった。気がつくと、彼女の意識はすっかりディランに集中していた。彼の声の響きに、その瞳の色に、額の上に帽子を押し上げる様子に。

「俺個人としては、子牛の片方のたまを食って正解だったと思ったことはない」

「これまでに、いくつ食べたの？」

「一つ」

ホープは彼の口を見た。「子牛の片方のたま」を食べたと白状した男と、私はキスをしていたんだ……。あのとき、拒むべきだった。

ホープの心を読み取ったかのようにディランが言った。「食べたあと、一時間ぐらい歯を磨いたし、歯のあいだもデンタル・フロスでしっかりこすったけどね」

ホープは浮かんでくる笑みをどうしても抑えることができなかった。「昔から、口の中をちゃんと清潔にしている男性に弱いのよ」

ディランが手を伸ばし、温かい指がホープの手をつかんだ。彼女は、熱いぞくぞくする感覚が肌を温め、手首に広がっていくのを無視しようとした。「俺は昔からだまされやすい女性に弱いんだ。スカートが短いと特にね」

ホープはちらっと自分を見下ろし、膝上約二・五センチ、短くてもせいぜい五センチのところにあるスカートの裾に目をやった。

「君がテーブルの上に皿を置こうとして前かがみになったとき、下着の色がもう少しでわかりそうだったんだぜ。気づいてなかったのか？」

まさか。私のスカートはそこまで短くない。ホープは目を上げて彼の顔をもう一度見た。「逆立ちしなきゃ、下着の色なんかわからないわよ」

「実は、頭をちょっと傾けると……」ディランは意地悪そうに目を輝かせて白状し、親指で彼女の手のひらをさすった。

手を触られただけ。セクシャルなことは何もない。それなのに、何か説明のつかない理由で、ただ触られるだけのほうがずっと親密な感じがする。興奮するようなことは何もないでしょう。ホープは自分に言い聞かせたが、胸の鼓動が激しくなった。そうよ、何もないわ。

「それはちょっと情けないわね、ディラン。私の下着の色を当てようとした最後の男性は、ジミー・ジャラミロよ。四年生のときの話だけど」

「じゃあ、君は絶対に思い違いをしてるんだ。君の周りに立って、下着の色を当てようとしている男はたくさんいるに決まってる」

「あなたとジミーだけよ」

「いや、自分がやってたことを白状した男が、俺とジミーだけなんだ」

「どう見ても、あなたは退屈してるわ。恋人が必要みたいね」

「いや、恋人なんかごめんだ」

「どうして？」

ディランはホープの手をひっくり返し、赤い爪を一本一本、まじまじと眺めた。「どうしてって、何が？」

「どうして恋人はごめんなの？」

ディランは肩をすくめた。「理由はたくさんある。時間がないし、今は真面目なつきあいはしたくないし、とにかく、そういうつきあいはあまり得意じゃないんだ。アダムのおかげでいつも本当に忙しくてね」ディランはホープの手をもう一度ひっくり返し、手のひらをじっと見つめた。「でも女性がそばにいないのは寂しいと思うことは時々ある」

その気持ちはよくわかるとホープは断言できた。私もそばにいてくれる人がいなくて寂しい。ディランがホープの家のキッチンに立ち、彼女にキスをしたあの晩から、自分がどれほど寂しい気持ちでいたかを実感していたのだ。

「女性の手の重みを自分の手の中に感じながら街を歩けないのは本当に寂しいと思う」

ホープはそんなことを想像していたわけではなかった。ディランが彼女を見つめ、その瞬間、彼女は心の隙間と、自分に向けられた、求めるような熱い眼差しに気づいた。ディラン・テイバー。とびきりハンサムで好感度抜群のパール郡の保安官。その穏やかな笑顔と、親愛の情がこもった気さくな言葉で世の女性を夢中にさせる人。そんな彼が寂しい思いをしている。私と同じように……。

信じられないことだが、それは真実だった。そして、ホープの心の奥底で何かが膨らみ、彼女はディランの緑色の瞳に宿る切なる思いに応えた。わずかに伏し目がちになった彼が、ホープの唇をじっと見つめる。彼女は喉の奥で息が詰まり、胸が締めつけられた。ディランの唇がゆっくりと近づき、ホープは顔を上げた。

そのとき、裏口の扉が勢いよく開き、壁にバンとぶつかった。たちまち静寂は破られ、ホープとディランは慌てて離れた。と同時にポールとシェリーがキッチンに駆け込んできた。ポールはシェリーの手を頭の上に掲げており、血が彼女の腕を伝い、肘からぽたぽた垂れている。

「シェリーが俺のハンティング・ナイフで手を切ってしまった」誰が尋ねる間もなく、ポールが叫んだ。彼はカウンターからタオルを取り、シェリーの手に巻いた。

「それは汚れてるでしょう」とシェリーは落ち着いて異議を唱えた。「ホープ、後ろの上から三番目の引き出しにきれいなタオルが入ってるから」

「どうしたんだ？」ディランがポールに尋ねた。

「子供たちが汚れた皿を入れられるように、シェリーが洗剤水の入ったバケツをあそこに出しといたんだが、俺がそこにナイフを入れてしまったんだ。で、それを伝える前に、彼女がバケツに手を突っ込んでしまったんだよ」

こんな状況で、自分だったらシェリーのように落ち着いていられない、とホープは思った。それどころか、キャーキャー叫びまくっていたに違いない。彼女は引き出しからタオルを引っ張り出して渡した。「深く切ったの?」

「縫うはめになるのは確実だな」ポールが答えた。呼吸が浅く、明らかに妻より動揺している。「すぐ診療所に連れてくよ」

「車で送っていこう」ディランが申し出た。「そのほうが速い」

「子供たちはどうする?」ポールが尋ねた。

「私が見てるわ」ホープは子守を買って出た。

ディランが彼女のほうを向いた。「それはどうかな。誰かに来てもらうよ」

「子供の面倒ぐらい見られるわよ」無理だと思われていることが少々しゃくにさわり、ホープは強い口調で言った。

「本当に大丈夫?」ディランが尋ねた。

「もちろん」

大変なもんですか。

8　催眠術でニワトリに卵を産ませる男

「血まみれの指が一ブロック先までやってきたぞぉ～」毛布と安全ピンとキッチンの椅子で作った間に合わせのテントの中で、ホープは顎の下から懐中電灯で顔を照らし、目の前にいる二つの幼い顔をじっと見つめた。彼女は口を開き、これ以上ないほど怖い声で不気味な話を続けた。「私は走って、ベッドの後ろに隠れたの。でも、まだ聞こえてくるのよ。〝血まみれの指が一軒先までやってきたぞぉ～〟」ホープは重ねた寝袋の下に片手を滑り込ませ、指の関節で板張りの床をコツコツと叩いた。「血まみれの指がおまえのうちまでやってきたぞぉ～」アダムは目を大きく見開き、ウォリーは下唇を嚙んだ。「……トン……トン……トン……」ホープは手を伸ばした。「私はドアを開けたわ……。すると、そこに男の子が一人、立ってた」彼女は劇的な効果を狙って一呼吸置き、再び言葉を続けた。「その子は紙で指を切って血を流していて、バンドエイドが欲しかったの」

毛布で作ったテントの暗闇の中、少年たちはずいぶんと長いことホープを見つめていた。それから、二人は顔を見合わせ、ふん、と鼻を鳴らした。

アダムが首を横に振る。「オチがつまんない」

「怖くもなかったし」ウォリーが追い討ちをかける。

「二人とも怖がってたくせに。ちゃんと見てたんだから」

「ウォリーは怖がってたけど、僕は違うよ」

ウォリーがアダムの肩を殴った。「うそつけ」

「もう、いい加減にして」二人が互いの腕をパンチし始めると、ホープは文句を言った。

「またテントが壊れちゃうでしょう。今度は作り直してあげないからね」その晩、アダムとウォリーはほとんど取っ組み合いの喧嘩をして過ごしていたが、踏んづけ合ったり、叩き合ったりするのを本当に楽しんでいるらしい。それを見ていると頭がおかしくなりそうで、ホープは冷蔵庫に入っているジンファンデルのボトルを開けてしまおうかと思った。一杯ぐらいどうってことないだろう。だが、アダムの父親には、はなから二人の少年の相手はできっこないと思われている。息子を迎えにきてみたら、子守が赤ワインをがぶ飲みしていた、なんてことでは格好が悪い。

「私が片づけてるあいだ、二人で順番にお話をしてなさい」ホープはそう言ってテントからはい出し、立ち上がって伸びをした。子供のころ、兄と取っ組み合いになり、くすぐられてお漏らしをしたことがあったっけ。でも、アダムとウォリーのようになることは一度もなかった。やれやれ、この二人ときたら。ちっともじっとしていないんだから。

ホープはコーヒーテーブルに置かれた半分空のペプシの缶を拾い上げ、ポップコーンの粒だけが残ったボウルを持ってキッチンに入っていった。

四五分ほど前、ディランから電話があった。シェリーはサンヴァレーの病院に移ったそうだ。手の怪我は重傷で、傷を元どおりにくっつけるには外科手術が必要らしい。それと、今、双子たちが病院に向かっているところで、二人が到着したらすぐ病院を出て子供たちを迎えにいくから、と言っていた。

ホープはカウンターにボウルを置き、ペプシの飲み残しを捨てて、空き缶をリサイクル・ボックスに投げ込んだ。サンヴァレーから車で戻ってくると、少なくとも一時間はかかるだろうから、ディランが到着するのは五〇分から一時間半後といったところかしら。まあ、アバディーン家の双子しだいね。

「おい」居間からくぐもった叫び声が聞こえてきた。「頭から降りろよ、ばか」

「おまえのほうが、ずっとばかだ」

ホープは目を閉じ、両手を頬に当てた。あの子たちのことはしばらく放っておこう。そのうちエネルギーを使い果たして、ころっと寝てしまうかもしれない。だが少年たちはくすくす笑っている。これはよくない兆候だ。

ホープは居間に入り、毛布のテントの外にこっそり立った。

「今のは臭かったよ、ウォリー」アダムが言った。

「もう一発、出そうだ。早く、僕の指を引っ張れ」

そんな命令に従うほど間抜けな人間がいるわけがない。だが、ホープの予想は間違っていた。部屋に品のない、耳障りな音が響き、くすくす笑いが続いた。彼女はその場で自分に誓った。養子をもらうとしたら、女の子にしよう。男の子はごめんだ。絶対に。

ホープはテレビをつけ、州都ボイジーから放送されている一〇時のニュースを見た。やがてテントの中の騒ぎが収まり、彼女はほっとすると同時に驚いてしまった。そして、天気予報の途中でアダムがテントからはい出し、ウォリーは寝てしまったと教えてくれた。

「一緒に座る？　それとも絵でも描く？」ホープはアダムに尋ねた。

「絵にしようかな」

ホープは、プリントアウトした原稿を校正するときに使っている色鉛筆のセットをアダムに渡した。コーヒーテーブルにコピー用紙を何枚か置いてやると、彼は絵を描き始めた。

「何を描くの？」

「僕の犬」

ホープはアダムと並んで硬い床に座った。シカの角でできた脚のせいでテーブルの下にはわずかな隙間しかなく、彼女はあぐらをかくしかなかった。

「何を描くの？」アダムが尋ねた。

「君の顔」ホープは緑色の鉛筆に手を伸ばし、大きな緑の目を持ち、頭の上で茶色の髪が突っ立っている少年の絵を描いた。腕前はたいしたことはなく、出来上がった絵はちっともアダムに似ていなかった。

アダムはそれを見て笑った。「これ、僕じゃないよ」

「そんなことないわ」ホープはそばかすを描き足し、前歯が欠けている部分を指差した。

「じゃあ、ホープの絵を描いてあげる」アダムは新しい紙を取り、黄色い鉛筆をつかんだ。

「ほらね?」

「気に入ってるほうの顔を描いてね」ホープはアダムに横顔を向けた。

「僕のママも髪が黄色なんだ。でも、前は茶色かったんだよ」

ホープはすっかり好奇心をかき立てられ、慎重に尋ねた。「ママはどこに住んでるの?」

アダムはちらっとホープを見上げ、再び絵のほうに目を戻した。「たいがいカリフォルニアにいるけど、僕と会うときは、二人でおじいちゃんちに行くんだ」

「それはどこなの?」

アダムは肩をすくめる。「モンタナ」

ホープは、アダムにかまをかけてあれこれ情報を引き出すことに少々罪悪感を覚えたが、質問をやめるには至らなかった。「ママにはちょくちょく会えるの?」

「うん。ママはテレビに映ってるから」

テレビに映ってる? 「ママの写真をテレビに貼ってるってこと?」

「うん」

あともう一つ質問をしたら終わりにしよう、とホープは心に誓った。「ママはどこで働いてるの?」

「それは言っちゃいけないことになってるんだ」

そうなの? ホープはさっそく考えた。ディランの前の奥さんは、アダムが口にできないほどよからぬ仕事をしているのかしら？　売春婦とか、ストリッパーとか……。「ちょっと」

ホープはアダムが描いた絵を指差した。「私の鼻、こんなに大きくないでしょう！」

アダムはうなずいて笑った。「今、大きくなった」

「うまいこと言うわね」ホープはもう一枚紙を取り、アダムの絵を描いた。今度は耳が大きくて、目が寄っている。「ほら、変な顔」とホープが言い、それをきっかけに、どちらがへんてこな絵を描けるか競争しようということになった。やがて二人の絵が完成し、「ウルヴァリンの爪」で鼻をつまんでいるホープの顔を描いたアダムが勝利した。

「何がもらえるの？」と彼は尋ねた。

「〝何がもらえる〟ってどういうこと？」

「僕が勝ったんだ。賞品をもらわなきゃ」

「そうねえ……。電子レンジで作るポップコーンがあるけど」

「やだよ」アダムは辺りを見回し、炉床に置いてあるボブキャットの剝製を指差した。「あれは？」

「それはあげられないの。私の物じゃないから」

アダムはクマの毛皮の敷物を指差した。「それは？」

「だめ」ホープは立ち上がり、食堂に入っていった。彼にあげられそうなものといったら、小さなクリスタルのハチドリしか思い浮かばない。パソコンの脇にある窓に飾ろうと思って買ったものだ。「これはどう？」

「それ何?」

「光にかざすとね――」ホープはクリスタルをアダムに渡しながら説明した。「部屋中に本当に見事なプリズムを放つのよ。太陽の光に当てたときがいちばんきれいなの」少し伸びすぎたアダムの髪が、鳥をじっと眺めているうちに目の前にはらりと落ちた。アダムの目にかかった髪を指でどけてあげたらどんな感じがするのだろう? 彼はどんな反応を示すだろう?。

「きれいだね」

「でしょ」ホープは好奇心に身を任せ、片方の手を挙げてアダムのおでこから髪をかき上げてやった。彼の頭皮は温かく、細くて柔らかい髪が彼女の指のあいだをするりと抜けていった。

家に小さな男の子が一人いるのも、それほど悪くないかもしれない。ホープはそう思いながら手を脇に下ろした。「どう?」

アダムは肩がむずむずし、その部分をかいた。鳥はちょっと女の子っぽいけど、まあいいっか。「それでいいよ」彼は肩をすくめると、居間に戻り、裸足の爪先を見つめながらテントに向かった。「パパが来たら教えてね」アダムは振り返ってそう言うと、テントにもぐり込み、ウォリーの隣にはっていった。そして二階のクローゼットで見つけた寝袋の上に横になり、頭上をアーチのように覆う毛布をじっと見つめた。うちに帰りたいなあ。パパが早く迎えに来てくれないかな。

アダムはホープがくれたクリスタルの鳥を上に掲げ、次に目のすぐそばまで下ろした。居間からもれてくる明かりが毛布を通して差し込み、目を思い切り細めると、ハチドリ越しにその光を見ることができる。アダムはホープのことを考えた。パパがいないのに、ホープは僕と一緒に絵を描いてくれた。それにプレゼントもくれた。パパに会えるから、うちにプレゼントを持ってきたわけじゃない。ほかの女の人たちとは違ってた。

ホープはシェリーみたいな人なのかもしれない。シェリーはほかの女の人たちと違うんだ。パパと話ができるからって、僕のうちにやってきたり、僕のことを好きな振りをしたりはしない。

アダムはごろっと横を向き、半ズボンのポケットに小さな鳥を突っ込んだ。今度、ホープにかっこいい石を見つけてあげようかな。ホープがウォリーや僕の写真を撮ってくれたときは嬉しかった。それに、ホープが時々はいてる、あの青いブーツも好きだ。ホープは毛布でテントを作ってくれたし、コウモリから逃げるときのホープはおかしかったな。あと、ホープの髪がきらきら光ってるのも好きだ。

まるで天使みたい。ママみたいだ。アダムは母親が本物の天使ではないとわかっていた。ママはカリフォルニアに住んでいて、時々モンタナでおじいちゃんと一緒に住むこともあるけど、天国には住んでいない。雲の上に座って、たくさんお祈りをしているわけじゃないんだ。だって、ママは夕飯のときだってお祈りをしないもの。ママはテレビに出なきゃいけないから僕らと一緒に暮らせないんだ。ママの話を全部の友達にしちゃいけないこともわかってる。そんなことをしたら、ママと一緒にモンタナで特別な時間を過ごしていても、いろんな人がやってきて、ママを困らせてしまうから。ママのことを知ってる友達はウォリーだけだし、ウォリーもママのことを誰にもしゃべっちゃいけないんだ。

アダムは目を開けていようと頑張ったが、左目はずっと閉じたままだった。ちょっとのあいだだけ目をつぶって、パパが来る前に目を休ませておこうかな……。

アダムは、ママが女優で、それがママの仕事なんだとわかっていた。ママが発揮する力の中には、本物でないものもある。たとえば、ママは空を飛べるわけではないし、部屋に入ってきて姿を消していられるわけでもない。でも、ママがドラマで発揮する力の一部は本物に違いない。先週のドラマで、家が火事になり、ママに助けてもらった子たちがいた。あの子たちに会えたらいいのにな。ママはあの子たちの猫も助けてあげたんだ。それにママはサンタクロースと知り合いだった。サンタがお酒を飲みすぎてバスにひかれたとき、ママが助けてあげたんだ。サンタクロースを愛する世界中のすべての子供たちのために、あなたは生きなくちゃいけないってサンタに教えてあげたんだ。北極に行って、サンタに会えたらいいのにな。ウォリーとその話をしたんだ。ママがサンタを助けてあげたんだから、僕がクリスマスに大きなお願い事をしてもいいよね。たとえば、ゴーカートとか。パパは一〇歳になるまでだめだって言ってるけど。

アダムはあくびをし、頰の下に片手を突っ込んだ。ママがやってきて、僕とパパと一緒に暮らしてくれればいいのに。僕が本当にいい子にして、ママと暮らしたいと心から願ったら、そうしてくれるかもしれない。

ディランはホープの家のドアをノックし、彼女が開けてくれるのを待った。時刻は一一時半。彼は双子が到着するとすぐに病院を出た。二人に母親はもちろん、父親のことも頼むと言い残して。あんなに取り乱したポールを見るのは初めてだった。これまでポールが感情的になったところなど見たことがなかったが、シェリーが手術室に運ばれていくと、ポールは大きな声で泣きだした。まるで妻の胸にナイフを突き刺してしまったかのように自分を責め、傷ついた彼女を見るのはとても耐えられないと言っていた。

確かにシェリーの傷はかなりひどかったが、命にかかわるような怪我ではなかった。ディランはポールと一緒に座っているとき、おいおい泣いている友人にうんざりするどころか、少しばかり嫉妬を覚えていた。自分にはそんなふうに女性を愛した経験がない。とりわけ、結婚して一九年経ってもなお、相手を思って少女のように泣いてしまえる、そんな愛し方はしたことがなかった。どうしてこれまで、そこまで愛せる女性と出会わなかったのだろう？はたしてこの先、そういう女性と出会うことがあるのだろうか？

今あるのは抑えがたい欲望だ。欲望は愛とは違う。この町にMZBHAVNがやってきたあの朝から、彼はずっと欲望を感じていた。サンヴァレーから車で戻ってくるあいだの長い道のりも、アバディーン家のキッチンに立ち、ホープの手の柔らかな肌や手のひらに走る線をじっと眺めていたことばかり考えていた。それに、バックホーン・バーから彼女を家まで送っていったあの晩のことも考えた。あのとき、ホープが自分にどんなふうに触れたかを思い出し、まるで映画をスローモーションで観ているように、細かな出来事が一つ一つ脳裏によみがえってきた。彼女の唇の濡れた感触、彼の胸を滑り落ちるように愛撫する彼女の両手の感触、下半身に感じる重苦しいうずき。

玄関のドアが勢いよく開き、入り口のシャンデリアに照らされた彼女がそこに立っていた。ウォリーとアダムとこんなに長いあいだ一緒にいたのだから、ホープは逆上したメドゥーサのようになっているだろう、とディランは思っていたが、予想ははずれた。ほどいた髪が少し乱れていたものの、彼女は今ベッドから出てきたばかりのように温かそうで、少し眠そうに見えた。

「起こしちゃったかな？」

「ううん。ソファで横になって『トゥナイト・ショウ』のエンディングを見てたとこ」ホープが後ろに下がり、ディランは家の中に入った。

においも温かくて眠たげだ、とディランは思った。「あの子たち、迷惑をかけてない？」

「眠ってるわ」ホープはディランを案内して居間に向かい、彼はホープの頭のてっぺんからまっすぐな背中、美しい腰の曲線、滑らかそうな太ももの裏へと目を走らせた。彼女は裸足だった。「寝袋を何枚か見つけたから、キャンプのまねごとをしてたのよ」

毛布で作ったテントを見て、ディランはぎょっとした。彼らが美容院を建てていたとしても、それほど驚きはしなかっただろう。

「この子たち、しばらく二階でお化け屋敷ごっこをして遊んでたんだけど、それにも飽きちゃって、ここで皆で、怖い話をしていたの」

ディランはテントからホープに視線を移した。「手に負えなかっただろう?」

「そうねえ。ほぼひっきりなしに取っ組み合いをしてるし、手に取る物は一つ残らず、何かの剣やらナイフやら銃になっちゃうし、指を引っ張っておならをされるのはちょっと困ったけど」ホープは首をかしげ、横目で彼を見上げた。「もう飲んじゃおうかと思ったことも一、二度あったわ」

ディランの目はホープの笑みとピンク色の唇に引きつけられた。彼女は本当に眠そうな味がするだろうか? 真夜中に愛を交わすために起こされたかのように、ほてって、その気になっている味がするだろうか?

「アダムはいい子ね。あなたにはあの子がいて幸運だわ」ホープは髪を耳の後ろにかけた。「シェリーはどう?」

ディランは思わず「誰が?」と言いそうになったが、はっとして口をつぐんだ。彼はテントの入り口の毛布を押しのけ、中で眠っているウォリーとアダムをのぞき込んだ。「シェリーの怪我はひどくてね。腱を何本かつなぎ合わせなきゃいけないほどだったけど、大丈夫だろう。朝までには帰ってこられるはずだ」テントの中に積み重ねられた毛布や寝袋の上で、少年たちは冬眠中の小熊のように丸まっている。

「それはいいニュースね」

「シェリーのほうがポールより落ち着いてたな。ポールは自分が彼女を殺してしまったかのように取り乱してた」ディランは入り口の毛布の端を下ろし、ホープをちらっと見た。「俺はシェリーのお産に立ち会ったことはないけど、彼女が言うには、ポールは息子たちが生まれたときも、そわそわ歩き回ったり、泣いたりしていたそうだよ」

「奥さんがアダムを産んだとき、あなたはそわそわしたり、泣いたりしなかったの？」

ディランは、ジュリーは妻ではないと訂正しなかった。「そんな時間はなかった。ジュリーを病院に連れていくのがやっとで、すぐに生まれてしまったからね」

「陣痛が短かったの？」

「車で行くのに時間がかかったんだ。彼女の父親の家に泊まってたから」ディランはホープに近づき、コーヒーテーブルの上にある絵に目を走らせた。「アダムはその町の病院で生まれた」

「さっき、アダムがお母さんの話をしてくれたの」

ディランはちらっと目を上げた。「ジュリーの？　アダムは何て言ってた？」

「ママはカリフォルニアに住んでて、髪はブロンドだけど、前は茶色だったんだって。それだけよ」

こうなっては、何としても話題を変えなくては。「ロッキー・マウンテン・オイスターとの遭遇からはすっかり立ち直ったのかい？」

「私の質問に答えてくれたら、あなたの質問にも答えるわ」

「何が知りたい？」

「前の奥さんはどんな仕事をしているの？」

ディランはホープの目をまっすぐ見つめて嘘をついた。「ウェイトレスをしてる」

「そうなの」ホープは眉間にしわを寄せ、ソファの肘掛けに腰を下ろした。

「じゃあ、オイスターから立ち直ったかどうか話してもらおうか」

「ほとんど立ち直ったわ。あんなものを食べる人が本当にいるんだって誰かが教えてくれたとしても、私は信じなかったわよ。あまりにも異様だもの」

少なくとも、今その話をしている彼女は金切り声を上げたり青くなったりしていない。吐きそうにも見えない。それどころか、唇の両端に笑みすら浮かびそうだ。ディランは彼女の笑顔が好きだった。少しハスキーな女らしい笑い声も好きだった。その声が聞きたくてたまらず、彼は自分が知っている二番目に大きな秘密を彼女に話してしまった。それはとても恥ずかしい秘密であり、家族の中でその話をする者は一人もいなかった。たとえ感謝祭で家族が勢ぞろいし、皆で酔っ払っているときでさえ、その話は出ないのだ。「それが異様だと言うなら、俺の従兄弟のフランクに会うべきだな。やつはニワトリに催眠術がかけられるんだ」

ホープは眉をすっと上げ、頭がおかしいんじゃないと言いたげに彼の顔を見た。「どうやって？」

ディランは右手を挙げた。「ニワトリを押さえつけて、自分の指に意識を集中させる」

ホープが笑った。「嘘ばっかり」

従兄弟のフランクにまつわる秘密をぶちまけているとばれたら、母親に殺されるだろう。母親は、この種の遺伝子が自分たちのDNAを歪ませていることを誰にも知られたくないと思っている。でも、ホープの笑い声を耳にできるなら、殺されるだけの価値はあるかもしれない。「誓って本当さ」

ホープが首を横に振り、髪が前に垂れて右の頰をかすめた。「どうしてニワトリに催眠術なんかかけようとするの？」

「かけられるからだと思う」

「催眠術をかけて何をさせるの？　ステージに上げて、人間のように行動させるとか？」

ディランはクックッと笑い、さらに彼女に近づいた。「ニワトリはひっくり返って、死んだように見えるだけさ」ディランはホープの艶やかな髪を耳にかけてやり、指の背で滑らかな頰をかすめた。「ケイおばさんは冗談抜きで、フランクには生まれつき才能があるんだと思ってるよ」

「あなたは冗談抜きで頭がどうかしてるわ」

ディランの指に絡みつくホープの髪はひんやりとして、とても柔らかかった。「嘘だと思ってるだろう？」

「ええ」

つかの間の触れ合いで腹部がよじれて締めつけられ、ディランは手を下ろした。「ロッキー・マウンテン・オイスターに関しては本当のことを話したじゃないか」

「トカゲを食べた、なんて話もしたくせに」

「いや、食べたとは言ってない」

「食べたと思わせたわ」

「まあね。でも嘘をついたわけじゃない」

「厳密に言えばそうかもしれないけど、あなたは、本当ではないことを本当だと思わせたかったんでしょう」

ディランの視線がホープの頬から上唇のカーブへと下りていく。「じゃあ、これでおあいこだな」

「私が嘘をついてると思ってるの？」

ディランはホープの澄んだ青い目をのぞき込んだ。大きく見開かれた邪心のないその目を。

「車でこの町にやってきたあの日からね」

ホープは眉根を寄せた。「あなたなら、いつでも私のこと調べられるんでしょう」

「調べようと思えばね。でも、理由がない限り、人の履歴をチェックしたりしないさ。それは保安局の方針に反する」ディランは一呼吸置いてから尋ねた。「調べる理由があるのかな？」

「いいえ」

「最近、何か法律違反をした？」

「そういう認識はないわ」

「公然わいせつ罪で逮捕状が出たことは？」

「ありません」

「セクハラは？」

ホープが笑った。「最近はしてないわね」

ディランは彼女の頭のてっぺんから足の先まで目を走らせ、再び目を上げた。「それは残念だ」

ホープは顎を引き、横目で彼をじっと見た。「私を誘惑してるの？　テイバー保安官」

「ハニー、そんなこと訊かなきゃわからないんだとしたら、俺も年だな」

「いくつなの？」

「もうじき三八だ」

ホープの唇が魅惑的に微笑み、ディランは胸が熱くなった。「その年の男性にしては、すごく素敵に見えるわよ」

「ミズ・スペンサー、俺を誘惑してるのか？」

「かもね」ホープの薄い眉のあいだにしわが寄った。「誰かを誘惑するなんて久しぶりだけど、そうみたい」額からしわが消えた。「あなたはラッキーね」

ラッキー。ディランは必死に逃げるべきか、それともホープをソファに押し倒して、ラッキーなのは君のほうだと証明してやるべきかわからなかった。彼は一歩、後ろに下がった。

「ハイラム・ドネリーの古いファイルの情報開示請求は送ったのかい？」彼は再び話題を変え、二人のあいだに距離を置いた。

ホープは黙ったままディランを見つめている。突然変わってしまった会話の流れについていけなかったようだ。「ああ、そうね」しばらくして、彼女はようやく口を開いた。「先週、送ったわ」

「よかった。書類の意味を理解するのに手助けが必要なら言ってくれ」ディランはもう一歩、後ろに下がり、ホープはただそこに突っ立っていた。「あの子たちを連れて帰って、ベッドに入れないと」

「靴が二階にあるの。取ってくるわ」ホープは二階へ上がりながら、彼にキッチンでキスされたあの晩とまったく同じような気分を味わっていた。あのとき、私が一度触れたら、ディランはすぐには立ち去れなくなってしまった。そして、あの晩と同様、ホープは自分がいったい何をしたのかわからなくなっている。

階段を上がりきると、ホープは廊下を進んで右側の部屋に入った。もしかすると、男性を誘惑するのは久しぶりなどと言ってはいけなかったのかもしれない。

彼を怖じ気づかせてしまったのかも。

廊下の突き当たりにある部屋のベッドの脇で、ウォリーのカウボーイ・ブーツとアダムの青いスニーカーの片方が見つかった。床をはいつくばってもう一方の靴を探しながらホープは考えた。私は、彼を怖じ気づかせてしまうような、ひどく物欲しげな雰囲気を放っていたのかしら？　男性を誘惑するのは久しぶりだと白状したことで、どこかおかしいんじゃないかと思われたのかもしれない。彼があういう態度を取ったのは、たぶん正しかったのだろう。ディランと出会ったのはほんの一週間前。でも、彼のことは本当によく知らないのに、見つめられたり、笑いかけられたり、話しかけられたりすると、胸が締めつけられる。それに、彼に触れられると何も考えられなくなってしまう。

ホープはクローゼットに入り、辺りを見回した。アダムのもう片方の靴を探しながら中のキャンプ用品をあさっていたそのとき、ディランのブーツの重い足音が部屋に入ってくるのが聞こえてきた。予備の寝袋のそばでスニーカーを見つけ、クローゼットから出ると、窓際にディランが立っていた。身長一九〇センチのたくましい男性が窓の外の湖を見渡している。

「ここからの景色は初めて見るよ」広い肩が窓をふさぎ、頭上で弱い光を放つ六〇ワットの電球が、茶色の髪に埋もれた金髪を照らし出し、リーバイスにたくし込んだTシャツの白さを際立たせている。

ホープは見つけたスニーカーをベッドの脇に置いてあるほかの靴と並べてから、ディランのほうに近づき、隣に立った。窓の外は暗くてよく見えなかったが、本当はどうしても見たかったわけではない。相変わらず、周囲の美しさに畏敬の念など感じなかったものの、そこにある種の静けさが存在することは認めるしかない。最高級のリゾート地でも、流行の先端をいくスパでも得られない落ち着きのようなものがあるのだ。

「ここからだと見えないけど、俺のうちはあっちなんだ」ディランは左のほうを示し、ホープも窓の外が見られるように体を横にずらした。「いちばん大きなポンデローサマツのすぐ向こうだよ。それと、約六〇度北に明るい星が見えるだろう？」ホープが動かずにいると、ディランは一方の腕を彼女の腰に巻きつけて引き寄せ、自分の前に立たせた。がっしりした胸板をホープの背中に押しつけ、片手を彼女の腰に置き、星を指差した。「あの青白い点の真下を見てごらん。あれが『悪魔の顎』と呼ばれている岩で、そのすぐ下にあるのがダブルT牧場。俺はあそこで育ったんだ。母と姉は今もあそこに住んでる。母がどうしてもと言ってきかなかったら、俺も住むことになってしまうだろうけど」

ディランはかすかにムスクとコロンの香りがし、ひんやりとした夜気のにおいが肌にまとわりついている。ホープは夜の闇をのぞき込んだが、見るべきものは何もなかった。窓は人気のない湖に面しており、ホープの家のポーチやアバディーン家の庭から漏れる光もなく、真っ暗だった。ホープはディランが示したほうは見ず、窓に映った彼の顔を眺めていた。

「そこでは暮らしたくないってことね」

「ああ。俺は牛の番をしたり、干草をまとめたりしながら大きくなった。牧場暮らしは厳しいんだ。好きになるべきなんだろうな。俺は好きになれないけど、アダムはそのうち気に入るかもしれない」ディランはしばらく黙ったまま、ホープには見えないものが見えているかのように、遠くをじっと見つめていた。「一日も早くここから脱出したかった。だからハイスクールを卒業してすぐ、町を出たんだ」

「でも、あなたは戻ってきた」

「そう。さまよい歩いて、ようやく自分の本当の居場所を見つけることだってあるんだ。それに、出発点がまさにその場所だったということもある。俺は本当に悲惨な思いをして、初めて故郷に戻りたいと思ったんだ」

「どこに住んでたの？　そんなに悲惨な思いをしたなんて」

窓に映るディランとホープの目が合い、彼が微笑んだ。「最初はカノガ・パーク。そのあと、チャッツワースに引っ越した」

「ロサンゼルスに住んでたの？」

「約一二年」ホープの腰に置かれたディランの手に少し力がこもった。「ロサンゼルス警察で殺人課の刑事をしてたんだ」

「私はブレントウッドに住んでたの」

「言われてみれば、そんな感じがするよ」ディランは彼女の脇腹から胃のほうに手を滑らせた。

「でも、育ったのはノースリッジ」とホープは言い添え、同じペースで深呼吸をしながら、彼の抱擁から身を引くべきか、彼の手をどけるべきか考えていた。またしてもティーンエージャーのような気分に陥ってしまった。どうすればいいのかわからない。細胞という細胞が活気づいて体中がうずうずしている。でも、昔の無邪気だったころとは違って、グロウライトのように自分を熱くする感覚がどこに続いているのかはわかっている。ただ、ディランと一緒にそこに行きたいのかどうか、彼は私をそこへ連れていきたいと思っているのかどうかはわからない。

「じゃあ、俺がいたところより少しアップタウンのほうに越したんだな」

彼の手のひらの熱が綿のタンクトップを通して染み込み、ホープの腹部はすっかり温まっていた。ディランの腕の中で向きを変え、彼がしているように私も彼に触れたい。彼女は、そんな衝動を少しの努力で抑えている。「結婚したとき、ブレインはすでにたくさんお金を持ってたから」

「ブレインって、君のご主人？　ゲイだったのか？」

「違うわよ」

「本当にそんな名前の男と結婚してたのかい？」

「そうよ。それがどうかしたの？」

ディランは首を横に振った。「ブレインという名の男は、マフィンにバターを塗るのが下手なんだ」

「ばかばかしい。バターぐらいちゃんと塗れるわよ」

「そりゃそうさ。俺は下手だと言ったんだ」

「彼はすごく頭のいい人よ」ホープはそう言ってから、どうして別れた夫をわざわざ弁護しているのだろうと思った。

「なるほど。仕事は何をしてるんだい？」

「形成外科医」

ガラスの向こうから、彼の緑色の目がホープの乳房へと視線を移した。

「違うわ、これは自前の胸よ」

ディランは視線を上げ、強情そうに微笑んだ。「自前じゃないなんて考えたくもないよ」彼は自分の胸にしっかりとホープを抱き寄せた。「そんなことを考えると、君のことをいろいろ空想してたのに、台無しになってしまう」

ホープの動きが止まった。「どんな空想？」

ディランはホープの髪に鼻をうずめ、ガラスに映る彼女の顔を見た。「教えないほうがいいと思うな」

「どうして？　私は縛られてるの？」

ホープは彼が微笑む気配を感じた。「少しね」

少し？

ディランの目じりに笑いじわが現れた。「そんなの困る？」

困る？　そう思うべきなのだろう。「何が？　あなたが私の空想をしていること？　それとも私が縛られてること？」

「どっちも」

だが、ホープは困らなかった。困るもんですか。まったく逆よ。そう思うと、彼女の体温はもう一目盛り上昇し、今にもまぶたが閉じそうになった。腹部の熱はさらに下まで広がり、彼女は両脚をぎゅっとくっつけた。「私、楽しんでた？」

ディランの親指が彼女の腹部をなで、ブラジャーのアンダーワイヤーをかすめた。「もちろん。とてもよくしてあげたからね」

彼に本当に触れられているかのように、ホープの乳房は重くなり、薄い綿のタンクトップと薄いナイロンのブラの下で乳首はきゅっと硬くなり、尖って感じやすくなった。

「どれくらいよかったか教えてあげようか？」

喉の奥で息が詰まりそうになりつつも、ホープはうなずいた。

ディランはガラス越しにホープを見つめながら、顔を下げ、彼女の耳の形に沿って軽く舌先を走らせた。「こうしたら、君は喜んでくれた」彼はそうささやき、耳たぶをそっと吸った。彼の息で彼女の頬は温まり、背筋がぞくぞくした。ディランは空いているほうの手で彼女の髪をどけ、喉の脇に唇を滑らせた。「それに、これも」ディランが首に温かいキスをし、ホープは彼の顔が首筋に置かれるのをじっと見つめた。熱い唇に肌がそっと吸われるのがわかったが、彼はその痕を残す間もなく次の行動に移り、タンクトップとブラのストラップを肩から外して彼女の腕に滑らせた。

「すごく柔らかい」そう言うと、ディランはさらにきつくホープを胸に引き寄せた。「見た感じより、ずっと柔らかい」そして、彼女の腹部に置いた手が、タンクトップの裾をぎゅっと握り締めた。硬くなったものがヒップに押しつけられ、彼女の内側はすっかり潤っていた。こらえていた欲望が両脚のあいだを熱く濡らし、彼を求めている。二人で裸になり、愛を交わすことを想像すると、向きを変えてディランの腰に両脚を絡めてしまいそうになる。ホープはしばらくのあいだ自分の空想に身を任せ、空想の中で彼の服を脱がせ、彼の全身に両手をはわせた。だが、わずかながら残っていた理性で、彼とは本当に裸になるほど長いつきあいではないのだ、と自分に言い聞かせた。

「セックスはやめといたほうがいいと思う」彼女はほとんどささやくような声で言った。

ディランは視線を上げ、窓に映る彼女と目を合わせた。「誰がセックスなんて言った?」

彼はホープの肩の先端まで熱いキスの痕を残していく。「ちょっと、いちゃついてるだけさ」

「窓の前で?」

「ハニー、あっちは何キロにもわたって人っ子一人いないんだ」ディランはホープのスカートからタンクトップの裾を引き上げ、再び自分の仕事に戻った。「君と寝るなら、下に子供たちがいないときにするよ。ちゃんと準備をして、きっと一晩中、俺のやりたいように君を触っているだろうな」

ホープは階下で眠っている少年たちのことをすっかり忘れていた。「もうやめたほうがいいかも」

ディランはタンクトップの下に手を滑り込ませ、熱くなった手のひらで彼女の素肌を愛撫した。「やめてほしいのかい?」

ホープはディランを見上げた。額が彼のざらざらした顎の先をかすめる。「いいえ」

「じゃあ、下からかわいい足音が聞こえてこないかどうか、よく耳を澄ましておくってことで」ディランの唇は、ホープの唇に触れるか触れないかのところで留まっている。「どう?」

「いいわ」ホープは何も考えず、とっさにそう答えた。だが、ディランが尋ねているのはたぶんそんなことではないのだと気づき、首を横に振ると、片手を挙げて彼のざらざらした顎を包んだ。「もう帰ってと言うべきなのかなって気がするけど」ホープは彼の唇の端と硬いひげの生えた下顎にキスをした。「本当に帰ってほしいわけじゃないのよ。ずっといてほしい。でも、あなたがそうすべきでないことはわかってるわ」ホープは彼の首に顔をうずめ、彼の肌のにおいを吸い込んだ。「あなたはたいてい私を混乱させるし、寂しい気持ちにさせるのよ」

ディランの指先がむき出しになったホープの腹部をなで、親指は胸の膨らみの下半分に触れている。彼女は息をしなくちゃと自分に言い聞かせなければならなかった。「この手で君のシャツを引き上げてるのに、寂しい思いをさせてるっていうのかい?」

「だって、あなたといると、恋しかったものをいろいろと思い出してしまうんだもの。この町に来るまで、恋しいと思っていることすら気づいてなかったのよ」ホープは彼の喉にキスをし、こう続けた。「たとえば、家の中で聞こえる男性のブーツの音とか、手で頬に触れたときのざらざら、ちくちくする感じとか。背中に感じる、温かくてがっしりした胸の心地よさとか」それに、セックスとか。私はどれほど男性との性的関係を求めていたことか。汗に濡れたシーツの中で欲望のおもむくままに求め合い、くたくたになってもつれ合いたかったことか。ディランといると、それを思い知らされてしまう。「それに、あなたの目をのぞき込むと、時々思うのよ。あなたも寂しいのかもしれないって」

ディランは彼女を見つめながら、しばらく黙っていた。それから彼が尋ねた。「君を見ているときに俺がどんなことを思い知るかわかるかい?」

ホープは首を横に振った。

「女性に触れて、素肌の甘い香りをかぐのはこんなに久しぶりだったかと気づかされてしまうんだ」ディランは勃起したものをホープの腰に再び押しつけ、彼女は擦り切れたジーンズ越しに彼の熱い体温を感じ取った。その熱は脚の裏側を伝わって下へ広がり、ホープは冷たい床に接しているむき出しの爪先を丸めた。「君を見ると、自分が聖職者のように暮らしている理由を忘れてしまう」

ホープが彼の顔をじっと見上げたが、きっと、懐疑的な表情を浮かべていたのだろう。

ディランは体を引いた。「そんなふうに暮らしてるとは思ってないんだろう?」

「この町の女性があなたにどう接しているか見てるもの」

「そうだな。でも、扱いに困ったことはないよ。彼女たちは俺をその気にさせないんだ。君と違ってね」ディランはホープの首を少しそらせて顔を上に向かせ、唇にそっとキスをした。「彼女たちを見ても、情熱的で、みだらな激しいセックスを空想する気になれない。君を見ていると、柔らかい肌に触りたくてたまらなくなるけど、彼女たちを見てもそんな気になれない。俺はこの手と唇で君の全身に触れたいんだ。ホープ、君の胸と、かわいいおへそと、その太もものあいだにキスをしたい。距離を置くべきなのはわかってる。でも、君のそばにいると、欲望は高まるばかりで、君から離れられない。君が欲しいという気持ちを抑えることができないんだ」

ホープにはその気持ちがよくわかった。ディランはそっと唇を重ね、とてもゆっくり、甘いキスをしたが、相反するように、血管は激しく脈打っている。それを感じ取ったホープは、彼の頬から後頭部へと手を滑らせ、さらに深い接触を求めた。自分を抑えられないと言ったにしては、彼のキスは巧みに感じられる。ホープが彼の滑らかな舌の先をなめ、キスは徐々に、口と口との優しい交わりへと変わっていく。親密さが深まり、そのキスは二人を満足させるどころか、さらにじらすことになった。狂ったように迫り、追いかけ、二人の熱い舌と唇は、滑るように前進と後退を繰り返している。

そして、まるでホープに突然火をつけられてしまったかのように、ディランのキスは貪欲になっていった。彼はホープをむさぼり、彼女の肺から息を吸い込んだ。ホープは一瞬にして心を奪われ、どっちみち抑えられないものを抑えるのはもうよそうと思っている自分に気づいた。

ホープのタンクトップの下でディランの手が上に動き、一方の乳房を優しく包んだ。ホープの全身がかっと熱くなり、目の前がくらくらし、彼の手のひらと、薄いナイロンのブラジャーの上から乳首をさする親指のこと以外、いっさい考えられなくなってしまった。

ディランは胸の奥でうめくような声を出すと、唇を離し、欲望に満ちた眼差しで彼女の目をじっと見つめた。ホープがディランの横顔を見ていると、彼はタンクトップをゆっくりと胸の上まで引き上げ、まったく動かなくなった。ホープは息をのみ、彼を見つめ、次の反応を待った。

「見てごらん」ディランは窓に映る二人の姿にホープの注意を向けさせた。彼女の後ろに立っているディランは、引き上げたタンクトップの裾を大きな手でつかんでいる。視線は白いブラに釘づけだ。ブラの生地はとても薄く、ホープの姿は裸と言ってもいいほどで、乳房と、硬く尖った乳首が薄いナイロンの生地をぴんと押し上げていた。

「君は美しい」ディランは息をつき、ガラスに映るホープと目を合わせた。

ホープは両腕を体の横に押しつけ、タンクトップが落ちないように、わきの下で押さえた。それから、左右の手のひらを彼の手の甲に置くと、胸の上までその手を導いた。ディランが優しく乳房を握ると、ホープの肉体に熱い興奮が広がった。彼女は向きを変えようとしたが、彼は乳房を握る手に力を込めた。「今動いたら、俺たちは行くところまで行ってしまう」

「ディラン、あなたに触りたいのよ」

「今夜は俺が君に触る」

ホープは目を閉じ、唇を開いた。こんなに気持ちよくなったのは久しぶり。彼女は背中をそらし、両手を脇に下ろした。

「ホープ、目を開けてごらん。俺を見るんだ。ほら、俺は君に触ってるだろう」

ホープは目を開けた。引き上げられたタンクトップとブラの右側のストラップが外れ、肘まで押しやられていた。ディランの手のひらが重みのある彼女の乳房を背後から支え、濃いピンク色の先端が、広げた指のあいだから突き出ている。ホープは窓に映る二人と、自分の目が放つ欲望の光を見た。

ディランが指をぎゅっとくっつけ、乳首を挟む。ホープは膝の力が抜けてしまい、ディランはもう一度、彼女を胸にきつく抱き寄せた。「もし、この家に君と二人きりだったら」ディランがささやいた。「俺は唇をここに当てる」彼は彼女の頭頂部と顔の脇にキスをした。「そして、上からキスしていく」彼はタンクトップの裾に手を伸ばしてウエストまで引き下ろし、元の状態に戻した。「でも、ここにいるのは俺たちだけじゃない。かといって、君を置いて出ていくほうがずっと楽ということではないんだ」

そのとおり。もちろん、彼の言っていることは正しい。小さな男の子が階下で眠っているというのにセックスをするわけにはいかない。それは間違っている。寝室のドアに鍵をかけるのもよくないだろう、とホープは思った。

ディランは一歩下がり、彼女の肩に手を置いた。

「アダムとウォリーを運ぶのに助けが必要？」ホープが尋ねた。

「ハニー、頼むから、車のテールライトが町に向かっていくのを確認するまで二階にいてくれ」ディランはホープの肩から手を下ろし、ベッドのほうに後ずさりした。「残念ながら、俺はそのタンクトップを君の胸の上に引き下ろすために精神力をすっかり使い果たしてしまった。それに、そのシースルーのブラを君の胸に残しておくのは、何よりも辛い経験だったんだ。これ以上の試練は勘弁してほしい」ディランはウォリーとアダムの靴を拾い上げ、もう一度だけホープを見てから、部屋を出ていった。

ホープは家の正面に位置する自分の寝室へ移り、ディランが保安官用のブレイザーにエンジンをかける様子を窓から見守った。彼は家の中に戻り、二往復して子供たちを一人ずつ車に運んだ。車が私道から出ていくとき、ホープは彼がちらっとこちらを見上げたような気がしたが、辺りは暗く、確信は持てなかった。

ホープは窓ガラスに映った自分を見た。重たげなまぶた。腫れぼったい唇。自分を見返している女性が誰なのかよくわからない。私に似ているけれど、この人がしていたことはホープ・スペンサーらしくない。

ホープは寝室を離れ、一階に向かった。あんなふうに保安官を求めるほどホープ・スペンサーはばかではない。愛のないセックスがいいとは思っていないし、そんなことをするほどばかではない……。でも、どうやらそれを忘れてしまったらしい。あるいはどうでもよくなってしまったのだろう。ディランがそばにいてくれたとき、もうかつての寂しさは感じなかった。

ディラン・テイバーのおかげで、自分がまた魅力的な女になったような気がした。彼の低くて太い声と力強い手の感触は、ホープの胃を熱く締めつけた。その感覚は心地よく、彼女はとても気に入っていた。離婚して以来、私をあんなふうに見つめ、こんなふうに――傷一つない、健全な女性であるかのように――思わせてくれた男性は一人もいなかった。それは、自分がどんな男性にもチャンスを与えなかったせいだろう。でも、ディランに意識的にチャンスを与えているというわけでもない。ただ、自分を抑えることができないのだ。ディランの気取らない魅力と情熱的な触れ方にはとても抗いがたいものがある。
それでも、抵抗してみるべきなのだろうか？

9　自然発火する男

翌朝、ホープはコーヒーをすすり、ぼんやりした目でパソコンのモニターを見つめた。メールの一覧をスクロールし、編集長ウォルターからのメールを開く。ウォルターは例のエイリアンの話を大いに気に入り、続きを書いてほしいと言っている。それは申し分ない。というのも、エイリアンが自然保護区のガイドをしているという記事のアイディアがすでに浮かんでいたからだ。メールの最後に、マイロン・ランバードが新聞社に連絡をしてきた、君がどこに住んでいるのか知りたがっていたから気をつけろ、とあった。きっとマイロンは、私が自分のマンションに住んでいないと気づいたのだ。それは、彼が接近禁止命令を破ったことをも意味している。

この件についてはとりあえず放っておこう、とホープは思った。心配はしていない。絶対に見つけられっこないもの。マイロンはアイダホの自然保護区にちょっと行ってみようとさえ思わないだろう。

ホープはテーブルにカップを置き、仕事に取りかかった。彼女の指はものすごい勢いでキーを叩いていたが、半ページ進んだところで動かなくなった。彼女の背後に立ち、彼女の乳房を包んでいたディランの手のイメージが頭の中に入り込み、指が止まってしまったのだ。ホープは昨夜の記憶を押しのけ、仕事に意識を集中させようとしたが、できなかった。彼はそこにいた。ずっとそこに居座って、彼女の創造的思考の流れをさえぎっていた。やるべきことはただ一つ。待つしかない。ホープは小さなヴァニティ・ケースを開け、マニキュアの除光液のビンとコットンボールの入った袋に手を伸ばした。それから甘皮を整えてカットし、爪をモーヴ・カラーに塗った。なぜならモーヴな気分だったから。明るく陽気な色という気分でもなかったが、ダークな色を塗りたい気分でもなかった。その中間の、やや曖昧な色にしたかったのだ。自分の人生のように。

ホープはマニキュアを塗りながら、集めてきたハイラム・ドネリーに関する資料に注意深く目を通した。彼女にわかる範囲で言えば、前の保安官は支配と服従の日々を過ごしていた。昼間は支配魔だが、夜は支配されることを好んだのだ。ホープが読んだ資料によれば、ノーマルとみなされる性行動からは外れているが、フェチとしてはそれほど異常ではない。それどころか、世の中で権力を発揮する人々の多くは、実は女王様による支配の産物だというのだ。

ホープは、ある種の男性が支配されることに魅了される理由について書かれたレポートや学説も読んだが、フェチの心理や病理に関する記事を書きたいとは思っていなかった。それよりも、保守的な町でなんとか保安官に就任し、二〇年以上もその役割を務めながら、一方でひそかに常軌を逸した性行動の空想にふけり、ついにはその虜《とりこ》になってしまった男そのものにより大きな関心を抱いていた。

ネイルが乾くと、ホープは通りを渡ってシェリーを見舞いにいった。ポールは、シェリーは今眠っている、何時間かすれば起きるだろうから、昼ごろまた来てくれないかと言い、そのときはまだ一〇時だったので、ホープは二時間暇をつぶさねばならず、いったん戻って足の爪にもマニキュアを塗った。そして、連載に登場するエイリアンや、この先のストーリーとして考えられる数々の可能性について思いを巡らせた。また、ハイラム・ドネリーに関する記事を書くにあたり、まずはいくつかの雑誌におうかがいを立ててみるべきか、それとも書くのが先か考えた。だが、ほとんどの時間、彼女はディランのことを考えていた。聖職者のように暮らしているという彼の言葉を思い出していた。彼のような男性が禁欲中だなんて、信じられない。

ホープは、彼女を見つめるディランの様子、彼の目に宿っていた欲望、彼女を包み込み、全身を温めた彼のかすれた声の感触を思い出した。彼の笑顔の一つ一つ、言葉の一つ一つ、手の感触の一つ一つに意味をつけようとした。彼は多少、私のことを気にかけてくれている。そう思いたかったが、本当のところはわからなかった。それに、彼のことが気に入っていて、彼の体を求めているという点を除けば、自分がどう感じているのかわからなかった。寂しさ、互いに惹かれ合っているという打ち消しがたい事実のほかに、二人に共通点があるとは言えない。はたして今日、あるいは明日、彼に会おうと思っているのか、来週まで会うつもりはないのかどうかさえわからない。

私は彼を求めているの？　彼のほうはどうなの？

ホープはディランの前の奥さんのことも考えた。その人が本当にウェイトレスだとすれば、なぜアダムはママがどんな仕事をしているのか言えなかったのだろう？

ただし、同じウェイトレスでも、トップレスのウェイトレスだとすれば話は別かもしれない。男性向けのクラブで働いているような女性だとすれば、ディランが息子に母親の職業を誰にも話してほしくないと思う理由に説明がつく。小さな町の人間は、その手のことにはえてして了見が狭いのだ。

昼になり、ホープは隣家のドアをノックした。ポールに案内されて居間に入ると、シェリーは青い木綿更紗のローブを着てリクライニング・チェアに座っていた。髪は頭の上に赤いばねのようにまとめられ、一方の手には包帯が巻かれて指先だけが外に出ていた。鎮痛剤の効果と寝不足とでシェリーは少しぼうっとしており、すっかりしょげていた。お昼を一緒にというホープの申し出には応えられなかったが、彼女はホープの爪を一目見て、ランチの代わりにマニキュアを塗ってほしいと言った。

ポールが仮眠を取りに寝室に下がり、ホープは急いで家に戻ってヴァニティ・ケースをひっつかんだ。再びアバディーン家に戻ってくると、リクライニング・チェアの隣にスツールを置いて座り、シェリーの両手の指一〇本分の甘皮を丁寧に整え、カットした。それから、爪の先が完璧な三日月型アーチを描くよう慎重にやすりをかけながら、ゆうべの騒ぎについて語るシェリーの話に耳を傾けた。珍しく家の中はとても静かで、ホープはウォリーとアダムはどこにいるのだろうと思った。

「ゆうべ、あの子たちはどうだった？」シェリーはようやく質問をする余裕が出てきた。ヴァニティ・ケースを膝の上に置き、怪我をしていないほうの手で、ケースに並んだマニキュアを物色している。

「すごくいい子にしてたわよ。でもあの二人、殴り合いが大好きなのね」ホープは答え、シェリーの指についたかすをそっと吹き飛ばし、こう言い添えた。「それに、おならも」

「ええ、男の子はそうなのよ」シェリーはホットパンツ・ピンクと書かれたボトルを選び、ホープに渡した。「これがいいわ。売春婦がしそうな色ね」

そんなことない、とホープは思ったが、反論する気はなかった。「ウォリーとアダムはどこにいるの？」

「今日はディランの家。レーニーさんちの女の子を子守に雇ってくれてるの。そうすれば私が休めると思ったみたい」

「親切ね」ホープはベースコートのボトルを取り出した。「彼もすごく疲れてるでしょうに」

彼女はそう言ってシェリーの爪に透明な液体を塗った。

「たぶん、あまり遅くならないうちに帰れたはずだけど」

その手には乗らないと思いながら、ホープはシェリーの怪我をしているほうの手の親指に意識を集中させた。

「それとも、そうだったの？」

「そうだったって？」

「帰ったのは遅かったのかってこと。ポールは双子が病院に着いたのは一〇時半ごろだって言ってたわ。だから、ディランがあなたのうちに寄ったのは、それから一時間後ぐらいのはずでしょう。子供たちを引き取って、そのあと自宅に戻ったのは、たぶん一一時四五分ごろなのよ」

彼はその時間までに帰れていたかもしれない。私の家に留まらず、私の首や唇にキスをしていなければ。私のお腹に触ったり、タンクトップを引き上げたりしなければ。ホープはずっと目をそらしたまま、関心がなさそうにふーっと息を吐き、「だいたい、そんなところかな」と言った。それから、ベースコートの蓋を閉め、ホットパンツ・ピンクのボトルを振った。

「何があったの？」

「何も」

「じゃあ、どうして何かあったような顔してるの？」

ホープはようやく、ちらっと目を上げた。「してないわよ」

「ううん、してるってば。鎮痛剤のせいでちょっと変な気分だけど、頭がすっかりもうろうとしてるわけじゃないの」シェリーが赤い眉毛をちょっとしかめた。「それに、ポールと一緒にキッチンに入っていったとき、二人がぱっと離れるのを見ちゃったの。ナイフが刺さったのは私の手であって、目じゃありませんからね。あなたたち、あそこで何してたの？」

「話してたのよ」

「ええ、そうねえ。彼はあなたのことが好きなんだと思う」

ホープは肩をすくめ、シェリーの怪我をしていないほうの手の指にマニキュアを塗った。

「ディランは女好きなんだと思う。それだけのことよ」

「そのとおり。ずっとそうだったわ。小学生のころもね。でも、あなたと話すときは、ほかの女性と話すときと少し様子が違うのよ」

「どう違うの？」

「あなたと話すとき、彼はあなたの口元を見てる」

ホープは唇を噛み、笑わないようにした。ディランが口を見ていたなんて気づかなかった。いや、たぶん、一、二回は気づいたかもしれない。

「それで、あなたたち、どうなってるの？」

ホープが自分のラブライフについて友人に最後に話をしたとき、友人はそれを利用して彼女の夫を奪った。シェリーがそんな人ではないことはわかっている。それに、シェリーに話すことで、巡り巡って自分を傷つける結果になりそうな事実は何もない。私はディランを愛していないし、彼も私を愛してはいないのだから。

「どうもなってないわ」基本的に嘘ではない。

「絶対、そんなふうには見えなかったわよ。彼は例の安っぽい手をあなたにも使ったのかしら？」

「手？」

「そう。八年生のとき、わきの下がかゆい振りをするのが手だったの。そうすれば、女の子の肩に腕を回して、ただ自分のわきの下をかいてるだけのように見せられたから」

ホープは笑ってしまった。「わきはかゆがってなかったけど」

「ディランには近づくなと言ってあげたほうがいいのかな」

「どうして？　彼は何か問題があるの？」

「全然。ただ、今のところ、女性と深い関係になるわけにはいかないと思ってるのよ。アダムが大きくなるまで待たなきゃなって言ってるわ。でも、あなたを見てるときの様子がねえ……。女の人をじっと目で追ってる彼を見るのは、ずいぶん久しぶりだわ。彼はよく、一〇〇〇メートル走の練習をするキム・ハウをじっと見てたけど、それ以来、こんなことはなかったもの」シェリーはいったん言葉を切って爪に息を吹きかけ、今度は怪我をしたほうの手を慎重に差し出した。「彼は広告板のポスターで見るような、なよなよした男よりハンサムだし、ジーンズがあんなに似合う男はそういるもんじゃないってことは認めなきゃね」

それは言えてる。

「ポールはお尻がぺしゃんこなのよ」

ホープもそれには気づいていた。「ディランがそんなに素敵なら、彼と結婚してもよかったんじゃない？」

何かいやなにおいが漂ってきたかのように、シェリーが鼻の頭にしわを寄せた。「確かに、ディランを見るのは芸術品を眺めるようなものだけど、美しさを認めるからといって、それを自分の家の居間に飾りたいということにはならないわ」シェリーは首を横に振り、こう言い添えた。「小学校一年生のときにポール・アバディーンを一目見て、私が求めているのはこの人だとわかったの。ポールを振り向かせるのに一〇年かかったけど、たとえポールが明日いなくなってしまったとしても、あんなふうにディランに関心を持つことは絶対にないわ。私たちのつきあいはあまりにも長すぎるのよ。それに、彼のやることを見てると私、いらいらしちゃって」

「たとえば？」

「洗濯をするのは、家にある服が全部汚れたときだけだし」

ホープも似たようなものだったので、それが変わっているとはちっとも思わなかった。

「ブーツを履いたままコーヒーテーブルに脚を載せるし、彼とアダムが夕飯に野菜を食べるとすれば、それは奇跡よ。ディランは一週間おきにバナナかリンゴを食べれば、野菜はいらないと思ってるんだから」

ホープはシェリーの爪を塗り終え、体を起こしてマニキュアが乾くのを待った。「アダムは健康そうだし、幸せそうに見えるけど」

「少なくとも健康ね」シェリーは怪我をした手をしげしげと見つめた。

「あの子、今度の金曜日にここを発って母親に会いにいくんだけど、帰ってくると、いつもちょっと変なのよねえ」

「どう変なの？」

「少し引きこもっちゃって、重症の〝僕ってかわいそう病〟になるの。パパとママが少しでも一緒に過ごしてくれれば、そのあとずっと、親子三人、幸せに暮らせるのにって思ってるのよ」シェリーは肩をすくめた。「もっとも、それが普通の反応なんだろうけど」

「いつも、どれくらい行ってるの？」

「二週間。そのあと、いつもの生活に戻るまでに丸一カ月かかるのよ。アダムのママには一度も会ったことがないんだけど、きっと、あの子を思いっきり甘やかしてるのね。だって、帰ってくると、アダムはものすごく朝寝坊になって、ナメクジみたいにゴロゴロしてるだけなんだもの」

ホープは、ディランの前の奥さんについて知っていることをすべて教えてと言いたくてたまらなかったが、関心を持っていることをシェリーに知られたくなかった。ディランに笑いかけられると必ず、わけのわからない、もつれた感情にぐいと引っ張られてしまう。それはこれまで味わったこともない感情であり、シェリーに自分の気持ちを打ち明けることができたとしても、まだうまく話せそうになかったのだ。

ホープは、ほかの女性と一緒に座っておしゃべりをするのが懐かしかった。男性や人生やセックスについて語り合うのが懐かしかった。時間をかけてじっくり進展させるようなつきあいが懐かしかった。女性が被る不平等や、髪に寝癖がついている日に限って、ハイスクール時代の恋人にばったり会ってしまう不当な運命を理解してくれる人との深いつきあいが懐かしかった。健康管理とか、世界平和とか、ニーマン・マーカスの靴のセールとか、サイズを気にしているかどうかといったことを熱く語り合った日々が懐かしい。

もう一度そういうことがしたい。自分が抱えている混乱や感情や人生について語り合いたい。なぜ自分のことをなかなか話せないのか、なぜ友達をなかなか信用できないのか、その理由をシェリーに話してしまいたい。

「例の新聞ではどんな話を書いてるの？」シェリーがあくびをしながら尋ねた。

秘密を打ち明けるチャンスを逃したホープは、シェリーの怪我をしていないほうの手を取った。「荒野のある町で人間になりすましているエイリアンの話」彼女はそう言って二度目のマニキュアを塗り始めた。「彼らは旅行客にいたずらをするの」

シェリーの目に活気が戻った。「ゴスペルのことを書いてるの？」

「ゴスペルに似た、ある町のことよ」

「うわあ、すごい！　私もエイリアンになれる？」

ホープは新しい友人を見た。頭頂部に盛り上がっている赤い髪。大きく見開かれ、とろんとした目。シェリーを使えないのは本当に残念だ。善良なエイリアンを登場させてもよかったかもしれない。「ごめんなさい。マイロンの一件以来、実在の人物はもう登場させないことにしているの」

「がっかり」

ホープはシェリーの指先に息を吹きかけると、ちらっと目を上げて、鎮痛剤でぼんやりしている彼女の目をのぞき込んだ。ドネリー夫妻についてシェリーに尋ねるにしても、おそらく今は最高のタイミングとは言えない。薬のせいでハイになって、口が軽くなっているときではないほうがいい。でも、簡単な質問をいくつかするぐらいなら差し支えないだろう。もし昔の隣人について話しづらいということなら、深追いするのはやめておこう。「ミニー・ドネリーのことは、どの程度、知ってたの？」

「どうして？」

内緒にしているわけではなかったし、どのみち町の人の半分は知っていることだったので、ホープは白状した。「ハイラムに起きたことに関する記事を書いてるところなの」

シェリーは瞬きをし、不安そうに目を細めた。「『ウイークリー・ニューズ・オヴ・ザ・ユニヴァース』向けに？」

「ううん。もっと大手の出版社に問い合わせてみようと思ってるんだけど」ホープは自分のアイディアについて話し、倒錯したセックスに関する下品な話は書きたくないのだと説明すると、シェリーは安心したように話し始めた。

「ハイラムは正真正銘のろくでなしだったのかもしれないし、彼のことはあまり好きじゃなかったわ。それでも、その手の雑誌を売るために彼のセックス・ライフが利用されるのを見るのはいやなのよね」とシェリーは言った。

「ハイラムはあんなふうになっちゃったけど、それだけが彼の人生ではなかったの。売春婦とセックス・クラブとポルノだけじゃないってこと。町の人間に訊いてごらんなさい。皆、ハイラムについて、それぞれ違う話をするわよ。それに、彼は誰に対しても同じように接していたという話もするでしょうね」シェリーは、ミニーがとんでもない支配魔だったという話もしてくれた。「皆、ミニーは聖人だと思ってたけど、私は真向かいに住んでたし、彼女が家を厳しく支配していたことを知ってるの。怒鳴ったり叫んだりしているミニーの声が年がら年中聞こえてきたわ。あそこの子供たちが家を出て二度と戻ってこなかったのも当然だし、彼女の死後、尻をひっぱたいてくれる人がいなくなって、ハイラムが途方に暮れてしまったのも不思議じゃないわ」

ホープはシェリーの怪我をしたほうの手を慎重に握り、爪にトップコートを塗った。「ハイラムのことを気の毒に思ってるみたいね」

「とんでもない。彼の変態ぶりはあまりにもひどすぎて、とても気の毒だなんて思えないわ。しまいには、一八歳に満たない女の子たちをお金で雇ってたのよ。気の毒とも思わないし、理解もできない。でも、私はあの状況を振り返れるし、どうしてあんなことになったのかわかるのよね。ハイラムはミニーの支配から脱して、一気に歯止めが利かなくなっちゃったのよ」

「先々週、ハイラムはしまいになりふり構わなくなって、女性を家に連れ込んでたって話をしてくれたでしょう。何か怪しげなものは見たことある？」

「ないわ」シェリーは包帯をした手を挙げて、爪を眺めた。「その記事、いつから書くつもりなの？」

ホープは、怪しげなものは見ていないというシェリーの言葉を信じなかったが、その話はそこでやめることにした。「今、FBIの調査報告が来るのを待ってるところ。それに目を通したら、どこから書き始めるか考えようと思って」でも、まずはギャラをもらって書いている話を仕上げてしまわなくては。そのためには、エイリアンのことを考えるべきであって、口の達者なカウボーイのことなど考えている場合ではない。「あなたとポールが教えてくれた滝のことなんだけど、あなたに案内してもらえたらなと思ってたのよ。次号のエイリアン・ストーリー用に少し写真を撮りたかったの」ホープは肩をすくめた。「でも、あなたが元気になるまで待つことにするわ」

「ディランに頼んで連れてってもらいなさいよ。彼、場所を知ってるから。でも金曜日までに言わなきゃだめよ。アダムがいなくなると、ディランはいつも休暇を取ってしまうから」シェリーは椅子にゆったりともたれた。「実家のダブルT牧場に泊まって、お母さんと義理のお兄さんの手伝いをしてるのよ。彼が出かけてしまう前に頼まないと、たぶん二週間は会えないでしょうね」

二週間。二週間はディランに会う心配をしなくて済むし、彼の手のゆっくりした動きや飢えた唇を思い浮かべずに済むだろう。二週間、頭をすっきりさせ、仕事に集中する時間を取れるだろう。そもそも、ゴスペルに来たのはそのためだったのだ。ようやく仕事が再び軌道に乗ったのだから、集中して、どんどん先に進めなくては。だが、突然、仕事だけでは物足りなくなり、二週間がとても長く思えてきた。

水曜日の夜、ディランは洗濯をしたアダムの衣類をたたみ、それを息子のスーツケースに詰めた。アダムは緑色の大きな目で父親をじっと見つめ、不安そうに唇を真一文字に結んでいる。毎年、このときがやってくると、アダムの興奮は徐々に勢いを失い、不安に負けてしまうのだ。

「今年は泣かないんだろう？」ディランは息子に尋ねた。

「うん。もう大きくなったんだ」

「よし。おまえが泣いたら、ママがとても困ってしまうからな」アダムは毎年、泣かないと約束し、毎年、いよいよディランの手を放すというときまでは持ちこたえるのだ。「明日、髪を切ってから、ハンセン・エンポリアムに行こう。おまえの新しい下着を買わなくちゃ」

ディランはそう言って、スーツケースをドレッサーの上に置いた。

「それから、新しいシュノーケルもいるよ。間違って壊しちゃったんだ」

ディランはアダムの犬にベッドから下りるように命じ、息子を寝かせた。なぜ突然、シュノーケルのことが大事になったのかわからないが、おそらくアダムなりの理由があるのだろう。「買い物リストに書いておきなさい」ディランはアダムの眉にかかる髪の毛をどけてやった。「ママにあげる特別な石はもう見つかったのか？」

「うん。白いやつにした」

ディランは体をかがめ、アダムのすべすべした額にキスをした。「いい夢を見るんだぞ」

「パパ？」その声の調子から、ディランはアダムが何を訊こうとしているのかわかった。息子は毎年、同じことを尋ねるのだ。「今度は一緒に行こうよ」

「わかってるだろう。行かれないんだ。誰が留守番をして、おまえの犬の面倒を見るんだい？」

「マンディも一緒に来ればいいんだ。パパと僕とママとマンディ。きっと楽しいよ」

ディランは寝室のドアまで歩いていき、明かりを消した。「だめなんだよ、アダム」彼は息子が顔を背け、父に背を向ける様子をじっと見ていた。

ディランは七月が嫌いだった。本当に大嫌いだった。うちに帰ってきて、アダムに片づけるようにと言っておいたおもちゃをまたがずに済むのがいやだった。家の中が静かで、アダムの部屋ががらんとしているのがいやだった。独りで夕飯を食べるのがいやだった。

ディランは床板を何度かきしらせ、短い廊下を歩いて自分の暗い寝室に入った。開いたブラインドのあいだから漏れる月明かりが、ベッドの端とドレッサー、さらに壁の上まで広がっている。頭からシャツを脱ぐと、薄くスライスしたような光が胸元を斜めに切りつけた。彼は、古い袖つきの安楽椅子目がけてシャツを放り投げたが、外してしまった。明日はアダムを連れて新しい下着を買いにいく。その次の日は、サンヴァレーの空港までアダムを車で送り、彼がジュリーと一緒に彼女の自家用機に乗り込むのを見守ることになる。ジュリーがアダムを連れ去るのをじっと見ていることになるのだ。

ディランはそれが何よりもいやだった。別れ際にいつもちらっと振り返るアダムの視線を目にするのがいやだった。まるで自分のいちばんの望みをかなえる力がディランにあるかのように、目にいっぱい涙をためて、最後のお願いをするのだ。

だが、ディランにその力はなかった。それに、数日、あるいは丸々二週間一緒に過ごしたとしても、アダムが本当に望むことはかなえてやれないだろう。それは、パパとママが一緒に暮らすことだった。母親が、年に一度しか会えないあの女性よりも、毎週テレビで見ているような女性であることだった。天使がホームレスや老人、先週助けてあげた孤児たちの面倒を見るように、自分の面倒を見てくれることだった。自分の母親の話を友達にできることだった。

ディランはベッドの端に腰を下ろし、ブーツを脱いだ。彼にしてもジュリーにしても、こんなに長いあいだ彼女の人生からアダムを引き離しておくつもりはなかったのだ。アダムにとって、ジュリーを人に言えないような存在にしておくつもりもなかったし、アダムを誰も知らない秘密の存在にしておくつもりもなかった。たまたまそうなってしまい、今や二人ともこの状況をどうすればいいのかわからなくなっていた。

ジュリーが『地上の天国』の主役をものにしたとき、アダムはまだ二歳だった。すでにディランとアダムは、ジュリーが切望したスポットライトから遠く離れた町、ゴスペルで暮らしていた。美しい顔と、透き通った肌と、効果的なプレスリリースのおかげで、世の人々はたちまち彼女にほれ込んでしまった。数カ月のうちに、彼女は悪戦苦闘する無名の女優から神々しい天使へと華々しい出世を遂げた。いきなりメジャーなトーク・ショーの常連ゲストとなり、キリスト教系番組ではお手本となる人物として紹介された。皆、あの天使は見た目も心も美しいのだと信じている。アメリカは善のシンボルを求め、それをジュリエット・バンクロフトに見出したのだ。

アダムと夏を過ごすようになった最初の数年間、ジュリーは自分の父親が営む小さな牧場へ息子を連れていった。というのも、彼女には女優としての生活を抜けだして一休みする必要があったし、アダムのことだけを考えられる場所が必要だったからだ。ジュリーが生まれ育ったその家は、彼女に必要なものを与えてくれたし、アダムにとっても、まだその界隈で暮らしている数少ない親戚と知り合いになるにはいい環境だった。

五年が経った今、ジュリーがアダムを実家に連れていくのは、ほかに選択肢がないも同然だったからだ。突然、世間の人々に、私には年に一度しか会わない息子がいますなどと、どうして言えるだろう？　それが知れたら、どんな状況になるのだろう？　トーク・ショーでどんなふうに語られ、彼女の番組を支持したキリスト教右派をどう刺激するのだろう？　彼女の神々しいイメージにどう影響するのだろう？

ディランにとってさらに重要だったのは、ジュリエット・バンクロフトには自分で育てていない息子がいて、その子にたまにしか会っていないというニュースはもちろん、彼女が子供の父親と結婚もしていなかったというニュースをタブロイド紙がどう扱うのか、ということだった。それはアダムに、そしてアダムとディランの平穏な生活にどんな影響を及ぼすのだろう？

アダムももう七歳。自分の生活が、同じ年のほかの子供たちと違っていることがわかる年齢だ。なぜ自分の母親を自慢してはいけないのかと不思議に思ってもおかしくない年ごろだ。真実に傷ついてもおかしくない年ごろだが、これ以上、真実を隠しておいても彼をさらに傷つけるだけだ。近いうちに話してやらなければいけないのだろう。アダム・テイバーは、アメリカの天使の隠し子だ。ディランはアダムが理解してくれることを願うばかりだった。だが、今夜、話すのはやめておこう。明日もやめておこう。

ディランは靴下を脱ぎ、シャツの脇に放った。窓から漏れ入る月明かりを浴びながら、彼は全裸になり、胸をかいた。ホープが町にやってきたおかげで、彼は近いうちにアダムに真実を話す必要があると悟ったのだ。ひょっとするとアダムが帰ってきたらすぐに話すことになるかもしれない。どう話すべきか考える時間は数週間ある。ダブルT牧場で手伝いをしているあいだ、頭を整理して何を話すか考える時間が持てるだろう。でも、これまでだって、頭の中で話す練習をしてこなかったわけではない。もうすでに一〇〇万回も練習してきたのだ。

ディランは格子縞の掛け布団を引き剝がし、ベッドに滑り込んだ。シーツは洗いたてでひんやりしている。彼は頭の下に片手を突っ込み、天井を見つめた。自分は、普通、男が女を愛するときのようにはジュリーを愛していなかったし、二人ともこの関係がどっちみち長くは続かないとわかっていたが、その部分は話さずにおこう。二人ができる限りうまくやろうと努力した唯一の理由はアダムだった。でも、あの子がそれを知る必要はない。息子が知らなくてはならないのは、父親からも母親からも愛されているということだけだ。そしてこの話は、彼を愛している人間がしてやらなければいけないのだ。近いうちに。

木曜日、ディランは仕事を早く切り上げてアダムをカール・アップ&ダイに連れていき、髪を切ってもらった。ディクシーはアダムの首の後ろにバリカンを当てながら、「来週、寄らせてもらうわ」と言ったが、ディランは留守にすることをわざわざ伝えはしなかった。

カール・アップ&ダイで散髪が済むと、ディランとアダムは下着を買いにハンセン・エンポリアムに寄った。アダムはお尻にX‐MENの絵が描かれたブリーフを選んだ。店は土産物を買う旅行客が数名と、容赦のない暑さから逃れようとエアコンの効いた建物に避難してきた地元の人間一、二名でいっぱいになっていた。

ディランはおもちゃ売り場でアダムがシュノーケルを選ぶのを手伝っており、周囲の様子などまったく気にしていなかった――ホープ・スペンサーが入ってくるまでは。ホープがぶらっと入ってきた瞬間、まるで店の向こうから彼女の手が伸び、指先で顎を持ち上げられたかのようにディランは目を上げた。そしてシャボン玉の陳列棚越しに、彼女が視線をまっすぐ前に向け、大都会の人間らしく「私に構わないで」といった感じの大股で歩いていく様子を観察した。ホープは周りを見ておらず、ディランに見られていることに気づかないまま、フィルムを二本つかむと、牛フン《カウパイ》キャンディの陳列棚のほうに移動した。彼女は二本の指でキャンディをつまみ上げ、包装紙に書かれた原材料を読んだ。

ホープはまたジョギングをしていたらしく、髪をまとめており、ポニーテールからこぼれた後れ毛を耳の後ろにひっかけていた。細い髪の束がウェーブを描き、首の両脇に張りついている。そこがどんな味だったか、ディランは覚えていた。首と肩の境目のまさにその場所、彼女は柔らかくて、甘かった。ディランは彼女の肌の滑らかさと、両手に感じた乳房の重みを覚えていた。下半身に当たる彼女のヒップの丸みを覚えていた。ディランは彼女のところへ行かずにはいられなくなった。それほどホープが欲しくてたまらず、その気持ちを抑えられなかったのだ。彼はゴム製のクモとスーパーボールのそばにアダムを残したまま、ホープに近づき、背後に立った。

「それは本物の牛のフンじゃないよ」とディランは言い、六年生のとき以来、俺は気の利いたセリフを口にしていないな、と思った。あのとき彼は、ナンシー・バークによく思われようとして、君はお姉さんほどブスじゃないよと言ったのだ。

ホープはキャンディを置き、ディランのほうに顔を向けた。彼女の唇に魅惑的な笑みが浮かび、ディランの下腹部を直撃する。「そんなことわかってたけど、もし本物だとしても驚かなかったわよ」

ディランはしばらく、ホープの口元に見とれずにはいられなかったが、ようやく目を背け、彼女の頭越しに釣り具売り場の鮭の飾り物を見つめた。ディランは、自分の目に宿る飢えたような気持ちを彼女に読まれ、彼が求めるもの、つまり、手を伸ばして彼女を抱き寄せたいという願望を悟られたのではないかと思った。ひょっとすると彼女の髪に鼻をうずめたかったのかもしれない。月曜の夜にあんなことがあったにもかかわらず、たぶん彼女には何か考えがあったのだろう。こんなことを尋ねた。

「来週、独立記念日のお祭りには行くつもり？　あなたもトイレ投げコンテストに出場するの？」

「いや、俺はお祭り騒ぎは味わえそうにない」ディランの視線は折りたたまれた色とりどりのTシャツの上をさまよっていたが、結局、ホープのもとに戻り、彼女の艶やかな髪と輝くポニーテールに注がれた。「町にはいないから」

　ホープはしばらく黙っていたが、やがてこう言った。「シェリーから聞いたわ。あなたは何週間かいなくなるって」

　ディランはホープの青い目をのぞき、そこに失望の色を見て取ると、衝動に屈しそうになった。ここ、ハンセン・エンポリアムで、彼女に手を伸ばしそうになったのだ。「うん、そうなんだ」

「シェリーに教えてもらった滝の写真を撮りたくて、ひょっとすると、あなたに連れていってもらえるんじゃないかと思ったんだけど。町にいないなら……」ホープは肩をすくめた。

「シェリーが元気になって、ハイキングができるようになるまで待ってもいいかな……」

「君が書いてる北西部関連の記事に載せる写真？」「ええ」

　ホープは下を向き、彼の胸元を見つめた。

　ディランは彼女と二人きりになったら自分が何をすることになるか考えたくもなかった。

完全に二人きり。彼女と二人だけ。違う、考えたくないなんて嘘だ。ホープと愛を交わすのはどんな感じだろう？　それを考えたかった。両手で彼女の乳房をつかみ、キスをし、硬くなった乳首に舌をはわせ、胸の谷間に顔を押しつける……それを考えたかった。それに、体位についても考えたくてたまらなかった。正常位、騎乗位、側位……。彼はホープの柔らかい太もものあいだに自分をうずめることを四六時中考えていたが、だからといって、それについてどうこうしようというのではなかった。「悪いけど、力になれそうにないな」ディランはそう言った。思考はコントロールできなくても、体はコントロールできる。それでも、心のおもむくまま、楽しい想像の旅を続けないほうがいい。とりわけハンセン・エンポリアムではやめておくべきだ。

ホープはディランの顔に視線を戻し、口の両端を押し上げておざなりの笑顔を作った。

「いいのよ」

「もしかしたら……」ディランは肩をすくめた。もしかしたら何なんだ？　面倒なことにならないように息子が町を出るまで待ち、幸運に恵まれるのを必死で願うのか？　ここそこ立ち回り、ハイラム・ドネリー以来のゴシップネタとして町の人間を楽しませている人物と保安官が寝ていることが誰にもばれませんようにと願うのか？　ゴシップから逃れる方法は見つけようと思えば見つけられたかもしれない。しかし、避けることのできない大きな事実があった。ホープはライターだ。ホープと寝るわけにはいかないし、彼女がアダムに関する秘密を見破ってしまいませんようにと神にずっと祈っているわけにもいかない。もし秘密がばれた場合、自分の人生を『ピープル』で読むことになるのだろうか？　それともさらにたちの悪い『エンクワイアラー』で読むことになるのだろうか？

そんなリスクを冒すわけにはいかない。それに、ホープのことをそんなふうに思うべきではない。ディランは一歩、後ろに下がり、危うくアダムの足を踏みそうになった。

「パパ！」

ディランの意識はすっかりホープに向いており、息子がそばまで来ていることに気づいてもいなかった。「ごめん、大丈夫か？」

アダムがうなずいた。「ハイ、ホープ！」

アダムを見つめ、ホープの顔に笑みが広がった。「あら、何を買ってもらうの？」

「シュノーケルと下着」

ホープは水中マスクとシュノーケルが入ったパッケージを受け取り、しげしげと眺めた。「すごくかっこいいじゃない」彼女はそう言ってシュノーケルを返した。すると今度は下着を渡され、それも眺めた。「お尻に描いてあるこの男は何者？」

「ウルヴァリン。すっごく大きな爪を持ってて、それで敵を引っかくんだ」

「ああ、思い出した。この前の夜、この男の絵を描いてたわよね。これはいい人？」

「うん」アダムは下着を取り戻した。

「私があげたハチドリはどこに飾ったの？」

「キッチンの窓のとこ」アダムはいったん言葉を切り、肘をかいた。「いつか、うちに来てくれたら見られるかもよ」

ホープがちらっとディランを見た。家の中にホープがいることを思うと、ディランの胸は激しく高鳴った。

「そうね」ホープはそう言うと、手を伸ばしてアダムの髪をくしゃくしゃっと乱した。「髪、切ったんだ？」

「うん」アダムは後ずさりもせずに答えた。「今日、切ってもらった」

アダムが厳選した合格者リストに載っている女性は家族とシェリーだけで、それ以外の女性に触られたり、自分のことをあれこれ言われたりするのを彼は好まなかった。それに、このリストに載っている人を除けば、アダムが女の人とこんなに長く話をしているのを聞くのは初めてだった。いつものアダムなら、そっけなく、ぼそぼそ返事をするだけなのに。ホープはいったいどうやってアダムのテストをパスしたのだろう？　もしもアダムが、パパはホープに気があるんじゃないかと思っていたら、彼女は即刻、不合格となっていただろう。皮肉なことに、ディランが知っているすべての女性の中で、ホープはいちばん心惹かれる存在だった。ちくちょう、俺は彼女のランニング用ショートパンツの膨らみ方にすっかり魅了されている。彼は、ホープの股を覆うぴったりしたスパンデックスに目が行ってしまわないように、彼女の顔をじっと見据えていなければならなかった。「もう行かないと」ディランはそう言って、アダムの背中に手を置いた。

ホープは彼らと一緒に店の正面のほうに向かい、レジ・カウンターでディランの前に並んだ。イーデン・ハンセンがTシャツを買ったカップルの精算をしているあいだ、ディランはホープの後頭部を見つめ、この前の夜、彼女の後ろに立って、窓にぼんやり映る彼女の姿をじっと見ていたときのことを一つ残らず、はっきりと思い出していた。

「ねえ、ホープ」アダムが注意を引こうとして彼女の腕をぽんぽんと叩いた。「僕が帰ってきたら、ウォリーと一緒に、ホープのうちでまたテントを作ってあげるよ」

「おい、そんなふうに勝手に押しかけていっちゃだめなんだぞ」

「いいのよ」ホープは肩越しにディランを見てから、アダムに向かって答えた。「今度うちに遊びに来たら、ルールを守ってもらいますからね。たとえば、家の中で取っ組み合いをしないとか」ホープはしばらく考えてから、こう言い添えた。「それから、あなたもウォリーも、いろんなものを引っ張るのが好きみたいだから、うちで雑草を引っこ抜いてもらおうかな。お駄賃は払うわよ」

「五ドルずつ！」

「そう」三人は前に進み、ホープはフィルムを二本、カウンターに置いた。

「じゃあ、これがあなたの分ね」イーデンがフィルムに手を伸ばしながら尋ねた。黙ったままのホープを見て、ディランは思った。イーデン・ハンセンをまともに見るのはこれが初めてだから、ぼう然として口が利けないのだろう。彼の記憶では、イーデンは昔から髪を紫に染め、紫のアイシャドウをし、紫の口紅をつけている。それに、紫の家に住み、紫のダッジ・ネオンを運転し、なんと、キャンキャン吠える小犬まで紫に染めているのだ。双子の姉イーディの好みは青。二人が結婚した男はどちらも昼前から酔っ払っている傾向があるが、それも当然といえば当然だろう。

「え、ええ、これだけです」ホープはようやく答えた。

イーデンはフィルムの値段をレジに打ち込み、紙袋に手を伸ばした。「私の義理の兄はヘイデン・ディーンなの。バックホーン・バーであなたを助けて、結局、エメットと喧嘩することになった男よ」

ホープはウエストポーチのファスナーを開けた。「あのときは、割って入っていただいて、すごく助かりました。本当にいい人ですね」

「いい人が聞いてあきれるわ」イーデンははねつけるように手を振った。「ヘイデンは女たらしで、喧嘩好きなの。間違いないわ。姉にネズミ並みの常識ってもんがあったら、あの男の尻を蹴っ飛ばして、近くの崖から落としてるでしょうね。それが本当のところよ。ましな男が見つからないと、ディクシー・ハウがいつもあの男とデートしてるってことは皆、知ってるわ。ディクシーは引っ張ればすぐにほどけてしまうルーズな女でね、ヘアカラーの才能がなかったら、彼女の店には絶対に足を踏み入れないわ」

「ああ……そうなんですか？」ホープはイーデンに二〇ドル札を渡しながら言った。

ディランはくすくす笑っている。ホープはイーデンにショックを受けているようだが、まだ早い。ショックを受けるのは、イーデンとイーディと一緒に同じ部屋に閉じ込められてからにすべきだ。なにしろイーデンもイーディも相手が耳から血を流すまでしゃべっていられるのだから。

「ねえ、私、思ったんだけど」イーデンはホープの金を受け取り、続けた。「あなたが書いてる例の本で、ものすごく苦しんで死ぬ人間が必要なら、ヘイデンがぴったりよ。あの男は女の尻を追いかけてるだけじゃないの。ぐうたらだし、大酒飲みだし、ダニに刺されたみたいに醜いやつなのよ。例の人喰いバクテリア症に感染させたらいいわ」

ホープは首を横に振り、ディランは彼女のポニーテールが揺れるのを眺めた。「私が本を書いてるなんて誰から聞いたのか知りませんけど、本は書いてないんです」

「アイオナが言ったのよ。メルバから、あなたがハイラム・ドネリーに関する本を書いてると聞いたって」

「私が書いているのは記事です。本じゃありません」

イーデンはがっかりしたように紫色の唇を引っ込め、渋い顔をした。「あら、つまり同じじゃないってこと？　じゃあ本ほど面白くもないのね。ちゃんとした本なら面白いでしょうに」イーデンはホープにおつりを渡した。「誰か、私の家族の話を書くべきだわ。ああ、面白い話があるんだけどねえ。私の家族がこの町で最初の酒場をやってたってこと、あなたご存じ？　最初の売春宿もやってたのよ。そのうち、またいらっしゃいな。フレンチーという女を巡って殺し合いをした大おじさんたちの話をしてあげるわ」

「パパ？」アダムが小声で尋ねた。「ばいしゅんやどって何？」

「あとでな」

「どうして、その子をフレンチーって呼んでたかわかる？」

ホープはおつりをウエストポーチに突っ込み、紙袋をつかんだ。「フランス人だったから？」カウンターの突き当たりにあるドアのほうにじりじり進みながら、ぴかぴかに磨かれたメノウの置物、ぜんまい仕掛けで動く歯のおもちゃ前を通り越していく。

「いいえ。三人プレイ《メナージュ・ア・トロワ》が専門だったからよ」

「すごく面白そう……」ホープはドアの取っ手をつかみながら言った。そして、苦しげな表情でディランをちらっと見てから、悪魔に追いかけられているかのように店を飛び出していった。

「お元気、保安官？」ディランは笑顔で答えた。

「おかげさまで」ディランは笑顔で答えた。

イーデンが首を横に振る。「あの人、変わってるわね」

ディランは賢明にも何の反応も見せず、自分もイーデンに捕まってしまわぬよう、アダムのブリーフとシュノーケルの精算をさっさと済ませた。家に帰る途中、ディランとアダムはコージー・コーナー・カフェに寄り、チーズバーガーとフライドポテトを頼んだ。二人のテーブルを担当したのはパリスだった。アダムの母親が誰なのか、町の人間で知る者はいなかったが、彼が七月の最初の二週間、母親と一緒に過ごしていることは皆知っていた。

二人が帰宅すると、近所のハンナ・ターンボーが、「旅行用」にと言って、アダムに新しい塗り絵の本とクレヨンを持ってきた。彼女はキッチンに座ってディランとコーヒーを飲んでいたが、やがてパリスが大きな白いケーキを持って現れた。ココナッツ・フロスティングがかかり、砂糖漬けにした桃のスライスが載っているケーキだ。アダムはつまらなそうにうめき、片方の肩をすくめるといういつもの手段に訴え、ついに二人の女性は彼に話しかけるのをあきらめてしまった。

ディランもアダムもその晩はよく眠れず、翌日は朝早く起きて、車でサンヴァレーに向かった。ショーティーズで朝食を取り、アダムはパンケーキの山と格闘しながら、今年は泣かないと約束した。

小さな空港はセレブたちの御用達となっており、ジュリエット・バンクロフトを見ても、驚いて眉を上げる人さえいなかった。デミ・ムーアやクリント・イーストウッドやケネディ一族がチャーター機に乗り降りする同じゲートで、アメリカの天使が息子を待っていた。ブロンドの髪をフランス風三つ編《フレンチ・ブレード》にしたジュリエットは椅子から立ち上がり、文句のつけようがないピンク色の唇の口角をきゅっと上げて微笑んだ。ジュリーは昔からゴージャスだった。肌にはシミ一つなく、頬骨の高さも完璧だ。まさに歩くバービー人形。いや、バービーよりもいい。なぜなら、彼女は本物だから——ただしバストを除いて。主役をもらった最初の年、彼女は豊胸手術をしたのだ。

ディランはジュリーを信用しなくてはならなかった。彼女はハリウッド風の派手なイメージを和らげ、リーバイスにサマー・セーターというシンプルな格好をしていたが、それでもなんとか、ファッション雑誌から抜け出てきたように見せている。「ハーイ」ジュリーが両腕を広げて片方の膝をつくと、アダムは彼女の腕の中に入り、二人は抱き合った。ジュリーはアダムの顔の隅々までキスをしたが、息子が無反応であることには気づいていないようだ。

「もう、すごーく寂しかったのよ。あなたも寂しかった?」

「うん」アダムはささやくように答えた。

ジュリーは立ち上がり、ディランを見た。彼女の笑顔が少し曖昧な表情に変わる。「どうも。元気?」

「ああ。フライトはどうだった?」

「順調だった」ジュリーはディランの髪からブーツの先へと目を走らせ、再び顔を上げた。「あなたって本当に、会うたびにハンサムになるわね」

ディランはそう言われても嬉しいとは思わなかった。ジュリーもペッツのディスペンサーのようにお世辞を吐き出す人種の一人なのだ。「ジュリー、俺は君に会うたびに一つ年を取ってるんだ」

ジュリーは肩をすくめた。「私のトヨタがあなたの覆面パトカーと衝突したころから変わってないわよ。あのときのこと、覚えてる?」

忘れるわけないだろう。「もちろん」

ジュリーはトレードマークである輝くような笑顔を見せた。アメリカ人のハートをつかみ、かつてはディランの脈を速めたあの笑顔だ。「帰る前に軽く何か食べてく時間ある? 私とアダムが行ってしまう前に、三人で少し話せたらと思ってたんだけど」

そう言われた途端、ディランは警戒した。ジュリーの本当の目的は何だろう？　ちょっと座っておしゃべりがしたいだなんて、彼女らしくないじゃないか。「俺とアダムは食べてきたばかりなんだ。またの機会にしよう」

「でも、近いうちに話さなきゃいけないのよ」ジュリーはそう言ってアダムの手を取った。「おじいちゃんがね、あなたに会うのをものすごく楽しみにしてるの。今年は面白いことがたくさんあるわよ」

アダムは一歩後ろに下がり、ディランの太ももに寄りかかった。しがみついているわけではなかったが、ディランにはアダムがそうしたがっていることがわかった。

「今年はめそめそしないと思ってたんだけどな」ディランは内心、死にそうな気分だった。胸が締めつけられ、すでに喪失感を覚えていたが、そう見えないように努めた。

「してないよ」だが、アダムはディランの脇腹のほうに顔を向けた。「でも、パパ……」

ディランは片方の膝をついてしゃがみ、アダムの顔を両手で挟んだ。アダムは目にいっぱい涙をため、青ざめた頬が所々赤くなっていた。こんなことで泣くまいとしているせいで、呼吸がとても速くなっている。ディランはそんな息子がとても誇らしかった。「わかってる。もう大きいんだから今年は泣くもんかって頑張ってるんだよな。パパがおまえに望んだことはそれだけだ。だから、それができたことがいちばん大事なんだ。泣きたければ、もう我慢しなくていいよ」アダムがディランの首に両手を巻きつけ、ディランは息子の背中をさすってやった。「男の人生には、気持ちをさらけ出さなきゃいけないときもある。そういうときが来たみたいだと思ったら、ちゃんと気持ちを出さなきゃいけないんだ」こんなことを言うのはいやだった。痛む胸が引き裂かれそうになり、打ちのめされ、血まみれになった気分だった。喉が詰まり、目の奥がちくちくする。アダムの無言の涙がディランのオックスフォード地のシャツの襟を濡らした。「パパがいそうなところの電話番号は全部書いておいたから、いつでもつかまるよ。メモはスーツケースに入ってる。電話したくなったら、いつでもしてきていいんだぞ。わかったかい？」

アダムがうなずいた。

「でも、ママはおまえのことをずーっと忙しくさせるつもりだろうから、パパがいなくてもあまり寂しくないかもな」ディランはちらっと目を上げてジュリーを見た。彼女は例によって目を大きく見開き、「私はどうすればいいの？」という顔をしている。自分が何を言うべきか、何をすべきかは、いつもすべて彼任せなのだ。ディランは息子のことは自分が責任を持ちたいと思っていたが、ときには責任の重さに腹が立つこともあった。ジュリーに腹が立つのだ。たとえば今のように、内心引き裂かれそうな気持ちでいるのに、それを取り繕わねばならないとき。ジュリーも歩み寄り、少しは手を貸してくれてもいいじゃないかと思うとき。せめてやってみることぐらいできただろうに、彼女がそれをしなかったとき。そんなとき、ディランは苛立ちを表に出さないようにしなければならなかった。「ママやおじいちゃんと一緒に、たくさん楽しんでおいで。帰ってきたら、この前、おまえが逃がしてしまったカラフトイワナを釣りにいこう。いいね？」

アダムはもう一度うなずいた。「うん、いいよ」

「偉かったな」ディランはアダムの腕を首から外し、少し体をそらして息子の顔をのぞき込んだ。「そろそろ気持ちは落ち着いたかい？」

アダムは手の甲で濡れた頬をこすった。「うん」

「よし」ディランはアダムの顎から涙をぬぐってやった。「上出来だ。今年は男らしくできたと思う」彼はそう言って立ち上がり、アダムにスーツケースを渡した。「クレヨンは忘れずに詰めたのか？」

「うん」

「よし」ディランは一歩、後ろに下がった。「大好きだよ、アダム」

「僕も大好きだよ、パパ」

ディランは短く手を振り、ジュリーがアダムの手を取って歩いていく光景に背を向けた。

一分も経たないうちに、彼はトラックを止めておいた駐車場に戻り、ドアを開けて中に乗り込み、イグニッションにキーを押し込んだ。朝の太陽が青いボンネットを照らし、視界がかすむ。

今がそういうときだという気がした。男が気持ちをさらけ出さなければいけないときがやってきたのだ。

10 リスは催淫性《さいいん》ありと判明

独立記念日のお祭りは、狩猟解禁日とはまた違ったパール郡の大事なイベントだった。合衆国の誕生日は大通りを行くパレードで幕を開け、行進は湖を巡って農民共済組合会館まで続いた。会館を囲む広場は草が刈られ、建物の北側にはコーヴァス・アミューズメンツによって移動遊園地が設置されて、人々を誘うように数々の照明が輝いている。スクランバー（放射状のアームの先に座席がついている遊具）やフェリス観覧車の回転音と、ジッパー（楕円形の輪の周りをゴンドラが回転する遊具）の急降下とともに聞こえてくる絶叫がぶつかり合い、スラム・ダンク、フリップ・フロッグ、クオーター・トスといったゲーム・ブース前で町の人々に運試しをさせるべく呼び込みをする係員の声をほとんどかき消していた。

移動遊園地の南側の区域には工芸品のブースが並び、マウンテン・ママ・クラフターズが最新の成果を誇らしげに披露していた。このご婦人方の芸術的手腕は、伝統的なキルトやフラワー・リースから、トイレットペーパー用のカバー、ばかでかい目と長い髪をしたネオンカラーのフクロウを分厚い流木に貼りつけたものまでと幅広かった。もっとも、メルバのフクロウは本当にぞっとすると口にする勇気のある者は一人もいなかったのだが。

ゆでたトウモロコシ、フライドオニオン、揚げ物、ビールのにおいが、暑い夏の空気を覆うスモッグのように漂っていた。気温は日陰でも三六・六度。乾いた熱が皮膚の水分を奪い去り、無防備な肌を焦がす。食べ物の屋台の隣にある救護テントでは、医療スタッフが傷口に包帯を巻いたり、胃薬を渡したり、熱中症にかかった人々の手当てをしたりしている。また保安官助手のプラマーとウイリアムズが群集に目を光らせ、酔っ払いの世話をしていた。午後六時を迎えるころには、ヘイデン・ディーンがホットドッグ・フォー・ジーザスという屋台の裏で酔いつぶれており、六時五分にはホリアー家の子供の一人が、ヘイデンの財布を盗もうとして捕まった。

救護テントから広場を横切ったところにチョークで線が引かれ、その後ろには、赤い顔に決然とした表情を浮かべたポール・アバディーンが立っていた。肩にかついでいるのは便器だ。

「さあ、しっかりね。いけるわよ！」シェリーは夫に向かって叫んだ。「頑張れ、やせの暴れん坊トイレ投げマシーン！」

ホープは肩越しに隣人をちらっと見た。**トイレ投げマシーン？** シェリーは包帯をした手を額にかざし、激しい日差しをさえぎっている。青白い肌にそばかすが目立ち、頬が赤らんでいるが、夫の頬とは比べようもない。ポールの顔はトマトのように真っ赤になっていた。

ホープには決してわからない理由があるのだろうが、この暑さにもかかわらず、ポールもシェリーもそろってラングラーのジーンズにカウボーイ・ブーツを履き、パールのスナップボタンとフリルのついたシャツを着ていた。それどころか、お祭りに来ている人はほぼ全員、まるでカントリー・ウエスタン・バンドのバックアップ・シンガーのようにめかし込んでいる。

片やホープは、カーキ色の短いスカート、黒のタンクトップ、革の突っかけサンダルという楽な格好をしていた。「彼、気を失っちゃうんじゃない？」

シェリーは首を横に振った。「そうはいかないわ。トップに立つには、この回であと五センチ距離を伸ばせばいいんだから」

見物人が静まり返り、ポールが砲丸投げの選手のように回転して便器を投げた。便器は三メートル飛んで底を下にして落ち、横向きに倒れた。

「やった！」シェリーがいいほうの手を握り締めて突き上げた。「大型テレビはいただきよ」

残念ながら、シェリーの盛り上がりもつかの間だった。バーリー・モートンが便器を肩にかついでラインまで進み、力いっぱい投げた結果、三メートル四五センチ飛ばしてしまったのだ。見物人は熱狂し、バーリーはトップに立つと同時にトイレ投げ大会の記録も更新した。

ポールは二等のリボンとハンティング・ナイフ、それに背中の痛みとともに立ち去った。

「終わった？」ウォリーが尋ねた。「僕、顔にペイントしたい」

シェリーは息子を無視し、怪我をしていないほうの手でポールの背中をさすっている。

「ビールが必要かしら？」

「いや、必要なのは鎮痛軟膏《ベンゲイ》だな」ポールは新しいナイフをじっと見つめながら答えた。

「ウォリーは私が連れてくわ」ホープは自ら申し出たが、実はウォリーが屋台で獲得し、両手に持っているおもちゃがひそかにうらやましかったのだ。彼女はその日、屋台を次々に回るウォリーを追いかけてほとんどの時間を過ごしていた。ウォリーはゴムのヘビと、作り物の髪の毛がぶら下がっているプラスチック製の斧、ねじれた鉛筆を手に入れだが、ホープは移動遊園地の係員たちにあきれられるほど金を払ったわりに、披露できるような物は何も手に入れていなかったのだ。安っぽい灰皿一つもらえていない。ゲームをやってはことごとく失敗し、フライ・キャスティングの屋台では、誤って若いカウボーイの頭の脇に当ててしまい、もうあんたは一生やっちゃだめだと言われてしまった。「またあとでね」ホープはシェリーにそう告げると、ウォリーと一緒に屋台へと出かけた。

二人は順番待ちの列に並び、ウォリーは頰にフットボールのフェイスペイントをしてもらったのだが、ホープもうまいこと乗せられてしまい、肩に短剣のペイントをしてもらった。七歳の男の子につきあって一日中過ごしたことはこれまで一度もなかったが、ホープはまったく退屈しておらず、自分でも驚いてしまった。また不意に人との触れ合いが恋しくなったことと関係しているのだろう。ゴスペルで暮らす時間が長くなればなるほど、独りで過ごしたくないと思ってしまうのだ。

ホープはエイリアンに関する二つ目の記事を提出し、三つ目に取りかかっていた。最初の記事は今朝、世に出され、彼女は急いでM&Sに新聞を買いにいった。彼女の記事はクライヴのキャトル・ミューティレーションの記事を追い出し、中央の見開きページ、つまりいちばん重要な場所を陣取っていた。

近ごろのホープは、向かいの家でシェリーと一緒にかなりの時間を過ごし、掃除や洗濯の手伝いをしたり、ウィンドウボックスのペチュニアからしおれた花を摘み取ったりしていた。二人はいろいろなことについてたくさんおしゃべりをしたが、ホープは新しい友人に自分が本当に辛かった時期の話をまだできずにいた。話したいのに、話せなかったのだ。

二人はハイラム・ドネリーや、前日に届いたＦＢＩの報告書について話し合った。文書の一部は黒く塗りつぶしてあり、読んだところで、ちっとも理解できなかった。ホープは今夜、帰宅してからもう一度資料を見直してみようと思った。

ホープとシェリーはディランの話もした。アダムを空港に送っていってからというもの、ディランからは誰のところにも連絡はなかった。あれから四日経つが、どうやら誰も心配していないらしい。ホープは、彼が来てくれるかもしれないと期待するほどばかではなかったにしろ、ふと気づくと道に面した窓辺に寄り、保安官用の白と茶色のブレイザーを探していることがあった。あるいは町に出かけると、ホープの視線は麦わらのカウボーイ・ハットや色あせたジーンズを探してさまよった。もちろん彼を目にすることは一度もなく、がっかりして肩を落とし、元気をなくす自分がいやでたまらなかった。

ディランとは、あの日ハンセン・エンポリアムで会ったのが最後だった。あのとき、彼の視線はどこに触れても、私を燃え上がらせた。彼の声は少し低くなり、わずかにかすれていたけど、私に話しかけるときの声があんなふうに変わるとは思っていなかったし、あんなにセクシャルな欲望をまともに向けられるとは思っていなかった。

でも、こう考えることもできるでしょう。本当に私と一緒に過ごしたいと思っているなら、ディランは私の居場所を確実に知っている。それなのに連絡をよこそうともしない。今、ホープはウォリーとゲームの屋台を巡りながら、ディランとのあいだに感じたものは何もかも自分の想像にすぎなかったのだろうかと考えていた。

ひょっとすると、ディランは女の気持ちをもてあそぶ類の男なのかもしれない。彼は女を追いかけることにスリルを感じるのだろう。でも確かに私はすぐに逃げたりはしなかった。そうよ、ちっとも逃げなかったじゃない。それどころか、彼が私のシャツを引き上げているあいだ、ただじっとしていたし、彼の手を乳房に導きさえしたのだ。

ホープとウォリーはいくつかのゲームで運試しをした。そしてホープはサイダーのビン目がけて輪を投げた結果、ついにピンク色のプラスチック定規を勝ち取り、景品をウエストポーチに入れた。ビールを飲みながらホットドッグを食べているシェリーとポールを見つけたころには、もう太陽は沈みかけ、空に低くぶら下がっていた。ホープの腹がグウっと鳴った。移動遊園地の照明がこうこうと輝き、食べ物の屋台にも明かりが灯る。ホープの腹がグウっと鳴った。彼女とウォリーはマスタードがたっぷりかかったアメリカンドッグをつかみ、屋台の後ろに用意されたピクニックテーブルの一つに集まっている小さなグループと合流した。ウォリーはほかの子供たちと一緒に食べると言ってホープを見捨てたが、シェリーが自分の友達を紹介してくれた。皆、とてもいい人たちのようだ。ホープがアメリカンドッグを食べているあいだ、バックホーン・バーの店主バーリーが便器をうまく投げる秘訣を教えてくれた。

「便器をあれだけ遠くに放るには立派な筋肉が必要なんだ」とバーリーが言ったそのとき、ホープは彼の左の肩越し、少し離れたところから聞こえてくる笑い声に注意を引かれた。まるで磁石のように、彼女の目は、くたびれた麦わら帽子をかぶった背の高い、引き締まったカウボーイにぴたりと吸いついた。

胸の前で腕を組んだディラン・テイバーがパウンド・オヴ・フライのトレーラーに片方の肩をもたせかけ、目の前に立っている数人の女性と話し込んでいる。彼が突然、お祭りに姿を見せるという思いもよらない出来事に、ホープの腹部から胸へと温かな興奮が広がった。激しく鼓動する心臓の音が耳の中で響いている。彼女はバーリーの話を聞いている振りをしていたが、ひと言も頭に入っていなかった。

ディランが目を上げ、彼の眼差しがホープの視線と絡み合う。彼は話しかけてくる女たちに耳を傾けつつ、一方に首をかしげ、遠くから彼女を見つめた。彼の姿を目にしたことで、ホープの胃の底に熱い喜びが居座ってしまい、唇に思わず笑みが浮かんだ。ホープは待った。だが、ディランはちっとも応えてくれない。彼の表情を見ても、自分と同じ喜びや温かい興奮を感じているのか、それとも何も感じていないのかわからなかった。ディランはただホープを見ているだけで、ハンサムな顔からは何も読み取ることができない。やがて彼は目をそらしてしまった。

「スタンリーから聞いたんだが、雑誌向けにハイラム・ドネリーに関する記事を書いてるそうだね」

ホープは自分の前に立っている男性に注意を戻した。「ええ、そうなの」と言ったものの、思考は散漫で、気持ちがひどく混乱していた。

「ハイラムは俺のまた従兄弟なんだ」バーリーが言った。「子供のころ、やつは親父さんにトラクターでひかれちまってね。だから俺たち親戚は、だいたいこんなことだろうと思ってた。ハイラムは小さいころから頭にダメージを受けてたんだ、それが何年もかかって表に出てきただけなんだってね」

ああ、もう勘弁して。数日前にも、ホープは郵便局でミニーの友達だというグループにつかまっていた。その人たちは、ミニーは敬虔なクリスチャンで、違法なことは何もしていないとホープに納得させたかったのだ。ホープが、倒錯したセックスは必ずしも違法ではない、それにクリスチャンの女性でも、変態行為を少しばかり楽しむことは時々あるのだと伝えたところ、ご婦人方は悪魔の言葉を語る人間を見るような目でホープを見つめた。

「とにかく、身内のほかの人間は皆正常だってことを書いてくれれば、彼の家族にとってはありがたいんだよ」と、便器投げチャンピオンが言った。彼はフンと鼻を鳴らし、ビア樽のような分厚いがっしりした胸の前で太い腕を組んだ。「それに、どんなやり方にせよ、尻をひっぱたかれて喜ぶやつなんかいるわけないね」

「覚えておくわ」ホープはそう言ってバーリーを安心させてから席を外し、ゴミ箱にアメリカンドッグの棒を捨てにいった。周りでは人々がおしゃべりをしたり冗談を言い合ったりしており、テントの中には、生まれたときから知っている者同士の気安さや笑いが満ちていた。

誰かが空のカップをゴミ箱に投げ入れ、ホープは人込みを縫ってぶらぶらとシェリーのほうに歩いていった。とても孤独だった。だが、彼女の人生において、人込みの中で孤独を感じるのは、確かにこれが初めてではなかった。

後ろから大きな温かい手につかまれ、ホープは自分の上腕に巻きついているたくましい指を見た。それから振り返って目を上げ、ディランの顔をのぞき込んだ。やはりあまり嬉しそうな顔はしていない。「こんなところで会うとは思わなかったわ」

「来るつもりじゃなかったんだ」ディランが手を下ろすと、彼の手のひらの温もりに代わってひんやりした空気が感じられた。「独立記念日に町に出たことなんて、もう何年もないんでね」

「仕事で呼び出されたの？」ホープはそう尋ね、ディランの唇が「ノー」の形になるのを見つめた。

彼は土地の人間らしく、すっかり雰囲気に溶け込んでいた。お祭りに来ている大半の人々と同様、胸の部分と袖にスナップボタンのついた青と白のストライプのシャツを着て、いつものリーバイスではなく、ダーク・ブルーのラングラーをはいている。ベルトは型押しのレザー。中央に「T」の文字を二つかたどったシルバーのバックルは、二キロはあるに違いない。「じゃあ、どうして来たの？　アメリカンドッグが欲しくてたまらなくなったとか？」

「欲しくてたまらないものはあるけど、アメリカンドッグじゃない」ディランはそう言って、ホープの全身を吟味するように眺めた。まずは爪先、そして足首から膝、太ももへと彼の視線はゆっくりと上がっていき、黒いタンクトップの胸に入った白いロゴ「bebe《ビビ》」の上で動かなくなった。それから、ディランの目とホープの目が合い、彼女の体はたちまち熱くなった。彼はもはや無関心どころではなく、その場で彼女を食べ尽くしてしまいそうだった。

ディランはホープの肩を指差した。「いいね、そのタトゥ」

「ありがとう。バイク好きの女の子みたいに見えるかな、と思って」

ディランの片方の眉がすっと上がり、帽子の影の中に消えた。「ちっともそんなふうには見えないね。バイク好きの女の子なら、まずレザーを着て、態度を悪くしないと」彼は一瞬間を置き、言い添えた。「でも、よく考えてみると、態度が悪いところはあるかもな」

別に悪い態度を取ってるわけじゃない。ばかげたことが多すぎて、我慢ができないだけよ。

「そういう女の子は、自分の男の言うことを聞いてバイクの後ろに乗らなきゃいけないんだぞ」ディランはホープの上で頭をかがめた。「ハニー、ざっくばらんに言って、君は自分で運転したがるタイプの女性に思えるけどね」三メートルほど離れたところから誰かがディランの名を呼び、彼はホープの腰に手を当てた。「さあ、こっちだ」そのかすれた低い声に、ホープは背筋がぞくっとした。「リスを撃ちにいこう」

「リス？」

ディランはホープを連れて屋台を離れた。今なら行き先がどこであれ、ホープは彼についていっただろう。「リスを撃ちたいの？」

「そう」

彼と一緒なら月までも、地の果てまでも行っただろう。あるいはリス撃ちにも行っただろう。でも、やっぱり何か変。そう白状せざるを得ない。こんなの普通のデートじゃない。

「リスもチキンみたいな味がするんでしょう」とホープは言った。

「知るわけないだろう」

二人は催し物会場を進み、客でごったがえす屋台の並びを通り抜け、比較的人の少ないゲームのブースへとやってきた。係員を除き、リス撃ちゲームのコーナーにはまったく人がいなかった。その時間、大半の人は一休みして何か食べにいっていたのだ。ホープは先ほどこのブースを見ていたが、そのことを忘れていた。BBガンを撃ちたいとは思わなかったし、このゲームは一回につき二ドルと法外な料金を取られるからだ。

ホープは五つ並んだ、ふざけた格好のリスの標的にちらっと目をやってから、ディランを見上げた。彼の片方の横顔はブースから注ぐライトの光に照らされ、もう一方の横顔は影で隠れている。「リスを撃とうって言うから、てっきり……」

「君が何を考えたかわかるよ」ディランはホープの腰から手を外し、後ろポケットから財布を引き出した。そしてネヴィルという名札をつけた係員に一〇ドル渡し、BBガンを二丁受け取った。「勝負しよう」彼はポケットに財布を戻しながら言った。「俺が二回やって、君が二回やる。残り一回は君の練習用だ」

ホープはBBガンを手に取り、腕を伸ばして銃を構えた。「何を根拠に、私には練習が必要だと思うわけ?」

「ただの当てずっぽうさ」ディランが微笑み、口元がゆっくりと官能的な表情になった。

「それと、ちょっとした賭けもしようと思うんだけど」

「私が勝つ見込みはないと思ってるんでしょ?」

「ああ」

おそらく彼の言うとおりだ。「何を賭けるの?」

ディランは自分のBBガンをブースに立てかけてから無言のままホープの後ろに回り、彼女の肩に銃を当て、撃つポーズを取らせた。ホープの手に自分の手を重ね、引き金に指をかける。「さあ、引き金を絞ってごらん」彼はホープの右の耳元で言った。ホープが引き金を絞ると、弾は一番目のリスの後ろの防水シートに当たった。ディランはホープをがっしりした胸に引き寄せた。その温もりに包まれ、再び銃を発射すると、ホープのうなじはぞくぞくして毛が逆立った。尻尾をふさふささせ、嬉しそうにどんぐりを頬張っていた標的に弾が当たる。「着実に撃ち落とす秘訣は、弾を込めた武器の扱い方を知ることだ」ディランはささやき声よりほんの少し大きい声で言い、ホープのために銃の撃鉄を起こしてやった。「手首をスムーズに動かす必要がある。そして……ゆっくりと、しっかり、引き金を絞る」三発目は大きな金属音とともに三番目のリスに命中し、ホープの体中の神経もピーンと音を立てた。「君はスムーズになでるとか、しっかり握るとか、そういうことは得意そうな女《ひと》に見えるけどな」四番目の標的が倒れ、さらに最後の標的も倒れた。「そうなんだろう、ホープ?」

ホープは数メートル先に立っている係員にちらっと目を走らせた。二人の様子を見てはいるが何も聞こえていないようだ。彼女はディランの質問は無視することにしたが、それでも体の内側がかっと熱くなるのを抑えられず、だんだん神経過敏になっていった。ホープは顔を上げてディランの顔をのぞき込んだ。「何を賭けるの？」

ディランはしばらく彼女の目をじっと見つめていたが、やがて唇を彼女の耳のそばまで下ろしていった。「俺が勝ったら、君をアイスクリームみたいになめ尽くす」

ディランの息が耳にかかり、ホープの首の脇を温めた。「私が勝ったらどうなるの？」

そんなことは考えていなかったかのように、ディランはすぐには答えなかった。「勝つわけない」

「でも勝ったら？」

「好きにしていいよ」

ホープはセクシャルな緊張を和らげるようなことを考えようとしたが、出てきた言葉は彼女のもくろみよりも官能的に響いてしまった。「たとえば、うちに来て庭の草刈りをしろと命令できるとか？」

「その程度のことしか思いつかないのか？」

「裸でやるのよ」とホープは付け加えた。

「裸で結構。庭の草刈りの部分を除けば、君に勝たせてやってもいいくらいだ」ディランは熱くなった手のひらでホープの腕を軽くさすり、一瞬、考えた。「いや、やっぱり俺のアイディアのほうがいい。君は今すぐ負けを認めて、恥ずかしい思いをせずに済んだほうがいいんじゃないかな」

「私に選択権はないの？」

ディランは両手を下ろし、一歩後ろに下がった。「ホープ、選択権は常に君にある。俺は君がしたくないことを無理にやらせたりはしない。そんなことをして何が面白いんだ？」

ホープは彼の言葉を信じた。「先にやるわ」

ディランは自分のBBガンを取り上げ、ホープに渡した。

ホープは係員のネヴィルが的を置き直すまで待った。油断なく見つめるディランの目の前で、彼女は五つのリスのうち二つを撃ち落とした。「上出来よ」ホープは誇らしげに言った。

ディランは低い声で三回「ハハハ」と笑った。それから、自分のBBガンを取り、目を細めて銃身の先を見つめ、五秒とかからぬうちに五つの的をすべて撃ち落とした。彼は例のスムーズに絞る動きを本当に見事にやってのけた。弾を込めた武器の扱いに熟練していることは一目瞭然だ。

「私、まんまとはめられたみたいね」

「君が勝つ見込みはなかったのさ、シティ・ガールさん。こっちは四歳からBBガンを手にしてるんでね」ディランは銃身を下げた。「だが、こうしよう。オール・オア・ナッシングだ。次の勝負で君が三つ当て、俺が一つでも外したら君の勝ち」

「受けて立つわ」リスが再び並べられるとすぐ、ホープは狙いを定めた。

「照準をしっかり見るといい」ネヴィルが前に進みでてアドバイスをした。

ディランが細めた目を向けると、ネヴィルはブースの脇の自分の場所に戻った。銃身の先を見たとき、ホープはネヴィルが言ったことの意味を理解した。彼女は緑の蝶ネクタイをつけたリスに銃身をまっすぐに向けた。「あれを狙うわ」と言ったと同時に的が倒れる。次の二つの的は撃ち損なったが、四番目の的は倒した。ホープがピンクのパンプスをはいた最後のリスに狙いを定める。「あの子はうまく仕留めるわよ」

「面白い言い方をするもんだな」

ホープはちらっとディランを振り返り、再びリスに目を戻した。「私の気を散らそうなんて思わないでね」

「思ってないさ」彼は言葉を切り、声を少し低めた。「でも、もしそうしようと思えば、すぐにそばに寄って、また君のパンティの色を想像してるんだって言うだろうね」

ホープが首を横に振る。「子供みたいに私の気を散らそうとしたって無駄よ」彼女は的を撃ち落とし、まるで煙が上がっているかのように、銃身の先にふっと息を吹きかけた。「心配なの、保安官?」

「ハニー」ディランはゆっくりとそう言ったかと思うと銃を放ち、一番目のリスを撃ち落とした。「びびらせないでくれよ」

そろそろ私があなたの気を散らしてやる番ね。ホープはブースに背中をもたせかけ、脚を組んだ。カーキ色のスカートの裾が太ももをするりと上がる。彼女はディランの大きなベルトのバックルから彼の胸、そして顔へと視線を走らせた。「弾を込めた武器の扱い方をもう一度、教えてくれない？」ホープは唇をなめ、声を低めて誘惑するようにささやいた。「スムーズになでて、優しく握るっていうやり方を教わりたいわ」

ディランは二番目の的を撃ち落とした。「〝しっかり握る〟と言ったんだ」三番目のリスが倒れ、ホープは姿勢を正した。「違いがあるんだよ」

「ピンクなの」彼女はディランにだけ聞こえる程度の声で言った。

ディランは銃の撃鉄を起こし、肩越しにホープを見た。「ピンク？」

「パンティの色はピンク」彼女は思わせぶりに片方の眉をすっと上げた。「光沢のあるピンクで、小さな赤いトウガラシの柄が入ってて、前の部分に〝やけどに注意《ホット・スタッフ》〟と刺繍してあるの」

ディランは彼女の太もものあいだに視線を落とした。「本当に？」

いや、ちょっと違うんだけど。「ええ」

ピン、ピン。最後の的を撃ち落とし、ディランは銃をブースに立てかけた。「ほらね。俺の勝ちみたいだな」

ネヴィルはこの中から一つ選んでと言ってディランに景品を見せた。ゴム製のニワトリ、作り物のへど各種、コルヴェットのミラー、両脇に一つずつビールのボトルがついたプラスチックのヘルメット。ディランはヘルメットを取り、ホープの頭にぽんとかぶせた。「次のビール・タイム・サービス用に」

男性からお祭りの安っぽい景品をもらうのは生まれて初めてだった。ホープは彼の仕草に必要以上にぐっときてしまい、自分の人生には反省すべき点がもう一つある、と思った。ビールのボトル付きヘルメットで泣きそうになるなんて、なんとも嘆かわしい。

「さあ、どっちにする？」ディランはそう言って、ホープの腰に手を当てた。二人はブースの照明から離れ、どんどん深まっていく闇に包まれた。「ホープ、もうゲームはおしまいだよ」二人はお祭りのブースから遠ざかっていく。「このまま君を送っていくか、俺の家に連れていくかだ。うちに連れていったら、俺は君をベッドに連れていく」湖畔では花火が打ち上げられる予定になっており、二人はそちらに向かうカップルたちとは逆の方向に進んでいく。「その場合、ぐっすり眠れるかどうかは疑わしい」

「私、ポールやシェリーと一緒に車で来たのよ」

「わかってる」ディランは駐車場の入り口で立ち止まり、ホープにどちらにするか決める時間を与えた。「二人には俺が送っていくからと言っておいた」

「いつそんなことしたの？」

「ここに来てすぐ」

ホープは陰になったディランの顔をのぞき込んだ。そんなこと、私にできるの？　彼と一夜を過ごして、翌朝、気持ちよく目覚めることができる？「自信があったの？」

ディランは首を横に振った。「いや。甘い言葉で君を脱がせることができたらとは思っていたけど、自信があったわけじゃない。今もないけどね」ディランはホープの腰からむき出しになった肩へと手を動かした。「今日、ここに来ようとは思っていなかったし、もう二週間、町に戻ってくるつもりはなかった」

私にできる？　ありとあらゆる感情をやり過ごし、男性のように割り切って情事を楽しむことができる？　男みたいなやり方ができるの？

「さっき、欲しくてたまらないものがあるのかと尋ねただろう？」ディランはホープの肩に手のひらを滑らせ、彼女の手を握り締めた。「あるよ。君が欲しくてたまらないんだ」

ええ、できるわ。そして、ホープの中に最後まで残っていた痛々しいまでの自制心は、このアイダホの荒野の真ん中で溶けていった。にせもののタトゥをつけ、ビールのボトル付きヘルメットをかぶったまま、その場で溶けてしまった。「いいわ」ホープは小さな声で言った。「あなたのうちに連れてって」

「神に感謝」ディランも小声で返した。

ホープはディランがキスをしてくれるかもしれないと思った。月と星の下でのロマンチックな軽いキス。だが、彼はそんなことはせず、いきなりホープをぐいと引っ張ったものだから、彼女はサンダルが脱げそうになった。二人はずらりと並ぶ車やステーション・ワゴン、ジープの列を抜けていく。ディランは先に立ってホープを引っ張り、ようやく二人はダーク・ブルーのトラックの助手席側までやってきた。ディランはドアを開け、ほとんど押し込むようにホープを車に乗せた。そして一分と経たないうちにエンジンをかけ、ギアをドライブに押し込み、農民共済組合会館をあとにした。トラックの運転台はすっかり闇に満たされ、ダッシュボードのかすかな光だけがディランの顔の下半分を照らしていた。ホープはベンチシート越しに彼の横顔を見た。彼はまっすぐ前を見据え、ひどく真剣に何かを考えている。しがみつくようにハンドルを握るディランを目にし、ホープは思った。気持ちがぐらついているのかしら？

「ディラン、どうかしたの？」

「どうもしないよ」

「じゃあ、どうして、そんなにまっすぐ前を見つめてるの？」

「ここに座って、車をちゃんと走らせようとしてるだけさ。でもそれがものすごく難しいんだ。なぜなら、この手で君のパンティを下ろすことばかり考えてしまうからさ」ディランはホープをちらっと見てから、再び真っ暗なハイウェイに注意を戻した。「家に着く前に車を止めて君に飛びかかるなんてことはしたくないんだ」

ホープが笑い、ディランは首を横に振った。「笑い事じゃない」

「頭の中で何か暗唱したらいいかもね」

「やってみたけど、ちっとも効果がない」

「手伝ってあげる」ホープはヘルメットを床に放り、ベンチシートの上で体を横に滑らせた。

「セックスと関係ないこと、考えてみましょうよ」ホープはディランの横に膝立ちになった。

「たとえば、リンカーンの演説とか。『八七年前、私たちの祖先は、この大陸に新たなる国家を生みだしました……』」ホープはディランのカウボーイ・ハットをヘルメットの脇に放り、シャツの前をぐいと引っ張り、スナップ・ボタンを一つ一つ外していく。そして、ついにシャツの前がはだけ、彼女が中に手を滑らすと、ディランは息を吸い込んだ。ホープの手の下で筋肉が収縮し、硬くなる。「『それは、自由の精神にはぐくまれ、人間は皆、平等に作られたとの主張に捧げられた国でした』」ホープは彼の短い胸毛に指を走らせた。エイブラハム・リンカーンの言ったことは間違っている。人間は皆、平等に作られているわけではない。より多くのものを持ち合わせている者もいるのだ。彼らは、魅力や美しい容姿はもちろん、言い表しようのない何かを持っている。それが何であれ、ディランは人一倍、それに恵まれている。

ディランはホープの手をつかみ、彼女が動かせないように、ぴたりと胸に押しつけた。ホープは彼の首の脇にキスをし、開いた唇を喉のくぼみに滑らせ、アフターシェーブ・ローションの香りと温かい肌を味わった。

「ホープ、これじゃ前がほとんど見えない」

「見る必要ないわ」ホープは彼の手を動かし、自分の乳房の上に置いた。「もう大きいんだから、勘で走れるでしょう」彼女は軽く息をついてから、彼の首を吸った。

「ああ」ディランはホープの胸をつかみ、止めていた息を肺から吐き出した。

ホープの乳房が徐々に張り詰め、先端が尖っていく。ディランのジーンズからシャツの裾を引き出し、彼の胸を見下ろすと、ダッシュボードの金色の光が短い巻き毛をとらえ、張りのある肌を照らしていた。トラックがハイウェイを下りるあいだ、ホープは彼の胸毛の細い線を指でなぞりながら、平らな腹部をたどっていった。「私、役に立ってる？」ジーンズのファスナーまで手を下ろし、分厚いデニムの上から勃起してすっかり硬くなったものに押し当てる。「質問に答えてないじゃない」ホープは彼に反応し、体の内側が潤ってきた。

「そんなふうに触られたら、何を訊かれたか思い出せないよ」

ホープはディランの鎖骨に沿ってキスをした。「まだ、まっすぐ走るのに苦労してるの？」

「当たり前だろ」

ホープはなんとなくトラックの向きが変わったような感覚を覚えた。そして、次にわかったのは、車が止まり、自分がベンチシートに仰向けになって、ディランの陰になった顔をじっと見上げているということだった。それから、ディランはホープにキスをした。彼女の口に舌を差し入れ、長く激しいキスをした。スカートの裾が腰までまくれ上がり、ディランの膝が両脚のあいだに割って入った。彼はホープの股に骨盤を強く押しつけた。彼女がこれほど激しく彼を求めてしがみついていなかったら、彼女を傷つけていたかもしれない。ホープはディランの腰に両脚を巻きつけ、両手で彼の顔を挟み、彼と同じようにキスをした。どちらも、まだまだ足りないと言いたげにキスをしている。唇も、舌も、体内を流れる熱い液体も、まだ十分ではないかのように。

足をクラクションにぶつけてしまったディランは息を切らし、あえぎながら体を引いた。暗い車内でシャツははだけ、ホープに狂おしい眼差しを向けている。「出よう」とディランが言い、二人はどうにかこうにかトラックの外に出た。彼はグローブ・ボックスからコンドームの箱をひったくり、家の裏口目指して私道を進んでいく。ホープが肩越しに振り返ると、トラックはまるで横滑りしたかのように斜めに駐車されていた。車がスリップしたのかどうか思い出せない。思い出せるのは、自分の舌で愛撫したディランの肌の味だけだ。

二人がキッチンに足を踏み入れたと同時に、ディランは裏口の脇の照明スイッチを入れ、コンドームの箱がカウンターを滑っていった。ホープが頭上のライトに目を細めると、青い壁と白い床、電気器具がちらっと見えた。部屋の中央には大理石のカウンターと木のテーブル。テーブルの上には桃の砂糖漬けのスライスが飾られた白いケーキが載っており、ホープはそれを見てびっくりしたが、そのとき、ディランが引きちぎるようにシャツを脱ぎ、ケーキのことはすっかりどうでもよくなってしまった。彼はシャツを丸めて電気ストーブの上に放り投げ、無言のままホープを抱き寄せた。ホープは彼の裸の胸に両手を置き、手のひらで乳首を覆った。そして、指に絡みつく小麦色の巻き毛から目を上げ、彼の喉のくぼみを見た。先ほどつけたキスマークの上に唇を重ね、ベルトの大きなバックルに両手を下ろしていく。「これで人が殺せるのよね」ホープはバックルを外してベルト通しから引き抜き、こう言い添えた。「凶器とみなされる州もあるんでしょう」

欲望で重くなったまぶたの下にあるディランの緑色の瞳がホープを見た。唇には露骨なほど官能的な笑みが浮かんでいる。「そのとおり」ディランがゆっくりとした言い方で答えると、ホープは彼がバックルの話をしているのではないような気分になった。ベルトが彼女の指をするりと抜け、音を立てて床に落ちた。

ディランは彼女の腰に手を伸ばし、タンクトップの裾をつかんだ。「腕を上げて」彼女の腹からゆっくりとタンクトップを引き上げる。柔らかい綿の布地が胸の下で引っかかり、彼はそれを手でまとめて彼女の頭から脱がした。ひんやりした髪が肩に垂れ、ホープは手を脇に下ろした。ディランはタンクトップを自分のシャツと同じ場所に放り、ホープは黒のストレッチ・ブラとカーキ色のスカートという姿で彼の前に立っていた。

突然、ホープはこの情事をやり通すことができるのかどうかわからなくなった。こんなふうにするわけにはいかない。キッチンの明かりにこうこうと照らされていては、体の欠点が目立ってしまう。パンティを脱いだら、下腹部の細い銀白色の傷跡を彼に見られてしまう。

ホープは彼を見上げた。畝のような腹筋、細い巻き毛と硬い筋肉に覆われた広い胸は完璧と言うしかない。その上には、丈夫な円柱のような喉と顎があり、官能的な唇が繊細なラインを描いている。明るいライトの下、ジーンズとブーツ以外何一つ身にまとわず立っている彼の体は完璧だった。本当に完璧だ。それなのに、私には古い傷跡が一つある。

ディランがホープのスカートのボタンに手を伸ばすと、彼女はその手首をつかんだ。彼は傷跡に気づかないかもしれない。でも光沢のあるピンクのパンティをはいていないことはばれてしまう。ホープは自分がちゃんとした下着をつけてきたのか、くたびれた下着をつけてきたのか、しばらく思い出せなかったが、次の瞬間思い出し、少しほっとした。白だ。無地の白いビキニのパンティ。新しい下着だけど、ブラとおそろいではない。ああ、もっとちゃんと考えるべきだった。光沢のあるものをはいてくれればよかった。彼をノックアウトするようなパンティにするべきだったけど、彼が町に来ていることさえ知らなかったんだもの。

「明かりを消したほうがいいかも」ホープはそう言ってみた。

「どうして？」

彼にはすぐにばれてしまうだろう。「パンティがおそろいじゃないの」

ディランは、ホープがわけのわからない言語を話しているかのように彼女を見た。「おそろいじゃないって、何と？」

「ブラと」

ディランは一度瞬きし、眉をしかめた。「からかってるのか？」

「違うわ。私のパンティは白で……」

ディランは彼女の口元に唇を近づけた。「下着なんかどうでもいい」彼はホープの唇に向かってささやいた。「興味があるのは、その中身だ」ホープの頬から耳へと、引きずるように生温かいキスを残していく。「内側の、柔らかくて温かいところだよ」濡れた舌先がホープの喉の脇に触れる。ディランは黒いバラのついたフロントホックのある胸の谷間まで指を滑らせた。「でも、こうしよう」手首をひねると、ホックがパチンと外れ、彼はホープの肩からストラップを抜いた。ブラが床に落ちる。「これで問題解決」むき出しになった乳房の上を熱い手が横切り、ディランの唇が再び彼女の唇を覆った。ホープは突然、何もかも忘れ、硬くなった敏感な乳首の上を行き来する、ざらざらした手のひらの感触しかわからなくなった。ホープがディランの口に舌を差し入れると、彼は数歩後ろに下がり、彼女をキッチンカウンターに押しつけた。ホープの下腹部に欲望が渦巻き、太もものあいだを潤し、乳房が張り詰めた。その感覚は痛いほど激しく、強烈だった。圧倒されそうな素晴らしい感覚。ホープは喉の奥のほうでうめき、ディランの体に両手を滑らせた。髪の毛から顔の脇へ、首から肩へ。そして背中、脇、腹へと、手が届く限り、ありとあらゆる場所に触れた。

ディランは飢えた唇をホープの唇に斜めに激しく押し当て、むさぼるようにキスをする。彼は興奮した男性の味がした。セックスのような味。ホープは体を弓なりにそらし、ディランの温かな胸板と、彼女の乳房を揉む手と、勃起したものに押しつけた。下腹部に当たる彼の下半身はすっかり興奮し、石のように硬くなっている。もっと彼が欲しい、もっと密接なつながりが欲しい。ホープは彼が持っているもの、彼にしか与えることができないものが欲しくなり、ジーンズの前に手を持っていった。ウエストバンドのスナップを外してファスナーを下ろすと、彼はジーンズの下に何も身につけていなかった。熱くなったものが突き出し、彼女はその周囲を手のひらで握り締めた。

ディランは胸をかきむしるようにうめき、ホープは体を引いて彼の顔をのぞき込んだ。緑色の目は細くなり、呼吸が不規則になっている。彼女は視線を下ろし、自分の手と、ファスナーと大きなペニスのあいだに見える、暗い巻き毛を眺めた。それから、滑らかな彼自身に手のひらを滑らせ、ビロードのような先端を親指でさすった。ふっくらした割れ目から湧き出た透明なしずくを伸ばしながら、ホープは彼の重みと手触りを記憶した。

「ホープ……」そうささやくディランの声は、拷問にかけられているかのように苦しげだった。彼はホープの手を取り、自分の肩の上に置いた。それから、彼女の太ももの後ろをつかんで持ち上げ、カウンターの上に座らせた。彼は少し後ろに下がり、あっという間に一糸まとわぬ姿となって彼女の前に立った。ホープはしばらく彼を見ていたい、彼の肉体の美しさを、たくましい筋肉を、見事なプロポーションを鑑賞していたいと思ったが、彼はその機会を与えてはくれなかった。ディランはホープの脚のあいだに入り込み、彼女の首の横にそっとキスをした。

「ホープ、君が欲しい」ディランはホープの鎖骨に沿ってキスしながら言った。「君が欲しくて頭がおかしくなりそうだった」乳房の内側の丸みにキスをすると、ホープの背中が弧を描いた。「こういうことを夢中で考えてたんだ」

ディランは彼女の乳首の先端にキスをし、舌で転がした。背筋に震えが走り、ホープは目を閉じた。ディランはさっき言ったとおり、アイスクリームのようにホープをなめ、熱く湿った口で彼女の張り詰めた肉体を吸った。そして、彼女を引き寄せながらスカートの下に手を入れ、太もものあいだに持っていった。彼は包むように手のひらをそこに押し当て、そっと圧迫した。それから、もう片方の乳房に移り、乳首を口に含んだ。彼の手がホープの内ももをさすり、指先がパンティの下に滑り込んでいく。

「濡れてる」ディランはホープの股間に触れ、ささやいた。彼女がいちばん触れてほしい場所、彼女が滑らかに潤っている場所、彼が触れると彼女がさらに激しく求める場所を感じながら。「中に入りたい」ディランの手の動きの一つ一つが、ホープをオルガスムへと導いていく。彼はパンティを脚のほうに引き下ろした。「君は濡れてる。俺もこんなに硬くなってる」彼は丸まった綿のパンティを床に落とした。「もういいだろう」

ホープは体をくねらせてスカートを脱ぎ、ディランは彼女の後ろのカウンターに置いた箱からコンドームをひったくるように取り出した。ホープはスカートを蹴飛ばして足からはずし、ディランが薄いゴムをかぶせていく様子を見つめた。

「おいで」とディランが言い、ホープは彼の首に腕を回し、彼の腰に脚を巻きつけた。ディランはホープをカウンターからずらし、温かいペニスの先端に近づけた。彼女の隙間に自分自身を滑り込ませ、彼女の太ももを押し上げつつ、自分は突き上げる。だが、奥までたどり着く前に、激しい欲望でもうろうとしたホープの意識を一瞬痛みが貫き、彼女は苦痛で「あっ」と叫び声を上げた。

「しーっ、大丈夫だから」ディランはそうささやき、ホープをしっかり抱き寄せてテーブルに移動した。「うまくやるよ。よくしてあげるから」ディランがひんやりした板の上にホープを寝かせると、白いケーキの上に彼女の手が載ってしまった。ケーキがテーブルの端に滑っていっても、二人とも気にしていない。ディランはホープに覆いかぶさり、首や乳房にキスをしながら、彼女の足をテーブルに載せ、左右の太ももを大きく押し開いた。そして、腰を前後に動かし、ゆっくりと彼女の中に押し入っていく。奥へ奥へとそっと進みながら、彼はようやく根元まで自分をうずめることができた。魂の底から絞り出したような、ディランの低いうなり声が響く。

「ああ……」ディランは彼女の髪に指を絡ませた。「大丈夫？」

大丈夫なのかどうかもわからない。正直にそう言うことができる。だってディラン・テイバーのような男性は初めてだもの。それから彼が体を動かし、ホープは、白熱した稲妻が躍りながら肌を横切っていく感覚に襲われた。ディランが体を引き、深く突くと、彼女のあえぎ声はうめきに変わった。太もものあいだに熱い興奮が一気に集まり、瞬時に燃え上がった炎のようにホープの腹部と乳房に広がっていく。ディランは彼女の体の奥の奥まで達しており、彼女は彼に食べ尽くされたような感じがした。

両手を挙げてディランの顔を挟んだホープは、彼の顎や髪にケーキの砂糖衣《フロスティング》をくっつけてしまった。彼女はディランの顔を自分のほうに近づけて言った。「大丈夫どころか、いい気分よ」

ディランはホープに長く濃厚なキスをすると同時に、彼女の上で体を動かし、ゆっくりと一定のリズムで出たり入ったりを繰り返していたが、どんどん速まっていくそのリズムに、二人はほとんど息ができなくなりそうだった。ホープの目をのぞき込めるように体を引き、再び腰を強く押しつけるたびに、ディランの息が荒くなった。ホープの体内はそのたびにとめどなく活気づき、温かい、流れるような快楽に震え、解放に向かって上へ上へと登りつめていく。その感覚がどんどんきつく、激しくなり、ホープは快感に爪先を丸めた。そして、ついに流れの下に引き込まれた。次々と襲う快楽の波に、頭の先から足の先まで焼き尽くされ、ホープは彼の名を叫んだ。ホープはディランのむき出しの肩をつかみ、彼にしがみついた。彼女の内側の壁は彼を包んで脈打っている。延々と続く快感。こんな経験、したことがない。ディランの動きは速く、激しくなり、彼は彼女の中で何度も何度も出し入れを繰り返した。そしてついに、胸を強く殴られたかのように肺から一気に息を吐き出すと、彼女の手の下にある筋肉が石のように硬くなった。

その後、聞こえてくる音は、疲れきった荒い息遣いだけになった。肌をぴったりと合わせた二人は、テーブルから下りる気力もなかった。ディランはホープの右耳に額を当て、相変わらず彼女の髪に指を絡めている。ホープの体の上には温かい余韻がひらひらと漂い、彼女は顔を横に向け、ディランのこめかみにキスをした。

「参ったな……」とディランはうめいた。「すごくよかった」

ホープは微笑んだ。私もそう思う。ディランは、私の人生で最高のセックスをしてくれただけだ。これは愛なんかじゃない。セックスと愛を交わすこととの違いはわかっている。彼が与えてくれたのは最高に素晴らしいオルガスムであって、愛ではない。でも、それは素晴らしいものだった。それに、彼も素晴らしかった。

11 男の指先から走る稲妻

ディランはドアフレームに裸の肩をもたせかけた。そしてマグカップを口元に運び、コーヒーを一口すすって空いているほうの手をリーバイスのポケットに突っ込んだ。ブラインド越しにあふれる朝日がベッドに縞模様を描き、ホープの金色の髪を照らし出している。ホープはシーツに絡まって横たわり、一方の腕を頭の上に投げ出して、顔を彼の枕のほうに少し傾けていた。彼女はゆっくりと規則正しい寝息を立てている。

ディランは温かいマグを胸にこすりつけ、ホープを見つめていた。彼女は夜が明ける前に送ってほしいと言っていた。だが、彼は彼女が帰らないように気をそらしていたのだ。

セックスは久しぶりだった。自分にもたれかかる、柔らかな女性と一緒に眠ったのはもっと久しぶりだったし、そういうことを自分が何よりも恋しく思っていたことさえわかっていなかった。ホープの温かい曲線を体に感じ、滑らかな髪を唇に感じながら目覚めて気づいたのだ。自分はそういう感覚を恋しく思っているのに、それを忘れていた。だが一方で、彼はそれを忘れていたわけではなかった。ただ、それがとても心地よいものだと思い出すことがなかっただけだ。

ディランはそれまで、自分が思い出せる以上の女性と関係を持ってきた。そんな過去は自慢にもならなかったが、過去を変えることはできない。ティーンエージャーのころはやりたい放題だった。二〇代で少し勢いが落ち、三〇を迎えるころには、確かに昔より相手を選ぶようになったが、そういう親密な行為が招くありとあらゆる面倒な問題について考えたことは一度もなかったのだ。ジュリーと関係を持ち、彼はその問題を痛感した。コンドームが破れ、息子が生まれてようやく、その行為が肉体にもたらす結果を思い知ったのだが、それ以上に、感情面にもたらすより深い影響を悟ったのだった。

ホープがベッドでもそもそ動き、ディランはシーツの下から彼女の足がのぞく様子をじっと見つめた。

今まで、リスクは冒したくないと思っていた。だが、ホープ・スペンサーには絶対、何かがあった。彼女と深い仲になったらどんな事態が待っているか、ということを忘れさせてしまう何かが。彼女の肌のにおいや唇の味に勝るもの、彼女の美しい肉体や、彼女が味わわせてくれる感覚に勝る何かがある。

ディランはホープの乾いたユーモアや皮肉、笑い方が好きだった。彼女がナンセンスなことをあまり我慢しないところが好きだった。足の爪に塗ったピンクのマニキュアも好きだった。

ホープのことをもっと知りたい。

ゆうべ、二人は三度愛し合った。最初は短い時間で爆発的に、二度目はゆっくりと時間をかけて、そして爆発的に……。二度目のとき、彼はホープの乳首につけたフロスティングをなめ、乳房に置いた桃のスライスが太ももまで滑り落ちたところで、それをむさぼるように食べた。ホープも彼の体からケーキを食べた。彼の腹や、さらに下の部分から。三度目のセックスはシャワーを浴びながら始まり、ベッドで終わった。

そして、俺はまた同じことをするのだろう。この気持ちはどうすることもできそうにない。ホープを傷つけたくないし、自分やアダムを傷つけるのもいやだ。でもホープとまた一緒にいることになるだろう。それはわかっている。一晩で十分だろうと思っていた。だが、まだ足りない。とても慎重にやらなくては……。

ホープが手を動かし、ディランは彼女がゆっくり目を覚ます様子を見守った。ホープが瞬きをし、眉を寄せる。

「おはよう」ディランはそう言って、ドアから離れた。

ホープは水を浴びせられたように、しゃんとした。髪が顔の片側にはらりとかかり、シーツが腰までずり落ちた。「ここはどこ?」寝起きだったのと、しゃべること以外の目的で口を使って一晩過ごしたせいで、声がかすれている。

「思い出せないなら、俺は役立たずだったってことだ」ディランはそう答えると、ベッドの脇までやってきた。そして片方の足を床に置いたままホープの隣に腰を下ろし、彼女の顔にかかった髪をはらってやった。「もう、思い出した?」

ホープは答えなかったが、頬が赤くなった。

「ほら」ディランは彼女の口元にマグを近づけた。「こいつが役に立つかもよ」

ホープはコーヒーをごくごく飲み込んでからマグを押しのけた。「送ってくれることになってたでしょう」

ディランは目を下ろし、彼女の豊かな乳房と、ピンク色の乳首が寒さで尖っていく様子を見つめた。「忘れたみたいだな」

ホープは彼から急いで離れ、わきの下までシーツを引き上げた。「ここで目を覚ましたくなかったのに」

ディランは目を上げ、彼女の顔を見た。「どうして?」

「朝はいつも、ひどい格好をしてるからよ。着替えもないし、きれいな下着もないし、目はむくんでるし」

ディランは思わず笑いそうになった。だが、どうやらホープはとても真剣らしい。そんなホープがとても好ましく感じられ、ディランは彼女に飛びかかり、首に顔をうずめたくなった。彼女を微笑ませ、吐息混じりに彼の名前をささやかせたくなった。だが、彼は立ち上がり、クローゼットのほうに歩いていった。そこから取り出したのは、短すぎて一度も着ることのなかったパイル地のバスローブ。それをベッドの端に放り投げ、今度はドレッサーに移動した。彼はボクサー・ショーツを一枚見つけ、「これ、一度もはいてないやつだから。母親がクリスマスに買ってくれたんだが、俺は下着をつけないんでね」と言い、それをローブの脇に放った。「母はまだあきらめず、俺を改心させようとしてるけど」ディランは横目でホープを見てにこっと笑ってみせた。だが、彼女は黙っている。彼女を安心させようと思ったが、もうこれぐらいにしておこう。「朝食を作ってくるよ」ディランはそう言って寝室を離れ、ホープが独りで着替えられるようにした。

裸足の彼は足音を立てずに廊下を進み、アダムの部屋とバスルームを通り過ぎた。キッチンは相変わらず、どこもかしこもケーキだらけだった。ついさっき、コーヒーが沸くのを待つあいだに大きなかたまりは片づけたものの、テーブルや床にはまだフロスティングがこびりついている。

ディランは冷蔵庫を開けて中をのぞいた。数週間は戻ってこないつもりだったから中身は処分してしまい、ろくなものが残っていない。容器に入ったマーガリン、マスタードが一ビン、ケチャップが少し。食器棚には箱入りのマカロニ・アンド・チーズとインスタント・ポテト、缶詰のフルーツと野菜。

廊下の向こうから、バスルームのドアが開いて閉まり、水の流れる音が聞こえてきた。この家には食べる物が何もない。かといって彼女を朝食に連れていくわけにもいかない。それは彼女がボクサー・ショーツをはいていないときにしなくては。二人が一緒にいたという噂が町の人たちの昼食の話題に上らないときにしよう。

ディランは物置からほうきと塵取りを持ってきて、できる限りケーキを掃き取った。もしもここがほかの町だったら、もしも彼が自分の過去やハイラム・ドネリーの過去を償おうと努める保安官以外の男だったら、誰もそれほど気にはしないのだろう。でも、彼はただの男ではなかったし、ホープも町の住人に溶け込んでいるわけではなかった。

ディランはケーキをさらに掃き取ってゴミ箱に捨て、一人微笑んだ。今度パリスにケーキはどうだったと訊かれたら――彼女は訊いてくるだろう、いつもそうなんだ――正直にこう伝えることができる。これまで食べた中で最高の味だった、と。

ほうきと塵取りをしまい、振り返ると戸口にホープが立っていた。髪をとかし、顔を洗ったらしい。バスローブの裾の下にボクサー・ショーツの縁がぶらさがるようにのぞいている。

「残念ながら朝食になるものが何もない」

ホープはディランから目を離し、キッチンを見渡した。「いいのよ。どっちにしろ、いつも昼前には何も食べないから。私の服、見なかった？」

ディランはキッチンの椅子を引き、先ほどたたんでおいた服を指差した。

「たたんでくれたの？」

ディランは肩をすくめ、テーブルのほうに向かう彼女を見つめた。その朝がどんなことになるのか、彼にはわかっていなかった。そんなこと、考えもしなかったのだ。だが、仮に考えたとしても、彼女に冷ややかな態度を取られるとは思わなかっただろう。今のホープを見ていると、ポルシェに乗って初めて町にやってきたときの彼女を思い出す。夜のあいだに――彼がホープを抱き寄せ、彼女が再び目覚めるまでのあいだに――何かが変わってしまった。そして彼は、それが何なのかわかっているように振る舞うことさえしなかった。

ホープが服を取ろうとし、ディランはその手をつかんだ。「今日の予定は？」

「仕事しなくちゃ。本当に遅れてるのよ」

「警察のファイルはもう手に入れたのかい？」

「ええ」

「目を通すの、手伝ってもいいけど」

「ああ、結構よ」ホープは彼の肩越しにどこかを見ている。ディランは指先を彼女の顎に当て、目を自分のほうに向けさせた。だが、ホープの目は何も明かしてくれない。つまり何も明かさないことで、彼が知るべきことを伝えているのだ。彼女は感情を隠してしまい、彼には何一つ教えてはくれないのだろう。ディランは顔を下ろし、ホープの唇に軽くキスをした。彼女は後ずさりをしようとしたが、彼は手のひらで彼女のうなじを支えた。それから、少し唇を浮かせ、彼女の唇の合わせ目に舌の先を滑らせると、彼女の気持ちが少しずつ溶けていくのがわかった。肩の力が抜け、態度が和らぎ、やがてかすかなため息を漏らして静かに「ああ……」と声を出した。ディランはもっとしっかり、思い切りキスをした。するとようやく、彼女はディランの頭の後ろを両手で支え、爪先立ちになり、彼の裸の胸に乳房を押しつけてきた。彼は体を引き、ホープの目をのぞき込んだ。「朝食のこと、残念だと思ってる？」

「うーん……、あのケーキのせいでまだお腹いっぱいなの」

ディランは微笑んだ。ちくしょう。でも彼はホープが好きだった。

ホープはパソコンのファイルの中から、ごく普通のおばあさんの写真を一枚選び、髪の毛と口紅の色を紫に変えた。紫のアイシャドウの下にあるエイリアンの目をもう少し丸くし、爪をやや長くする。こんな紫尽くしでは、ウォルターにあまりにも無理があると思われるだろうか、変えろと言われるだろうか？　どんなに想像をたくましくしても、自分独りでイーデン・ハンセンのようなキャラクターは作り出せなかっただろう。

たとえ私にそれだけの腕があったとしても。

ホープはすでにエイリアンの記事を二つ、編集長のウォルターに送っていた。ウォルターはどちらも気に入り、もっと書いてほしいと言ってきたのだ。ホープはパソコンの画面で〝送信〟のアイコンをクリックし、サイバースペースに三つ目の記事を発射した。

最初の記事は店頭に並んだばかりで、ウォルターによれば、とりあえず読者の反応はいいらしく、連載はできるだけ長く続けたいとのことだった。ホープにとっては申し分のない話だ。ネタはあるので、当分は続けられるだろう。それに、ネタが尽きたら、町まで出かけていけばいい。

私は今、生涯最高レベルの記事を書いている。精神科医から、それはあなたがもう空しさを感じておらず、枯れ井戸に頼って創作しようとしていないからだと言ってもらうまでもない。

ゴスペルに移ったことで、私はいつの間にか仕事と人生に弾みをつけていた。昔と比べたらよく眠れるし、気分もいい。自分の人生と創造力は常に密接に絡まり合っており、一方がだめになると、両方だめになる。しばらくのあいだ、その真実を無視しようとしていただけなのだろう。自分でコントロールできると思ったもの、すなわち仕事に集中してきたけれど、ふと気づくと、崖っぷちぎりぎりで踏ん張っていたのだ。

今の私は人とつきあい、『ウイークリー・ニューズ・オヴ・ザ・ユニヴァース』向けの連載とは別に、まったく異なる題材にも取り組んでいる。エイリアンのことで頭が痛くなると、ハイラム・ドネリーに関する原稿を取り出す。それを売り込みたいのかどうかはわからないが、自分にとって、この原稿を書くことはもう一つの表現手段になっている。

ホープは数日前に郵送された大きな封筒に手を伸ばし、中からＦＢＩの報告書を取り出した。黒く塗りつぶされていない部分の記述を読むと、保安官事務所内のある人物からＦＢＩに密告があり、横領に関する証拠が提供されていたことがわかった。密告者は会計記録を見ることができた人物だ。ヘイゼル・エイヴリーかしら？　あるいはディランの可能性だってある。

ホープは椅子にもたれ、パソコンのモニターの脇に置いてある電話に視線を落とした。ディランは電話すると言っていた。今朝、彼女を車から降ろしたとき、実家の牧場でやらなきゃいけない仕事があるけど、夜、電話すると言ったのだ。彼女はモニターの時計に目をやった。五時一五分。正式には、まだ夕方だ。

ホープは椅子を後ろに押しやり、立ち上がった。ゆうべのことを思い浮かべると、ぞくぞくすると同時に、同じくらいぞっとする。まるで一瞬、笑いたくなったかと思うと、次の瞬間、隠れたくなるような、そんな感じ。精神が分裂してしまったのではないかしら？　自分が二つに分離してしまった気分だ。素晴らしく生き生きとしていると同時に、死ぬほどおびえているし、意味のない情事に意味を探しているし、自分を守ろうとすると同時に、自分を傷つけるに決まっているものと衝突すべく、そちらに向かって走っているし。自分の気持ちをまったくコントロールできなくなっている。

ディランは私の体からフロスティングをなめ、二人は恋人同士のように親密だった。それなのに、朝になって家まで送ろうというときに、彼は私に野球帽を渡し、その中に髪を押し込むのに手を貸したのだ。それから、リーバイスの大きなジャケットを私に着せた。こうすれば、町の人は誰も君だとは気づかないし、噂になることもない。とにかく、彼はそう言った。あれは本音？　それとも彼はひそかに、私と一緒にいるところを見られるのはきまりが悪いと思っているのかしら？

ディランは傷跡のことを尋ねた。私にシャワーを浴びせていたとき、とうとう気づいてしまったのだ。私は前の夫に腹を蹴られたのだと説明した。本当のことを言うときでもないし、そういう場所でもなかったから。でも、あのときディランは子宮摘出の跡にキスをしてくれて、私は嘘をついたことに罪悪感を覚えた。

ディランは私の服をたたんでくれた。彼にとっては些細なことでも、ものすごく心を動かされてしまった。私が眠っているあいだに、彼はブラとパンティを半分にたたみ、スカートやタンクトップと一緒に、乾燥機から出してきたばかりのように、きちんと重ねておいてくれた。それに、私は彼から離れ、距離を置こうとしたのに、彼は私を引き寄せ、結局、ゆうべのセックスはそれほど意味のないものではなかったかのような、そんな気分にさせてくれた。

ディランに恋をするのは簡単なことだろう。あまりにも簡単で、あまりにもばかげている。彼は、恋人なんて必要ないと言っていた。きっと本気で言ったのだと思う。彼の人生に女性が必要なら、私がこの町にやってくる前に恋人を作っていたはず。選ぼうと思えば、ゴスペルには候補になる女性が山ほどいるのだから。彼は女性と恋愛関係にはなりたくないのだ。はっきりそう言っていた。彼が求めているのはセックス。私が求めているのもセックス。結局、私はもっとセックスを求めるのだろう。それはわかっている。私はもう彼のことが気にかけているけれど、今以上に気にかけるようになるのだろう。でも彼は同じ気持ちではないのだし、きっと私は傷つくことになる。それは彼のせいではないし、誰のせいでもない。二人はそういう関係なのだ。それだけのこと。

今、終わりにするのがいちばんいい。自分が傷つく前に。

もし彼が電話をしてきたら、もう会えないと伝えなくちゃ。ノーと言う意志を持たなくちゃ。

結局、ホープはディランと話さなかった。電話が鳴っても出なかったのだ。彼女は自分を信じていなかった。バックホーン・バーの一件があったあの晩、ディランにキスをされてからというもの、ホープの意志はどこかに隠れてしまい、それが今、姿を現すとはとても思えなかった。ディランのキスを思い出し、二人でケーキを塗り合って一夜を過ごしたあと、そんな意志が持てるわけがない。ただ目を閉じて彼の唇を体に感じていればよかったあのときも、ノーとは言えなかった。ディランが脚のあいだに顔を下ろし、「ハニー、緊張しないで。ここに落ちた桃のスライスを食べるだけだよ」と言ったときの魅惑的な声をはっきりと思い出せるのに、ノーと言う意志など持てるわけがない。

私の意志の力はゼロ以下だ。

できる限り彼を避けていなくてはならないだろう。でも、こんな小さな町で完全に避けることは不可能だ。

今度、彼に会ったら、自然に振る舞おう。クールに。過去にも情事をたくさん経験してきたかのように。

ホープは真夜中にベッドに入ったが、ディランは訪ねてくるかしら、などと考えながら、小さな物音にもびくっとして飛び起きていた。さっきの電話もディランだったかもしれない。いや、電話はシェリー、あるいはウォルターだった可能性もある。セールスの電話だったのかもしれない。たぶん彼は電話もかけてこなかったのだろう。ああ、いやなやつ。

翌朝、一〇時少し前にシェリーが玄関のドアをノックした。ホープはちょうど着替えたところで、シャワーを浴びたばかりの髪がまだ濡れていた。

「ディランから電話があったの」シェリーはホープのあとからキッチンに入った。「あなたの様子を見てきてほしいって。ゆうべ何度か電話したけど、あなたは留守だったたって言ってたわ」

「電話に出なかったの」ホープはポットをつかみ、二つのカップにコーヒーを注いだ。「仕事で手が離せなかったから」

「今朝も電話したって言ってたけど」

ホープはカップを持ち上げ、顔がほころばないようにコーヒーをフーフー吹いた。電話が鳴ったのには気づかなかったが、シャワーを浴びていたときにかかってきたのかもしれない。

「あなたたち、どうかしたの？」

「どうもしないわ。ミルクとお砂糖は？」

「結構よ」シェリーはカップを口元に運び、コーヒーを吹いて冷ました。湯気越しに見つめ合う二人。「保安官事務所のある人物が、ハイラム・ドネリーに関する情報をＦＢＩに密告したって知ってた？」

「それはわかったわ」

「でも、誰が密告したかわかったの？」

「ヘイゼル？」

「違う」

「ディラン？」

「それも違う」

「知ってるの？」

「ええ」シェリーは笑顔で答えた。「でも、教えない。どうしてだかわかる？」ホープの答えを待たずに彼女は続けた。「私は秘密を守れるからよ。私とFBI以外に知っている人はいないの。誰かに、これは秘密にしておいてと言われれば、そうするわ。私たち、友達でしょ」シェリーは、あなたは違うのね、と言いたげな厳しい目でホープを見た。

「わかった……」ホープは気持ちが和らぎ、一気に話してしまった。「独立記念日の夜はディランのうちで過ごしたの」

「そんなことわかってるわよ！　ポールからディランがあなたを送っていくと言ってたと聞いたとき、ああ、またいつもの安っぽい手を使ってあなたを口説こうとしてるんだなって思ったもの」

ホープはあまりにも恥ずかしくて、彼は口説くのにさほど苦労しなかったとは言えなかった。「誰にも話しちゃだめよ。こんなことになって自分の気持ちがわからないの。それに、ディランは町の噂になっては困ると思ってるし」

「まったく、ディランらしいわね」シェリーはあざけるように言い、怪我をしたほうの手を振った。「自分の仕事は神聖なものか何かだと思ってるのよ。なぜか、ほかの仕事とは違って聖職であるみたいに思ってるのよね。皆がディランはどうしているのか知りたくて仕方ないんだって思ってるの」シェリーは肩をすくめた。「もちろん、それは当たってるけど、私はひと言だって言わないわ」

ホープはコーヒーに息を吹きかけ、一口飲んだ。顔を上げると、シェリーに穴が開くほど見つめられていた。「何？　詳しく知りたいの？」

「話したくないならいいけど」

「一晩中、彼と一緒にいて、とても楽しかったとだけ言っておくわ」ホープはコーヒーをもう一口すすった。「すごく楽しんだの」

二人の女性がマグカップ越しに微笑んだ。まったく正反対の二人だが、お互い、本当の友達だと認め合っている。

「手の具合はどう？」

「いいわよ」シェリーは自分の手を見て、こう言った。「マニキュアしてると、ポールがすぐその気になるのよねえ。でも、もう剝げてきちゃった」

「こっちに来て。塗り直しましょう」ホープが手招きし、シェリーはあとに続いた。ホープはマニキュアのボトルを集めて居間のコーヒーテーブルの上に並べた。選んだ色は、ホープが反抗的な赤《レベリオス・レッド》、シェリーはヤマコケモモ《マウンテン・ハックルベリー》。

「彼とまた会うつもり？」

ホープは首を横に振った。「ううん。それはよくないと思う」

「どうして？」

ホープは除光液のボトルとコットンの入った袋のほうに手を伸ばした。「だって、私は五カ月したらここを出ていくんだし、どうにもならないじゃない」ここを離れることを考えると、突然、恐ろしい不安に襲われた。ここではものすごく生きている実感があるし、たくさんのことを知った。でも、ここは自分の居場所ではない。一生、ここで暮らしている自分は想像できなかった。想像してみようと思ったこともなかったのだ。ホープはボトルのキャップを取り、除光液をコットンに含ませた。「ディランは恋人はいらないと思ってるし、結局、自分が傷つくことになるわ」

シェリーはしばらく考えてから言った。「たぶんね。ただ楽しむわけにいかないのはかわいそうだけど。ここにいるあいだ、彼を利用して、こき使ってやりなさいよ」

それだってかわいそうだ、とホープは思った。

シェリーが帰ったあと、ホープは髪をひねってポニーテールにまとめ、青いサマードレスに着替えた。ドレスの上半身は、まるでバンダナを二枚縫い合わせ、布の端を首の後ろと背中で結んだようなデザインになっており、スカートの丈は太ももの真ん中あたりまであった。メイクが終わると、彼女は唇を赤くつやつやと輝かせ、車で町に向かった。まずM&Sマーケットに寄り、生鮮食品を少しとハーシーズの大きな板チョコを一枚、カゴに入れた。

ホープは、絵ハガキとガムのそばに申し訳程度にディスプレーしてあるCDをざっと見た。カントリー・ウエスタンのファンになったことはないものの、カントリー以外はクールじゃないとみなされる町に住んでいるのだからと思い、ドワイト・ヨーカムのCDをつかみ、カゴに入れた。ヨーカムの音楽は聴いたことがないが、『スリング・ブレイド』（ヨーカムが暴力と偏見に満ちた人物を演じている映画）に出ているのを観たことはあった。だから、あんな悪党をうまく演じられる人間はほかの分野でも才能に恵まれているに違いない、と思ったのだ。

　スタンリーがいつものようにカウンターの向こうに立っており、彼の前には『ウイークリー・ニューズ・オヴ・ザ・ユニヴァース』が広げてあった。

「またエイリアンの記事を読んでるの？」ホープはレジの脇にカゴを置きながら尋ねた。

「ああ。ただ、今回やつらは集団で北西部に住んでるんだ。ここで人間になりすまして、次々に人をだましてるそうだよ」

「あら、本当に？」

「バックパッカーが道に迷ったり、怪我したりするのもやつらのせいなんだとさ」

　ホープは目を丸くしてみせた。「へえ……」

「賭けをしてるらしい」

「ぞっとするわね」

「人の不幸に賭けるなんてけしからんな」スタンリーはタブロイド紙をめくり、見開きのページを指差した。「ばかじゃないかって言われるかもしれないけどさ、これ、ゴスペル湖に見えるんだよなあ」

　ホープは顔を近づけ、シェリーや子供たちと湖畔で合流した日に撮った写真を見た。どこの写真か気づく人などいるわけないと思っていたのに。「オレゴンのユージーンみたいな気がするけど」彼女はそう言ってスタンリーの追及をかわした。

「それもあり得る。ユージーンにいる過激な森林保護運動家の中にエイリアンがすっかり溶け込んでるってこともあり得るな」彼は首を横に振り、ホープのカゴに手を伸ばした。「でも、きっとゴスペルだよ」

そうと決めたら、ホープは本当に素晴らしい女優になれるのだ。彼女はスタンリーが言ったことを真剣に考えている振りをした。「本当にそう思う?」

「いいや。でも、いったいこの町の誰がエイリアンなのかって考えるのは愉快だね」

ホープはちらっと目を上げ、微笑んだ。「サンドマン・モーテルのあの人だったりして」

「エイダ・ドーヴァーかい?」スタンリーは笑いながらオレンジの値段をレジに打ち込んだ。「あんたの言うとおりかもしれない。ありゃあ、変わり者だからな」

「ええ。ちょっと不気味」

「心配ご無用」スタンリーはホープの手を軽く叩き、彼女が買ったものの合計を出した。「俺がエイリアンから守ってやるよ」

「ありがとう、スタンリー」ホープはそう言って、笑顔のままM&Sを出た。それから、裏庭から撮った山の写真のフィルムを現像に出し、セルフサービスのガソリンスタンドに車を入れた。その店はまだ二一世紀を迎えていないらしく、車にガソリンを入れたあと、デビットカードで支払いをするのに、スタンドの中まで入っていかなくてはならなかった。

再び外に出ると、ディランがダーク・ブルーのトラックに寄りかかってガソリンを入れていた。黒のTシャツをブラック・ジーンズの中に入れ、黒のステットソンを目深にかぶっている。まるで銀幕から出てきた、圧倒的魅力を放つ悪役のよう。彼の使命は大混乱を引き起こし、善良な女性の心をずたずたにすることだ。

ホープの足取りが遅くなり、心臓がぎいっと音を立てて止まりそうになる。彼の目は帽子の陰になっていて見えなかったが、自分に向けられた視線は感じることができた。いつものように、その眼差しは離れたところから届き、彼女の全身をなめるように見つめている。ホープが自分の車に近づいていくと、ディランは体を起こしてゆっくりと微笑んだ。

「誰かにハンカチで包んでもらったみたいな格好だな」ディランの滑らかな声は、見えない牽引車の連結棒のようにホープを引きつけ、彼女は自分の体に触れていた手や唇の記憶に誘惑されそうだった。

ドレスを見下ろしたが、気の利いた言葉が浮かんでこない。「あら……」口にできたのはこれだけだ。ホープは振り返り、陰になっているディランの目と魅惑的な笑顔を見上げると、臆病者のようにひょいと頭を下げて車に乗り込んだ。そしてポルシェのエンジンをかけて猛スピードで走り去り、誘惑者を砂ぼこりの中に置き去りにした。

あらですって？　あら？　ハンドルを強く握りすぎて手の関節が白くなり、家にたどり着くまでのあいだ、頬がカッカしっぱなしだった。あら？　たぶん彼は私をばかだと思っただろう。クールで都会的なイメージが台無しだ。

ホープは買い物袋を家に運び、食料品を片づけた。ディランは今、私のことをどう思っているのだろう？　あんな間抜けな態度を取ってしまって……。

長く待つ必要はなかった。ドワイト・ヨーカムのCDをほんの数曲聴いたところで、誰かがドアをドンドン叩いた。ステレオの停止ボタンを押してドアを開けると、ディランが立っていた。身長一九〇センチの男性がひどくいらいらした様子で立っている。「まったく、いったい何を見せつけようと思ったんだ？」彼がそう言って怒ったように中に入ってくると、玄関にアフターシェーブ・ローションの香りがかすかに漂った。ホープはディランの背後に目をやったが、外に彼のトラックは見えなかった。

「トラックは？」

「君はスタンドを出たあと、アリス・ガスリーのステーション・ワゴンに真横から突っ込みそうになった。後部座席に子供がいたし、誰かに重傷を負わせてたかもしれないんだぞ」

「あのワゴン、交差点のずっと先にいたじゃない」ホープはディランの背後にあるドアを閉め、胸の下で腕を組んだ。

シャンデリアの光を受け、廊下のあちこちに放たれたプリズムがディランの黒いTシャツを横切っている。狭い場所で見ると、彼は実際より大きく感じられた。黒ずくめの筋骨たくましい大男。彼は両手を尻に当て、帽子のつばの下からホープをじっと見つめた。

「なぜ俺を避ける？」

「避けてないわ」

「なぜ電話に出ないんだ？」

「仕事中だったのよ」

「あ、そう」

ディランは真に受けていない。ホープは正直に言おうと決心した。「私たち、もう会うべきじゃないと思う」

「どうして?」

しかし、何もかも正直には言えなかった。「あなたがセックスしたくなるたびに、はいどうぞと中に入れるわけにはいかないのよ」

ディランは目を細めた。「俺がここにいる理由はそういうことだと思ってるのか?」

ホープにはわからなかった。しかし、またしても自分ではどうすることもできない気持ちに襲われ、衝突に向かって走っていった。「そうなんでしょ?」

「違う」ディランはホープのほうに体を傾けた。「たぶん、君が大丈夫かどうか自分で確かめたかったからさ。君と話してると、ものすごく楽しいからかもしれない。ただ君を見ていたいだけなのかもしれない」彼はさらに体を傾けた。「それに、ただ君と一緒に過ごしたいだけなのかもしれない」

ホープの心臓が胸の中で激しく鼓動する。

「たぶん、俺がここにいる理由はセックスとはまったく関係ない」

「本当に?」

「たぶん」ディランはホープの顎の下に指先を当て、顔を自分のほうに向かせた。「君にキスしたいだけなのかも。たぶん、俺がしたいのはそれだけだ」彼は顔を少し横に傾け、ホープの唇に向かって言った、「たぶん、君の唇の味が恋しいだけさ」

どきどき鼓動する心臓の隣で、胸が詰まった。ホープはディランに帰ってくれと伝えなければならない理由がよく思い出せなかった。いや、実際には思い出したのだが、その瞬間、先のことはたいした問題ではなくなってしまったのだ。私は今、ここに立っている。そして、背の高い、魅惑的なカウボーイがこの空間をふさいでいる。彼の指は私に火をつけ、私は彼の胸に両手を滑らせ、体を傾けたくなってしまう。「中に入る?」ホープは尋ねた。厳密に言えば、彼はもう中に入っていたのだが。

「たぶん」ディランはホープの上で唇を開き、激しく、彼女の奥深くまでキスをした。ホープはもう、彼以外のことは一切どうでもよくなった。彼の魔力が稲妻のように体に広がっていく。

ディランは体を引き、ホープの目をのぞき込んだ。「入ってほしい?」もしもイエスと答えれば、「すごく楽しい会話」を超えたものにもイエスと言うことになるのだろう。私はそれを望んでいるの? 二人の関係が続く限り、彼と一緒にいたい? それとも、独りぼっちで彼のことを思っているほうがいい?「ええ」それはディランへの答えであると同時に自分への答えでもあった。ホープは気が変わる前にくるりと向きを変えた。板張りの床にブーツの音を響かせながら、ディランが彼女のあとについてくる。「飲み物でも持ってきましょうか?」ホープは肩越しにちらっと彼を見た。

「いや、結構だ」彼女のヒップを見つめていたディランがゆっくりと目を上げる。

ホープは彼のことも自分のことも、二人の状況もほとんどコントロールできず、心臓が鼓動するたびに、ますます意志の力を失っていった。しかし、すっかりだめになってしまう前に、彼女はこう切り出した。「基本的なルールを決めるべきよね」

「いいよ。来る前には電話する」ディランは彼女の手をつかみ、コーヒーテーブルのそばで引き止めた。「でも、君が電話に出てくれなくちゃ困る」

「そうするわ。でも、あなただって……」ディランがつかんだ手のひらを口元に持っていく。彼の温かい息が手首をくすぐり、ホープは言葉を切った。

「ハニー、俺が何だって？」ディランはそう尋ねたが、ホープの目をのぞき込んでいる緑色の目は、わかっているよと語りかけていた。彼はそうしたいと思ったまさにその場所で彼女を自分のものにし、その行為を楽しんでいる。自分でもそれをわかっているのだ。

「あの……まず電話して」

「だから、そうするって言っただろう」ディランは彼女の手首に少しくすぐったいキスをし、さらに腕のほうまで唇をはわせていく。

「ああ、そうね」

「ほかにどんなルールを考えてたんだ？」

食べ尽くされそうな勢いで見つめられ、ホープは考えることができなかった。彼女は食堂へと目をそらし、テーブルに載っているＦＢＩの報告書を見た。「いかがわしい行為には興味がないの」自分の知る限り、それは嘘ではないだろう。

ディランは眉をひそめ、ホープの手を下ろした。「わかった」彼は帽子を脱ぎ、ソファの上に放り投げた。「これ以上先に進む前に、いかがわしい行為とやらを定義してもらおう」

「倒錯行為よ」

「何が倒錯行為かはっきりさせなきゃ」

ホープはしばらく考えた。「鞭はだめ」

「経験で言ってるのか?」

「違うわ」

「じゃあ、どうして鞭はだめだとわかるんだ?」

「痛いのはいやなの。紙で手を切ったって、鎮痛剤が欲しくなるんだから」

「縛られるのは?」

ホープは縛られた経験はなく、ディランに縛られることを思うと、期待で肌がぞくぞくした。「いいわよ」

「ベッドの柱に手錠でつながれるのは?」

ベッドの柱に手錠でつながれたこともない。ホープはうなずいた。ええ、大丈夫よ。「あなたに手錠をかけてもいいの?」

「いつでもどうぞ」ディランは意地悪そうに、にやっと笑い、ホープを胸に引き寄せた。「ルールはそれだけ? それとも、もっとあるのかな?」

「それだけだと思う」

ディランはホープの耳元まで顔を下ろし、ささやいた。「じゃあ、君をベッドに縛りつけて、足にキスするのはオーケー？」

「ええ」

ディランは片手をホープの頬に当て、首筋にキスをした。「太ももの後ろからお尻に手を滑らせ、俺の口元まで君を持ち上げたら？　それはいかがわしすぎる？」

「いいえ」ホープは目を閉じた。「オーケーよ」

「オーケーどころの話じゃないな」ディランはホープの手首から腕へと手を滑らせた。「ホープ」

「ん？」ホープは目を開けてディランを見上げた。

「君がしてほしくないと思ったことは絶対にしない。君を傷つけたり、痛くしたりしないから」ディランの手が、ホープのうなじの部分にある結び目に移動した。「ただし、君が優しく頼んでくれなきゃだめだけどね」

12 地獄のハイウェイで遠回り

ディランの手の下で結び目がほどけ、ドレスのストラップが肩からするりと落ちた。ホープの目の奥をのぞき込むと、少し閉じかけたまぶたと、めらめら燃える透き通った青い炎のきらめきの中に、まさにディランの求めていたものがあった。ディランがホープの乳房を包むと、その先端が手の中ですぼまっていくのがわかった。ホープが舌先で唇をなめ、ディランはそこにある欲望を味わいながらキスをした。ホープはディランを激しく求め、ディランはホープを激しく求めた。二日前の晩、彼をずっと奮い立たせ、石のように硬くしたあの欲望がよみがえってきた。

ディランがストラップを引き下ろすと、ドレスの身ごろが腰まで落ち、そこで留まった。それから、彼は背中をそらし、自分の手の中にあるものを見た。完璧だ。それに柔らかい。洋ナシ形の乳房と、きゅっと硬くなった小さなラズベリーのような乳首。ディランは大きな手からあふれそうな乳房をそっと握り締めた。ホープが息を吸い、そのまま止めているのがわかる。

一晩で満足だなんて思えるわけがない。一夜をともにしたあと、ディランは前よりももっとホープが欲しくなった。それまでホープは夢のような存在にすぎなかった。でも今は、彼女が夢よりも素晴らしいとわかっている。彼がその手でつかんだどんなものよりも素晴らしい。彼女が手の届くところにいる限り、彼は手を伸ばし続けるだろう。

ホープがディランのTシャツの裾をつかみ、ジーンズから引っ張り出した。ディランはあとを引き継いで頭からシャツを脱いだが、それが床に落ちるころにはもう、ホープの手が触れていた。体の脇に、肩に、そして胸の下のほうへと手が滑っていく。ホープは体を前に傾け、彼の喉にキスをした。彼女の温かく湿った舌が触れると、全身に震えが走り、ディランはどくどく脈打つほど硬くなった。

ホープの指がディランの胸毛をすき、ジーンズのウエストバンドまで、燃えるような道筋をつけていく。彼女はジーンズのボタンをはずし、中に手を入れて彼をつかんだ。ディランはホープのこういうところも好きだった。彼女は自分が欲しいものを追い求めるのに恥ずかしがったりはしないのだ。

ディランは二人のあいだを見下ろし、ホープの胸の谷間の先で、柔らかい白い手の中に納まっているものを目にした。二人の関係がどうなるのかわからなかったが、その瞬間、そんなことはどうでもよかった。血管と頭と股間に血がどくどくと流れ、抑えがたい欲望が胃を締めつける。彼はホープの手に自分の手を重ねて上下に動かし、ビロードのような柔らかい手のひらの内側にあるものをこすった。

ホープに触れることができなくなる日が来るのはわかっている。ホープがここを去り、彼に触れることができなくなれば、彼も彼女に触れることはできない。でも、ホープは今ここにいる。そして、ディランはこうなることを求めていた。胃が締めつけられるような感覚や、下腹部の脈打つような重いうずきを求めていた。暴走列車にひかれたような感覚を求めていた。自分では止められないもの、止めたくないものに打ちのめされる感覚を求めていた。

ディランはホープの唇、顔の脇、喉にキスをした。背中の下のほうにある結び目をほどくと、彼女のドレスは足元にはらりと落ちた。ホープは光沢のある青いパンティだけの姿となって彼の前に立っていた。彼女の滑らかな下腹部が硬くなったものの先端をこすり、ディランは膝の力が抜けそうになった。あり得ないとわかっていても、これが永遠に続いてほしいと思ってしまう。

「抱いて、ディラン……」ホープがささやいた。

ディランはホープの両手を自分の肩に置いた。「シティ・ガールってやつは」そう言って、足元にたまったドレスから彼女を抱き上げた。「せっかちで困るな」そして、自分の体に滑らせるようにして、彼女をゆっくりと下ろしていく。硬くなった乳房の先端がディランの胸をかすめ、彼はホープを抱き寄せた。二人の乳首が触れ合い、互いの股間が押しつけられ、勃起したものがホープの太ももとそのあいだを突き上げた。「俺たちは一日中、一緒にいられるんだ。夜もずっとね」

ホープはディランの口の上で唇を浮かせながら尋ねた。「どこにも行かなくていいの？急ぎの用事はないってこと？」

「うん。今日はもうアダムと話したし、あいつの犬は実家に預けてきた」ディランは腰を激しくこすりつけた。「俺がいたい場所はここだけだ」彼はそうやってホープを抱き締めながら、しばらくそこに立っているはずだった。が、彼女は身をよじり、彼の手をすり抜けていく。ディランは体をひどく興奮させたまま、歩いていく彼女を見つめた。

「何してるんだ？」

「どこにも行かないで」ホープは肩越しに振り返り、微笑んだ。「すぐ戻るから」

ディランはちらっと自分を見下ろした。勃起したものがジーンズから流木のように突き出ている。まったく。いったい、俺がどこに行くと思ってるんだ……？　抱いてくれと言ったばかりじゃないか。ディランはジーンズのポケットから財布を取り、コーヒーテーブルの上に放り投げた。

「何か役に立つことをしたら？」ホープが食堂から声をかけた。「服を脱いで」

ディランは蹴るようにしてブーツを脱ぎ、中に靴下を突っ込んだ。ジーンズを下ろしていると、スチール・ギターとフィドルの音が家中に広がった。彼はブーツの脇にジーンズを放り、顔を上げた。ホープが再び姿を現し、こちらにやってくる。一歩進むごとに乳房を少し弾ませながら。もう一つの部屋から、「ワイルドなドライブ」について歌うドワイト・ヨーカムの声が聞こえてきた。ちくしょう。これじゃあ、ドワイトを聴くたびに、小さな青いパンティだけの姿でこっちに歩いてくるホープを思い出してしまう。

「カントリー・ウエスタンは聴いたことなかったんだけど、視野を広げようと思ってね。新しいことを体験したかったの」

ディランはホープをつかみ、胸に抱き寄せた。全身をぴたりと押しつけながら、彼女に新しい体験をさせてやるのが自分の義務なんだと思った。ドワイトは、彼の太ももを手でさする女のことを歌っていたが、ディランはドワイトとは少し違って、ホープ・スペンサーの太ももをさすり、薄い光沢のあるパンティに覆われた小さなヒップを両手で包んだ。彼女の乳房がディランの胸に押しつけられ、彼は下腹部を彼女にこすりつけた。それから、二人は長く激しいキスを交わし、濡れた舌を絡ませ、息をしようとあえぎながら互いの唇をぶつけ合った。ディランは一方の手をホープの脇腹から前へと滑らせ、パンティの中に下ろしていく。彼女は濡れていた。そして、彼が温かく滑らかな場所を触ると、喉の奥で苦しげなうめきを上げた。

ホープはディランの腕から逃れようとするように再び身をくねらせたが、今度は彼から離れなかった。「座って」ホープの声には薬でも打ったかのような響きがあり、ディランも同じような気分になっていた。彼が言われたとおりにするのを待つまでもなく、ホープはディランの胸を両手で強く押し、彼をソファに座らせた。それから、大きく広げた彼の膝のあいだに立ち、パンティを下ろした。彼女がそれを脱いで後ろに蹴飛ばすと、ディランは彼女の脚からビキニラインへと目を走らせた。ほんの一週間前、彼はホープの髪は生まれつきブロンドなのだろうかと考えていた。本当にブロンドだとわかった今、それを頭に浮かべながらそこらを歩き回るのはほとんど自殺行為だった。その日の朝も彼女の股間を想像し、実家の納屋の脇にトラクターをぶつけてしまったのだ。

今では、彼女を見ているだけで息をするのも苦しくなる。「パーティ・ハットをしないと」

「え？」

「財布にコンドームが入ってる」

ホープはテーブルから彼の財布を取り、中から金色のホイルに包まれたコンドームを出した。「セックスのために来たんじゃないと思ってたけど」

ディランが微笑んだ。「男は望み《ホープ》を捨てないんだよ、ホープ」

ホープは片方の眉をすっと上げ、包みを開けてコンドームを唇にそっと挟んだ。それから、びっくりしているディランの目の前で、それを口でかぶせた。「ああ……」ディランがうめき声を上げる。ホープは彼の視野を広げ、新しい体験を味わわせたのだ。

ホープがディランの膝にまたがるころにはもう、彼は後戻りができない、ぎりぎりのところまで来ていた。彼女はその先端をしかるべき位置に持っていき、彼が奥深く埋まるまで、ゆっくりと腰を落としていった。熱くなったホープの内部は、まるでディランのためにあつらえたかのように、薄いラテックスの層の上から彼を取り囲んだ。ホープは体を震わせ、ディランは狭い通路で締めつけられるたびに、彼女のさざ波のような動きを感じた。ホープはディランの肩をつかみ、背中をそらせた。唇が開き、呼吸が浅くなり、頭が横に倒れる。頬はピンク色に染まり、鮮やかな青い目に宿る欲望は、ディランに焦点を定めていた。まるで、彼女が求めているものを持っている男は彼だけであるかのように。

ホープは吐息交じりに彼の名を口にした。ディランはホープの背中に両手を当て、胸にキスをする。ぴったりと張りつく彼女の筋肉に強く締めつけられると、ホープがいく前に自分がいってしまわぬよう、必死で我慢しなければならなかった。何かほかのことを考えようとするものの、全身の細胞という細胞が彼女に意識を向けてしまっている。彼女の感じ方、収縮する筋肉のぬくもり、下腹部を直撃する鋭いうずきと鈍い痛みしか意識することができない。

ホープは背中をまっすぐにし、ディランに額を押しつけた。ゆっくりと一定のリズムで上下に動くホープの肺から彼は空気を吸い、興奮をさらに高めていく。そして彼女のヒップをわしづかみにし、さらに激しく上下させた。

ホープの内側で素晴らしい快感を覚えたディランは、これほどの快感を与えてくれるものはないだろうと思った。しかし、次に一突きした瞬間、そうではないとわかった。ずっと熱いものを感じたのだ。それは彼女の唇のように濡れた感触だったが、それよりも心地よかった。彼の全身に、燃え盛る炎のような熱い興奮が広がっていく。ホープがうめき声をもらし、ディランを強く締めつけ、脈打つような収縮が彼を包む。ホープはオルガスムに達し、その強い収縮が彼を解放させた。体中の臓器が身もだえし、肺の中の空気はすっかり吐き出されてしまった。

ディランはホープの奥深くまで達しており、そこは熱く、滑らかだった。そして最後にもう一突きした瞬間、突然これほどの快感に襲われた理由がわかった。

コンドームが破れていたのだ。

ホープはディランの肩に頭を載せた。CDプレーヤーから流れる音楽が静寂を満たし、二人が息を切らしてあえぐ声だけがその静寂を破っていた。ディランとあの晩より素晴らしいセックスができるとは思っていなかったが、それは間違いだった。この前よりリラックスしていたのがよかったのかもしれない。体もくつろいでいたし、彼の体にも安心していられたからかもしれない。気楽に、自分らしく振る舞えたからかもしれない。

ホープは呼吸が元に戻るのを待ってから言った。「あなたは、ほかの男性が誰もかなわないくらい、私をめちゃくちゃにしたのよ」ディランがひと言も口を利かないので、ホープは体を引き、彼の顔をのぞき込んだ。彼は余韻に浸っているようには見えなかった。「どうしたの？」

「起きて」彼が口にしたのはそれだけだった。

ホープが膝をついて体を起こすとすぐ、ディランは彼女の腰をつかんで自分の前に立たせた。それから、何も言わず、ジーンズをひったくってバスルームに向かっていった。

ホープはディランが見えなくなるまで目で追った。バスルームのドアが閉まると、彼女の余韻は風船のようにはじけてしまった。居間の真ん中に裸で立っていると、突然、自分があまりにも無防備な状態にあるような気がした。いったい何が起きたの？　何がいけなかったの？　私が何をしたの？　ホープはドレスをつかみ、頭からかぶった。いったい何が起きたのか、自分が何をしたのかわからない。何もかも素晴らしかったのに。ほかの男性が誰もかなわないくらい私をめちゃくちゃにした、などというセリフを吐いたのがいけなかったのかもしれない。あのひと言が、彼に本気でのめり込んでしまったかのように聞こえたのかもしれない。

ホープは首の後ろでドレスを結び、廊下のほうに目を走らせた。きっと、そうに違いない。私は彼を怒らせたんだ。おそらく、彼はもう帰ってしまうのだろう。彼が玄関のドアから出ていくところを想像すると、心が寒くなった。

ＣＤが止まり、トイレの水が流れる音がした。ディランはブラック・ジーンズをはいて再び姿を現したが、部屋を出ていったときより機嫌がよくなっているようには見えなかった。

「ピルは飲んでる？」彼が尋ねた。

「え？」ホープの視線は、険しい表情で唇を結ぶ彼の口元に釘づけになった。彼女が首を横に振る。「飲んでないけど……」

「くそっ！」

ホープはびくっとした。「何なの？」

「何なのだって？」ディランは両サイドの髪に指を走らせた。「コンドームが破れたんだ。わからなかったのか？」

ホープはしばらく考え、ありとあらゆるものが突然、前よりもずっと気持ちよく感じられた瞬間を思い出した。「ああ」

ディランは両手を脇に下ろした。「次の生理の予定は？」

彼は妊娠の心配をしている。私がずいぶん長いあいだ考えていなかったこと、頭に浮かびもしなかったことを考えている。「すぐよ」ホープは彼を安心させるように言った。

「どれくらい？」

「妊娠はしてないわ」

「絶対とは言えないだろう」

「本当よ。信じて」

ディランはソファのところに行き、膝に肘をついて座った。素足のまま、ホープの丸まったパンティを踏んづけている。「ちくしょう、なんてざまだ」

「ディラン、妊娠はしてないから」

「そんなこと、わからないだろう、ホープ。今、この瞬間、俺のＤＮＡが上流に向かって泳いでるんだ。何百万という小さなオタマジャクシが投下地点《グラウンド・ゼロ》のドアをノックする準備をしてるんだぞ」ディランは両手で顔をこすった。「くそっ！」

ホープはあまり悪く取らないようにしようと努めたが、うまくいかなかった。

「母親が別の州に住んでる隠し子をもう一人作るわけにはいかない。そんなこと、二度としちゃいけないんだ」ディランは首を横に振り、ホープを見上げた。「二度とするもんか」

ホープは驚きを顔に出さないようにした。はたしてディランは、今私に何を言ったのかわかっているのかしら？「信じて。妊娠はしてないの」

「どうしてわかる？」

たいしたことじゃないでしょう。ホープは自分に言い聞かせた。重大なことじゃないもの。でも、彼と一緒にいると落ち着くと思い始めたところだったのに、こんな話をすれば、自分の体にまつわる不安をすべてさらけ出すことになる。「グラウンド・ゼロは存在しないの」

ディランは彼女の腹部に視線を下ろし、ソファの背を指で叩いた。「どういうこと？」

ホープは暖炉のほうに移動し、ひんやりした石のマントルピースをじっと見つめた。ディランに背を向け、ハイラムの血痕を隠しているクマの毛皮の上で爪先を丸める。彼にどう話せばいいのかよくわからない。重大な問題ではないはずだ。でも、そうは思わない男性もいる。「お腹の傷は、前の夫に蹴られた跡だって言ったでしょう？　あれは……嘘だったの。若いころ、体を壊してね。症状がひどくて、しょっちゅう学校を休んでたの。医者は、ほかの臓器に広がる危険があるって心配してたんだけど、薬物療法が効かなかったので、手術をするはめになったのよ。それで、子供が産めない体になったというわけ」

「がん？」

ホープは肩越しにディランを見た。「ううん、子宮内膜症」

「なんだ……」ディランはため息をついた。「そう言ってくれればいいじゃないか。まるで死と隣り合わせだったような言い方をするから……」

「子宮内膜症って聞いたことある？」

「もちろん。母親もそうだった。子宮摘出手術を受けたよ。俺が一六のときだったかな」

「私は二一だった」

ディランは立ち上がり、ホープのほうに歩いていった。

「辛かっただろう」

ホープは肩をすくめ、炉床のボブキャットを見下ろした。「手術してからはずいぶん気が楽になったし、やった甲斐はあったのよ。ものすごく自由になったしね。一月《ひとつき》のうち半分は、もう半月のことを心配してびくびく過ごしてたけど、その必要がなくなったんだから。子供が欲しくなったら、養子をもらおうと思ってたの。子供と血がつながっているかいないかは、私にとってたいした問題じゃなかった。私を愛してくれる男性は、そんなこと問題にしないだろうと思ってたからかもしれないけど」

「そのはずさ」

そんなことはない、とホープは思った。「でも、問題なのよ」ディランが背後にやってきたのがわかった。

「前のご主人には問題だったんだね」ディランは大きなたくましい体と立ち入った質問で、ホープのパーソナル・スペースに押し入ってきた。

ホープは結婚生活で起きた出来事を誰にも話したことがなかった。今は本当に話したくなかったのだ。だが、ディランは彼女の肩に両手を置き、顔を自分のほうに向けさせた。ホープが見上げると、ディランの辛抱強そうな緑色の目が、答えるまで一晩中でも待っているよと言いたげに彼女を見返した。「彼も問題ではないだろうと思っていたんだけど、そうではなくなったの」

ディランは両手の親指でホープのむき出しの肌を軽くさすった。「なら、彼はばかだ」

「ええ、いろんな理由でね。でも、子供のことを理由にばかと言うわけにはいかないわ」ホープはまたしても、ディランに対して、いつの間にか前の夫を弁護していた。しかし、ディランが真実を聞くことになるとすれば、すべて聞かなければならないのだ。「私も結婚した当初は、彼にとって子供のことは問題じゃないと信じきってたの。彼は仕事で忙しかったし、私たち、旅行ばかりしてたのよ。夫婦でよく話したわ。二人の人生は充実してるし、私たちは素晴らしい結婚生活を送ってるねって。だって、週末をカーメルで過ごしたいと思えば、さっと荷物をまとめて出かけることができたんだもの。子供に縛りつけられている友人たちの生活より、このほうがいい、家中どの部屋でもセックスできるじゃないかって、言いきかせてたのよ。私たちは思い立ったら飛行機に乗って、スコッツデールやパームスプリングスにゴルフに行くこともできたし、その手のことは何でもしたわ。でも、それでは物足りなかったのよ。少なくとも彼はね」

「君と別れて、看護師のところに行っちゃったんだっけ？」

「ううん。それも嘘なの」

ディランの親指の動きが止まり、左右の眉がすっと上がった。

「本当にあなたのこと、よく知らなかったから、夫が自分の親友と関係を持ったなんて話はできなかったのよ。あまりにも恥ずかしくて」ホープは顔を背けたが、ディランは片方の手を彼女の顔の脇に当て、目を自分のほうに向けさせた。

「彼はばかだ」ディランは同じ言葉を口にした。

「彼女とそういうことになったのは偶然だって言ってたけど、そうじゃないと思う。彼女が妊娠したのも偶然だって言ったのよ。それも信じなかったわ。そういう事態になるまで彼は自分でもわかってなかったのかもしれないけど、私が与えてあげられないものが欲しくなったんでしょう。自分の子供が欲しくなったのよ」ホープは目線を下ろし、ディランの裸の胸を見つめた。「生物学的本能だと思う。男性は、血のつながった子供が欲しいのよね」

「一部の男にとっては、より重要なことかもしれないな」

「あなたがそう言うのは簡単よね。アダムがいるんだもの」

「そうだな。でも、だからといって、必ずしもアダムは俺の子だと確信してたわけじゃないんだ」ディランはホープの腕に手のひらを滑らせ、彼女の手を握った。「アダムができたとき、ジュリーと俺は一緒に暮らしてさえいなかったし、彼女にほかにつきあってる男がいないという確信はあまり持てなかった」

「でも、アダムの目はあなたにそっくりよ」

「今はね。生まれたときは濃い青だったし、腫れぼったかった。実を言うと、ちょっとウインストン・チャーチルに似てたんだ。難産で、やっと出てきたときは、醜いジャガイモの子って感じだった。でも、あいつの小さな顔をのぞき込んだ瞬間、そしてあいつが俺を見た瞬間、俺たちは相棒同士になった。血のつながりなんか何の意味もない。あいつは俺の子だ。俺の息子なんだ」

ホープはディランの目をのぞき込み、愚かにも胸がいっぱいになってしまった。彼を誇りに思う。理由はよくわからないけど。彼が誠実な人だからかもしれない。単に彼がありのままの自分でいるからかもしれない。ホープは体を少し前に傾け、ディランのむき出しの肩に頭を載せた。「あなたはいい人ね、ディラン・テイバーさん」

「なんでいい人なんだ？　自分がすべきことをしているからか？　大半の男は俺と同じさ。君はたまたま、間違ったことにこだわる男と結婚してしまっただけだ」

「結婚生活のどこかで彼は変わってしまったんだと思う。私を見る目が変わったのね。彼、最初は私で十分だと思ったんだろうけど、そうじゃなかったのよ」ホープの内側であらゆるものが鎮まった。こんなことを言うつもりはなかったのに。自分の心の内を打ち明けるつもりはなかった。でも、ディランは私の気持ちをとても落ち着かせてくれる。

「冗談だろ。俺がこれまで光栄にも抱かせていただいた女性の中で、君は完璧だと言っていい」

ホープは彼の言葉を信じたかった。思い出せる限り、自分が求めてきたどんなことより欲しかったその言葉を。しかし、彼女は信じてはいなかった。私は完璧なんかじゃない。「いいえ。完璧とは言えないわ」

ディランはしばらく黙っていたが、やがてこう言った。「どうして？　子宮がないから？」

彼の言い方はあまりにもあっさりしていた。「盲腸の話でもしてるみたいな言い方ね」

「同じようなもんさ」ディランは両手でホープの顔を挟み、目を自分のほうに向けさせた。

「ううん、同じじゃないわ。盲腸は生殖器官じゃないもの」

「無神経なことを言うつもりはないけど、子供を産むだけが女じゃないだろう。もっとたくさん大事なことがある。男だって、女をはらませる以外に大事なことが山ほどあるんだ。俺に言わせれば、前の旦那はくだらない男だな。でも君の友達と浮気したことで、君にすごい恩恵を施してくれたんだ。俺もその恩恵を受けてるってことはわかってる。旦那が浮気をしなければ、君はカーメルにいるか、パームスプリングスでゴルフをしてたかもしれない。でも、君は今ここで、俺と一緒に立っている。パンティもはかずにね」

ホープが笑った。「確かにそうね」

ディランは彼女のドレスの後ろから手を滑り込ませ、裸のヒップをつかんだ。「それに、ほかの男が誰もかなわないくらい、君をめちゃくちゃにすることもなかったかもしれない」

「聞こえてたのね？」

「もちろん」ディランはホープの鼻に自分の鼻をこすりつけた。「もっとめちゃくちゃにされる前に、自分がついた嘘についてほかに言っておきたいことは？」

ないわ。一日にこれだけ告白すればもうたくさん。「それだけよ」

吹きつける風にホープのポニーテールが揺れ、頭のあちこちにぶつかっている。彼女はディランのトラックの中でカセットテープをあさっていた。ここにもドワイト・ヨーカムがある。アーロン・ティッピンにジョン・アンダーソン、ガース・ブルックス……それにＡＣ／

DC。ホープはAC／DCのカセットをケースから出して掲げた。「『地獄のハイウェイ』？」

ディランはミラー・サングラス越しに彼女を見ると、一六歳の少年に戻ったように、にやっと笑った。「それを聴きながら、仲間とよく羽目をはずしたっけな」

「カウボーイはカントリーしか聴かないんだと思ってた」

ディランは肩をすくめ、道に注意を戻した。「ブルー・オイスター・カルトもよく聴いたよ。ウェイロン・ジェニングスやウィリー・ネルソンももちろん聴いてたけどね」

「確か、兄がAC／DCを聴いてたわ」

「お兄さんがいるとは知らなかった」

「いるのよ」ホープはカセットを差し込んだ。「エヴァンは奥さんと子供と一緒にドイツに住んでるの。だからあまり会えないんだけど」

突然、車内はエレキギターと金切り声を上げるヴォーカルに襲われた。ホープは爆音に耳をやられないようにボリュームを何段階も下げてからシートに深く座り直し、アイダホの自然保護区へ向かうドライブを楽しんだ。先ほど、ディランはぐっすり眠っていたホープを起こし、無謀なアイディアを口にした。見せてあげたい湖があるから、そこまでバックパッキングしようと言ったのだ。

どっちにしろエイリアン・ストーリーに載せる写真が必要だったので、ハイキングには反対しなかった。一晩そこで過ごし、明日戻ってくることにしようと言われるまでは。テントで寝るなんて考えるのもいやだと答えたが、ディランは彼女の上に座って首にキスをし、君がクマに襲われないようにするからと約束した。気が変わったのは、彼が身の安全を保証してくれたからではない。彼から首にキスされると弱いのだ。それに気づいたのはほんの数日前のことだった。

あの木曜日の午後から――ディランが家に押しかけてきて、セックスのために来たんじゃないとホープに断言したあの日から一週間が経っていた。コンドームの一件があってから一週間。二人がそのことであれこれ気をもんでから一週間。彼女は毎日ディランと会い、毎晩、彼と一緒に眠った。彼はツーステップの踊り方を教えてくれたり、夜、釣りに連れていってくれたりした。殺人課の刑事だったころの話をし、その仕事がいやになったいきさつや理由、自分が今の生活をどれほど楽しんでいるかという話もしてくれた。ホープは大学時代のことや、『ロサンゼルス・タイムズ』に死亡記事を書いていたことについて、そして、今自分がもう一度人生を楽しもうとどれほど努力しているかということについて話した。二人はホープが取り組んでいるハイラム関連の記事について話し合った。ホープが質問し、ディランが答えるという形で。彼はFBIへの情報提供者ではなく、密告者が誰なのかも知らなかった。前の保安官が自殺した晩、彼は最初に現場に到着したわけではなかったが、FBIの捜査官がやってきた直後に到着した。そして、自分を抑えられなくなった男が撮っていた写真、ビデオ、本人の死体を見ていた。

ホープはこの事件全体をどう見るかと尋ねた。

「ハイラムがかかった病気は、本人の手に余るほどひどくなった。何事も、ごまかしたり、盗んだり、リスクを冒すようになれば、困ったことになる。彼はのめり込めば込むほど、さらに求めるようになった。カリフォルニアなら、その手のサービスを提供してくれるところを探すのに苦労しない。でもハニー、ここはゴスペルだ。縛られたければ、そういう才能を持ってる人間のところへ行かなきゃならない。それには金がかかるだろう」ディランは笑ってウインクをした。「自分と同じくらいそういうことを楽しんでくれる相手を見つけない限りはね」

ホープは顔が赤くなるのがわかった。前の晩、彼の手で椅子に縛りつけられたことを思い出したのだ。彼女は『ウイークリー・ニューズ・オヴ・ザ・ユニヴァース』の仕事をしていることは話さなかった。ハイラムに関する記事について『ピープル』に問い合わせ中だと言ったとき、ディランの反応はやや否定的だった。彼がタブロイド紙を見下すような、偉そうな態度を取るかどうかはわからなかったが、取らないという確信は持てなかった。今は、北西部の雑誌に記事を書いていると思ってもらったほうがいいだろう。

二人はたいてい、テレビで映画を観るか、ただ手をつないで何もしないで過ごした。ホープはそういう過ごし方がいちばん好きだった。ただじっと座って、あまりしゃべらず、彼がそばにいると実感していたかったのだ。

シェリーは二人が本気になってきていると思っているけど、私はそれほどばかじゃないわ。ホープの家に来るとき、ディランは必ずアバディーン家の裏に車を止めていたし、自分のボートで湖を渡ってくることもあった。二人でディランの家にいるときは、トラックを納屋に入れていた。その理由はすべて、見事に筋が通っているように思えた。彼が家にいるとわかれば、人がふらっと訪ねてきて、おしゃべりや噂話をしたがるだろうし、食べる物を持ってこようとするだろう。そうすれば、君と一緒にいる時間があまり持てなくなってしまうと言うのだ。確かにもっともな理由に思えたが、それがすべてではない気がした。彼がまだ話してくれていないことがあるような気がして、ホープはまた考えてしまった。彼は私と一緒にいるところを見られるのが恥ずかしいのかしら？　彼がゴシップのネタになりたくないと思っているのは知っている。でも、私との関係にまつわる噂でなかったら、こんなに気にしないのではないかしら？

ホープはディランに目を向け、彼の頭に載っているステットソンと、ハード・ロックのビートに合わせてハンドルを叩く指を見た。彼はいったい私のことをどう思っているのだろう？　ホープはディランに対する自分の気持ちがわかっており、それを考えるとぞっとした。その気持ちは彼女の胸の内側にこっそり入り込み、心臓をパニックに陥れてどきどきさせた。彼に恋をしているわけではない。まだ違う。でも、気をつけないとそうなってしまうかもしれない。ホープは慎重に事を運ぶつもりだった。

ディランは速度を落とし、埃っぽい、でこぼこした道に入っていった。二人は急いで窓を閉め、ディランはプレーヤーからカセットを取り出した。うねるように続いていた牧草地は、やがてロッジポールマツの森林に変わり、五キロも走らないうちに、道はアイアン・クリークの起点で行き止まりになった。その朝、出かける前、ディランはホープに、シェリーのハイキング用ブーツとダウン・パーカーを借りていくべきだと強く勧めた。今ホープが履いているそのブーツは防水加工をしたメッシュ素材とゴアテックスでできており、思いのほか軽かった。膨らんだパーカーはソーセージ状に丸めてバックパックに詰め込んである。空は快晴、気温は現在、三四・四度。ホープは迷彩柄のショートパンツをはき、緑のタンクトップを着ていた。ウォーター・プルーフのマスカラを少し塗り、ポケットの中にはディランがくれたSPF15のリップクリームが一本入っている。リップラインも描かず、頬紅もつけていないと、ちょっと裸をさらしているような気がしてしまう。でも、ディランはそんな顔をいいと言ってくれた。一瞬彼の言葉が信じられなかったけど、彼が朝、もっとひどい顔をしている私を見ていたことは確かだ。

トラックは揺れながら進み、森の外に丸太で仕切られた駐車場に入って停車した。そこにはジープが一台止めてあり、奥にはピックアップ・トラックとキャンピングカーが一台ずつ止まっている。ディランは平日だから駐車場は空いているはずだと言っていたが、そのとおりだった。

ディランはいつものリーバイスと青いTシャツ、帽子という格好だった。目立った違いは二つ。靴をカウボーイ・ブーツから、ホープが履いている物とよく似たハイキング用ブーツに取り替えていたことと、腰にピストルを下げていたことだ。

「それ、どうするつもり?」

「虫を寄せつけないようにするんだ」ディランはそう言ってサングラスを外し、全身に虫除けスプレーをかけた。

少し前のホープだったら、ディランはピストルでハエを撃ち落とすつもりなんだと思っただろうし、彼はそんな彼女をからかって面白がったことだろう。でも、もうその手には乗らなかった。「そうじゃなくて。銃のこと」

「顔を覆って」ディランはホープにもスプレーをかけた。「クマから守ってやるって言っただろう?」

「何ですって!」ホープは両手で顔を覆ったまま言った。「だからってクマを撃つとは言わなかったじゃない」

「君が訊かなかったからだ」

ホープが手を下ろすと、ディランは彼女の腹と脚にスプレーをした。「まあ、いいわ。で、ここで〝クマはチキンみたいな味がするんだ〟って言うんじゃないの?」

「クマはチキンの味なんかしないさ」ディランはホープの後ろに回り、スプレーをかけた。「ブーツみたいに硬くて、ものすごく臭いんだ」

ホープは彼がどうやってそんな知識を仕入れたのか知りたくもなかった。「クマに遭遇すると思う?」

「その可能性は低い」ディランは虫除けスプレーの缶をバックパックに押し込んだ。「たぶん、俺たちのにおいをかぎつけてすぐに逃げてしまうだろうから、遭遇はしないと思う。普通、クロクマは攻撃的ではないんだが、もし遭遇したら、大きな音を立てるんだ。俺は空に向けて銃を撃つ。たいがいクマは人間がどこにいるか知りたいだけだから、逆方向に逃げてくよ」ディランはトラックの荷台からアダムのバックパックをつかんで取り出し、ホープに背負わせた。去年の夏、彼女はサックス・フィフス・アベニューでラルフローレンのかわいいリュックを買ったのだが、それと違って、このバックパックには金属のフレームと、胸と腰に締める丈夫そうなメッシュのストラップが二本ついていた。ディランはホープの体に合わせてストラップを広げ、それから少し後ろに下がって横から彼女をじっと見つめ、フィットしているかどうか確かめた。乳房のいちばん高い部分が押しつぶされており、ディランはストラップをもう少し広げてやった。だが、その手はいつまでもぐずぐずとストラップをいじっている。指の関節がタンクトップをかすめていたが、やがて彼はストラップの調節をする振りをすっかりやめてしまい、左の乳房を手で覆った。ホープが目を上げると、ディランは彼女の顔を自分の方に向かせ、ゆっくりと、優しくキスをした。それから手を腹部に動かし、体の脇へと滑らせていった。「俺が今まで見た中で、いちばんきれいな場所を見せてあげたいんだ」ディランは彼女の唇に向かってそっとささやいた。優しくキスをされ、ホープはもっと欲しくなった。だが、彼女の舌が彼を追いかけたそのとき、ディランは体を引いてしまった。「君も気に入ってくれると思う」

つまり、本当は母なる自然に興味などないと告白するのに、今は絶好の機会ではないということだろう。

ディランは肩を上下させて自分の荷物を背負った。アダムのバックパックと同じだが、一回り大きい。それでもホープは、この中にどうやって二人用のテントを入れたのかしら、と思った。

ディランがホープの手を取った。最初の一時間は道のりも楽だった。二人はアイアン・クリーク沿いに小道《トレイル》をたどり、ロッジポールマツの深い森を抜けていく。ディランは途中で立ち止まり、ホープに花を見せた。雑誌の記事に載せる写真を撮りたいだろうと思ったのだ。実際には存在しない記事なのに。透き通ったアイアン・クリークのそばに咲いていたのは、マウンテン・ブルーベル、ヒース、アルパイン・ローレル。ディランは彼女の手伝いをすることをとても楽しんでいるらしい。ホープは、野生生物の記事など存在しないのだと彼に告げる気にはやはりなれなかった。彼女は花の写真を何枚か撮り、彼の写真も何枚か撮った。

最初の一時間は楽だったが、次の二時間、三時間はそうはいかなかった。森はだんだん鬱蒼としてきて、道は細いつづら折りとなり、徐々に山腹へと入っていく。密生する植物が絨毯のように地面を覆いつくし、倒れた木や岩もほとんど見えなくなっていた。そこをリスたちがおしゃべりをしながら駆け抜け、緑の中に消えていった。ホープの頭上の木では鳥たちが互いに呼び合い、そのさえずりが、マツの香りがするそよ風に乗って聞こえてきた。

ふくらはぎが痛むし、かかとにまめができているかもしれない。ホープは道を登っていくあいだずっと体重を前に傾けていなければならず、それをやめたら後ろに転がり落ちてしまうような気がした。

ディランはそこから見える山頂にそれぞれつけられた名前を教えてくれた。また、ホワイト・クラウズでオオツノヒツジを追ったときの話もしてくれた。ホープは爪を折ってしまい、ディランがバックパックから引っ張り出した爪切りの小さなやすりを使って修復した。

「困ったお嬢さんだな」ディランはそんなホープを見て笑い、道が狭くなってくると、彼女を自分の前に歩かせた。ディランの脚の裏側やヒップを見ていたかったのに……。会話が途切れると、ホープはまたしても、彼は私のことをどう思っているのだろうと考えてしまった。彼と一緒にいる人生を思い描こうとしても描けない。かといって、彼のいない人生も考えられない。二人はお互い、何の約束もしていなかったし、将来の話は一度もしたことがなかった。アダムが母親のところから戻ってきたら、私とディランの関係はどう変わるのだろう？ アダムは今度の日曜日に帰ってくる予定だ。ホープには、その日が来たらすべてが変わってしまうという確信があった。ただ、それがどう変わるのかがよくわからなかったのだ。

小川を渡るとき、岩や倒れた丸太の上でバランスを保てるよう、ディランは手を貸してくれた。巨大な丸石の上で一休みしようということになり、二人は荷物を下ろして岩に立てかけた。ホープはそこで呼吸を整え、ピーナツを食べ、水筒の水を飲んだ。ディランは帽子を取って、頭から水をかけている。首を流れ落ちる水でTシャツはびしょ濡れになり、彼が犬のように頭を振ると、透き通った小さな水滴がそこらじゅうに飛び散った。そのあと、彼はついにアダムのことを口にした。ホープはじっと座ったまま、彼がどうするつもりなのかを聞くべく待った。二人がどんなことになろうと、私は大丈夫。ホープは自分にそう言い聞かせた。

「あの子は君のことを気に入ってるみたいだ」ディランはホープの隣に腰を下ろし、赤いリンゴを袖で磨いた。そよ風が彼の濡れた髪を乱し、金色がかった茶色の髪の毛先を乾かした。

「でも、あの子が帰ってきたら、もう君と夜を過ごすことはできない」ディランはリンゴを一口かじり、ホープに差し出した。「そんなことをしたら、息子が大きくなったときに、夜は家にガールフレンドを連れてきちゃいけないと言えなくなってしまうと思うんだ。それに、来週にはまた仕事が始まる。君と一緒にいる時間は作りたい。でもそれはなかなか難しい」ディランはリンゴをもう一口かじった。「つまり、どこかでさっさと済ませる時間ってことじゃないよ」

ホープは息を吐き出したが、それまで息を止めていたことさえ気づいていなかった。「じゃあ、アダムと一緒にできることで、何か楽しい計画を立てればいいわ」ホープは本気でそう思っていた。「アダムは面白い子だし、私は彼と一緒でも構わないのよ」彼女は顔を上げ、ディランの目をのぞき込んだ。彼の背後にあるマツと同じくらい濃い緑色をした目を。「それに、お昼は休めるんでしょう？」

「ああ」ディランが微笑んだ。「少なくとも一時間はね」

ホープはディランの濡れたTシャツに両手をはわせ、首の後ろで指を組み合わせた。彼のほうに体を傾けると、乳房が彼のひんやりした濡れた胸をかすめた。「もし私があなたのオフィスに行って、何か告訴しなきゃいけなくなったらどうする？　あなたの秘書は私を通してくれるかしら？」

「何を訴えるかによるな」

ホープはディランの頭を下げて唇にキスをし、ささやいた。「たぶん、こう言うわ。ある人がいなくなってしまって、寂しくて困ってるんです。あるカウボーイと、彼の大きな――」ホープは急に言葉を切り、ディランのジーンズのボタンに手を滑らせた。擦り切れたデニムの上からそっとなでていると、彼はしだいに硬くなっていった。

「大きな何？」

「自我《エゴ》」ホープはそう言って、唇と舌で彼をからかった。ディランは慎重な手つきで丸石の上に彼女を仰向けに寝かせた。濡れた唇で彼女を強く吸い、熱いキスをすると、彼女の肌は焦げたように熱くなったが、それは二人の頭に降り注ぐ太陽とは何の関係もなかった。焼けつくような感覚に、ホープは自分の腰を彼の腰に押しつけ、彼の湿った髪に指を走らせた。ディランはホープの首に顔をうずめた。「ここに触れたときの君の感じ方がとても好きなんだ」彼は彼女の喉に向かってささやいた。「君の柔らかい肌と、パウダーのようなにおいが大好きだ」

それは彼の深い感情を見事に表した言葉というわけではなかったが、いちばん近い言葉ではあり、ホープの胸がうずいた。「私もあなたが好きよ」彼女はディランのシャツの下に両手を突っ込み、彼の背中をさすった。

ディランは少し息を荒らげ、彼女の顔をのぞき込んだ。「ハニー、悪いけど、今は俺の大きなエゴを見せてあげられないんだ」彼はホープの手をはずし、額にキスをした。「あとにしよう。星空の下で」

ホープの手が動かなくなった。「星空の下？　テントは詰めてきたんでしょう？」

「いや。でも、大きな寝袋を持ってきた。寝心地はなかなかいいと思うよ」ディランの唇が曲線を描き、その笑みは、二人が荷造りをする前から、彼がその夜の計画をすべて立てていたことを物語っていた。「何とかなるさ」

ホープが体を起こした。「虫が来たらどうするの？」

「まあ、何匹か吸い込むだけで済むよ」思わず口に手を押しつけたホープを見て、ディランは笑った。「どうせ気づかないさ。ぐっすり寝てるだろうから。カブトムシが口に入ったら、嚙んでしまえばいい」

ホープは寝ているあいだに虫を吸い込むのも、カブトムシを食べるのもいやだった。子供じみたまねをするのもいやだったが、押さえた手の奥から、すすり泣くような声が漏れた。

「カブトムシは冗談だよ」ディランはそう言ったが、ちっとも慰めにはならなかった。

二人はアルパイン・レイクのある尾根に登り、何十メートルも下にある小さな緑色の湖を見下ろした。下から様々な鳴き声が聞こえてきたが、エメラルド・グリーンの森が鬱蒼と広がるばかりで、ほかには何も見ることができない。ホープは世界のてっぺんに立っているような気がした。

「耳を澄ましてごらん」ディランがささやいた。

「誰の声も聞こえないけど」

「声じゃない」ディランはしばらく黙っていたが、やがてホープの手をつかんだ。「ほら、聞こえる？」

彼女の耳に聞こえてきたのは、梢を吹き抜けるそよ風の音と鳥のさえずり。それに、あれはたぶん、二人が渡ってきた小川のせせらぎ。「何の音がするっていうの？」

「うまく説明できないけど、シェリーは神の声を聞いてるみたいだって言うんだ。俺はもっと鼓動に近い音だと思う。あるいは、美しいものを見るんじゃなくて、美しいものを聞く感じと言えばいいかな」ディランは肩をすくめた。「人によって表現は様々でね。でも、聞こえてくればわかる。自分が落ちていくような、それをどうすることもできないような感じがするんだ」

二人は岩をのみで彫ったような道を進み、さらに高いところまで登った。ホープは注意深く耳を傾けたが、神の声は聞こえなかった。美しいものの音も何も聞こえなかったが、自分の体力がだんだん消耗してきているのはわかった。二人は湖や池から流れ出る川を渡り、数々のツンドラ池の周囲を巡っていった。ポニーテールはすっかりもつれているし、鼻は焼けて赤くなっているに違いない。そして、ある指の爪をほかの爪よりもずっと短く削るはめにもなった。

また一休みしたいとホープが言おうとしたそのとき、二人は雪に覆われたソートゥース湖の岸辺に立っていた。ホープは澄みきった青い水を眺めた。透き通った湖の底に、二人の頭上にそびえる花崗岩の山のふもとがはっきりと映っている。「この湖は深さが七五メートルある」ディランが教えてくれた。「でも、ものすごく澄んでいるから、歩いて渡れるように見えるだろう」

ホープはしばらく黙ったまま、氷河のしずくでできたサファイア色の湖を眺めた。周囲の美しさには畏怖の念を覚えたが、神の声は聞こえない。

「ここを君に見せたかった。俺が今まで目にした中でいちばん美しい場所だ」ディランは彼女の手を取り、強く握り締めた。「この湖は、君を連想させる」

そのときホープの耳に聞こえたのは彼の言葉であり、それは、これまでの人生で耳にしたどんな言葉よりも素晴らしかった。彼女の胸の中で心臓が風船のように膨らみ、脈が速くなった。ディランが言っていたように、ホープは自分が落ちていくような気がした。真っ逆さまにディラン・テイバーと恋に落ち、自分ではもう、どうすることもできなかった。

13 夢に現れた天使

「あれがおおぐま座」ディランはホープの手首をつかんで夜空を示した。「そして、こっちがこぐま座」

寝袋については彼が言ったとおりだった。なんとかなるものだ。ダウンの寝袋は窮屈ではあったが、二人が並んで横になれるだけのスペースはあり、快適だった。ディランとホープは靴だけ脱ぎ、ジーンズとスエットシャツを着たまま中に潜り込んでいる。朝、冷たい服に着替えなくていいのだから、ありがたいだろうとディランに言われ、キャンプをしたことのないホープは彼の言葉を信じた。

ホープはディランの肩に頭を載せており、彼の体はまるでかまどのように熱を放っていた。寝袋の下にはディランが膨らませたエアマットが敷いてあり、鼻の頭が冷たくなっていたものの、ホープにはまったく不満はなかった。

「あそこに北極星があって――」ディランは二人の手を西に向けた。「カシオペアがある」

ホープは星座に興味を持ってのめり込んだこともなく、彼の言葉を信じるしかなかった。

「カシオペアは王妃の椅子につながれたまま、逆さづりにされて天空を巡っていなければばいけないんだ」ディランはホープの手を自分の唇に持っていき、指先にキスをした。「ここまで一緒に来てくれて嬉しいよ」

「連れてきてくれて嬉しいわ」ホープはこれまで、いろいろな場所を訪れてきたが、そのとき思い浮かんだありとあらゆる素晴らしい場所も、アイダホの荒野でディラン・テイバーと――自分が心から愛する男性と――一緒に横たわる寝袋の魅力には勝てなかった。

ディランは片方の肘をついて体を起こした。満天の星空を背景に、彼の顔の輪郭が浮かび上がり、ホープは陰になったその顔をじっと見つめた。

「ホープ?」

「何?」

「話しておきたいことがある」ディランは無精ひげでざらつく頰にホープの手のひらを当てた。「俺はこれまで、好きでもない女性ともつきあったし、ものすごく好きになった女性ともつきあった。でも、君のように感じさせてくれる人はいなかった」ディランは頭を下げ、ホープの唇に向かってささやいた。「君を見ていると、時々、息をするのも苦しくなる。君に触れられると、呼吸なんかどうでもよくなってしまうんだ」ディランはホープにゆっくりと、甘いキスをした。彼の唇が押し当てられ、舌が触れるたびに、ホープは胸がいっぱいになり、心がうずいた。それは素晴らしくもあり、恐ろしくもある、まったく味わったことのない感覚だった。それから、ディランは体を引いて言った。「これから先、どういうことになるのかわからない。でも、君と一緒にいたい。君は俺にとって大事な人なんだ」

それは永遠の愛の告白というわけではなかったが、ホープは目の奥がちくっとした。彼女はディランのスエットの下に両手を滑り込ませ、胸を覆う滑らかな短い毛を指ですいた。彼が素早く息を吸い、心臓が力強く鼓動するのがわかった。「私もあなたと一緒にいたい」そう言葉にすると、ホープはまた胸がいっぱいになった。

それから、ホープは言葉ではなく、体で自分の気持ちを彼に示した。窮屈な寝袋で服を絡ませながら、ディランもホープの気持ちを感じ取るように彼女に触れた。壊れやすい、とても大事なものを扱うように彼女を愛撫し、流れ星の下で、この惑星には自分たち二人しか存在しないかのように彼女を抱いた。カシオペアに見下ろされ、ホープも逆さづりにされて天空を巡っているような気分だった。

ホープは虫のこともカブトムシのこともすっかり忘れ、愛する男の腕に包まれている。それは信じられないほど恐ろしいと同時に、信じられないほど素晴らしいことでもあった。ゴスペルにやってきてから初めて、自分が町を去る日が来るのかどうかよくわからなくなった。彼に行かないでくれと言われたら、私はそうするのかしら？　私はノードストロームも映画館もなく、セブン・イレブンさえない田舎町の保安官に恋をしてしまった。もし彼が引き止めてくれなかったら、私は彼なしでどうやって生きていけばいいのだろう？

翌朝、ディランはオートミールと乾燥卵で実にひどい朝食を作ってくれたが、前の晩の乾燥シチューよりはほんの少しましだった。彼は笑い、ホープの髪のもつれた部分にキスをして、世話の焼ける子だと言った。

二人は再びバックパックに荷物を詰め、登ってきたときの半分の時間で山を下りた。昼ごろディランの家に到着すると、着ていたものを脱ぎ、ハイキングでかぶった埃をシャワーで洗い流そうともせず、ベッドに倒れ込んだ。

くたくたになっていたホープは、眠った覚えもないまま、再び目を開けた。最初は自分がどこにいるのかよくわからなかったが、ナイトテーブルにちらっと目をやり、そこにある物がディランの時計だと気づいた。シーツの下で、ディランはホープの背中に胸をくっつけ、彼女のむき出しの乳房のあいだに手を置いている。薄い、すべすべした下着を通して、ヒップに彼の熱い股間が押し当てられているのがわかった。きっと、彼に抱き締められて目が覚めたのだろう。まだキャンプで使ったコンロのにおいがしたが、それは彼女の髪や、ベッドの脇に重なっている二人の服から漂ってくるにおいだった。

ホープの目が閉じていったかと思うと、再びぱっと開いた。誰かに見られているような気がして、彼女は片方の肘をついて体を起こし、ベッドの端に目を走らせた。アダム・テイバーの大きな緑色の瞳がじっとこちらを見返している。アダムは自分が何を目にしているのかさっぱりわからないといった様子で、ぽかんとしていた。

「ディラン」ホープは小さな声で呼びかけた。「起きて」

だが彼の反応はといえば、ホープの乳房をつかみ、自分の胸に抱き寄せただけだった。

ホープはアダムから目をそらし、肩越しにディランを振り返り、彼の広い胸を肘でそっと突いた。「ディラン、起きてってば」

「ん？」ディランは瞬きをし、目を開けた。「ハニー、すごく疲れてるんだ」起きたばかりで声がかすれている。疲れていると言いつつ、ホープの腹部からヒップへ、再び腹部へと手を滑らせることはできるらしい。「……と思ったけど、やっぱり……」

「ディラン！」ホープはシーツの上から彼の手をつかんだ。「アダムが帰ってきたの」

「え？」ディランは体を起こしてベッドの端に目を走らせ、その拍子に胸毛がホープの背中をくすぐった。父と子は見つめ合い、部屋を満たす沈黙はなかなか破られなかった。「アダム……」ディランはおもむろに口を開き、咳払いをした。「どうやってここまで来た？」

「ママに連れてきてもらった」アダムは自分の左側を指差した。ホープとディランがそちらに目を移すと、背の高いブロンドの女性がドアの側柱に寄りかかっていた。薄い黄色のレザー・パンツと、同じ色のシルクのブラウスを身につけている。なんとなく見覚えのある顔だったが、会ったことなどあるわけがない、とホープは思った。

「電話すればよかったわね」ブロンドの女性が姿勢を正した。「居間で待ってるから、二人とも着替えたら？」彼女はアダムのほうに手を差し出した。「いらっしゃい。パパが出てくるまでこっちで待ってましょう」

アダムは父親とホープをしばらく見つめていたが、やがて寝室を出ていった。

「何てこった……」ディランは毒づき、枕の上に仰向けに倒れた。両サイドの髪を指ですき、天井を見つめている。「いったい、アダムはうちで何してるんだ？　今日は日曜日じゃないだろう。それに、ジュリーもこんなところで何してる？　めちゃくちゃだ。悪夢としか言いようがない」

ホープは体を起こし、シーツを胸に引き上げた。「私にどうしてほしい？」

「アダムの顔、見たか？」ディランはため息をつき、両手で顔を覆った。「どうしてほしいかなんて、俺にわかるわけないだろう。もしかしたら、アダムは君がふらっと訪ねてきて、とても疲れてしまって、ちょっと昼寝をしていただけだと思うかもしれない。君が倒れて怪我をして、横になっていなきゃいけなかったとか……」

「そうね。で、あなたは私を助けて胸を触診してただけ」

ディランは指のあいだからホープを見た。

「アダムはあなたの手がシーツの下で動き回るのを見てたのよ。あの子はばかじゃないし、下手な作り話にだまされるとは思えないわ。本当のことを話したら？」

ディランは手を下ろした。「自分の息子にどう話すべきかなんて、俺に指図しないでほしい。子供のいない連中にとやかく言われるのは本当にいやなんだ。何がいちばんあの子のためになるかってことは俺が決める。それに、今すぐ君とのセックス・ライフを説明することが、あの子のためになるとは思わない」

「ええ、いいんじゃない」ホープはシーツを剝ぎ、ベッドから出た。「あなたが伝えたいように伝えればいいわ」彼女は寝室のドアを閉め、自分の服を拾い上げた。

「ホープ」

彼女はディランに背を向け、ショートパンツに脚を通し、ウエストのボタンをはめた。

「ホープ」ディランは彼女の後ろにやってきて、両手を肩に置いた。「子供のいない連中なんて言うべきじゃなかった。謝るよ」

ホープはブラジャーをつかみ、振り返ってディランを見上げた。彼は悪いことを言ってしまったと後悔している。「あなたの道徳的な考え方や、自ら手本になろうとする子育てのやり方は尊敬しているの。本当よ」ホープは背中でブラのホックをはめ、ストラップを調整した。「きっと難しいことなんだろうけど、私はあなたの厄介な秘密になるつもりはないの」彼女はディランが訪ねてくるとき、いつもシェリーの家に車を止めていたことを思い出していた。「あなたが嘘をつかなきゃいけなかったり、口に出せなかったりする存在になるつもりはないのよ。そんなふうに生きたくないの」

「わかった」

ホープはシャツをつかんだが、ディランはそれをひったくった。「乗り越えよう。なんとかして。でも、言っとくけど、アダムは今日、目にしたことを受け入れてはくれないだろう。俺にとって、あるいは君にとっても、すんなり解決する問題ではなくなるよ」ディランはホープの顎を上げ、彼女の目をのぞき込んだ。「さっき、そこにいた女性はアダムの母親だ。あの子はママがここに越してきて、親子三人、幸せな家族みたいに暮らすことを夢見てる。これまでも、なんとかそうさせようとして――」

「うそ、信じられない……」ホープは話をさえぎり、ディランの手首をつかんだ。「ジュリエット・バンクロフトじゃない！」

「いつになったら気づくだろうと思ってたんだ」

「最悪！」ホープは埃だらけの髪を叩いた。「私、こんなみっともない格好をしてるのに」

ディランはホープにシャツを渡した。「最悪の日だって、君はジュリーよりずっときれいだよ」

とんでもない嘘だと思ったが、突然、そんなことはホープにとって最大の心配事ではなくなった。戸口に立っていた女性にどうも見覚えがあると思った理由を思い出したのだ。しかもそれは、テレビに出ている人だからという理由ではなかった。ブレインと離婚する前、ホープは彼の仕事場でジュリエットに会っていた。あの人がそれを思い出す前に急いでここから出ていかなくちゃ。離婚の際、ホープは元夫にいくつか仕返しをしたのだが、その一つは、ある若手女優の豊胸手術に絡むことだったのだ。

ディランは清潔なジーンズとTシャツに着替え、片やホープは汚れた靴下に足を突っ込み、シェリーのハイキング・ブーツのひもを結んだ。「私がとっとと出ていくのがいちばんいいと思う。そうすれば三人で話せるでしょう」

「たぶんね。でも、送っていくよ」

「歩いて帰れるわ。五キロもないし、毎日、それ以上走ってるんだもの」

「送るよ」

「歩きたいの。考える時間ができるから。本当よ」

「いいのか？」

「ええ」

ホープはディランの少し後ろを歩き、二人は廊下を進んでいった。居間に入ると、アダムがリクライニング・チェアに座ってそれを激しく揺らしていた。スプリングがキーキー音を立て、椅子の背が壁にバンバン当たっている。アダムはホープに怒りの目を向けた。これほど傷ついた表情を見せつけられると、ホープは自分が想像していた以上に困惑した。アダムの怒りはホープの心臓のすぐ脇に滑り込み、冷たいしこりとなった。私とアダムは友達に戻れるのかしら？　ホープはジュリエットに視線を移した。彼女は何も聞こえていないかのように背中を向け、テレビの上に並ぶ、額に入ったアダムとディランの写真を眺めている。

「アダム、やめなさい」ディランが息子に言った。椅子はさらに激しく壁にぶつかった。

ジュリエットが振り向き、ディランを見た。「あなたの家はどんな感じなんだろうってずっと思ってたのよ。アダムが赤ちゃんだったころ、皆で住んでいた家を思い出すわね」

「君はあの家が好きになれなかったんだろう」ディランはそう言って、息子を指差した。

「今すぐ、やめるんだ」

「そういうわけじゃないわ」ジュリエットは視線をホープに移した。普通の状況なら、ホープはこんな格好をしている自分を悔しがっていただろう。非の打ちどころのない、美しいジュリエット・バンクロフトと比較されるとなればなおさらだ。しかし今日は、髪についた埃やシャツのシミが自分の正体を隠してくれることを願うばかりだった。「アダムはあなたに恋人がいるとは言ってなかったけど」

「私はもう行くわ」急いで裏口から出ていこう。ホープがそそくさと居間を横切っていく。リクライニング・チェアが最後にもう一度、バンと壁に当たり、ディランは息子を椅子から引き離した。「あとで電話するよ。アダム、スペンサーさんにさよならを言いなさい」

アダムは口を開かなかった。ホープがキッチンの戸口までたどり着いたそのとき、ジュリエットの声が彼女を引き止めた。

「待って！　私、あなたのこと知ってる。ドクター・スペンサーの前の奥さん」

ホープが目をつぶる。最悪！

「『ナショナル・エンクワイアラー』の記者をやってる人」ジュリエットはそう付け足した。

アメリカの国民的人気者である天使が怒りの表情を浮かべている。ホープは彼女から目をそらし、ディランを見た。彼は眉間にしわを寄せ、アダムの腕をつかんだまま、そこに立ち尽くしていた。

「いいえ、『ナショナル・エンクワイアラー』の仕事はしてないわ」

「匿名の情報提供者だったでしょう。自分の特権を利用して、スペンサー先生の患者の、とっておきの秘密情報を漏らしたくせに」ジュリエットの声が高くなる。彼女は責めるようにホープを指差した。「よくも、私が豊胸手術をしたってばらしてくれたわね！」ホープはこの女性の言葉に面食らった。アメリカの人々は、ジュリエットの天使のように完璧な唇から品のない言葉があふれ出るのを耳にしたことはなかったに違いない。「先生は、立証できないけど、ばらしたのはあなただって確信してたわ」

ホープは状況から判断して、ジュリエットが怒るのももっともだと思った。でも、アダムの前ではやめてほしい。「自分を弁護させてもらえるなら」彼女が切り出した。「ブレインはブタみたいな男で、私は彼を傷つけてやりたかったの。ほかに誰が傷つくかなんて考えもしなかったわ。でも、ほかの人を傷つけたことは本当に、ずっと後悔してたのよ。あんなことになってしまって、ごめんなさい」

ディランはようやく息子をつかんでいた手を離した。「『ナショナル・エンクワイアラー』の記者なのか？」

「違うわ。三年ほど前、いくつかの芸能記事に匿名で情報を提供して、そのあと、フリーでファッション・チェックの記事を何本か書いてたの。その手のことはやったけど、今はやってないわ」

「動植物相に関する記事を書いてるんだろう？」

言いたくない。今こんな形で彼に伝えたくない……。「えーと、ちょっと違うんだけど」

「じゃあ、いったい何を書いてるんだ？」

でも、これ以上、嘘をつくこともできない。ホープは深呼吸をした。「私は『ウイークリー・ニューズ・オヴ・ザ・ユニヴァース』の専属ライターなの。ビッグフットとかエイリアンに関する記事を書いてるのよ」

ディランは頭を後ろに傾け、目を細めてホープを見た。「アダム、自分の部屋に行ってなさい」彼はホープから目を離さずに言った。

「行きたくない」

「行きたいかどうか訊いたんじゃない。行きなさいと言ったんだ」

アダムは足が鉛でできているかのように、ゆっくりと部屋を出ていった。彼が後ろ手にドアを閉めるまで、誰もしゃべらなかった。

「ということは――」ディランが口を開いた。「動植物相の記事のことは何もかも、まったくのでたらめだったんだな。君はタブロイド紙の記事を書いてる」

「ゴシップは書いてないわ。エイリアンの話を書いてるの」ホープはそう言って、両腕を広げた。「私がやっているのは、そういうことなのよ」

「それで、俺は君の言葉を信じなきゃいけないのか？　君はこの町に来てから、嘘ばっかりついてきたっていうのに？　くそっ！　記事のためにと思って、昨日、花を見せてあげたのに。あのときも、きっと昔みたいに面白がって笑ってたんだろ」

「笑ってないわ」

「それと、ハイラム・ドネリーの件も全部でたらめだったんだな？」

「違うわ。あの記事は書こうと思ってる。私は決して――」

「アダムのことはどうしてわかったんだ？」ディランが彼女の言葉をさえぎった。

ホープは彼が何を尋ねているのかわからなかった。

「あとどれくらいで、俺は君の新聞で息子の記事を読むことになるんだ？」

彼がいったい何を言おうとしているのか理解するまでにもうしばらくかかった。そうか。

国民的人気者である天使に隠し子がいたとなればビッグ・ニュースだ。ビッグなんてもんじゃない。「そんなアダムを傷つけることなんかするもんですか。あなたを傷つけるつもりもないし、とても信じられないだろうけど、ジュリエットを傷つけることだってないわ」

「ええ、おっしゃるとおりよ。そんなこと、とても信じられない」ジュリエットが言った。ホープは目の前にある二つの顔を見た。ジュリエットは怒りを隠そうともせず、ディランは刻々とよそよそしくなっていく。「ホープ、君をここに送り込んだのは誰なんだ？」

「新聞社よ。でもその理由はあなたが考えているようなことじゃないわ。会社が私をここによこしたのは、写真を撮らせて、記事を書かせるためなの。私が今、書いてるのは、エイリアンだらけになった町の連載記事」ホープは胸が締めつけられ、首を横に振った。「先週はイーデン・ハンセンを使わせてもらったわ。あの紫色の髪とアイシャドウをね。でも、誓ってもいい。ジュリエットがアダムのお母さんだったなんて、二分前まで知らなかったのよ。本当なんだから」

「君が赤の他人に思えるよ」

ホープは一方の手で胸を覆った。そうすればディランの冷たい視線から身を守れるかのように。胸が張り裂けてしまうのを防げるかのように。「あなたに初めて会ったとき、仕事の話をしなかったのは、そんなこと、あなたに関係ないと思ったからよ。あなたと知り合ってからも話さなかったのは、自分がついた嘘について、どう説明すればいいかわからなかったから。いつもいいタイミングじゃないような気がしたからよ」

「何か話せたかもしれないチャンスはいくつか思い浮かぶけどね。たとえば、独立記念日から今日にかけて、いつだって話せたじゃないか」

「そうね。話すべきだったかもしれない」ほかに何も言えなかった。

「たぶんね。君が車でこの町にやってきた最初の日、大都会の女性がどうしてゴスペルみたいな田舎町に来たんだろうと不思議に思ったんだ。やっとわかった気がするよ。ビッグフットもエイリアンも堕落した保安官も関係ない。君はアダムのことを知って、俺たちの生活をかぎ回るためにここにやって来たんだ」

「本当にそうだと思ってるの？」

ディランの口元がぞっとするような曲線を描いた。彼は何も言わなかったが、その顔を見れば、言われなくても答えはわかる。

「あなたたちに対してそんなことはしないって言ったでしょう。するもんですか。もっとも、新聞でそういう記事を目にしなければ、私の言ったとおりだったと信じてくれるんだろうけど」ホープは最後に一目、彼を見た。それから外に出て、家の壁に立てかけてあるバックパックの前を通り過ぎた。これをここに置いてから、二人は競うように中に入り、ベッドに倒れ込んだのだ。

アイダホの太陽が角膜に照りつける。ホープは手をかざして目を守りながら、ディランの家の私道を進み、見覚えのない車を通り越し、通りに出た。恋に落ちないように一生懸命頑張ったのに。心の奥底では、彼に胸を引き裂かれることになるだろうとわかっていた。やっぱり思ったとおりだった。

目を開け、ベッドの足元にいるアダムをちらっと見たあの瞬間から、ディランの人生はまっすぐ地獄へと落ちていった。

「あの人、何をすると思う?」ジュリーが尋ねた。

「わからない」ディランは正直に答えた。ホープの言葉を信じたい。本当にそうしたい。でも、信じることができなかった。「俺たちが結婚していないことをアダムに伝えなきゃいけない。他人の口から聞かされる前に」突然、目の奥がずきずき痛みだし、ディランはそれを抑えようとするかのように鼻柱を指で挟んだ。自分の生活について、あまりにもたくさんのことをホープに話してしまった。彼に嘘をついていたタブロイド紙の記者に。「今、話しておかないと、M&Sにガムを買いにいったアダムが、レジ・カウンターに置いてあるタブロイド紙で自分の記事を目にすることになってしまうかもしれない」

「ええ、そろそろ、あなたから話してあげるべきだわ。あなたの恋人がこれを記事にする可能性はあると思う?」

ディランは手を下ろし、ジュリーを見た。彼女はアダムではなく自分の仕事のことを心配している。「君はこんなところで何してるんだ?」

「アダムを送ってきたのよ」

「そんなことわかってる。なぜ送ってきた?」

ジュリーは腕を組み、深呼吸をした。「空港で会ったとき、話があるって言ったでしょう。覚えてる?」

覚えていない。でも、覚えていないからといって、彼女がそう言わなかったことにはならない。

「たぶん、あなたも知ってるだろうけど、私、ジェラール・ラフォレットとずっとつきあってるの」ジュリーはディランが話についてきているものと仮定して切り出した。

「いや、知らなかった。フランス人の俳優なのか?」

「ええ。結婚してほしいと言われたわ。それで、オーケーしたの」

「アダムはどう思うだろうな?」

「だから……あなたから話してもらえたらって思ったのよ」

そりゃあ、君ならそう思うだろう。ディランはソファの端に座って肘を膝に置き、両手で頭を抱えた。普通の状況なら、ママはフランス人の男と結婚するんだとアダムに話す役割を引き受けるのは構わなかったかもしれない。ママが結婚すると言えば、ホープのことを話すのがもっと楽になったかもしれないからだ。でも、今は自分がホープと恋愛関係にあったのか、そうなりたいと思っているのかどうかわからない。ホープについて確かにわかっていることは二つ。一つは、彼女がタブロイド紙の仕事をしていること。もう一つは、彼女と一緒にいたいということ。二つは両立が不可能ではないはずだったのに、不可能になってしまった。

ディランは顔を上げてジュリーを見た。彼女は、あなたなら無理なくアダムを扱えるでしょうと言わんばかりにそこに突っ立っている。「だめだ。君が話すべきだろう」

「やってみたわ。先週、アダムを連れてジェラールと会ったの。そうすれば、私の計画を伝える前にアダムが彼と知り合えるだろうと思って。でも、アダムの態度がひどくて、話すチャンスがなかったのよ。あなたに何度も電話したけど、ずっと留守だったし」ジュリーはリクライニング・チェアに腰を下ろし、膝のあいだに手を入れた。「あの子、ジェラルドに汚い言葉を使ったのよ」

「何だって！　あいつ、君の恋人をくそったれ呼ばわりしたのか？」

「いいえ。ホモって呼んだの」

「ああ……」ディランがテレビで見たその俳優は、ノーマルともホモとも、どちらともつかないルックスをしていた。アダムとは電話で何度か話したし、いつもと変わりない様子だったのに。

「それについては俺からアダムに言うけど、君が結婚しようと思っていることについては自分で話してくれ。でも、どうやらあの子には多少考えがあるみたいだな。だから、悪い態度を取ってるんだ」ディランはソファに寄りかかった。「俺たちは結婚してなかったという話は二人でしよう。うまく話せば、トラウマになるとは思えない。タイミングを見たほうがいいんだろうけど、俺たちに選択の余地はなさそうだ」

ディランは肩をすくめた。これ以上、悪くなりっこないじゃないか。息子は一時間前に帰ってきて、父親がホープと一緒にベッドで寝ているのを見た。そして、椅子から引き離され、自分の部屋に追いやられたのだ。もう最悪の状況なんだから、あとはなるようにしかならないだろう。「アダムを連れてくる」だが、ディランはまずバスルームに寄り、アスピリンを四錠流し込んだ。

二時間後、アスピリンはしっかり効いてくれたというのに、ディランは頭を壁に突っ込んでしまえばよかったと思っていた。

彼は裏口のドアから、ジュリーのレンタカーが私道を出て町へ向かう様子をじっと見ていた。サンヴァレー発のフライトは翌日の午後までなく、ジュリーは当然、ここに泊めてもらえるものと思っていた。だが、数時間一緒に過ごしたのち、彼女に泊まってもいいと言ってやれる可能性はこれっぽっちもなくなった。ディランはサンドマン・モーテルに電話をし、ジュリーがその晩泊まる部屋を取ってやった。明日の朝にはもう、町中の噂になっているだろう。だが、今度ばかりはどうでもいい。これ以上ジュリーと一緒にいたら、彼女を絞め殺さずにいられるとは断言できない。

ジュリーはディランのことで大ぼらを吹いた。まるで彼がプロポーズしなかったから結婚しなかったかのような言い方をしたのだ。彼女にプロポーズをしたことは一度もなかった。なぜなら、二人で話し合って、子供ができたからといって、結婚する気にはなれないとの結論に達したからだ。それは彼の一存ではなく、二人で決めたことだった。もしジュリーがどうしても結婚したいと思えば、うまくいくはずないとわかっていても、ディランは彼女と結婚していただろう。だが彼女がそれを望まなかった、というのが真相だったのだ。

ディランは裏口のドアを閉め、息子の様子を見にいった。アダムは自分のベッドに横たわり、枕に顔をうずめて泣いていた。スニーカーが片方見当たらず、靴下が足首のあたりで丸まり、半ズボンが腰のところでよじれている。哀れな不幸の塊といった感じだ。

「お腹すいてないのか?」ディランは戸口で声をかけた。

「すいてない」アダムは寝返りを打ち、仰向けになった。涙やら鼻水やらで顔がぐちゃぐちゃだ。「なんで僕のバックパックが外に出てるの?」

「ホープとパパは、ソートゥース湖までハイキングに行ったんだ」

アダムは部屋の向こうから父親を見た。「ホープが僕のバックパックを使ったの?」

「そうだよ」

「僕の物に触ってほしくない。ホープなんか大嫌いだ」

ディランはベッドに近づいた。「何週間か前は好きだっただろう」

「そんなの前の話だよ」

「前って?」

アダムは顔をそむけ、壁のほうを向いた。「パパたちがセックスする前!」

一年ほど前、ディランはアダムに生命誕生の秘密をおおむね説明してやったのだが、本当に厄介な事柄については話していなかった。彼は息子の反応を考慮し、慎重に言葉を選んだ。

「ホープとパパは別に悪いことをしていたわけではないんだ。二人とも大人だし、おまえが帰ってくるのは日曜日の予定だったからね」

アダムは体を起こし、横目で父親を見た。「僕がいるんだから、もうあんなことしなくてもいいじゃないか。赤ちゃんを作るためなら、ホープにはほかの人を見つけてもらえばいいんだ」

「何だって？」ディランはベッドの端に腰を下ろした。「アダム、人は子供を作るためだけにセックスをするわけじゃないんだよ」

「ふーん。でもパパがそう言ったんだ。男は赤ちゃんを作るために女の人の体にペニスを入れるんだって」

なるほど。ひょっとすると、自分が思っている以上に初歩の性教育に失敗していたのかもしれない。「赤ちゃんが欲しくなくても、男は女の人とセックスがしたくなるんだ」

「どうして？」

「どうしてって……それは……」何を言うべきかわからない。でも、もうすでに失敗しているのだから、本当のことを言ってなんとか切り抜けよう。「ものすごく気持ちがいいからさ」

「どんなふうに？」

七歳の子供に、どうやってセックスを説明しろっていうんだ？「うーん、一日中、かくのを我慢してたところがやっとかけたときみたいな感じかな。あるいは、すごく冷たくなった足を温かいお湯に入れて、体がぶるっと震えるときみたいな感じ」ディランは息子の目の中に吸い込まれていくような気がした。

「気持ち悪い！」

「あと何年かすれば、そうは思わなくなるよ」

アダムが首を横に振る。「絶対やだ」

ディランはそろそろ話題を変えるべきだと判断した。「おまえの話が聞きたいな。旅行はどうだった？」

アダムは、話を打ち切るつもりはなさそうに見えたが、次の話題に移ってくれた。「まあまあ」

「ママのボーイフレンドのジェラールに会ったんだって？」

「変なしゃべり方をする人だった」

「おまえがその人のことをホモって言ったんだって話もママから聞いたぞ。そういう言い方はよくないな」

「どうしてママはうちに泊まっちゃいけないの？」アダムのほうも、そろそろ話題を変えるべきだと思っていることは明らかだ。とりあえず好きにさせてやろう。

「寝る場所がない」

「パパと一緒に寝ればいいよ。ホープは寝てた」

確かにホープは寝ていた。本当のことを言えば、ほとんど眠ってはいなかったのだが。

「それとこれとは話が別なんだ。ママはあのフランス人と結婚するんだよ」

「あの人じゃなくて、パパが結婚してあげれば？」アダムは膝に貼ったバンドエイドを指でいじりながら、そんなことを言いだした。「パパが結婚しようって言ってくれてたらそうしてたって、ママが言ってたじゃないか。だから、今、言いにいこうよ」

「もう手遅れなんだ。ママが愛してるのはジェラール・ラフォレットなんだよ」ディランが太ももを軽く叩くと、アダムはもそもそと父親の膝の上に乗ってきた。「人が結婚しない理由はたくさんある。でも、ママとパパが結婚しないからといって、おまえを愛していないということではないんだよ。それに――」ディランは事実を少し曲げて言い添えた。「ママとパパがお互いを思っていないということでもないんだ。パパはママを愛してるし、それはこれからも変わらない。だって、ママはおまえを授けてくれたんだから。おまえがいなかったら、パパはいつも、ものすごく寂しい思いをしなくちゃいけないだろうなあ」

「うん」アダムがディランの肩に片手を置いた。「僕はパパのちっちゃい相棒なんだよね」

「そのとおり」ディランは息子に腕を回し、ぎゅっと抱き締めた。「おまえが帰ってきてくれて嬉しいよ」

「僕も嬉しい。ねえ、マンディはどこ？」

「この前見たときは、おばあちゃんのクジャクを追いかけてたな。で、おばあちゃんがそのマンディを追いかけてたよ」

　アダムは体を引き、目を輝かせた。彼は、おてんばな犬の話を聞くのが誰よりも好きだった。「おばあちゃんはマンディを捕まえた？」

「だめだった。でも二人で迎えにいかないとな」

アダムはうなずき、ディランの肩に再び頭を載せた。

「ママが結婚したら、僕の名前はアダム・ラフォレットになっちゃうの？」

「ならないよ。おまえの名前はこれからもずっとアダム・テイバーだ」

「よかった」

本当によかった。アダムが帰ってきてから初めて、事態は好転しているように思えた。アダムがジュリーの結婚を口にしたことで、事態は正しい方向に一歩進んだ。アダムは親子三人で暮らす夢を手放そうとしているのかもしれない。ジュリーは自由に自分の人生を生きることになるのだろう。そしてディランは突然、ジュリーよりもはるかに自由に自分の人生を生きられる気がした。そう、自由になったんだ。今となってはもう手遅れだが。

「それに、ホープとはもうセックスしないんだよね？」

やっぱり、それほど自由ではないのかもしれない。ディランはどう答えればいいのかわからなかった。アダムが期待している答えはわかっているが、それを口にすることができない。ようやく一歩前に進んだのに、また一歩後退するようなものではないか。それにしても皮肉な話だ。ホープと出会ってようやく、自分が前に進みたくてたまらなかったことを理解したのだから。

ディランは息子のベッドに座って彼を抱き締めながら、これまでにない寂しさを感じていた。ホープと出会う前も寂しさは自覚していたが、今は前にも増して孤独が身に染みる。どういうわけかホープは彼の中に入り込んできた。それはまるで、彼女がディランの肺に新しい命を吹き込んだような、彼の血や活力を再びよみがえらせたような感覚だった。だが、おそらくホープはもうディランの人生から去ってしまったのだろう。彼は今、胸にぽっかり穴が開いたような気分だった。

「マンディを迎えにいこう」とディランは言った。というのも、アダムが期待していることは言えそうになかったからだ。まだ言えない。自分がどうするつもりなのかわかるまでは。ホープのことをどう思っているのか、すっかり混乱してしまったこの状況をどう考えればいいのか、ちゃんとわかるようになるまで言えそうにない。

ホープは悪いことでもしたようにこそこそ隠れるつもりはなかった。自分の家に隠れて、古い板張りの床を行ったり来たりしたり、数分ごとに窓に駆け寄ったりするつもりもなかった。その晩、七時四五分に彼女は桃色のサンドレスに着替え、化粧をし、食事に出かけた。残念ながら、この町でいちばん高級な店はコージー・コーナー・カフェだったのだが。

ジュークボックスからホンキートンクが流れ、ダイナーはホープが初めて足を踏み入れたときとまったく同じにおいがした。夕食どきの慌ただしさは収まり、客はボックス席にいる赤ん坊連れの夫婦が一組と、カウンターに陣取って笑ったりタバコを吸ったりしているティーンエージャーの女の子三人組だけだった。

どうやらコージー・コーナー・カフェは禁煙席を用意しろと文句を言われたことはないら

しく、未成年の喫煙についてもあまり気にしていないようだ。だが、少なくとも、この町の女の子たちは髪をピンクに染めていないし、顔に安全ピンも刺していない。

ホープは店の奥のほうにあるボックス席に座り、注文をした。チーズバーガー、玉ねぎ抜きで、マヨネーズを追加して別に持ってきて、それとフライドポテトのLサイズ、塩はかけないでね、飲み物はチョコレート・シェーク。もしかしたら、食べ物に慰めを見出せるかもしれない……。

仕事をするなんて問題外だった。彼女は一日の大半を泣かないように努め、私とディランの関係は本当に終わってしまったのかしら、彼に電話するべきかしらと考え、彼から電話がかかってくるのを待って過ごした。また、二人で一緒に過ごしたすべての時間を頭の中で再現し、とりわけ、ゆうべの親密なひとときを思い出してその日を過ごした。あのとき、ディランは私のことを大事に思ってくれた。彼の声や触れ方にそれを感じることができたのに。

彼の家に戻って無理にでも話を聞いてもらい、彼を裏切るようなことは絶対にしないと信用させるべきだと考えながら数時間を過ごした。だが、ディランがそれを確信できる唯一の手段は、彼やアダムやジュリーに関する記事が世に出ないことなのだろう。

ホープは床にモップをかけ、洗濯をし、バスルームを磨いた。ゆっくり風呂に入り、顔をマッサージし、マニキュアを塗り、ディランのことを気にかけないようにしようと、ありとあらゆる努力をした。君が赤の他人に思えると言ったときの、彼の冷たく近づきがたい表情を思い出さないように。しかし、何をやっても効果はなかった。

パリス・ファーンウッドがホープの前にシェークを置いた。パリスがナプキンの上に長いスプーンとストローを置いたとき、ホープはこの町に初めてやってきた日に、ここでパリスと二度目の遭遇をしたときのことを思い出した。そういえば、パリスがディランを見たとき、彼女の茶色い目の表情が和らぎ、とげとげしい顔つきが優しくなっていったっけ。ディランはこれでもかというほどパリスを輝かせた。私も同じように彼を見ていたのかしら？　彼はそれに気づいていたのかしら？

「ありがとう」ホープはストローを袋から出した。

パリスは下を向いたまま「どういたしまして」とつぶやき、去っていった。

かわいそうに。ホープはそう思いながら、パリスがカウンターの向こうに回り、灰皿の吸殻を捨てる様子を見つめた。初めてここに来た日、ホープはパリスのことをそう思ったのだ。今は前よりも少しだけパリスの気持ちがわかる。優しいディラン・テイバーを忘れてしまうことはなかなか難しい。本当に終わってしまったのかどうかわからないのだからなおさらだ。私は宙ぶらりんの状態で、すっかり打ちひしがれているわけではない。まだ今のところは。崖っぷちでぐらぐらしているような気分だ。そして、私を引き戻すことができるのは、ディランだけなのだ。

ホープはチョコレート・シェークにストローを差し、ぐっと吸い込んだ。私の心はディランの手に委ねられている。それをどうするかは、今や彼しだいだ。

パリスが再びやってきてホープの食事を置き、エプロンのポケットに入っていた小さな緑色の帳面から伝票を一枚剝ぎ取った。

「ほかにご注文は？」パリスはテーブルの上に伝票を投げるように置いて尋ねた。

「結構よ」すべて注文どおりになっているようだ。「ありがとう」

「いいえ」またしてもパリスはホープを見もしないで立ち去った。

ホープは自分があのウェイトレスにいったい何をしたのかわからなかった。でも、きっと重大な罪を犯したに違いない。皿にケチャップを出し、ポテトにつけて少し食べてみた。熱くて、脂っぽくて、期待したほど美味しいというわけではない。ホープはチーズバーガーに追加したマヨネーズを塗って食べた。これもたいしたことはない。でも、美味しく思えないのは食べ物のせいではないのだろう。私の気分のせいだ。慰めを求めていたのに、食べ物は答えになってくれそうにない。

目の隅に赤いものがちらつき、ホープの注意を引いた。目を上げるとテーブルの脇にその女性は立っていた。ホープはラルフローレンのジーンズから赤いシルクのタンクトップへと目を走らせたが、顎までの長さの茶色のウイッグをつけ、黒っぽいサングラスをしていても、その人がジュリエット・バンクロフトであることはすぐにわかった。

「人目を引きたくないなら、サングラスは外したほうがいいわ」

ジュリエットは話し相手が欲しいかどうか尋ねもせず、ホープの向かい側のシートに体を滑り込ませた。「マイク・ウォーカーには電話したの？」それは『ナショナル・エンクワイアラー』の悪名高き記者の名前だった。彼女はサングラスを外し、ハンドバッグの中に押し込んだ。

「さっき言ったでしょう。『ナショナル・エンクワイアラー』の仕事はしてないって」

「そんなこと、わかってる。『ウイークリー・ニューズ・オヴ・ザ・ユニヴァース』の記事を書いてるんでしょ。この前見たけど、そのタブロイド紙、ゴシップ欄があったわ」

「ええ、あるわよ」ホープは言葉を切り、フライドポテトをもう何本か口に入れた。「でも、セレブのくだらないネタを探すための記者は雇ってないわ。ハリウッド・ゴシップの欄に載る記事は、どれもこれもすごく古いニュースなの」

ジュリエットはメニューをつかみ、目を通しながら言った。「エージェントにはもう伝えて、彼が広報担当と相談してくれたわ。マスコミにはいつもどおり〝ノーコメント〟で対応して、頃合いを見て声明を出そうということになってるの」彼女はメニューをひっくり返し、裏面を見た。

「私は誰にも言わないわ」

ジュリエットが目を上げた。「ディランのため？」

「もちろん」ホープはためらうことなく答えた。「でも、ディランのことを何とも思っていなくても、アダムを傷つけるようなことは絶対にしないわ」

「ディランと二人で、アダムに話したの。あの子は大丈夫だと思う。この件が表に出たら、いちばん傷つくのは私よ」

「それと、私」ホープは言い添えた。「ディランはタブロイド紙でそんな記事を読むことになったら、絶対に私を許してくれないもの」

パリスがテーブルに水を置いた。「ご注文は？」

「これ、ミネラルウォーター？」ジュリエットが尋ねた。

「水道の水ですけど」

ジュリエットはグラスを脇によけた。「低カロリーのものはある？」

「サラダですね」パリスが答える。

「それでいいわ。チキンサラダをヴィネグレット・ドレッシングで」

「ヴィネグレットはありません」

「じゃあ、サウザンアイランドにして。でも、ドレッシングは別に持ってきてね。それと、ダイエット・コーク。氷は多めで」

「氷は別にします？」まさか。パリスでも冗談を言うことがあるんだ。ホープは目を上げてパリスを見たが、その顔にはこれ以上ないほど苛ついた表情が浮かんでいた。今のセリフが冗談ではなかったことは一目瞭然だった。

「グラスに入れといていいわ」パリスが去っていくのを見ながら、ジュリエットは首を横に振った。「こんなところで暮らしてて、よく皆、耐えられるわね」

「それが、だんだん気に入ってくるのよ」このひと言に、ジュリエットはもちろん、ホープ自身が驚いてしまった。

「ディランとつきあってどれくらいになるの？」

「それなりにってところ」

「今日、彼の家に入って、あなたがベッドにいるのを見て本当にショックだったわ」

「私も目が覚めたら、あなたがあそこにいたんで、ショックだった」

赤い唇の端をかすかに動かし、ジュリエットが渋々微笑んだ。

「彼はあなたが好きなのね」

ホープはシェークをすすった。ディランにどう思われているのかよくわからない。彼にとって大事な人だと言われたけれど、実際にはそれ以上のことは何も言われていない。今となってはもう知るすべはないのかもしれない。

ジュリエットの背後のボックス席に幼児を連れた地元の夫婦が座り、子供用の椅子を頼んだ。パリスがそれを持ってきたのだが、彼女は実に気さくに客とおしゃべりをしており、その変わりようにホープはびっくりした。

「ディランはどんな人とつきあってるんだろうって思ってたけど、あなたは私が想像していたタイプと違うわ」ジュリエットがそう言い、ホープの関心はパリスから引き離された。

「どうして？」

「結局、美人とつきあうだろうってことはわかってたわ。でも、私はもっと……地味な人がいいんだろうなって思ってたの」ジュリエットは茶色いウイッグの毛を耳の後ろにかけ、両手をテーブルに置いた。このとき、ホープは初めて、彼女の指に輝く見事なダイヤモンドに気づいた。「ディランは私のこと、どこまであなたに話したの？」

「たいしたことは……。彼があなたと結婚していなかったってことと、家を出るとき、アダムを一緒に連れてったってことだけよ」ホープは、それ以上ジュリエットに借りはないだろうと思った。

「ロスを離れるとき、ディランがアダムを連れていったのは、彼が素晴らしい父親だからよ」ジュリエットはテーブルに置いた手をじっと見つめた。「女のほうが養育権を譲ると、それがいちばん子供のためになる選択だとしても、世間から違った目で見られるの。何か問題があるんじゃないかとか、薄情なんじゃないかとか。でも、それは違うわ。私は息子を愛しているし、あの子の存在を秘密にしておくつもりはまったくなかったのよ」

ホープは何と言えばいいのかわからなかった。私は子供がいないし、これからも子供を持つことはないだろう。でも、父親がどれほど素晴らしい人物だとしても、養育権を手放そうとは思わない。

「あなたが記事にするといけないから、念のために言っておくわ。私の気持ちを知っておいて。私がディランにアダムの養育権を譲ったのは、彼がいい父親であり、いい人だからよ。私は二人を愛しているからディランに養育権を譲ったの」

ホープは国民的人気者である天使の美しい青い目をのぞき込み、彼女の言葉を信じた。ジュリエット・バンクロフトのことを理解していようがいまいが、気に入っていようがいまいが構わない。彼女の言うとおりだ。ディランはいい父親だし、いい人だと思う。

恋に落ちる前から私は彼と関係を持ち、とても久しぶりに自分の人生や、暗く痛ましい秘密を打ち明けた。ディランに自分のことを話したのは、彼と一緒にいると安心できたから。私はディランを信頼し、ディランも私を信頼して、自分の人生について語ってくれた。

でも、それは一〇〇パーセントの信頼ではなかった。私は自分が実際にやっている仕事についてディランに真実を告げなかったし、ディランも私の正面に座っている女性について嘘をついていた。彼はアダムの母親はウェイトレスだと言ったのだ。つまり、そこまでは私を信頼していなかったことになる。私はディランに嘘をつき、ディランも私に嘘をついていた。どんな関係であれ、これはおそらく最高のスタートとは言えないだろう。でも、二人で何とか乗り越えられるはず。

この件について、ディランは今、自分だけ何も悪くないような顔をしているけれど、彼の態度もじきに変わるだろう。私がゴシップ記者ではないとわかれば、彼は謝らなければいけないだろうから。そうしたら、彼を許してあげよう。でも、彼があまりぐずぐずしないといいんだけど。私は辛抱強い女じゃないのよ。

それとアダムのこと……。ゴスペルに来てまだ日は浅いけれど、私はあの子のことが好きになった。だから、彼の怒りを買ったことは、父親を怒らせてしまったことに負けないくらい、今の私にはこたえている。

14　マイクはハートが破れる音を感知する

ホープはグレーのスエットシャツの前でディスクマンのコードをはずませながら、大通りに向かってジョギングしていた。サングラスが朝の日差しから彼女の目を守り、ヘッドフォンから流れるジュエルの歌が引き裂かれそうな心を哀れんでくれている。彼女はポニーテールを上下左右に揺らしながら、ひんやりした山の空気を肺に吸い込んだ。

ディランは電話をくれなかった。ゆうべもくれなかったし、今朝もくれなかった。ホープは待つのが苦手だった。自分の人生が危ういと感じているときに待ってなどいられない。今朝、彼女は九時まで待ったが、その後、ジョギング・パンツをはき、彼の家に向かって走りだしたのだった。

私は彼を愛している。彼もきっと私のことを思ってくれているに違いない。彼と出会うために、三年の月日と一六〇〇キロの距離を費やしたのよ。問題はいろいろあるけど、二人なら乗り越えられる。だって、もう私にはあきらめるつもりなどないのだから。だが、彼の家に近づけば近づくほど、ホープは胃がよじれ、締めつけられるような感じがした。町に入ると、彼の家を訪ねていくことがいちばん賢明な方法なのかどうかわからなくなった。でも、じりじりしながら彼を待つのはもうたくさん。彼が何を考え、何を感じているのか確かめなくちゃ。そして、彼にとって私がどれほど大事な存在なのか確かめなくちゃ。

ハンセン・エンポリアムの角を回ったところで、ホープは足を緩めた。半ブロック先のコージー・コーナー・カフェの外に人だかりができている。どうやら撮影クルーとカメラマン、それに野次馬が集まって大騒ぎしているらしい。

人込みの中でも、くたびれたカウボーイ・ハットをかぶったディランの後ろ姿はすぐにわかった。ホープはヘッドフォンを引き下ろし、首に掛けた。胃が締めつけられ、人だかりに近づくにつれて緊張はさらに強まっていく。

大騒ぎしている人々に負けじとディランの声が大きく響いた。「バンクロフトさんは何もコメントしません」

大勢の人々が一塊になって通りを進み、ジム金物店の前を通り過ぎていく。レポーターが大声で決して答えられることのない質問を口々に叫び、カメラマンがシャッターを切り、撮影クルーがカメラを回す。中でもホープの耳に飛び込んできたのは、アダムの泣き声と、あっちへ行け、ママに触るなと訴える痛々しい声だった。人の群れがディランのトラックをわっと取り囲み、追いかけていくレポーターたちの壁をホープは押し分けていった。あるカメラマンの肩越しに、ジュリエットとアダムをトラックの運転台に押し込むディランが見えた。ホープは無理やり前に進み、押し合いへし合いする人々から抜け出した。

「私じゃないわ」ホープはディランの腕をつかみ、大声で言った。

ディランは歯を食いしばり、怒りに燃えた目でホープをにらみつけた。「俺に近寄るな」彼はそう言ってホープの手を振り払った。「息子にも近寄るな」彼は群がる人々のあいだを必死に縫って、なんとかトラックの運転席に回り、エンジンをかけた。レポーターたちが素早く脇へよけなかったら、ディランは彼らをなぎ倒していなかったとも限らない、とホープは思った。

トラックが縁石を離れる際、ホープは運転台をのぞき込み、ジュリエットの青ざめた顔を目にした。まさに顔面蒼白。どんなに化粧をしてもショックは隠せそうにない。アダムの顔もちらっと見えた。涙が頬を伝っている。ホープはかわいそうで胸が痛んだ。そして自分のことを考え、やはり胸が痛くなった。これで終わったんだ。私はディランを失った。彼はもう二度と私を信じてくれないだろう。

ホープは何もかも信じられず、ぼうっとしたまま、走り去るディランのトラックの写真を撮るカメラマンたちにちらっと目をやった。まるで、こうすればこの事態を止められるとばかりに両手を挙げたが、次々とシャッターが切られ、フィルムが回り、ディランは去っていった。そして突然、すべてが終わった。人がばらばらと散っていき、ホープは歩道に一人取り残された。ディランから近寄るなと言われたその場所で、彼女はじっと立ちすくんでいた。人生が崩壊してしまったその場所で。

ホープが後ろを振り向くと、様々な店の戸口に人が立っており、コージー・コーナー・カフェの入り口にも人があふれていた。ゴスペルの人たちの顔は見分けがついたし、彼らがぼう然として、すっかり混乱していることも目を見ればわかった。

通りをじっと見下ろしながら、どれくらいそこに立っていたのかホープにはわからなかった。それから、ティンバーライン・ロードにたどり着くまでにどれくらいの時間がかかったのかもわからなかった。足は鉛のおもりをつけられたように重く、手は冷たく、心は打ち砕かれ、息を深く吸い込むと胸が痛くなるほどだった。

ホープは自分の家には入らず、シェリーの家の裏口をノックした。友人が何を耳にしているのか、どんな話を信じているのかわからなかったが、ドアが開いた途端、ホープはわっと泣きだした。

「どうしたの?」シェリーはそう尋ね、ホープをキッチンへ導いた。

「ディランと話した?」

「あなたたちが私のハイキング・ブーツを借りにきたとき以来、話してないけど」

ホープはキッチン・カウンターにサングラスを放り投げ、濡れた頬をぬぐった。「彼、私がアダムや彼のことをタブロイド紙にばらしたと思ってるの」ホープが切り出し、シェリーは彼女にティッシュを渡した。ホープは、ディランの家で目覚めたらアダムが自分を見ていたというところから話を始め、事の顚末をシェリーに打ち明けた。話が終わると、シェリーは驚いた様子も見せなかった。

「まあ、何もかもおおっぴらになってよかったのよ」シェリーは食器棚からワイングラスを二つ取り出した。「小さな男の子がその手の秘密を抱えて生活しなきゃいけないなんておかしいでしょう」

「前から知ってたの?」

「ええ」シェリーは冷蔵庫を開けると、ボックス入りのジンファンデルを取り出し、グラスに注いでホープに差し出した。「ディランは素晴らしい父親よ。人に頼らずに自分の力でやっていることを考えるとなおさらそう思うわ。でも、あの子を守ろうとするあまり、かえって傷つけちゃうこともあるの」

ホープはグラスを受け取り、ワインを見下ろした。まだ昼にもなっていなかったが、どうでもよかった。「ディランは私を憎んでると思う」ホープは自分を見たときの彼の様子を思い出した。「ううん、思うじゃなくて、もうわかってる。彼は私を憎んでるわ。私がここに越してきたのは、自分たちのことをタブロイド紙に報告するためだと思ってるの」ホープは顔を上げた。「あなたは私のこと、信じてくれる?」

「もちろん信じるわ。あなたがディランのことをどう思っているかわかってるもの。それに、アダムにまつわる特ダネをこっそり探り出しにきたのなら、『ウイークリー・ニューズ・オヴ・ザ・ユニヴァース』の仕事をしてるなんて私に言わなかったんじゃないかしら」

「ありがとう」ホープはワインを一気に飲み干した。

「そんなこと言わないの。友達でしょう」

ホープはグラスの縁越しにシェリーの赤いカーリー・ヘアとそばかす、「ガース最高!」と書かれたTシャツ、ベルトの大きなバックル、ぴったりしたラングラーのジーンズに目を走らせた。「よかった……」ディランだけじゃない。私はシェリーと出会うために、三年の月日と一六〇〇キロの距離を費やしたんだ。二人はキッチンの脇にある小さな食堂に移動し、ホープはディランへの思いを包み隠さずシェリーに話した。

「彼に恋をするつもりなんかなかったの。でも、どうにもできなかったのよ。彼は私を傷つけるだろうってわかってたし、実際、そうなったわ」ホープはブレインとの結婚生活と、それが破局を迎えた本当の理由も打ち明けた。全部話してしまえば気分もよくなるだろうし、とにかくすっきりするはずだと思っていたが、そうはいかなかった。ホープはさらに傷つき、打ちひしがれた気分になった。

ウォリーがお昼を食べに入ってきたが、シェリーがディランの家に電話をし、うちの子をそっちに行かせても大丈夫かと確認するやいなや、彼は自転車に乗って出かけていった。シェリーが立って電話をしているあいだ、ホープは椅子に座ったまま身動きもせず、受話器から漏れてくる彼の声に耳を澄ましていた。心臓が喉につかえているような感じがする。彼女は自分がしていることに気づき、食堂を出て居間に入っていった。

それから数時間のうちに、ホープとシェリーはさらにワインを何杯か空け、ドーナツを一箱平らげた。

「本当に酔っ払っちゃったみたいね」泣きやまないホープを見て、シェリーが言った。

「いつもは飲むとすごく陽気になるのよ」ホープは涙にむせびながら言った。「けど、今は情緒不安定なの！」

「それでも〝情緒不安定〟なんて言葉が出てくるんだから感心しちゃうわ」

ホープはよろよろと家に帰ってきたが、そのころにはもう、考えがなかなかまとまらなくなっていた。頭の中にあるものがすべてぶつかり合い、ぐるぐるかき回され、解読不可能などろどろの塊になっている。なんとか寝室にはっていくと、あのビールのヘルメットと、ディランと初めて愛し合った日の翌朝、これをはけばと彼が渡してくれたボクサー・ショーツが目に入った。ホープはヘルメットをかぶり、ショーツをはいた。そして自分を慰め、そのまま意識を失った。目が覚めたときには、まるでコンクリートのブロックで殴られたかのように頭がガンガンしていた。

体を起こすと胃がむかむかし、ホープはバスルームに駆け込んだ。ディランのショーツを身につけ、冷たいタイルの床に座って吐いていると、腹が立ってきた。自分に腹が立ち、ディランにも腹が立った。確かに、いつまでも彼に嘘をついていてはいけなかったのだろう。でも、私は大きな嘘をついたわけじゃない。彼の嘘とは違って。彼は私を信頼すべきだったのに。信じてくれてもよかったのに、そうしてくれなかった。それに、私は彼に恋をしてはいけなかったのだ。ブレインから離婚届を差し出された日と同じような気持ちがする。胸を蹴飛ばされたような気分。ただ、今回の気分はもっとひどい。防ごうと思えば防げることだったのだから、自業自得だ。

最初からディランとは何の未来もないとわかっていた。それなのに、自らこんな事態を招いてしまったのだ。いや、「招いてしまった」という言い方は正しくないのかもしれないけれど、防ごうと思えば防ぐことはできた。独立記念日の晩、反対方向に逃げていくこともできたし、彼にノーと言うこともできたのに。彼の笑顔にやられないように心を守っておけばよかった。私を溶かし、私をハニーと呼ぶ、低い深みのある声にやられてしまわないように心を守っておけばよかった。肌をぞくぞくさせ、胸の鼓動を速める彼の手の感触から遠ざかっていればよかった。手と同じように私をとらえ、愛撫する彼の視線を避けておけばよかった。何かしら抵抗すればよかったのに、私は抵抗しなかった。逆方向に逃げるべきだとわかっていたのに、彼のほうに走っていってしまった。おかげでもう、心はずたずただ。

「どうすればいいの……」ホープはつぶやいた。逃げてしまいたいと思っている自分がいる。荷物をまとめて出ていけばいい。ここから逃げてしまおう。ゴスペルは私の居場所ではないのだから。

　ホープは横になり、ひんやりした清潔なタイルに頬を押し当てた。それでも、逃げようと思っている自分に逆らう、もう一人の自分がいる。前にも打ちのめされたことはあった。でも、今度こそ人生から目を背けるものですか。また苦しみに負けてしまうつもりはない。ゴスペルにやってくる前の私とは違うのよ。いつまでも落ち込んでいるつもりはない。心は引き裂かれ、ひどく傷ついているけれど、自分の足で自分の人生を歩いてみせる。

　ホープは頭を上げた。部屋がぐるぐる回り、彼女は再び横たわった。ええ、自分の足で人生を歩いてみせますとも。このバスルームの床から起き上がったらすぐに。

ディランはテーブルの向こうにいる息子を見た。この五分間というもの、アダムは軸のついたトウモロコシを皿の上でずっと転がしている。もう五〇〇回目になるんじゃないだろうか？　トウモロコシはディランが一口サイズにカットしてやったステーキにぶつかり、パンのほうへ転がっていく。「遊んでないで、食べたらどうだ？」

「トウモロコシ、嫌いなんだ」

「おかしいなあ。この前、四本も五本も食べてたじゃないか」

「もう嫌いになった」

昨日は一歩前進したというのに、今朝、父子は試練を味わい、二歩後退した。ジュリエットがひどく動揺している様子を目にしたアダムは自分を責め、ディランのことも責めた。七歳の頭で、彼はこう考えたのだ。もっといい子にしていたら、ママは僕を早く送っていこうとは思わなかっただろう、そうすれば、ママはゴスペルにいなかっただろうし、レポーターにも見つからなかっただろうし、泣かずにすんだんだ。

「ママは大丈夫だよ」ディランは息子を安心させようとした。

アダムが顔を上げる。「ママは、天使のドラマを打ち切りにされちゃうって言ってた」

車でサンヴァレー空港に向かうあいだの一時間、彼女はいろいろなことを口にしていた。

「ママは動揺してただけさ。ママのドラマを打ち切るやつなんかいないよ」つきあっているころから、ジュリーはとても大げさな態度を取ることがあるとわかっていたが、あそこまで大げさな彼女を見るのは初めてだった。ジュリーは涙を流し、もう私の人生はおしまいよとわめき、ディランが安心させようとすると、あなたは無神経だと言って彼を責めた。また、私たちの生活にタブロイド紙の記者を連れ込んだあなたがいけないのよ、とも言った。こうなったのはホープのせいだが、ディランも同罪だとはっきり言ったのだ。

ホープ……。ホープがアダムとジュリエットの事情を知ったのがゴスペルに越してきたあとのことだったとしても、美味しい話があるとわかった瞬間、彼女はそれを利用しようと思ったのだろう。コージー・コーナー・カフェの外であんな事態になったのがホープのせいではないとは、一瞬たりとも思えなかった。たとえホープが自分はかかわっていないと言っても、あそこでほかのタブロイド紙の記者やパパラッチに囲まれながら、彼の目をじっと見つめて「私じゃない」と言っても、偶然の一致があまりにも大きすぎて、彼女がこれっぽっちもかかわっていないとはとても思えなかったのだ。

ディランは、アダムが帰ってきたら終わりにしようと思いながらホープと関係を持った。数週間、彼女と一緒に過ごす時間を楽しみ、そのあとはいつもの生活に戻ればいいと思っていた。だがすぐに、自分が元の生活には戻りたくないと思っていることに気づいたのだ。一緒にいると、ホープは彼を笑わせてくれた。幸せな気分を味わわせてくれたし、人生をより充実させてくれた。彼はそんな生活をあきらめたくなかった。彼女をあきらめたくなかった。彼女との関係を終わらせたくなかったが、そうはいかなかった。もう終わったのだ。元々の計画どおり終わったのだから、皮肉な話ではないか。

「どうして食べないんだ？」ディランはアダムに尋ねた。

「さっき言ったじゃないか。トウモロコシ、嫌いなの」

「ステーキは？」

「ステーキも嫌い」

「パンは？」

「ジャム、つけてもいい？」

家に帰ってきてからアダムの思い通りになっていることは一つもなく、ディランは夕飯ぐらい妥協してあげようと思った。「いいよ」ディランはトウモロコシをかじり、冷蔵庫を開ける息子を見守った。

「ブドウジャムは？」

「切らしてるかな。イチゴジャムがあるだろう？」

「イチゴ、嫌いなんだ」

そんなはずない。いざとなれば、おまえはいつもイチゴジャムを食べてるじゃないか。

「なんで買っといてくれなかったの？」息子はまるで父親が極悪な罪を犯したかのような訊き方をした。

ディランはトウモロコシを皿に置き、両手を紙ナプキンでぬぐった。「たぶん忘れたんだ」

「すっごく忙しかったんだね」

アダムが何を言いたいのかはわかっている。ホープだ。パパはホープのことで手いっぱいだったと言いたいのだ。アダムは空港から戻ってからずっと喧嘩腰だった。ディランは今の状況を思い出し、挑発に乗らないように努めた。「ごはん、食べるんだろう?」

アダムが首を横に振る。「ブドウジャムじゃなきゃ、やだ」

「残念だな」

「買ってきてくれないの?」

「今夜はだめだ」

「ジャムがないと朝ごはんが食べられないよ」アダムは顎を前に突き出した。「お昼も食べられない。もう、ずーっとごはん食べられないかも」

ディランが立ち上がった。「それなら、おまえが食べるものを用意しなくて済むから助かるよ」彼はアダムの皿を指差した。「本当にもういいんだな」

「いい」

「じゃあ、歯を磨いて、パジャマに着替えなさい」一瞬、緊張感が漂い、アダムが食ってかかってきそうに見えたが、彼は下唇を突き出して部屋を出ていった。ディランはアダムの皿をつかみ、床に置いた。「ほら、おまえにやるよ」すると、キッチンテーブルの下からマンディがはい出してきて、あっという間にステーキとパンを平らげてしまった。それからトウモロコシをなめ、犬はそっぽを向いた。

夕飯は手抜きをしてシリアルで済ませればよかった。ディランはそう思いながら床に置いた皿を拾い上げた。今から二四時間ちょっと前、自分の人生はまっすぐ地獄へ落ちていったと思ったが、それは間違いだった。あのときはまだ、どん底には落ちていなかった。今こそ、地獄のどん底だ。

夕飯の前に実家に電話をすると、母親は実に楽観的な声で「それぐらいで済んでよかったじゃない」と言ってくれた。

確かに母の言うとおりだと思う。股間を蹴られたり、アダムが具合を悪くしたりする可能性もあったのだから。でも、体を傷つけられたり、病気になったりするのを阻止したのだとしても、それぐらいで済んだと言えるのかどうかわからない。

ディランはテーブルの上の皿も、コンロの上のフライパンもそのままにして、テレビの前でくつろいだ。リモコンをつかみ、チャンネルを次々と変えていく。『ジェパディ』、『ホイール・オヴ・フォーチュン』（いずれもクイズ番組）、『インサイド・ハリウッド』。そして次のチャンネルに変えようとしたその瞬間、ジュリーの映像が突然、画面に現れた。

「『地上の天国』に出演中のスター、ジュリエット・バンクロフトには七歳の息子がおり、ジュリエットはその事実を世間に隠してきました」レポーターが語りだし、ディランとジュリーとアダムがコージー・コーナー・カフェをあとにする映像が流された。「ある匿名の情報筋によれば、ジュリエットの息子はアイダホ州のゴスペルという小さな町で父親と暮らしており……」

ディランは、ジュリーとアダムをトラックに押し込む自分の姿を見つめた。数秒経ったころ、人だかりの中からホープが飛び出してきて、ディランの腕をつかんだ。青ざめてはいるものの、彼女は相変わらずきれいだった。ディランはホープの唇の動きを観察したが、マイったのだ。何を言ったのかはわかっていたから。もっとも、聞く必要もなかった。彼女は、自分は潔白だと訴えていた。もちろん嘘に決まっている。でも、テレビの画面からだんだん消えていく彼女を見ていても、彼女が嘘をついたとわかっていても、ディランの中には、ホープの言葉を信じたいという気持ちがあった。あれだけのことをしてもなお、ホープは彼の心を乱し、彼女が欲しいと思わせる力を持っていた。ホープを見ていると、彼女をつかみ、彼女を揺すり、彼女を抱き、彼女の首筋に顔をうずめたいと思ってしまう。ホープが欲しいと思うと、みぞおちが絶え間なくうずき、崖っぷちに立って空気をのみ込んでいるような気分になるのだ。

ディランは自分に嫌気がさし、テレビのチャンネルを『全米警察二四時　コップス』に変えてリモコンをソファに放り投げた。

これ以上、悪くはならないなどと考えるのは絶対にやめよう。なぜなら、そう考えた瞬間に、事態は本当に悪化するからだ。

その晩、ベッドに入ると、ディランの思考は再びホープへと戻っていった。二人が深い関係になる前に彼女のことを調べていたら、こんなひどい目に遭わずに済んだのかもしれない。今となってはもう手遅れだが、朝一番で調べてみたほうがいいだろう。念のために。

だが翌朝、私道の端でキャンプを張っているパパラッチを発見し、ディランはアダムを連れてトラックに飛び乗り、実家の牧場に向かった。そして週末はそこで過ごし、馬に乗ったり、義兄の手が回らず、そのままになっていたちょっとした仕事、たとえば、母親の鶏小屋に巡らせた金網を修理する、砂利道をならすといった仕事を手伝ったりしていた。ジュリーが電話をよこし、ジェラールと一緒に彼の家族がいるボルドーのブドウ園に身を潜めていること、数日のうちに『ピープル』のインタビューに応じる予定だということを伝えてきた。

月曜日の朝早く、ディランは仕事に出かけたが、そのころにはもう、レポーターはほとんどいなくなっていた。点呼の際に休暇中の出来事が報告され、ディランは過去二週間分の事故報告書と取り調べ調書をヘイゼルに持ってきてもらった。それから飲酒運転の検挙記録に目を通し、エイダ・ドーヴァーが提出した告訴状を読んだ。それによれば、エイダのホテルの花壇にウィルバー・マカフィーが犬を放し、「朝のお務め」をさせているのだとか。

ディランは報告書の山にひととおり目を通すまで我慢し、それが終わってからようやくカリフォルニア州自動車局に問い合わせをした。そして数分のうちに、ホープのロサンゼルスでの住所と社会保障番号を手に入れた。これがわかってしまうと、彼女に関する情報を見つけるのは信じられないほど簡単だった。

ホープは確かに『ウイークリー・ニューズ・オヴ・ザ・ユニヴァース』に雇われており、三つのペンネームを持っていた。ポルシェの前に所有していた車はメルセデス。大学卒業直後は『サンフランシスコ・クロニクル』で働き、その後、『ロサンゼルス・タイムズ』に雇われている。それから、ディランは裁判所の記録を探り、彼女が結婚した日付と離婚が成立した日付を確認した。

ディランはさらに詳しく調べ、ホープがマイロン・ザ・マッシャーことマイロン・ランバードというレスラーの嫌がらせ行為に対して訴えを起こして勝ち、マイロンに接近禁止命令が出されたとの記録を読んだ。彼女が勝訴したのはゴスペルにやってくる三カ月前のことになる。ランバードは自己弁護として、自分はミズ・スペンサーに憤慨している、彼女に「不思議なレプラコーン、ミッキー」のシリーズを続けてもらい、人から「ホモ」だと思われないように自分を「マッチョないい男」に戻してもらいたいと訴えていた。

裁判所はホープの訴えを認めただけでなく「被告は原告に対し、脅したり、攻撃したり、身体への接触を試みたりしてはならない。公の場や公道で原告の活動を妨げてはならない、職場、自宅など、原告が望むいかなる場所においても、原告から一〇〇メートル以内に近づいてはならない」との命令を出していた。

ディランは首を横に振り、椅子に座ったまま背中をそらした。こんなことで驚かないほうがいいだろう。ホープは接近禁止命令について何も言っていなかった。そりゃあそうだろう。でも、彼女が話してくれなかった大事なことはいくつもある。怒った小人症の男からストーカーされていたという話はその一つにすぎない。ほかにも俺の知らないことがあるんだろうか？

騒動があった翌週、ホープは家に閉じこもらないようにしていた。サンヴァレーまで車を走らせ、はやりのブティックで買い物をし、シェリーと一緒に多くの時間を過ごした。ビン詰めのピクルスの作り方を習い、ハックルベリーの見つけ方も教わった。記事の執筆にも取り組み、『ウイークリー・ニューズ・オヴ・ザ・ユニヴァース』向けの記事を何本か仕上げた。それに、ハイラムに関する記事の草稿もほぼ書き終えた。長いあいだ架空の話を書いてきたあとだけに、ノンフィクションは思っていた以上に難しいことがよくわかったが、ホープはこの挑戦を楽しんでいた。

シェリーから聞いた話によれば、ドネリー家は絵に描いたような、非の打ちどころのない家族だったらしい。子供は息子が二人と娘が一人。三人はシェリーよりも年上だったが、彼女の記憶では面倒を起こしたことは一度もなく、人づきあいはほとんどなかった。郡の保安官と敬虔なキリスト教徒の妻に育てられた子供たちというわけだ。ハイラムとミニーはともに地域社会の道徳的指針となっていた。世間には完璧な家族のように見せていたが、子供たちは一度家を出たきり、二度と戻ってこなかった。絵に描いたような家族には、どこか恐ろしく異常な部分があったのだろう。でも、それは何だったのか？

ホープは数日を費やしてこつこつと調査をし、ドネリー家の子供に関する情報をさらに見つけだした。彼らとじかに話す機会はないだろうが、調査でわかったことは、彼女の疑問に対する答えとしては十分であり、記事に新たな観点を加えてくれた。

ドネリー家の上の息子はアルコール中毒で亡くなり、下の息子は家庭内暴力を起こして服役中、娘は危機カウンセラーになっていた。ホープは詳しい話を聞くまでもなく、閉ざされた扉の向こうでは、絵に描いたような家族がまったく機能していなかったのだと理解できた。とりわけ驚きだったのは、そんな彼らがまんまと完璧な家族を装い、町の人々の個人的な問題に偉そうに口を出していたことだ。

ホープはほとんどの時間、ディランを忘れようと努めていたが、長時間うまくいった試しがなかった。ディランは夜の夢に現れ、白昼夢にも現れた。そして、ついに彼女の作品にも現れた。ホープはエイリアン・ストーリーの最新版に新たな切り口を少々加えていた。新しいキャラクターとして、女装したエイリアンの保安官を登場させ、デニス・テイラーと名づけたのだ。

その話が店頭に並ぶ日の朝、ホープは車でM&Sに行き、マガジンラックから『ウイークリー・ニューズ・オヴ・ザ・ユニヴァース』の最新号を手に取った。中央の見開きページを開けると、今回も彼女の記事が目玉になっていた。デニスを主役にした最初の記事だ。彼は首がムキムキした女装趣味の男として登場し、羽飾りのついたボディスーツに金色の星型のバッジを留めていた。これで汚名がそそがれた気分を味わえるはずだったのに、ホープはそんな気持ちにはなれなかった。

彼女はスタンリーとおしゃべりをしながら代金を払い、店を出た。車のほうに歩きながら、急いでゴシップ欄をめくる。記事にざっと目を走らせたが、ジュリエットとアダムの話は出ていなかった。でも、いずれ出るのだろう。おそらく来週号に……。

ホープは新聞をたたみ、ジーンズのポケットから車のキーを取り出した。連載は想像していたよりもずっと好評だったが、彼女は何も感じなかった。楽しくもないし、悲しくもない。ただ、味気ない気分だった。エイリアンの記事が売れるのもいいけど、人生にはもっといろいろなことがある。たとえば、生活をするとか、心を開くとか、恋をするとか、二九センチのカウボーイ・ブーツで心を踏みにじられるとか。

そのとき、自分の名前を叫ぶ声が聞こえたような気がして、ホープは手に持ったキーから顔を上げ、駐車場の端に目を走らせた。彼女の目に飛び込んできたのは、大きなボール紙のプラカード。そこにはこう書かれていた。「ミッキーをマッチョないい男にしろ」プラカードを持っている人物は見えないが、ボール紙の下から小さなスニーカーがのぞいている。それだけで十分だった。あいつだ。そう思うと、心臓が喉まで飛び出してきたような気がした。マイロンに見つかったんだ。

ホープは車に飛び乗るやいなや急発進で駐車場をあとにし、自転車に乗っていた親子をびっくりさせた。大通りを走りながら、彼女の手は震え、耳の中で心臓がドキドキいっていた。接近禁止命令がアイダホでも有効なのかどうか、ここならマイロンは自由に彼女を攻撃できるのかどうかわからなかった。本当にどうすればいいのかわからないまま、ホープは保安官事務所の裏に車を入れた。この疑問に対する答えが必要だったし、助けが必要だった。でも、ディランを巻き込むことは絶対に避けたい。ひょっとすると、保安官助手の誰かに話せば事足りるかもしれない。きっとディラン以外の誰かが、知りたいことを教えてくれるだろう。

保安官用のブレイザーを探すと、裏口の脇に止めてあった。彼はオフィスにいる。ホープの心臓は痛いほど激しく鼓動し、何度か止まりそうになった。私の問題に彼を巻き込みたくない。最後に会ったとき、彼は俺の人生にかかわるなと言った。本気でそう言ったのだ。あのひと言はこたえたけれど、毎日、毎時間、毎秒、彼のことを思っているけれど、なんとか乗り越えてみせる。彼のことは忘れよう。でも、彼と会って話さなければならないとしたら、それはできそうもない。そのとき、ディランの番犬役である秘書を思い出し、少しほっとした。仮に、彼に会いたいと思っても、ヘイゼルが通してくれるとは思えない。私の髪が燃えていて、ディランがたった一つしかない消火器を握り締めていたとしても通してはくれないだろう。

　ホープは深呼吸をし、バックミラーに映る自分をちらっと見た。それから赤い口紅を塗り直し、もっとおしゃれな格好をしてくれればよかったと思った。きちんとボタンを留めた白い綿のシャツにジーンズ、黒い革のベルトだなんて。変な格好というわけではない。でも、こんな格好では、どんな男性も私を捨てたことを嘆きはしないだろう。

15 証拠――ヘッド・バンギングは脳にダメージを与える

ホープは受付に近づき、女性の保安官助手が顔を上げるのを待った。「接近禁止命令のことで、教えていただきたいことがあるんですが」

「緊急ですか？」

「だと思います」

「危害を加えられました？」

「いえ、まだ」

保安官助手は受話器を取り、ボタンを押した。「ヘイゼル、緊急差し止め命令を請求したいっていう女性がこちらに見えてるんだけど」

「違うの」ホープは首を横に振り、保安官助手がディランと秘書を巻き込んでしまう前にそれを阻止した。「接近禁止命令はもう出してもらってるんです。カリフォルニアに住んでいたときに、マイロン・ランバードを訴えるはめになって、私が勝訴したんです。でもさっき、M&Sマーケットで彼を見てしまって」

「ヘイゼル、ちょっと待って」保安官助手が保留ボタンを押した。「その男に間違いありませんか？」

「ええ。マイロンを見間違えるわけありません。パトリック・スウェイジにちょっと似てるんです。ただ、背がもっと低いんですけど」

「低いって、どれくらい？」

「彼、小人症なんです」

保安官助手は二回瞬きをし、保留ボタンを押していた指を離した。「ヘイゼル？　受付に見えてる女性だけど、カリフォルニアからやってきた小人症の男性にストーカーされてるんですって。接近禁止命令について知りたいそうよ」

ホープはうめき声を上げた。「ああ、どうしよう……」

「ちょっと待って。聞いてみる」保安官助手はホープをしげしげと眺めた。「あなた、クジャクのブーツを履いてる人？」

「ええ」

「そうですって」保安官助手はディランのオフィスに通じる両開きのガラス扉を指差した。「そちらからお入りください。ヘイゼルがお手伝いしますので」

ホープはドアに描かれた金色の大きな星を見た。いつまでも消えなかったマイロンに対する不安が、ディランに会うことへの恐れに取って代わった。「ちょっと情報が欲しいだけなんです。こちらで教えていただけないかしら？」

保安官助手は首を横に振った。「ストーカーがカリフォルニアからここまで追いかけてきたとすれば、保安官に知らせる必要があります」

ホープは考えた。選択肢は二つ。大人らしく平然と振る舞うか、臆病者のようにこそこそ逃げるかだ。彼女は決めかねてしばらくそこに立ち尽くしていた。ひょっとすると、あれはマイロンではないかもしれない。別の小人症の男が、私に「不思議なレプラコーン、ミッキー」をマッチョないい男に書いてほしいと思っているだけかもしれない。このまま帰ってしまえば、またいつでも、ディランがオフィスにいないときに訪ねてくることができる。私が無視していれば、マイロンもそのうちつけ回すのに飽きていなくなるかもしれないし。問題は、今までもそうしてきたが、効果がなかったことだ。

ヘイゼルが片方のガラス扉を勢いよく開け、ホープに代わってどちらにすべきか決めてくれた。「テイバー保安官が、こちらへどうぞですって」

ホープは胃を少しむかむかさせながらへイゼルのほうに歩いていき、彼女に案内されて秘書のデスクを通り過ぎ、短い廊下を進んだ。彼のオフィスに近づくにつれ、気分はますます悪くなった。そして部屋に入ると、彼はそこに立っていた。ホープが覚えている彼よりも素敵に見える。背が高くて、ハンサムで、髪は指ですいたのか、くしゃくしゃになっている。ホープは足がすくみ、戸口で立ち止まってしまった。

「保安官、電話はこちらで受けておきましょうか？」ヘイゼルが尋ねた。

「そうしてくれ」何日も耳にしていなかった彼の声は、冬の日の暖かい日差しのようにホープに降り注いだ。「検察庁からの電話でなければ」

へイゼルはホープに視線を移し、あなたが訪ねてきた本当の理由を探ってやるわと言いたげに、スキャナーのように目を走らせた。「用があれば呼んでください。デスクにおりますので」へイゼルはそう言って部屋を出ていき、ホープは、打ちひしがれた心とむかつく胃を抱えたまま、愛する男性と二人きりになった。

「座ったら？」ディランが椅子を勧めた。

「いいのよ。あなたが忙しいのはわかってるし、邪魔はしたくないから。ちょっと訊きたいことがあって、助手の人に教えてもらえるだろうと思ったんだけど、誰もわからなかったみたい。それに、皆、あなたが私に会って事情を聞きたいはずだと思ったみたいで。そうじゃないことはわかってる。あなたの手を煩わせるとわかっていたら、訪ねてなんか――」

「何が訊きたいんだ？」ディランはホープの言葉をさえぎった。

ホープは腹部に片手を置き、深呼吸をした。「カリフォルニアで出された接近禁止命令はアイダホでも有効？」

「有効だよ」

「よかった」ホープは息を吐き出し、一歩後ろに下がった。「ありがとう」

「なぜ、そんなことが知りたいんだ？」

ホープはディランの緑色の目が見えるほどの距離に、彼が自分を見返しているのがわかるほどの距離に立っていた。彼は告訴の手続きをしにきた普通の市民を見るように私を見ている。まるで、私にはソートゥース湖も、逆さづりにされて天空を巡るカシオペアも見せてやったことはないといった感じで。

ディランの目に飢えたような輝きはなく、二人が出会ったあの瞬間から彼の目に宿っていた興味の色さえなくなっていた。何もない。ホープはそれが見えなくなって初めて、あの目の輝きや色が自分をどれほど楽しませ、どれほど欲望を感じさせていたかを思い知った。今の彼を見ていると目の奥がチクチクし、彼女はこうすればその痛みに耐えられるとばかりに、胃のあたりに手のひらを滑らせた。

「なぜ知りたい?」

私は今も彼をこんなに愛している。でも彼はもう、私を見てもほとんど何も感じないんだ。ディランを見ていると、それ以外のことを考えるのが難しくなってしまった。ホープは視線を下ろし、彼の机の上に散らばる書類を眺めた。

「何カ月か前に、マイロン・ランバードという男を訴えて、接近禁止命令を出してもらったの」ホープはいったん言葉を切って、すべすべした革のベルトを神経質そうに指でなで、泣いちゃだめと自分に言い聞かせた。「私がゴスペルにやってきたのは、彼のこともあったのよ。法廷審問のストレスやら、ありとあらゆるごたごたから逃れる必要があったから」ホープは目を上げた。「M&Sから出てきたら、彼がいたの」

「今日?」

「ほんの数分前よ」

「彼は何か言ったのか?」

「私の名前を呼んだような気がする」

「ほかには？」

「大きなプラカードを持ってて、それに〝ミッキーをマッチョないい男にしろ〟と書いてあった」

「そいつに間違いないんだな？」

「ほかに誰がそんなことするって言うの？」ディランはとても事務的で、とても冷淡で、もうそんなことはあり得ないと思っていたのに、ホープの心をあと少しだけ引き裂いた。

「どれくらい近くにいた？」

「駐車場の反対側にいたわ」

ディランは机の正面にある椅子を示した。「ホープ、座ったらどうだ」

彼がついに彼女の名前を口にした。そんなこと、してくれなければよかったのに。おかげで、事態は何もかもさらに悪化してしまった。そのひと言で、それ以前に彼が名前を呼んでくれたときの記憶、彼女の首や唇に向かって名前をささやいてくれたときの記憶がすべてよみがえってきたのだ。

「大丈夫」そうは言ったものの、彼女はもう一歩、中に進んだ。

ディランはしばらく彼女を見ていたが、やがて自分の椅子に座り、コンピューターに何かを打ち込んだ。「彼が君に暴行を加える恐れは？」

「それはないと思う。手は出されたことないけど、彼はよく、おまえにツームストーンをお見舞いしてやるって言ってた」

ディランがちらっと目を上げた。

「それはプロレスの技だ」

「知ってるわ」ディランは画面に表示されたものを読み、顔を上げて再びホープを見た。

「君を追いかけてゴスペルまでやってきたのだから、彼は接近禁止命令に違反している」彼はそう説明した。「もちろん、ほかの理由でここにいるんだと言ってくる可能性は常にあるが、判事が彼の言い分を信じるとは思えない」

「今度はどうなるの？」

「彼を連行し、留置所に入れる時間にもよるけど、今日か明日の午前中には判事の前に連れていく。で、保釈金の額と裁判の日程が決まる」

「また裁判をしなきゃいけないの？」もう一度、審問を受けるのはごめんだ。

「それは彼の申し立てによるな。罪を認めて、罰金を払って、町を出ていく可能性もある」

それはないだろう、とホープは思った。「彼に言ってきかせることはできる？　人込みの中でも、彼はすぐに見つかるわ。身長は一二〇センチもないし、パトリック・スウェイジにちょっと似てるのよ。たぶん、あなたなら彼を脅して、出ていかせることができるでしょう？」でも、ディランを怖がったとしても、それでマイロンを追い出せるとは思えない。これまでだって、あの男の扱いはそう簡単にはいかなかったのだ。

ディランは椅子に背中をもたせかけ、胸の前で腕を組んだ。「それが君の希望だとしても、告訴の手続きはしてもらわないと。こっちで検事に提出するものが必要になるといけないからね」

ホープは両手で顔を覆い、額をさすった。こんなところに来なければよかった。マイロンは罰金を払って、明日の朝にはもう、好き勝手に私をつけ回すのだろう。ディランに話しても何にもならなかったし、結局、私はマイロンよりも高い代償を払うことになるのだろう。マイロンは現金で払えばいい。でも私は、ディランを見て、ディランの声を聞き、ディランを愛おしく思ったおかげで、またたっぷり心を傷つけられることになる。

ホープは手を下ろし、首を横に振った。「もういい。あのちっちゃな悪党はどうせ好き勝手に私をつけ回すんだから」この部屋に入ってきたときから目の奥を突いていた涙が下まぶたにあふれ、視界がぼやけた。マイロンのことで失望して泣いているのか、死ぬほど愛している人が自分のことを何とも思ってくれないから泣いているのか、よくわからなかった。

「接近禁止命令なんて、彼にはちっとも意味がないのよ。だから、もういいわ」

ディランはコンピューターのモニターに注意を向け、すぐ画面に見入ってしまったように思えた。これ以上、君を見ているのは耐えられないとでも言いたげに。ホープの下まつ毛から、こらえきれない涙が一粒、頬を伝った。

「私がここに来たことは忘れて」彼女はそう言って、ほとんど逃げるように部屋を出た。これ以上恥をかきたくなかったのだ。

オフィスをあとにするホープを見てディランは椅子から立ち上がり、彼女を追いかけようとした。だが彼は思いとどまった。彼女に追いついたら、自分が何をするかわからなかった。彼女を胸に引き寄せ、髪に鼻をうずめてしまわないとも限らない。彼女がこの建物の中にいると聞かされたその瞬間、彼の体は反応した。彼女が部屋に入ってくる前から、その姿を見ただけで胸が締めつけられてしまったのだ。シンプルな白いシャツとジーンズに身を包んだ彼女は信じられないほど素敵で、ぴったりしたジーンズを見ていると、魅力的なヒップの曲線を抱き締めたくなるほどだった。

体の反応を無視できたのはありがたかった。自分を抑え、彼女も町で顔を合わせる一市民にすぎないといった感じでこの状況に対処できた。だが、それも彼女が泣きだすまでの話だ。彼女の涙を見た途端、椅子から飛び出して駆け寄ってしまいそうになった。いろいろなことがあったあとだというのに、ホープは今もなおディランの心をかき乱していた。やっぱり彼女が欲しい。

ディランは後ろ向きに机に寄りかかり、四角い部屋と壁に掛かっている表彰状をじっと見つめた。彼はホープとソートゥース湖までハイキングに行った日のことを、そして、寂しい思いをさせたらオフィスに行って告訴すると冗談を言っていたホープを思い出した。

今から一〇分前、ヘイゼルが内線でホープが受付に来ていると言ったとき、あの日の記憶が、稲妻のように頭に浮かんだ。リーバイスのファスナーに置かれた彼女の手と、彼の口の中にあった彼女の舌の記憶に息が止まり、ホープは口実を作って会いにきたのだろうかと考えた。そうではなかったと気づいたとき、彼の中にひどくがっかりしている自分がいた。

ホープが恋しい。いや、かつて自分が知っていたホープが恋しい。彼女と話したことが懐かしい。彼女の声の響きや肌のにおいが懐かしい。彼女と愛を交わしたこと、目が覚めると隣の枕に載っていた彼女の顔が懐かしい。だが、いちばん懐かしかったのは、夕食のとき、テーブル越しに彼女の顔を見ていたことかもしれない。

ディランは足を交差させ、ズボンに沿って走るカミソリの刃のような折り目を見つめた。ホープが恋しかったし、彼女が欲しかったが、それ以上に彼女を疑っていた。自分が知っているホープと、くだらないタブロイド紙に雇われているホープが頭の中で一致しなくても、彼女が一人しか存在せず、どちらも同じ人物だということはわかっている。彼女の仕事に対する忠誠心は、彼への忠誠心をしのいでいたのだろう。ホープには二つの選択肢があった。美味しい特ダネを公表したいという願望を取るか、彼が欲しいという気持ちを取るか。ホープは彼を選んではくれなかったのだ。

ディランは部屋の隅に歩いていき、洋服掛けから帽子をひったくるようにつかんだ。もう彼女のことは忘れるしかない。忘れてみせる。マイロン・ザ・マッシャーの問題を片づけてやったらすぐに。

午後三時、マイロン・ランバードはコージー・コーナー・カフェのスツールに座り、フライドポテトをむしゃむしゃ食べ、ＢＬＴサンドにかじりついていた。今まで、食事といえば、もっといかがわしいバーで食ってたからな、とマイロンは思った。それに、彼はそういう店でレスリングもやっていた。

古いジュークボックスから、つまらないカントリー・ウエスタンが流れてくる。メタリカとか、ヘッド・バンギングできるような曲はないのかよ……。店にはコックと長い髪を編み込みにしているウェイトレスが一人いるだけで、がらんとしており、コックのほうは休憩で奥に引っ込んでしまった。パリスか。マイロンは名札に書かれたウェイトレスの名前を読み、エキゾチックな響きだと思った。彼女は手がでかくて、骨太で、胸もでかい。俺はこういう女とレスリングをするのが大好きなんだ。つかむところがたくさんあるからな。二杯目のコークを持ってきたパリスは、怪物を見るような目で彼をじろじろ見たりはしなかった。

「ありがとう、パリス」マイロンは彼女と話をしてみよう、なんなら知りたいことを訊いてみようと思った。「君の名前はフランスのパリから取ったのかい？　それともテキサスのパリス？」

「どっちでもないわ。母がこの名前が好きだっただけよ」

「俺も好きだ。響きがエキゾチックだよな」マイロンはコークを一口飲み、こう尋ねた。「ここにはどれくらい住んでるんだ？」

「生まれたときからずっと。あなたはどちらから？」

「俺の住みかはどこにでもあるし、どこにもないのさ。プロレスラーなんだ。だから、しょっちゅう動き回ってるんだよ」

「レスラーですって？」パリスは目を大きく見開き、興奮で頬を紅潮させた。「あなた、ザ・ロックと知り合い？」

「もちろん」マイロンは嘘をついた。「あいつとは親しいんだ」

「本当！　私、ロックのファンなの」

女は皆、あいつのファンなんだ。ザ・ロックは有名人だが、俺だって短いあいだではあったが、ほんの少し名声を味わったことがある。「不思議なレプラコーン、ミッキー」だったころは、皆、俺と話したがった。ステータスのある会場で試合をしたことだって何度かあるし、普通サイズの若い女の子とのデートにこぎつけたことだってある。でも、そのあと、あのむかつく女記者、ホープ・スペンサーが俺をル・ポールに変身させやがった。あれですべてがぱっと終わってしまったんだ。

二六歳にしてマイロンは過去の人となってしまった。彼は名声を取り戻したかった。記事を一つ書いてくれればいいんだ。ホープが記事を一つ書いて、俺の名声を取り戻してくれさえすればいい。俺が求めているものをすべて与えてくれたら、あの女のことは放っておいてやるのに。

「WWFの試合に出てるの？」

「いや。でも、それが俺の夢なんだ」マイロンはそう打ち明け、BLTサンドを平らげた。最近では政治的公正《ポリティカル・コレクトネス》の風潮がアメリカ中を支配し、小人症のレスラーが出場する試合は行われなくなってしまった。WWFは世間の反発を恐れるあまり、小人《ミゼット》プロレスを主催しなくなり、おかげでレギュラーサイズのレスラーに比べると、マイロンの出ている試合はどうもあまり品がよろしくない。このところ、彼はメキシコに行こうかと考えていた。あそこはミゼット・プロレスが大人気なのだ。「レスリングをやろうと思ったことある?」

「私が?」パリスは笑って、片手を胸に置いた。「レスリングなんかできっこないわ」マイロンは彼女の手と大きな胸に注目した。「いや、君ならできるって。スパンデックスのウエアを着たら、きっと、ものすごく素敵だろうな」彼は赤くなっているパリスの顔をじっと見つめた。「いつか、ぜひとも君とレスリングがしてみたい」

「あら、それはどうかしら」マイロンの頭越しにちらっと外を見たパリスは、不安そうに眉間にしわを寄せた。「どうしよう、ディランが来ちゃった」

マイロンが振り返ると、保安官用のブレイザーから降りてくる長身のカウボーイが目に入った。「くそっ。かくまってくれ」彼はスツールに飛び乗り、跳馬をするようにカウンターを乗り越えて反対側に着地した。「俺のことを訊かれても、いるって言わないでくれよ」

「彼は私がやったことで来たんだと思う」

マイロンはしゃがみこみ、カウンターの裏側の棚に背中をもたせかけた。パリスの言ったとおり、保安官は俺を追ってきたのではないといいのだが。小さな町のムショですっかり参ってしまった連中の話はたくさん聞いている。知り合いのレスラーたちのネットワークでは、タイニー・テッドが逮捕されたときの話は有名だ。やつはオクラホマで逮捕され、酔っ払った保安官助手たちの前で「ペロペロ飴組合」を歌いながら、オズの魔法使いに出てくる小人族《マンチキン》みたいに踊らされたんだ。そんな目に遭ったら、ドラッグ・クイーンに変身させられる二倍はみっともないに違いない。

　ドアが勢いよく開き、再び閉まる音がした。ブーツのかかとがリノリウムの床を踏みつける重たい足音が聞こえる。

「やあ、パリス」マイロンが隠れている場所から数メートルと離れていないところで男が言った。「元気？」

「ええ、元気よ。ご注文は？」

「いや、何もいらない。外にラスヴェガス・ナンバーのウィネベーゴ（キャンピングカーの車種）が止まってるね。持ち主を探してるんだ。名前はマイロン・ランバード。身長は一メートルちょっと。見かけなかった？」

「どうして探してるの？　危ない人だから？」

「ちょっと話がしたいだけだよ」

　一瞬、間があり、マイロンは息を止めた。「さっきまでここにいたけど、もう行っちゃったわ」ようやくパリスが答えた。もし隠れていなかったら、マイロンは彼女にキスをしていただろう。

「いつ出てった？」

「一時間ぐらい前」

「どっちに行ったか見たかい？」

「見てないわ」パリスが答えた。マイロンはキスをするわけにはいかなかったので、デニムのスカートに隠れた彼女のふくらはぎに触れ、膝を軽く叩いた。

「じゃあ、また彼を見かけたら、必ず保安官事務所に通報してくれ」

パリスはまたしばらく返事をせず、マイロンは、彼女は俺を蹴飛ばすつもりだろうか、それとも密告するつもりだろうかと考えていた。「どうして？　その人、何をしたの？」

「接近禁止命令を破ったんだ」

「相手は？」

「ミズ・スペンサー」

「あ、そう」パリスはマイロンの手を蹴飛ばした。

「どうかした？」保安官が尋ねる。

「どうもしないわ。虫を踏みつぶしただけ」マイロンはまた蹴られないように、パリスの太ももに腕を巻きつけてしがみついた。パリスがまったく動かなくなり、マイロンは、彼女がチクるのではないかと身構えた。

「あのウィネベーゴの近くでその男を見たら、通報してほしい」

「そうするわ」

ブーツの音が遠ざかり、ドアが開き、閉まった。「行ったのか？」マイロンがささやいた。

「スカートの下から手を出しなさいよ！」

マイロンはパリスの柔らかい太ももから膝へと手のひらをゆっくり滑らせた。「君の肌は素晴らしい」

パリスは一歩後ろに下がり、本物の虫であるかのようにマイロンを見下ろした。「ホープ・スペンサーを追いかけて、ここまで来たの？」

「〝追いかける〟なんて言い方はひどすぎるな」マイロンは立ち上がり、カウンターによじ登った。そこに座ってパリスと向き合うと、頭の位置が彼女とほぼ同じ高さになる。「ホープにはちょっとやってもらわなきゃいけないことがあるんだよ」

「何それ？　あなたの子供を産ませたいの？」

「まさか！　俺はあの女を憎んでる」

しかめっ面をしていたパリスが片方の眉をすっと上げた。「そうなの？」

「ああ。あいつのおかげで、俺の人生は台無しさ」

「私の人生もおんなじ。ホープがやってきてからというもの、男は皆、彼女を追いかけてるのよ」

「ホープを？　あんな痩せぎす女」

「よく言うわ。口先だけのくせに」

「違う。俺はLサイズの女が好きなんだ」マイロンはパリスの全身をしげしげと眺めた。「君みたいな女がね」

ホープは両手に丈夫な軍手をはめ、ドネリー・ハウスの前にある古いバラ園で伸び放題になっている雑草と格闘していた。ＧＡＰの帽子で覆われた頭に遅い午後の太陽が照りつけ、虫がブンブン飛び回っている。彼女はベージュのショートパンツに赤いタンクトップという格好で、むき出しの肌は日焼け止めと虫除けスプレーで保護していた。ポーチにはアイスティが入った蓋つきの大きなピッチャーが置かれ、CDプレーヤーからボニー・レイットの歌声が流れている。

M&Sの外でマイロンを見てから三日が経っていた。その後、再びマイロンの姿を目にすることはなかったが、彼は電話をかけてきた。電話帳に載せていない番号をどうやって調べたのかはわからない。だが、とにかくかけてきた。彼は電話口で何も言わなかったが、ホープにはマイロンだとわかった。息遣いでわかったのだ。彼はロサンゼルスで彼女をつけ回していたときも同じことをした。

マイロンのことをシェリーに話したとき、友人は、そんなの何も心配することはないとホープの不安を退けた。だが、気味の悪い電話がいつまでも続くと、ポールに頼んでマイロンをとっちめてもらうわと言ってくれた。そんな簡単に片づいてくれればいいのだが。ホープは以前の経験からよくわかっていた。マイロンは身を隠すのがうまいのだ。

「何してるの？」

ホープが後ろを振り返ると、海水パンツとカウボーイ・ブーツしかはいていない男の子が二人、庭に入ってくるところだった。ウォリーはすぐさま家に立てかけてある大きな鎌に目を移したが、アダムはずっと地面を見つめたままだった。

ホープはアダムを見て、心がぽっと温かくなるのがわかった。自分でも意外だったが、アダムに会えてとても嬉しかったのだ。こんな短いあいだで、これほどアダムのことを気にかけるようになるなんて。石と気持ちの悪いものが大好きなかわいい子。「あなたたち、日焼け止め塗ってるの?」

ウォリーがうなずき、再び尋ねた。「何してるの?」

「このバラの花壇をきれいにしようと思ってね」

「手伝おうか?」

普段の彼女なら、手を差し伸べてくれる人は誰でも大歓迎していただろう。「ううん、間に合ってるわ」

「僕たちのこと、雇っていいよ」ウォリーは断られたとは思っていないかのように続けた。「ちゃんとやるからさあ」

ホープはアダムを見た。彼はようやくブーツから視線を上げてホープと目を合わせたが、頬を赤らめ、顔を背けてしまった。きまりが悪いし、どうしていいかわからないといった様子だ。「雇ってあげてもいいけど、アダムがここにいるのを見たら、お父さんはあまり嬉しくないんじゃないかしら」

「おじさんは気にしないよ。なあ、アダム?」

「うん、ここで草むしりしても、パパは気にしないよ」

そんなこと真に受けちゃだめ。「じゃあ、こうしようか」ホープはあれこれ言わずにこう続けた。「パパをつかまえて、ちゃんと訊いてきて。パパがやってもいいって言ったら、二人とも雇ってあげる」

「わかった」二人は同時に答え、通りを飛ぶように渡っていった。

ホープはしだいに見えなくなっていく二人を見守りながら、あの子たちが戻ってくる見込みはこれっぽっちもないだろうと思っていた。正面の窓の下で庭をぎっしり埋め尽くす雑草をせっせと抜きながら、ホープの思考は再びマイロンへと戻っていった。先ほど、保安官事務所のスタッフから電話があり、マイロンのウィネベーゴが消えた、彼は町を出ていったのだと思うと告げられた。そんなわけないでしょうと思ったものの、ホープは何も言わなかった。この前、助けを求めにいったとき、私はディランのオフィスに追いやられた。部屋の向こうを見つめ、私を見返すディランの無表情な顔を目にするぐらいなら、マイロンに嫌がらせされるほうがましだ。

マイロンのせいで気が変になりそうだけど、少なくとも、あいつは私を傷つけていない。ホープは大きな雑草を力いっぱい引っこ抜き、すでに取り除いた草の山に放り投げた。ディランの冷淡な態度に絶えず心が打ちひしがれるぐらいなら、いかれた小さな男につけ回されて頭がおかしくなるほうがいい。

ホープが目を上げたちょうどそのとき、男の子たちが戻ってきた。

「アダムのお父さんがやってもいいって」

ホープは信じられなかった。息子が私のそばにいることをディランが許すわけがない。俺の息子に近寄るな、彼はそう言ったのだ。「本当にいいって言ったの？」アダムに訊いてみた。

アダムはまっすぐホープの目を見つめて答えた。「うん、言った」

「私の手伝いをしてもいいって言ったの？　パパに私の名前をちゃんと言った？」

「うん」

驚いたのと同時に、おそらく少しほっとしたのだろう、ホープは軍手をはずし、地面に落とした。結局、彼は私のことをそれほどひどい人間だとは思っていないのかもしれない。

「じゃあ、いいわ。ついてきて」彼女はアダムとウォリーを家に連れていき、皿を洗うときに使っているピンクのゴム手袋を一組ずつ渡した。それから砂糖をたっぷり入れたアイスティを出してやると、二人はそれを飲んで再び外に出ていき、仕事に取りかかった。ウォリーはほとんどノンストップでしゃべっていたが、アダムはいつもより静かだった。

「ホープ、訊いてもいい？」ウォリーが自分の背の高さぐらいある草と格闘しながら言った。

ホープが顔を上げる。「どうぞ。でも答えたくなかったら、答えなくてもいいのよね」

「いいよ」ウォリーは引っこ抜いた草を雑草の山に放り投げた。「いつかホープの車を運転してもいい？」

ホープは私道に止めてあるポルシェをちらっと見た。「いいわよ」ウォリーの顔がたちまち満面の笑みになったが、それもホープがこう付け加えるまでの話だった。「一六歳になって免許を取ったらね」

ウォリーはため息をついた。「なんだよ、もう」それから、ウォリーとアダムはある雑草を二人がかりで引き抜いた。

ホープは少し離れたところにある別の花壇で膝をつき、横目でアダムを見ていた。じっと観察していると、その後一時間、アダムは自分が見られていないと思ったときは必ずホープを見ていた。緑の目の上で眉根を寄せ、まるで真剣に何かを理解しようとしているかのように。

「ホープ？」

「なーに、ウォリー？」

「どうしてホープには子供がいないの？」

ホープは軍手をはめた両手を太ももに当て、帽子のつばの下からウォリーとアダムをじっと見つめた。この子たちといるといつもそう。質問にどう答えたらいいのかわからなくなってしまう。

「結婚してないから？」ウォリーは興味津々だった。

するとアダムがようやく口を開いた。「ばっかだなあ。結婚してなくたって子供はいていいんだ」

「だめだよ」

「いいんだってば。僕はパパとママの子供だけど、パパとママは結婚してなかったんだ」アダムが堂々と打ち明け、ホープはそれを聞いて嬉しくなった。彼はもう事情がわかっている。

それに、どうやら大丈夫そうだ。

ウォリーは友達をしげしげと眺めた。「ほんとに？」

「うん」

「あ、そうだ……」二人はホープのほうに注意を戻し、彼女の答えを待った。

「それはね……」もう出たとこ勝負だ。「ずっと若いころ、手術をしなきゃいけなくなって、そのあと、子供が産めなくなっちゃったの」

アダムの目が大きくなった。「手術したの？　どこを？」

ホープは立ち上がってお腹に手を当てた。「ここ」

「痛い？」アダムは興味津々だった。

「もう痛くないわ」

アダムがホープのほうに近づいてきた。タンクトップの下が見えているかのように、目が彼女のお腹に釘づけになっている。

「傷跡があるの？」

「そうよ」

「すごーい！」アダムが顔を上げると、髪の毛がぱさっと目にかかった。またカットしてもらう必要があるようだ。「見せてくれる？」

ホープは片手をアダムのおでこに持っていき、髪をどけてやった。暑い太陽に照らされ、彼の頭は熱くなっている。彼女は手のひらに温もりを覚え、さらにその熱が胸の奥まで伝わっていくのを感じた。アダムはたじろぐわけでもなく、体を離すわけでもない。ホープは彼を見下ろし、微笑んだ。「それはやめとくわ」

「なんだあ……」

ディランのトラックがハイウェイを下りてティンバーライン・ロードに入ってくると、ホープは膝の埃を払った。彼に会ったときの私の心の反応は、いったいいつまで続くのだろう？　ホープはポーチに歩いていき、彼にわざと背中を向けて、アイスティのピッチャーを手に取った。ディランに会って、彼は私を見ても何も感じていないのだと思い知るのはいやだ。いつかはどうでもよくなって、私も彼に対して何も感じなくなるのだろう。別れた夫に対して何も感じていないように。でも、そうなるまでには時間がかかる。それに、「いつか」は今日ではない。

「じゃあね」ウォリーとアダムは同時にそう言って、ゴムの手袋を地面に放り投げた。

「ちょっと待って。まだお駄賃、あげてないでしょう」ホープは肩越しに振り返り、大声で二人の背中に呼びかけた。

「あとで」ウォリーが叫んだ。二人はトラックが通り過ぎるのを待つのももどかしく大急ぎで庭を駆け抜け、アバディーン家のほうに走っていってしまった。

ホープはひそかに思った。一杯食わされたかも……。あの二人は人の目をまっすぐ見て、一生懸命、嘘をついたんだ。ディランは面白くないんじゃないかしら？　彼がそのことで何か言ってくることは十分予想できる。私が記事にする情報をアダムから聞き出そうとしていると思って、「息子に近寄るなと言っただろ」とかなんとか言ってくるかもしれないし。

ホープは正面の窓の下で再び花壇の草むしりに取りかかり、彼を待った。一〇分と待たないうちに、家の私道にディランが現れ、歩いて庭に入ってきた。デューティ・ベルトはしていなかったが、まだ保安官の制服を着ており、ミラー・サングラスもかけていた。

ホープは立ち上がり、彼を止めようとするかのように両手を前に差し出した。「怒鳴る前に訊いて。アダムを草むしりに雇ったけど、ちゃんとその前に、パパがいいと言ってくれるかどうか聞いてきてねって頼んだわ。あの子とウォリーはあなたに電話をかけにいって、戻ってきたら、アダムが言ったのよ。パパがうちの庭で働いてもいいと言ったって」彼女は軍手をはずし、一方の手に持った。「あと、念のために言っとくわ。私がアダムを口車に乗せて、あなたとジュリエットのことを聞き出そうとしたんじゃないかと思ってるのかもしれないけど、私はそんなことしてないから。はっきり言って、あなたがどう思おうと構わないんだけど」最後のひと言は真っ赤な嘘だったが、いつか本当にそうなるだろうと思った。

ディランは一方の足にかけていた体重をもう一方の足に移し、サングラス越しにホープを見た。「そっちの話は終わり?」

「だいたい、そんなところだと思う」

「俺が寄ったのは、今日、助手のマリンズが君に連絡をしたかどうか確認するためだ」

「ええ、誰かから電話はもらったわ」

「じゃあ、マイロンは出ていったようだという話は聞いてるんだね?」

「ええ。あなたたちがそう思っていることは知ってるけど」

ディランは一方の眉を上げた。「君はそう思ってないのか？」

「マイロンが町を出ていってないことはわかってるもの。うちにずっと電話をかけてきてるのよ」

「やつは何て言ってる？」

「何も。ハアハア言ってるだけ」

ディランは口元をゆがめ、二本の指で帽子のつばを額の上に押し上げた。「息だけで彼だとわかったのか？」

「前にも同じことをされたの。この町に卑猥な電話をかけてくる常習犯がほかにいなければ、あれはマイロンよ」

「町の外からかけてきてるのかもしれない」

ホープは肩をすくめた。「かもね」だが、彼女はそうは思っていなかった。「お財布を取ってくるから、ここで待ってて。お駄賃を払う前にアダムは走っていっちゃったの」

「いいよ。アダムのやつ、俺に電話して君の草むしりを手伝う許可をもらったと嘘をついたんだ。嘘をついたらご褒美はもらえない。罰として、ただ働きってことにしよう」

ホープにはそれは厳しいように思えた。「本気で言ってるの？　アダムはものすごく一生懸命やってくれたのよ」

「本気だとも。でも、これからは、あの子が君の手伝いをするのに、俺の許可をもらう必要はない」

「やっても構わないってこと？」

「ああ。俺たちのあいだに何があったにせよ、君が何をしたにせよ、記事を書くために君がアダムにあれこれ質問をするとは思えない」

彼はこれで敬意を表したつもりなのだろう。おそらく、優しく接してやっていると思い込んでいるのだろう。なんて、いやなやつ……。ホープは軍手を地面に投げつけ、彼のほうに近づいていき、数センチ手前で立ち止まった。「私が何をしたって言うの？　何もしてないわ。それに、あなたもいずれ思い知るわよ。自分が……自分が……」あまりにも腹が立って、あまりにもいらいらして、うまい言葉が浮かんでこない。

ディランの口の端が少しひきつった。「何なんだ？」

彼は私を笑っている。私の心を引き裂いて、今度は私を笑っている。ホープは胸の下で腕を組んだ。「小男一人見つけられない、田舎者の保安官だってことよ。この町で全米小男大会でもやってるんだったらわかるけど、そうじゃないでしょう」ディランの唇のラインが平らになり、ホープは図に乗って続けた。「一二〇センチもない男一人見つけるのがどうしてそんなに難しいの？　あいつは周りに溶け込んでしまうような男じゃないのよ」

「いいかい、ハニー。そもそも、友達を作るのに、そんなユニークなやり方をしなければ、小男にストーカーなんかされなくて済むんだ」

ディランはハニーと呼びかけたが、彼女をますます激怒させただけだった。「私の庭から出てってて」

「出ていかなかったらどうするつもりなんだ？　保安官を呼ぶのか？　なら、ペンを持ってきて電話番号を書き留めておくんだな。九一一だ」

ホープは両手でディランの胸を突き、ぐっと押した。彼はびくともしない。ホープはもう一度やってみた。かかとが地面から浮き上がるほど強く、彼を押した。だが体を前に傾けた瞬間、制服のシャツの折り目に置いた手が上に滑ってしまった。ホープは彼のがっしりした胸に倒れ込み、あっと声を上げた。

ディランは両手でホープのウエストをつかみ、押しのけるつもりなのか、そのまましばらく彼女を支えていた。ホープはディランのサングラスに映る自分のショックと驚きの表情を目にした。と同時に、彼の両腕が巻きついてホープを引き寄せ、彼女は爪先立ちになった。ディランは、出ていくよというようなことを口にしたが出てはいかず、唇を下げてホープにキスをした。いつものように、ディランに触れられるとホープは肌がぞくぞくし、体中の神経にかすかな温かい震えが走った。ディランがほてった体にホープを押しつけ、両手で彼女の背中をなでる。それはとても久しぶりのことで、ホープは彼がとても懐かしかった。彼の肌のにおい、彼の感触が懐かしかった。ディランの舌がホープの舌を愛撫し、キスは激しくなっていく。

ディランが喉の奥で低くうめいた。それは純然たる欲望と、満たされない欲求の声だった。その声はホープの最も深い、最も根本的な部分に呼びかけている。彼女はその声に応える前に、今まで一度もしたことのない行動を取った。彼のたくらみにはまる前に、やっとの思いで彼の抱擁から遠ざかったのだ。

ホープは濡れた唇をなめ、息を吸い込んだ。頭がくらくらし、混乱している。どんなにそうではない振りをしても、ディランは私を求めている。「あなたは嘘つきよ、ディラン・テイバー」

「俺が？　嘘つき？」

こんなの不公平だ。やっと愛する男性と出会ったのに、彼が同じように愛してくれないなんて。「それに、偽善者よ」

ディランはサングラスをはずし、ポケットに突っ込んだ。「何を言っているんだ？」

「私が誰に雇われているか、本当のことを言わなかったから怒ってるんでしょう。ほんの小さな嘘だったのよ。それがどんどん、どんどん大きくなって、こんなはずじゃなかったのに重大なことになっちゃったの。確かに、あなたの言うとおりだわ。あなたにばれる前に話しておくべきだった。でも、ディラン、あなただって私に嘘をついたでしょう。アダムの母親はウェイトレスだって嘘をついたじゃない」

「俺にはちゃんとした理由があった」

「そうね。私のことはちっとも信用してなかったのよ」

「信用しないで正解だったことははっきりしてる」

ホープは地面から軍手をひっつかんだ。「自分がやってないことであなたに弁解するのはもううんざり。これが最後よ。私はタブロイド紙に電話はしてません」

ディランは、こうすればホープの口から出てきた真実の告白をじっと眺めることができるといった感じで彼女を見た。「それが本当かどうか、俺にわかるわけないだろう？」

「そうね」ホープは首を横に振った。「わかりっこないわ。だって、それは証拠がなくても私を信用しなくちゃいけないってことだもの。私を信頼しなくちゃいけないのよ。でも、あなたは絶対にそんなことしないでしょう。だって、私のことなんか、本当はちっとも大事に思ってなかったんだから」

「違う」ディランはホープの頭の上まで視線を上げた。「思ってたさ」

「足りないの」ホープは心を引き裂かれたまま、最後にもう一度、愛する男性を見た。「私はもっと思われていいはずよ。なのに心から思ってもらえないんだわ」

マイロン・ランバードはずんぐりした指にスウィッシャー・スウィートを挟み、口の端から抜いて葉巻の煙を吐き出した。煙の輪が天井に向かって昇っていく。パリスの家の納屋に入れたウィネベーゴの中であともう一日隠れているはめになったら、頭がおかしくなってしまうだろう。ぷっつりキレて、誰かを襲い、ボコボコにしてしまうかもしれない。

マイロンは片方の肘をついて体を起こし、パリスの顔を見下ろした。ベッドのシーツの下で、彼女は裸の体を彼に押しつけている。パリスはいい女だ。今まで好意を持ったどんな女性よりも、彼はパリスに好意を持った。もちろん、母親は別にしてという話だが。

パリスの料理の腕は抜群だ。それに、二日前まで彼女は処女だった。パリスが彼のキャンピングカーにやってきた最初の晩、二人はセックスをしたが、マイロンは自分が彼女の最初の男だったということが今も少し信じられずにいた。彼女が俺を選んだんだ。それを考えると胸を張って誇らしげに歩きたい気分だった。自分が一カ所に長く留まるタイプの男ではないことがとても残念だった。なぜなら、もし自分がそういうタイプの男だったら、彼女とここに住んでみたいと思えたからだ。

「明日の夜、あなたもダンスに行けたらいいのに」パリスはすっかり夢見心地でマイロンを見た。「町の創立記念日のダンス・パーティがあって、会場の農民共済組合会館を色とりどりのテープで飾るのよ。皆、思いっきりおしゃれをしてやってくるし、バンドも入るの。ツーステップの踊り方、教えてあげるわよ」

町のどこであれ、マイロンは姿を見られるわけにはいかない。パリスもそのことはもうわかっていた。それでも一緒に踊りにいきたいと言うなんて、とても優しい女だ、と彼は思った。たとえ、うんざりするようなカントリー・ミュージックに合わせて踊らなければいけないのだとしても。

「そろそろここを出ていかなきゃいけないと思うんだ」

パリスの眉間にしわが寄った。「行かないで」

「君んちの納屋に一生隠れていられると思うのかい？」

パリスはにこっと笑った。「あなたをここにかくまっているのは楽しかったわ。こっそり会いにいくのって面白いもの」

「そうだな。でも、俺はあまり長くはいられないんだよ。実は、メキシコに行こうと思ってたんだ。WWFはミゼット・プロレスをやってくれないし、ホープ・スペンサーのせいで、皆、俺のことをオカマだと思ってるし、この国にいても、未来があるとは思えない。メキシコで一花咲かせてやろうと思ってたのさ。一流レスラーの仲間入りをすることがずっと夢だったんだ。尊敬されるからな」

パリスがマイロンの胸に顔を押し当て、マイロンは彼女が涙を流しているのがわかった。

「寂しいわ、マイロン」

マイロンは葉巻を口にくわえ、パリスの肩をさすった。「俺も寂しいよ。パリス、君はいい女《ひと》だ」

「そうでもないわ。私は怒って、あのレポーターたちを全部この町に呼び寄せちゃったんだもの。あんなの自慢できることじゃないわ」

「でも、そうしなかったら、俺たちは出会ってなかっただろう」

「確かにそうね」パリスはすすり泣いた。「あなたと出会えたのは、人生最高の出来事よ」

16 道に迷った女、荒野で発見される

ディランは保安官用のブレイザーをハイウェイの脇に寄せ、鬱蒼としたマツの木立の陰に駐車した。間もなく朝の八時。彼はスピード違反のドライバーを捕らえるべく、レーダーをセットした。違反者がたくさん引っかかるとは思っていない。朝のこの時間帯、ハイウェイはたいてい静かなのだが、仕事に遅刻しそうで、制限速度をオーバーする不届き者が若干いるのが常だった。彼は居場所を通信指令係に無線で連絡してから、『ピープル』と『ウイークリー・ニューズ・オヴ・ザ・ユニヴァース』を手に、車のシートに深く腰かけた。二つとも、今朝M&Sで買ってきたものだ。彼は『ピープル』のほうをめくり、ジュリーのインタヴューが載っているページを開いた。だが半分ほど読むか読まないかのうちに、ほとほと嫌気がさし、雑誌を後部座席に放り投げた。ジュリーはほぼ包み隠さず語っていたが、ディランがゴスペルで暮らすためにアダムをさらっていってしまったという言い方をしていた。ディランを最低な男のように見せることで、自分のイメージはまったく傷つけずに済ませたのだ。ディランは、いったいどれだけの人たちが彼女のたわごとを信じるのだろうと思った。

彼は『ウイークリー・ニューズ・オヴ・ザ・ユニヴァース』を手に取ってページをめくり、

「人の生き血を吸うヴァンパイア」の記事を通りすぎたところで、ホープのエイリアン・ストーリーを見つけた。こりゃあ面白いなと思いながら、何度かくすくす笑っていたが、読み進めていくうちに、荒野の小さな町に住むデニス・テイラーという女装癖のある保安官に遭遇した。

「ちくしょう」羽飾り付きのピンクのボディスーツで女装した自分の話を読み、ディランは毒づいた。それによれば、この保安官は常々、「この世でいちばん美しい場所を君に見せたい」という振りをして、疑うことを知らない女性旅行者を誘惑しては、山に何人連れ込めるかを賭けている。記事の中の保安官が賭けているのは、骨折者の数ではなく、傷ついた心の数だった。

ディランはタブロイド紙をたたみ、隣のシートに放り投げた。ホープのことで頭がいっぱいだった。ほかに説明のしようがない。昨日、彼女にキスをしたあとはなおさらだった。彼女の舌の感触、唇の味以外は、ほとんど何も頭に思い浮かばず、心臓は激しく鼓動し、頭から流れ出た血液が股間に送られた。彼女を再び抱き締めたほんのわずかな時間で、彼はもうどうすることもできない気持ちになった――これでいいんだ、彼女と一緒にいることが正しいんだ……。体中の細胞という細胞がそうささやいているような気がして、髪が逆立つ思いだった。

ホープがいない寂しさは日を追うごとに薄れていくだろうと思っていたが、実際には逆だった。指に絡みつく彼女の髪、枕越しに見た、隣で眠る彼女の姿が恋しかった。この前、

M&Sで桃を手に取ってにおいをかいだときも、自分は彼女の肌の香りを求めていたのだとすぐに思い知らされた。今朝、冷凍庫に入っているワッフルの箱に手を伸ばしたときも、キッチンテーブルの上に裸で横たわっていたホープと、彼女の体の奥深くに埋もれていた自分と、欲望に満ちた目を輝かせて彼を見上げるホープの表情が脳裏によみがえった。記憶は彼の腹部を強く締めつけ、顔が熱くなった。気持ちを落ち着けようと冷凍庫に頭を突っ込んでいたところへアダムが入ってきて、何をしているのと訊かれた彼は、氷を探してるんだと嘘をついたのだった。

私のことなんか、本当はちっとも大事に思ってなかったんだから。ホープはそう言った。彼女は間違っている。ディランは彼女に恋をしていた。恋なら前にもしたことはある。でも、こんなふうではなかった。生まれて初めて、一人の女性に身を焦がすような絶対的な愛情を感じ、彼女の手の感触を自分の手で確かめたくてたまらなくなったのだ。ホープへの思いは心の奥深いところまで達し、彼女のいない人生など想像できなかった。ディランはその思いに満たされ、どうしても彼女の笑顔が見たい、彼女の声が聞きたいと思った。どうにかしなくては。彼女がいない寂しさは日に日にひどくなっていく。ブレイザーの中で、フロントガラスから差し込む朝の光を浴びながら座っていたディランは、自分が何をすべきか理解した。ホープを信じなくてはいけない。自分のためだけでなく、彼女のためにも。証拠がなくても、目撃者がいなくても、彼女を信じてあげなくては。自分の心に耳を傾け、人を無条件に愛し、信頼することをちゃんと理解している魂の奥底に耳を傾けなくてはならないのだ。そしてついに、ディランはホープを信じようと心に決めた。彼女を愛しているから。理由はそれだけだった。

レーダーのデジタル表示が光り、ディランが体を起こすと、ラスヴェガス・ナンバーをつけた小型のウィネベーゴが一台、猛スピードで走っていった。彼は帽子をぐっと深くかぶり直し、四輪駆動車のギアを入れ、アクセルを踏んだ。ブレイザーは勢いよくハイウェイに飛び出していき、ディランは停止命令の通信コードを無線で伝えた。それからグリルライトのスイッチを入れ、三〇秒と経たないうちにウィネベーゴの背後につけた。

マイロン・ランバードをどうしたいのかわからなかったが、いつまでも追わずに済むことを願った。マイロンが逮捕に抵抗しなければいいのだが。小人症の男を地面に組み伏せるのは気が進まない。相手がツームストーンのかけ方を心得ているとなればなおさらだ。

ウィネベーゴは速度を落としながら路肩に寄っていった。ディランはその後ろに車を止め、頭上に構えたビデオカメラを回し始めた。運転席側に近づいていくと、車の窓が開き、彼は初めてマイロン・ザ・マッシャーの顔をまともに見た。確かに、パトリック・スウェイジにちょっと似ていると認めざるを得ない。ただし、こっちはミニサイズだが。

「免許証を拝見できますか?」そう言って車の中をのぞき込んだディランの視線は、助手席の女性に釘づけになった。「パリス?」

「おはよう、ディラン」

ディランは物心ついたころから知っている女性をまじまじと見つめた。「そんなところで何してるんだ？」

「マイロンと一緒に町を出るのよ」

パリスにはあまりユーモアのセンスがなかったはずだが。きっと人をからかっているに違いない。マイロンが免許証を突き出し、ディランはそれを受け取った。免許証の写真は、犯罪情報センターのデータを調べたときに見たものと同じだった。

「マイロンがレスリングを教えてくれることになってるの。私のリングネームはスイート・シングになる予定よ」パリスはしゃべりまくった。

ディランは免許証から目を上げた。「そうか、冗談を言ってるんだよな」

唇をすぼめていたパリスはすっかり膨れっ面になった。「私が男性から求められるってことが、そんなに信じられないの？」

ディランはトワイライト・ゾーンに送られてしまったような気がした。あるいはホープの物語の世界かもしれない。こんなの、あり得ない……。「そんなこと言ってないだろう、パリス」

「マイロンは私のいいところをわかってくれるわ。私たち、愛し合ってるの。ラスヴェガスに着いたらすぐ、結婚するつもりよ」

どうやらパリスは本気らしい。でも、本当にどこまで本気なのだろう？「それはしばらく先になるかもしれないな。君のフィアンセは接近禁止命令に違反してるんだよ」

「でも、俺はこの国と永遠におさらばするつもりなんだ」マイロンが初めて口を開いた。

「もうホープ・スペンサーには二度と会いたくないね。あの女は俺の人生をめちゃくちゃにしやがった。パリスに出会うまで、俺にはなんの目標もなかったんだ。でももう、生まれ変わったのさ」

「確かにそのようだな」ディランはそこにいる女性をよく観察した。パリスにそっくりだが、やっていることがまったく彼女らしくない。

「わかってるのか？　君はストーカーに熱を上げてるんだぞ」

「彼はストーカーじゃないわ」パリスはフィアンセに微笑み、彼のほうに手を伸ばした。どこから見ても穏やかな顔をしている。恋する女の顔だ。「粘り強いだけよ」

「その粘り強さのせいで、刑務所行きになるんだ」

パリスは目を細め、毛深い眉をしかめた。ディランは、小学校一年のときから知っているおっとりした女の子のまったく新しい一面を目の当たりにしているのだ。「これだけは台無しにしないで、ディラン・テイバー。私はずっとマイロンのような人を待ってたの。私を愛してくれる人をね。私はあなたを待ち続けて、もう十分時間を無駄にしてしまったのよ」

「俺を？」ディランは一歩後ろに下がった。

「たいした理由もないのに、私がずっとあなたのためにケーキやパイを焼いてたと思う？私がケーキを焼いてあげた男性は、あの町であなただけだったってこと、気づいてなかったの？」パリスは笑ったが、その声にはとても苦々しい響きがあった。「絶対に気づいてなかったわよね。ホープ・スペンサーがやってきてからは特に。あなたは、あの人のことばかり考えてた。ブロンドで、お尻の小さいあの人のことばっかり」

「なあ、パリス——」ディランは言いかけたが、口を閉じた。何を言えばいいのかわからなかったからだ。パリスはいつも趣味でケーキを焼いているのだと思っていたし、ホープのことは誤解だと自信を持って言えるわけでもなかった。「君の両親は知ってるのか?」

「ラスヴェガスから電話するつもり」

「じゃあ、こうしないか」マイロンが口を挟んだ。「免許証を返してくれたら、この国からとっとと出ていってやるからさ」

ディランは、おまえを見逃してやるなんて考えただけでもむしずが走ると思ったが、マイロンの話に耳を傾けた。

「俺に関して言えば、ホープ・スペンサーとは、これで貸し借りなしだ」マイロンは続けた。「あいつは俺の人生をめちゃくちゃにしたが、あいつがいなかったら、俺はパリスと出会わなかった。来週の今ごろは、パリスと一緒にメキシコで新しい人生をスタートさせる。もう俺を目にすることは二度とないだろうよ」

もう一つの方法を選べば、マイロンを町に連れ戻して勾留し、また公判日を決めて審問を行うことになるが、ホープはもう裁判はしたくないと言っていた。ディランは免許証を返した。「絶対に俺の目の前に現れないほうが身のためだ。それと、スペンサーさんを困らせてやろうなんてことを考えるのもご法度だぞ」彼はパリスを見た。「これでいいね?」

「ええ、もちろん」パリスはまたしゃべりだし、マイロンを見てもう一度、顔をほころばせた。「生まれてから、こんなに幸せだったことはないわ。ようやく親の食堂で働く以外の人生が送れそうだし、自分の家族が持てそうなんだもの」

ディランは思った。おそらく、もっとばかげた話を聞いたことはあっただろうが、あったとしても覚えていない……。

パリスは大きなハンドバッグに手を伸ばし、膝の上に置いた。「これ、あなたに出そうと思ってたの」彼女は封をした手紙の束を取り出し、その中の一通をディランに渡した。「でも、ここにいることだし……」

ディランは手紙を受け取り、後ろに下がった。「幸運を祈ってるよ、パリス」

「俺を捕まえたんだから、彼女にはもう運なんて必要ないさ」マイロンはそう言うと、ウィネベーゴのギアを入れ、ハイウェイに出ていった。

ディランは二人の乗った車がすっかり見えなくなるまで路肩に立っていた。まったく、なんておかしな朝なんだ。彼はブレイザーに戻り、運転席に乗り込んだ。パリス・ファーンウッドがマイロン・ザ・マッシャーこと、不思議なレプラコーン、ミッキーことマイロン・ランバードと結婚し、彼女もレスラーになるだって？　誰かと格闘しているパリスなんて想像できない。

彼はグリルライトを消し、パリスから渡された封筒を開けた。「今月のデザート宅配クラブ」の案内でも入っているのかと思ったが、そうではなかった。手紙には彼女がどれほどマイロン・ランバードを愛しているかという話が甘ったるい文章で取り留めもなく記されていた。なんと、アポストロフィを打つべきところがすべて小さなハートマークになっている。最後に、彼女は「ところで……」と、こんなことも書き添えていた。

あなたやアダムを傷つけるつもりはまったくなかったの。タブロイド紙に電話したことを後悔していると言えたらどんなにいいかと思うけど、あの騒ぎのおかげで私に本当の愛がもたらされたんだから、後悔なんかできるわけないでしょう。

もうすぐミセス・マイロン・ランバードになるパリス・ファーンウッドより

ディランはその文章を三回読み返し、手紙を丸めて隣のシートに投げ捨てた。しばらくのあいだ、彼は激しい怒りに任せてハンドルを力いっぱい握っていたが、やがて手を放した。やったのはパリスであって、ホープではないとわかったところで、もうそんなことはたいした問題ではなかった。証拠がなくてもホープの言葉を信じると決めたのだから。でもこれが先週なら、たいした問題だった。先週わかっていれば、こんなに惨めな思いをしなくてすんだのに。

アダムやホープとの問題で自分を責め、何日も眠れずに過ごした夜のことを思うと、胸に再び怒りがこみ上げてきた。と同時に、パリスがメキシコに向かっていること、もう同じ町に暮らしていないことがものすごく嬉しかった。パリスの不幸を願っているわけでも、幸福を願っているわけでもない。というより、彼はメキシコのでかい女性レスラーがパリスをリングに引っ張り出し、プレッツェルみたいに押さえ込んでくれればいいと思っていた。

創立記念日の実行委員会は、今年のダンス・パーティにぴったりなテーマを決めようと、長い時間をかけて話し合った。侃々諤々《かんかんがくがく》の議論が続き、結局、最後はくじ引きが行われた。そして、見事今年のテーマに選ばれたのは、アイオナ・オズボーンの案、「ミレニアムへ向かってレッツ・カントリーダンス」となった。

農民共済組合会館の外壁は緑に塗り替えられ、建物の中は外の大自然を再現した装飾が施された。天井からはアルミホイルで作った無数の星がぶら下がり、部屋の奥にはスタンリー・コールドウェルが紙と針金で作った張りぼてのソートゥース山脈がそびえたっている。その見事な傑作に、切ってきたばかりのマツが刺してあり、辺りにいい香りを漂わせていた。

その晩の音楽を担当していたのは、ピート・ヤローと彼が率いるバンド、ザ・ワイルド・ボーイズだった。ピートの自慢は、『スター・サーチ』（アメリカ版『スター誕生』のようなオーディション番組）に二度ゲスト出演したことだったが、それだけでも彼は地元では完全なセレブリティと化していた。バンドは、カントリーとブルーグラスとロカビリーをミックスした騒々しい音楽を奏でている。時々ピートが音を間違えても、ダンス・フロアを埋め尽くす人々は気にしていないらしい。ビールは二杯で一ドル五〇セント、ワインは一杯二ドル、ソーダは一缶一ドルで提供され、水は冷水器からただで飲めるようになっている。ゴスペルの人々は皆、盛装していた。女性はチュールやレースをたっぷり使ったドレス、男性はスーツを着ていたが、中にはカウボーイ風のカジュアルなスーツを着ている者も何人かいた。

スタンリー・コールドウェルが作ったソートゥース山脈のモニュメントは、会館の一角で柔らかな白い光に照らされていた。

ホープは、ソートゥース湖を思わせる青いきらきらした模様にとりわけ興味を引かれ、その前に立った。チュールは好みではない彼女は、サンヴァレーにショッピングに行ったときに買った黒のベーシックなドレスを着ていた。ノースリーブで、襟ぐりが大きく開いたスクープネックのドレスは体にぴったりフィットしている。バックシームが入ったストッキングに一〇センチ・ヒールのパンプス、カールした髪をふわっと膨らませ、耳にはダイヤモンドのピアス。その装いはホープによく似合っており、本人もそれはわかっていた。

シェリーの話によれば、ディランは創立記念日のダンス・パーティに姿を見せたことはないらしい。それに、アダムを迎えにきたとき、彼はとても機嫌が悪かったので、今年もいつもと変わらず来るつもりはないのだろう、というのがシェリーの意見だった。ホープはそれで構わなかった。彼のことが頭にあってこんな格好をしてきたわけではないのだから。いや、ほんの少しあったかもしれない。ちょっとだけ、万が一、彼が現れたときのために。

この格好は自分によく似合っているとわかっていても、色鮮やかなドレスと、ごてごてしたアクセサリーで着飾った女性たちの中にいると、場違いなところにいるような気がしてしまう。普段は楽な格好しかしないシェリーでさえ、スパンコールのついたサテンのドレスに体を押し込み、まるでプロム・クイーンのようだ。シェリーとポールはダンス・フロアでツーステップを踊りまくっている。

「すみません」音楽に負けじと大きな声で誰かが話しかけてきた。「お目にかかるのは初めてよね」

ホープが肩越しにちらっと振り返ると、青いネットをかぶった年配の女性が目に入り、心の中で長々とうめき声を上げてしまった。山のディスプレーに当たる照明が、彼女の淡い水色の髪を通して青いアイシャドウと青いまつ毛を照らし出している。あの日、ハンセン・エンポリアムでもそうだったが、ホープはぞっとし、驚いて目を見張った。悲惨な交通事故の現場を見つめているときと同じだ。見たくないのに、目をそらすことができない。

「先週、お店でお会いしましたよ」ホープは念を押すように言った。

「あら、それは妹のイーデンのほうよ。私たち、双子なの。私は姉のイーディー・ディーン」

何ですって！「双子だったんですか？」

「ええ。でも、妹は紫が好きなのよ」

ホープはイーディの全身を包む青という青から無理やり視線を移し、相手の目を見た。

「覚えてます」

「コージー・コーナー・カフェでアイオナ・オズボーンから聞いたんだけど、あなた、『ニューズ・オヴ・ザ・ワールド』にああいう記事を書いてるんですってね」

『ウイークリー・ニューズ・オヴ・ザ・ユニヴァース』です」ホープは訂正した。「どうしてアイオナは私の記事のことを知ってたんですか?」

「アイオナ・オズボーンはパリスと一緒に働いてるでしょう。ゆうべ、パリスが全部、教えてくれたんですって」

ホープは、そのうち町中にばれるに違いないと思った。

「あなたはこの町に来て長くないから、義理の弟のメルヴィンには会ったことないわよね?」

「ええ、まだお目にかかっていないと思います」

「お目にかかるほどのもんじゃないわよ。メルヴィンは酔っ払いで、羊好きの浮気者なの。それが本当のところよ。妹にヤギ並みの常識ってもんがあったら、ビュイックであの男に突っ込んでるでしょうね」

ああ、もう勘弁して。

「ねえ、私、思ったんだけど、あなたが書いてる例の話で、エイリアンに誰かを誘拐《アブダクト》させる必要があるなら、メルヴィンがぴったりよ。エイリアンって、ビーム光線で人間を宇宙船に乗せるとき、陰部に電極を当てるのよね」イーディはこぶしを突き上げ、振り回した。

「あいつにバシッと電気ショックを与えてやって!」

「ええ……わかりました」ホープは少しずつ体を横にずらし、ついに人込みに紛れ込んだ。本当はどんな記事を書いているのか、ゴスペルの誰かに気づかれてしまうかもしれないと前からずっと思っていた。でも、まさかそれがパリス・ファーンウッドだったとは。パリスとイーディが知っているのだから、今ごろはもう、町の誰もが知っているに決まっている。皆にばれることについて、自分がどう感じているのか、実はあまりよくわかっていない。不安と、ほっとした気持ちが入り混じっているのかもしれない。もう、嘘をつかなくていい。もう、秘密にしなくていい。もちろん、次の記事用に皆のアイディアに耳を傾け、いくつか身の上話を書き加える必要は出てくるだろう。でも、記事のことで軽蔑の眼差しを向ける人がいたとしても、私の知ったことじゃない。この町の人たちは骨折の本数に賭け、便器を放り、睾丸を食べるのよ。とんでもないわ。

ホープは広いダンス・ホールの端を歩いてバーのほうに向かいながら、そこに集まっている人々に目を走らせた。期待はしていないのに、どうしてもディランを探してしまう。

ホープはジンファンデルを注文し、代金を払おうと、小ぶりの黒いバッグに手を入れた。

「あんたが書いてる記事の話、聞いたよ」バーリーがバンドの音に負けないように大きな声で言い、ワインを注いだグラスをホープに渡した。「ビッグフットにお目にかかったやつがいるとは知らなかったな」

バーリーの顔をよく見ると、彼の目の表情にはユーモアが感じられた。「ビッグフットには会ったことないの」ホープは代金を渡した。「でもエイリアンには何人かインタヴューしたわよ。一人は犬を飼ってたわ」

バーリーが笑い、ホープは向きを変えた。彼女はワインを一口飲み、ほの暗いダンス・フロアに目を走らせた。ポールはシェリーをこまのように回し、頭上のミラーボールに反射する光がシェリーのグリーンのスパンコールとポールのエメラルド・グリーンのネクタイをきらめかせている。演奏されているのは、ホープが聴いたことのない曲だった。あるカウボーイと彼のピックアップ・トラックを歌った曲だ。ホープは、ピンクのサテンのドレスを着て踊っているヘイゼル・エイヴリーを見つけ、お相手の男性は旦那さんなのだろうと思った。

　ホープはワインをもう一口飲み、ディランが彼女の家でツーステップを教えてくれた日のことを思い出した。レッスンを始めたときは二人ともちゃんと服を着ていたが、終わるころには裸になっていた。二人は暖炉の前に置かれたクマの毛皮の上で愛を交わしたのだ。ホープは今、彼はこれまでダンスをしながら何人の女性を脱がせてきたのだろうと考えていた。

　見たことのない、長身の痩せたカウボーイが踊っていただけませんかと声をかけてきた。ホープががらんとしたテーブルの上にグラスを置いたそのとき、ディランが若い男の前に割り込んできた。

「失せろよ」ディランは険しい顔でそのカウボーイをにらみ、こう付け加えた。「バディ」そして、ホープに何か言う間も与えず、彼女の手をつかんでダンス・フロアの真ん中まで引っ張っていった。

　こんなところでディランを目にした衝撃と、彼の感触と声の響きとで、ホープの全身にかすかな震えが走ったが、彼女は気を取り直し、彼の顔をじっと見上げた。頭上のミラーボールだけに照らされた顔は陰になっている。鏡に反射する光のかけらが、彼の髪と、品のいい紺のウールのブレザーに覆われた肩を滑るように走り抜けていく。ブレザーの下は白いドレスシャツと濃い赤紫のネクタイ。ダンス・フロアの暗がりで見ても、彼の瞳に欲望の色が浮かんでいるのがわかる。その欲望の眼差しが自分に向けられるのを何度も見てきたのだ。ホープはディランのネクタイに視線を落とした。「あれじゃ、ちょっと失礼じゃない？」ディランがホープの腰にすっと手を回し、彼女の声が上ずった。「あの人、とても礼儀正しく申し込んできたのよ。おい《バディ》なんて呼び方、することなかったのに」

「あれがあいつの名前なんだ。バディ・ダンカン。チャリスに住んでるやつさ」

「あら」ホープは再び目を上げ、彼の唇の輪郭をじっと見つめた。「こんなところで何してるの？　シェリーが言ってたわ。あなたは創立記念日のダンス・パーティには絶対に来ないって」

「それは言いすぎだ」ディランはホープを胸に引き寄せようとしたが、彼女は抵抗した。彼は私を求めている。目にそう書いてあるし、私の腰をそわそわなでている様子からもそれはうかがえる。でも、欲望は愛じゃない。私はそれ以上のものを求めているのに。

「こんなところで何してるの？」ホープは同じ質問を繰り返した。

「落ち着けよ。今、話すから」ディランはさらに強く引っ張り、ホープは降参した。「それでいい」彼はホープを胸に寄り添わせると、頭をかがめ、彼女の耳元に語りかけた。「俺がここにいるのは、君がいるからさ。男は女を愛すると、その人と一緒に過ごしたいと思うものなんだ。たとえ、スーツを着て、ネクタイを締めるはめになってもね。その人を強く抱き締めて、髪のにおいをかぎたくなるんだよ」

その言葉はホープの心を締めつけ、彼女はディランから離れようとするのをやめた。息をするのも怖い。聞き間違えたんじゃないかしら。

「昨日、君から言われたことを考えてたんだ」二人はダンス・フロアをゆっくりと移動していく。「君のことを心から思っていれば信じられるって話。君の言うとおりだ。俺は最初から君の言葉を信じるべきだった」

ホープはディランの顎から目へと視線を移した。なぜ今になって信じると言うのか、その理由を知る必要があったが、答えを聞くのが怖かった。「タブロイド紙にばらしたのが本当は誰なのかわかったのね？」

ディランはしばらく答えず、ホープの気持ちは一気に落ち込んだ。彼は私を信じていなかった。誰かが自分がやったと白状しただけ。本当は何も変わってない。二人に未来なんかない。

「うん」ディランが答えた。ホープはもがき、再び彼から離れようとした。「じっとして。さもないと、また君を縛り上げることになってしまう」

「放して、ディラン」ホープは目の奥が痛くなり、農民共済組合会館の真ん中で、町の人たちが勢ぞろいしている前で泣いてしまうのではないかと思った。

「ハニー、もう二度とあんなことにはならないから」ホープをつかむディランの手に力が入った。ぴたりと抱き寄せられ、彼女はほとんど息ができなかった。「タブロイド紙に電話したのはパリスだった。でも、それがわかったときにはもう、誰がやったかなんてどうでもよくなってたんだ。誰かを愛しているとわかったら、その人を信じなくちゃいけない。さもないと、しなくてもいい惨めな思いをするはめになる」彼の温かい息がホープのこめかみをかすめた。「ホープ、君を愛してる。君のいない毎日は悲惨だった」

私も彼がいなくてどれほど悲しい思いをしたことか。「本当に悲惨だったの？」

「ああ」

ホープはディランの腕に抱かれてから初めて微笑んだ。笑いたいような、泣きたいような、彼の胸で丸まってしまいたいような、それを全部いっぺんにやってしまいたいような、そんな気分だった。「どんなふうに？」

ディランはホープの額に自分の額を当てた。「毎朝、目が覚めると、ものすごく寒々とした気分になる。このうちには何かが欠けている、酸素とか日光とか、必要なものが欠けている気がしてくるんだ。それから、誰もいない枕に目をやり、欠けているのは君だ、君がいなくて寂しいんだと思い知る。そして、夜、ベッドに入ると、眠れないまま横になって、君も俺のことを考えているだろうか、俺と同じくらい寂しい思いをしているだろうかと考えてしまうんだ」

「ディラン？」

「ん？」

「私も、あなたがいなくて寂しかった」

曲が終わった。次の曲が始まる前にトマス・アバディーンがディランの肩を叩き、パートナーを代わってもらえるかと尋ねた。

「だめだ」ディランは大きな声できっぱりと答え、目を細めてトマスを見た。「自分の女は自分で探せ。この人は俺のものだ！」

ホープは、これで二人の関係はオープンになったのだと思った。彼女はディランの頬に手を当て、彼の視線を自分のほうに向けた。「トマスは私があなたの女だと知らなかったのよ」

「じゃあ、わからせてやったほうがいい」ディランはそう言って唇を下ろし、キスでホープの呼吸を奪った。彼がレット・バトラーのように彼女を支えて後ろにそらせると、誰もが見られる場所でキスは情熱と激しさを増し、とても素晴らしいものになっていった。やがてディランは体を起こしてホープの顔を両手で挟み、瞳の奥をのぞき込んだ。「ホープ、皆に知ってもらいたいんだ。俺が君を愛してるってことをね」

「私もあなたを愛してるってこと、皆に知ってもらいたいわ」

ディランが微笑み、目じりにしわが寄った。「そう言ってくれて嬉しいよ。だって、もしかしたら、君を連れて帰って、そう言ってくれるまで、手錠をかけて椅子に縛りつけておかなきゃいけないかと思ってたんだ」

「手錠なんかかける必要ないわ。あなたを愛してるの。あなたがソートゥース湖を見せてくれたあの日から。たぶん、その前から愛してた」

ディランは鼻をホープの鼻にこすりつけた。「俺が二人の関係を台無しにしてしまったことはわかってる。でも、もし君がいいと言ってくれるなら、一生をかけて君を幸せにするよ」

ホープは瞬きをしたが、涙を止めることができなかった。「じゃあ、こんなところで何してるの？　うちに連れていって」

「ハニー、ここに入ってきたときから、君がそう言ってくれるのを待ってたんだ」

ディランのトラックでドネリー・ハウスに向かう道のり、ホープは助手席に座って彼の膝に片手を置き、肩に頭を載せていた。この前、夜に彼のトラックに乗ったとき、ホープは彼の服を剝ぎ取ろうとしたが、今のところは、ダッシュボードのライトに照らされ、彼の声に耳を傾けて座っているだけで満足していた。服を剝ぎ取る時間なら、あとでたっぷり取れるだろう。人生は長いのだから。今、二人にはやらなければならない大切なことがある。アダムに話をしなくてはいけない。

ホープはジャケットの上からディランの肩にキスをし、ディランはホープに腕を回した。トラックの暗く狭い運転台の中にいると、ホープはこの地球上に自分たち二人しか存在しないような気がした。ソートゥース湖で彼と恋に落ちたあの晩のように。胸がいっぱいで、逆さづりにされた哀れなカシオペアのように頭がくらくらしている。

ホープはディランの話に耳を傾けた。彼はマイロンとパリスが一緒に町を出ていったこと、二人がメキシコでプロレスラーの道を歩みだすつもりでいることを彼女に伝えた。ホープはあり得ない話だと思ったが、あの二人が戻ってきて彼女の人生に再び暗い影を落とさぬよう、もちろんメキシコでの成功を願っていた。

「愛してる」ホープがささやいた。

「俺も愛してるよ。でも、ごらんのとおり、こっちは親子でセット販売なんだ。君はアダムのこと、どう思う？」

そんなこと、考える必要もなかった。「ディラン、アダムはとってもいい子よ。賢いし、面白いし、私はあの子のそばにいるのが好き」

「じゃあ、一緒にいてほしい」ディランはホープの頭のてっぺんにキスをした。「俺たちとずっと一緒にいてくれ。大変なことを頼んでいるのはわかってる。でも、どうしてもそうしてほしいんだ。俺のために、小さな息子がいる男のために、ロサンゼルスでの生活をあきらめてもらえないかな？　母親になることを君がどう思うかわからないし、いろいろ考えなきゃいけないことがあるのはわかってるけど」

大変なことではないし、考える必要もない。まったくない。母親でも友達でも、その両方でも、アダムが望むなら何にでもなってあげる。「私のことをどう思っているのか、もうアダムに話したの？」

「ああ。あの子がぴょんぴょん飛び跳ねてふざけていないときにね。あいつ、君に特別な石を見つけてあげるんだって言ってたよ。つまり、君が好きだってことさ」ディランは膝に置かれたホープの手を取り、指にキスをした。「俺も特別な石を見つけてあげないといけないな。大きな、きらきらするやつを」

「特別な石なんかいらない。私に必要なのはあなただけ」ホープは姿勢を正し、陰になった彼の横顔を見た。「私にプロポーズする気？」

「今はやめとくよ」

それは何カ月か待ったほうがいいのだろう、とホープは思った。でも、もしかして一年も待たされるのかしら？

「アダムに話をしたら、君を送っていって、君を抱く。そして、君がすっかり穏やかで幸せな気分になって満足したら、そのときにプロポーズするよ」

ホープは心からほっとして、声を上げて笑った。「どうして待つの？」

「気づいたんだ……。余韻に浸っているときの君は何でもオーケーしてくれる。体にケーキを塗って食べるのもオーケー。縛るのもオーケー。結婚もオーケーしてくれる」

彼女は肩をすくめた。「まあ、いいわ」

私はビッグフットやエイリアンを探すためにゴスペルにやってきた。でも別のものを見つけたようだ。もっと素敵なものを。心の居場所を見つけたのだ。未来は目の前に、そしてすぐそばにあった。私にはディランとアダム、それにシェリーがいてくれる。仕事もある。ちょうど今日の朝、『タイム』誌からメールを受け取った。以前、問い合わせの手紙を送ってあったのだが、先方はハイラム・ドネリーの記事を拝見したいと言ってきたのだ。これでキャリアが保証されたわけではないけれど、保証なんて、オーブン・トースターを買ったときぐらいしかついてこないもの。あとは努力と運しだい。ゴスペルに越してきてから、私は本当の自分を見つけ、そんな私を愛してくれる男性と出会った。もう保証は必要ない。

もしかすると、次は本を書くことになるかもしれない。ロッキー・マウンテン・オイスターを食べたり、便器を投げたりする人たちが出てくる小さな町の物語を。そこで暮らす年配の双子の女性は、髪を染め、互いの夫を苦しみながら死なせようともくろんでいる。

やっぱりだめ、とホープが思ったそのとき、トラックはディランの家の私道に入っていった。小説は現実よりも真実味がなくてはいけない。さもないと、誰も信じてくれないだろう。書き手の想像の世界以外にゴスペルのような町が存在するなんて、きっと誰も信じてくれない。

たとえ私にそれだけの腕があったとしても。

訳者あとがき

本邦初登場となる人気ロマンス作家、レイチェル・ギブソンの『あの夏の湖で』（原題True Confessions）をお届けします。著者はこの作品で二〇〇二年に米国ロマンス作家協会賞を受賞しており、これまでに一三の作品を執筆しています。物語を作るようになったきっかけは、一六歳のときに車をぶつけて壊してしまったことだそうです。両親には「当て逃げにあった」と嘘をついて、まんまと信じ込ませてしまい、それ以来、物語作りは続いているのだとか。

本書のヒロイン、ホープ・スペンサーも物語作り、というより「作り話」を得意とするタブロイド紙のライターです。彼女は最愛の夫を親友に奪われ、離婚を余儀なくされるという辛い過去を背負っていました。それから三年、仕事に没頭してきたものの、スランプに陥ってしまい、気分転換とネタ探しを兼ねてロサンゼルスからアイダホの山間の町ゴスペルにやってきます。プライバシーなどあってないに等しく、都会の人間には異常とも思える日常を目の当たりにするホープですが、そんな中、七歳の息子を男手一つで育てている町のハンサムな保安官ディラン・テイバーに出会い、徐々に惹かれていきます。ディランのほうも、美人で、セクシーで、ちょっと生意気なホープのことが気になって仕方ありません。二人は離れがたい存在になっていきますが、お互い、隠し事がありました。ホープはライターであることは告げますが、タブロイド紙に対する世間の偏見がわかっているだけに、自分がその仕事をしているとは言い出せません。ディランも、彼女がライターであることを警戒し、息子の母親は（実は有名なハリウッド女優なのですが）ウェイトレスだと嘘をつきます。それは小さな隠し事であったはずなのに、やがて二人のあいだに修復しがたい大きな亀裂を作ってしまうことになるのです。

この作品の魅力は、物語全体を包むユーモアにあると思います。ゲラゲラ笑うのではなく、思わずクスッと笑ってしまうおかしさと言いましょうか。それに、登場人物が皆、魅力的なのです。たとえば、ディランは単なるモテ男ではありません。息子アダムを立派に育てようと心を砕き、愛情を注ぐよき父であり、その姿が彼のキャラクターに深みを加えています。父子のやりとりは微笑ましく、物語に温もりを添えていると思います。ホープもときには辛らつな皮肉を口にする都会の女性ですが、話してしまえば楽になれるとわかっていながら、辛い過去を（あまりにも恥ずかしくて、との理由で）話せずにいる弱さがあります。最初は異常だと感じられた田舎町での生活に徐々になじみ、恋愛のみならず、自分の人生に欠けていたものに気づいていくホープの姿に共感を覚える方も多いのではないでしょうか？　そんなホープの心を開き、受け止めてくれる隣人、シェリーも素敵な女性です。

ところで、ゴスペルの人々は、ジーンズは「ラングラー」と決めているようですが、どうやらアメリカでは「カウボーイのジーンズ＝ラングラー」との認識があるようです。股上が深くて馬に乗りやすく、ベルトループの間隔が広いので、大きなバックルのついたベルトを締めやすいのだとか。また、ゴスペルでは音楽もカントリーと相場が決まっています。日本人にはなじみが薄いジャンルですが、アメリカ人はカントリーが大好きなのです。私もカントリーには縁がなかったものの、翻訳中は少しでも物語の雰囲気を味わおうと、インターネットラジオをカントリー専門局に合わせておきました。インターネットといえば、世の中便利になりましたね。このお話に出てくる「便器投げコンテスト」、そんなもの本当にやっているのかと思い、検索してみたところ、ありましたよ。動画サイトでしっかり確認することができました。酔狂な人たちがいるものです……。それと、パリスが持ってくるケーキは、いわゆるスポンジケーキではなく、中力粉にベーキングパウダーを入れて膨らます、どっしりしたタイプのものと思われます。上に載っている「桃の砂糖漬け」も、桃をシロップで煮てから乾燥させたものだそうで、いずれにしても、かなり甘そうなケーキです。

ギブソンは小説を書くことについて「大きな石を山の頂上まで押し上げていくようなものの」と述べています。頂上にたどりつくともうへとへとで、二度とやりたくないと思うものの、ふもとを見下ろすと、まだ石がごろごろ転がっている。そこで「しょうがないわね」と、また山を下りていくのだとか。読者としては、まだまだたくさんの石が転がっていることを願うばかりです。

二〇〇八年　四月

ライムブックス

あの夏の湖で

著　者　レイチェル・ギブソン
訳　者　岡本千晶《おかもとちあき》

2008年5月20日　初版第一刷発行

発行人　成瀬雅人
発行所　株式会社原書房
〒160-0022東京都新宿区新宿1-25-13
電話・代表03-3354-0685　http://www.harashobo.co.jp
振替・00150-6-151594
ブックデザイン　川島進（スタジオ・ギブ）
印刷所　中央精版印刷株式会社

落丁・乱丁本はお取り替えいたします。
定価は、カバーに表示してあります。
 ISBN978-4-562-04340-8　Printed in Japan